魅丽文化
天下同萌

风月不相关·3

白鹭成双/著/

衔月篇

百花洲文艺出版社
BAIHUAZHOU LITERATURE AND ART PRESS

目录

CONTENTS

风月不相关 · 3

白鹭成双 / 著 /

衔月篇

百花洲文艺出版社
BAIHUAZHOU LITERATURE AND ART PRESS

图书在版编目（CIP）数据

风月不相关．3 / 白鹭成双著．— 南昌 ：百花洲文艺出版社，2018.7
ISBN 978-7-5500-2828-9

Ⅰ．①风… Ⅱ．①白… Ⅲ．①言情小说－中国－当代 Ⅳ．① I247.5

中国版本图书馆 CIP 数据核字（2018）第 106413 号

风月不相关．3

白鹭成双 著

出 版 人　姚雪雪
责任编辑　郝玮刚 蔡央扬
特约编辑　孙宇航 余竹青 张丽君
封面设计　黄 梅
出版发行　百花洲文艺出版社
社　　址　南昌市红谷滩新区世贸路 898 号博能中心 A 座 20 楼
邮　　编　330038
经　　销　全国新华书店
印　　刷　湖南凌宇纸品有限公司
开　　本　880mm×1230mm　1/32　　印张 10
版　　次　2018 年 10 月第 1 版第 1 次印刷
字　　数　267 千字
书　　号　ISBN 978-7-5500-2828-9
定　　价　38.00 元

赣版权登字：05-2018-221

目 录

CONTENTS

目 录

CONTENTS

第一章

善恶终有报

行了礼就走，殷戈止走得很快，本来还顾忌着礼仪风度，一出宫门，车都没乘，直接奔向了风月的大杂院。

院子里现在会是什么情况呢？会不会一群人在庆祝，在喝酒？怀着美好的想象，殷戈止踏进了院门。

结果就看见风月安静地坐在院子里看东西，封明站在她旁边，眼神灼灼地盯着她。这场景，这气氛，好似美人看画，英雄拿美人当画，看得更甚。

人的心情啊，有时候发生剧烈的变化只需要一点刺激，比如现在，刚刚还眼眸带光的孝亲王，现在站在门口，脸上黑得跟抹了炭一样。

察觉到有人来，封明回头，挑眉道：“王爷？您没事吧？”

深吸一口气，殷戈止一脸镇定地跨进门：“封将军这是希望本王有事？”

风月也看见他了，眼眸一亮，掩唇笑得奸诈：“奴家还以为王爷输了没面子，不敢来了呢。”

的确是跟他想象中一样得意，可这份得意，怎么就看得他这么不爽呢？殷戈止闭眼，袖子里的手紧了又松，慢慢地走到桌边坐下：“我帮你的忙，就得你这几句嘲讽？”

“嘿嘿”笑了两声，风月自然已经听说他在太尉府跟皇帝说的话。景慧帝和雷益的故事啊，可真狠，为她后头安排的行刺嫁祸做了很好的铺垫，要不然，皇帝对赵旭的信任也不会这么快就动摇了。

“王爷言重了，来喝茶啊。”风月连忙递了茶盏过去，顺手也给封明倒了一杯，“将军怎么还站着？一起坐啊。”

封明微笑，摸着下巴道：“算你有良心，我还以为王爷来了，你就不管我了。”

“您今天来吃了酸枣糕了？”风月白他一眼，道，“男子汉大丈夫，说个话怎么酸溜溜的。”

“是啊。”端起茶杯，殷戈止阴恻恻地道，“半点没有将士该有的风度。”

封明咬牙，坐下接过茶，闷头就喝。

“不过说起来，太尉府的事能成，得多谢将军。”风月道，“改天送将军一个礼物吧，有什么想要的？”

封明撇嘴：“我帮的忙算什么？带你去看了看太尉府而已。”

风月眨眼，笑得别有深意：“我说的可不是这个忙，是半年前将军帮了言清大人，把几个家奴塞进太尉府的忙。”

殷戈止一愣，放下茶杯看着她：“你半年前就塞了人？”

“不然怎么能成事？”风月耸肩，“就算离开澧国三年，可澧国这边的事，奴家也知道得清楚，王爷就没想过是怎么回事吗？”

殷戈止脸色微变，垂眸道：“你生为女儿家，倒是可惜了。”

“生为女儿家不可惜，毕竟也有上阵杀敌的机会。”风月咧嘴笑了笑，歪着脑袋盯着他道，“被人冤枉才可惜呢，再上不得台面，只能躲在背后算计着怎么报仇。”

离开澧国三年，她带走了一批人，却也还有一批人留在澧国。留下来的人官职都不高，甚至是教书先生，或者是谁家的管家。这些人按照她的计划，潜伏在该潜伏的地方，有条不紊地做着该做的事，等着派上用场的那天的到来。

其中，太尉府的几个家奴就是半年前靠着封明的举荐进去的。

对此，封明完全不知情，只当自己是帮了言清一个忙，没想到却是她布的网。

封明吓傻了，褐色的瞳孔一动不动地盯着风月，嘴唇微微张着，好半天才道："……这么大的忙，那我要你亲手做的衣裳。"

殷戈止一杯茶扣在桌上，杯底与杯托发出"咔嚓"一声响，惊得风月缩了缩肩膀。

一对上这人深黑的眸子，风月下意识地咽了口唾沫，干笑着对封明道："我……我不会做衣裳。"

"我也不嫌弃。"封明笑道，"你随意做成什么样子，我都穿。"

"哈哈哈……还是给您换个礼物吧？"

"为什么？"封明皱眉，"我就想要你做的衣裳。"

澧都女儿家的习惯，就是给自己心爱的人做衣裳。他和风月认识这么久，别说衣裳了，手帕她都没能给他一条。当然了，以前她讨厌他，他也不能问她要。但现在，关系不是缓和了吗？

风月笑得脸色僵硬，心想该怎么跟他说呢？

结果旁边的殷戈止手一滑，一盏茶直接泼在了自己身上。

风月用看疯子的眼神看着他，封明倒是吓了一跳："王爷？"

"衣裳湿了。"殷戈止起身，看着封明道，"将军要是没什么事，就护送本王回府去换件衣裳如何？"

封明黑了脸，心想你换个衣裳要人护送什么啊！

殷戈止看了看自己空荡荡的身后，示意自己一个护卫也没带出来。

就算没带护卫，若真有刺客，也是刺客需要被保护吧？封明皱眉，死活不想走。

殷戈止叹了口气，伸手抓起他的衣襟，转身就往外拖。

盯着他们的背影，风月压根没拦。其实她一直不知道该怎么跟封明说自己在烨国做的事情，殷戈止那张毒嘴，想来也是不会放过她的，干脆就借着他的嘴说出来好了，也免得看封明那澄清的眼神，总觉得心虚。

封明什么都不知道，他只觉得风月和殷沉璧之间好像有他不知道的秘密，两个人眼神一对上，他在旁边就像个多余的。被抓走了也好，他正好单独问问殷沉璧，他到底是怎么认识关清越的。

三个人心思各异，殷戈止也就拖着半推半就的封明回了孝亲王府，把他关在门外，然后换了一身白衣出来。

封明回头，用男人的眼光看去，只觉得殷沉璧真是太会装了。堂堂皇室贵胄，穿一身白衣，竟然也挺像个书生的，气质温和，彬彬有礼，出来还朝他颔首。

封明眯了眯眼，抱着手里的剑，沉声问他：“王爷让我过来，不会就是为了看衣裳吧？有什么话，不妨直说。”

殷戈止走过来，一脸平静地指了指自己身上的衣裳：“就是让你来看它的。这件外裳，是风月做的。”

你想要她给你做衣裳？不好意思，她给我做了，不能再给你做。殷大皇子的尾巴都要翘起来了，向来深邃的眼睛里，头一次流露出类似小孩子赌气的神色。

封明愕然，好一会儿才明白过来他说的话是什么意思，心里一紧，握着剑鞘的手指微微泛白：“她都给你做衣裳了，那为什么还说不喜欢你？”

殷戈止淡然地道：“女儿家，口是心非也是常事。”

“不。”封明摇头，眼神坚定，“她那么耿直的人，真要是全心全意喜欢你，一定会说出来的。”

就像她当初还喜欢殷沉璧的时候，就开口告诉了自己。

“那本王就不清楚了。”殷戈止勾唇，“衣裳是她做的，她人，自然也是我的。”

封明脸色一沉，问：“她与你私订终身了？”

一提起这件事，殷戈止的脸色也难看起来。

先前风月骗他说是妓子接客，所以不是处子，他也未曾在意，可都知道她是关清越了，怎么就忘记问，堂堂关家的女儿，到底与谁私订过终身？

抬眼看向面前的人，殷戈止眼里闪过一丝阴鸷，二话不说，转身就走。

“喂？”封明被他这反应吓了一跳，立马追上去，却没他跑得快，丫简直跟匹千里马似的，跑来跑去都不觉得累。

不过，看一眼他跑走的方向，封明抿唇，策马就跟了过去。

风月正在写书信，赵旭受审，很多人就有机会落井下石了，这落下去的石头，一定要把他砸得头破血流才行。

结果还没写完呢，手腕突然被人抓住，接着就看见喘着气的殷戈止二话不说将她拉进了旁边的房间。

门关上，风月又被压在了门扇上，这场景似曾相识，她有点茫然，抬头看着面前的人问：“怎么了？”

殷戈止声音有点沙哑，低头盯着她，眼里神色很是执拗：“你喜欢过封明吗？”

啥玩意？风月迷茫了，她喜欢封明？她以前跟封明那是见面就掐啊，掐得天昏地暗的，怎么会喜欢他？

不过殷戈止能问这么一句话，她倒是觉得稀奇，刚刚发生了什么？为什么气冲冲回来的反而是这位爷啊？

“您为什么这么问？”

掌心炙热，热得她透过衣裳都觉得烫，忍不住动了动身子。

这点肢体语言在殷戈止看来就有点心虚的味道，心跟着往下沉，沉进了无底的深渊，半晌都张不开口。

良久，他才轻轻低头，将下巴放在她颈窝，哑声道：“我换个问法吧，你与封明有婚约，还会与别人私订终身吗？”

浑身汗毛都竖起来了，风月立马否认：“不会！”

“……”闭了闭眼，殷戈止嘴唇发白。

他想也不会，可就忍不住想问，想从她嘴里听见这回答。可当真听见了，怎么这么难受啊？像谁拿了指粗的木钉，一下下地往他胸口砸，疼得指尖都微微蜷缩。

她和封明在一起，是什么样子？

脑海里浮现出风月那缠绵媚人的样子，他眯眼，狠狠一拳砸在了风月靠着的门扇上，“哐”的一声巨响，震得风月浑身一抖。

刚跑到门外的封明正要砸门呢，听见这声音，二话不说就改道翻窗。墨蓝色的袍子在窗台上一扫，带着灰尘进来，一拳打向殷戈止：“你放开她！”

殷戈止双眼微红，搂着风月避开，然后松开她，接住封明的拳头就是一脚踢了过去。

封明翻身躲过，看着他这袍子就恼。殷戈止面色森冷地继续攻击，看见他这个人更恼。双方都火气高涨，这一架打得就格外激烈。

风月抱着脑袋躲了出去，完全不能理解地听着屋里的动静。她一把抓过提着热水壶过来的灵殊，指着屋子问：“他们是不是有病啊？经常打架就算了，这次为什么一个理由都不给又打起来了？”

灵殊茫然，看着飞出来的桌子椅子，弱弱地问：“要请个大夫来看看吗？”

风月捂脸，伸手将她推走避免误伤，然后拽了秋夫人过来：“您来劝个架啊！”

“砰”的一拳打在下颌上，封明啐了口血，狠狠一拳还在了殷戈止的腹部。战况激烈，看得秋夫人连连摇头：“这劝不了的。”

“为啥？”风月瞪眼。

“您都不知道他们为什么打，那咱们怎么知道？这儿没人功夫比这两位好，送上去也只能徒增伤员。”秋夫人叹息，“不过封家小子不懂规矩惯了，我可以理解，但王爷这是怎么了？那么稳重的人，今天怎么也打起架来了？”

风月沉默，心里大概能猜到点原因。殷戈止可能是想起她不是完璧之身的事了，以为她跟封明……这事可不能解释，一解释，相当于她跑过去指着自己跟人说：看呀，三年前没脸没皮、没羞没臊把自己送去东宫伺候你的人里就有我呀。

想起自己那段为情所困、不管不顾的过往，风月就想拿头撞墙。咬咬牙，她干脆冲上去，一把将封明扯在身后，看着殷戈止道：“不是他！”

即将挥到她面前的拳头生生停在半空，殷戈止血红着眼，心口起伏，失笑出声："你还护着他？"

这真的不是护着不护着的问题，风月抹了把脸："当真不是他。"

"那是谁？"眼眸转冷，殷戈止道，"你刚刚还说过的话，自己就不记得了？还是觉得我记性不好，会忘掉？"

你与封明有婚约，还会与别人私订终身吗？

不会。

想起这话，风月恨不得给自己来一巴掌。什么叫搬起石头砸自己的脚，什么叫说谎话没有好下场，这就是了！

"王爷您先冷静点，听我解释。"她干笑，眼珠子滴溜溜地转。

一看她这神色，殷戈止就摇头，眼神陡然冷下来："是听你解释，还是听你编故事？关清越，是不是我对你太好了，以至于你觉得你说什么我都会相信？"

清冷的声音响彻整个院子，听得人心里莫名发紧。

风月不笑了，有点茫然。

她为什么会跟他一起纠结于这件事啊？这些事算什么要紧的吗？不算啊，会影响大局吗？不会啊。况且，当年风流薄幸满天下的是他殷大皇子啊，现在凭什么这么理直气壮地在这儿质问她？

深吸一口气，风月回神，正经地看着面前的人道："王爷不爱听，那奴家就不编了。您要杀要剐随便，要是没别的事情，奴家还有事要做，就不陪王爷耽误工夫了。"

喉咙一甜，殷戈止闭眼，哑然笑了笑。

瞧瞧，女人果然是不能宠的，一旦宠坏了，压根就不会考虑他的感受了。好一个要杀要剐随便，她是仗着他不会拿她怎么样，所以才这般有恃无恐。

有恃无恐啊……

摇了摇头，殷戈止转身，咬着牙往外走。脚下步履沉重，眼里翻江倒海。风卷衣袍，轻薄的白衣翻飞，秋夫人在门口感慨地看着，那袍子落下，背后的封明皱着眉，风月一脸平静，只院子里的一树石榴花开得正好，红艳艳的。

看着殷戈止的身影消失在门外，风月才动了动，若无其事地坐下去继续写东西。

封明侧头，问了她一句："你是当真不喜欢他了吗？"

风月不耐烦地道："你要是非得跟我说这些情情爱爱的，那我就对你不客气了。"

封明微微一愣，摸着鼻尖低笑："虽然觉得你现在同我亲近些很好，可总少了以前那剑拔弩张的趣味。你要是当真对我不客气，想来也不错。"

风月眯眼，转身就想揪着他的衣襟将他扔出院墙。

然而，手一软，她才想起来，自己现在哪里还有本事对人不客气啊？

封明微微皱眉，低头看着她的手："一早就想问了，你身子是怎么了？先前还很利索的，如今跳墙都能摔着，想抓我，竟然也使不上力。"

睫毛颤了颤，风月想收手，手腕却被人抓住了，她忍不住扭头就喊："秋夫人，救命啊！"

还在门口看着殷戈止离去的方向发呆的秋夫人回神，连忙过来将封明的手掰开："少主现在身子本来就不好，你使那么大力做什么？！"

封明慌忙松开手，皱眉，瞧着风月也没有要说的意思，想了想，道："秋夫人随我去问候一下尹将军吧。"

"嗯？"秋夫人一愣，想起尹衍忠曾经是封明的师父，觉得也是情理之中，于是点头，让风月继续写东西，便带着他出去了。

结果一出门，封明就问她："她那铁打的身子，怎么变成这样了？"

秋夫人一愣，抿唇垂眸："具体发生过什么，咱们这些人并不知道，只知道少主从牢里出来就被人断了手筋，问她她也不说。"

被断了手筋？！封明倒吸一口凉气，别的都不听了，直接扭身就冲回了风月面前，眼里满是震惊，想伸手又怕伤着她，就站在她旁边问："你的手？"

揉了揉太阳穴，风月叹息："我没什么大事，您千万别表现出一副心疼我的样子，都过去这么久了，您这样会让我觉得很难受，没法自处，明白吗？"

练了十几年的功夫，说没就没了，她何尝不心疼，不怨恨啊？但这伤口她已经好生用土掩埋，就不必用那种眼神去把土刨开，让她再想起来吧？学学殷戈止啊，冷漠也有冷漠的好处，半点不跟她提这些事，多省心啊。

封明闭嘴，硬生生将一口气咽下去，哽得喉咙一路疼到心口。他抹了把脸，咬牙道："好，我不提，你告诉我谁干的，我杀了他！"

谁干的？风月失笑，侧过来睨着他，眼波潋滟："那可不止一个人，也不是你想杀就能杀得了的，除非你想让整个镇国侯府给你陪葬！"

封明微微一凛，冷静了下来，可看着她这样子，他实在难受，想了想，径自拿了她面前的笔墨，抽了一卷白纸，开始写折子。

既然不能杀了害她的人，那就帮她做她想做的事情吧！

于是，皇帝收到的第一份落井下石的奏折，就是来自封明的。奏折言辞激愤，指出赵旭在民间搜刮民女，还打的是要献给皇帝的旗号，实则无一人送进皇宫，行为实在恶劣，影响圣誉。

有这样一个开头，朝中其余人的奏折也纷纷上来了，挖出赵旭不少恶事——欺上瞒下，还结交党羽，妄图掌控兵权。

这些人会写折子啊，专挑皇帝的痛处戳，让他看了想原谅赵旭都不行。

三司审理，赵旭有官职在身，本是不会受严刑拷打的，但是很不巧，孝亲王最近心情不好，往太尉衙门走了一趟，看望了一下赵旭，接着太尉衙门的人审理起人来就丝毫不手软了，有什么刑具用什么刑具，甚至还从大理寺调用新出的特殊刑具。

赵旭遍体鳞伤，心里愤懑难平："微臣是冤枉的！陛下，微臣没有弑君之意，没有！"

"没有吗？"主审廉恒严肃地道，"可你府上的家奴都已经招供了，说是受你指使，有意毒害陛下。"

"荒谬！"赵旭嘶吼，"我深得陛下宠幸，做什么要毒害陛下，引杀身之祸，你不觉得说不通吗！"

"本来的确说不通，"廉恒伸手，拿了一份誊抄的奏折出来，扔在他面前，“但三司严查得知，你祖上是前朝重臣。”

赵旭一愣，接着摇头：“我祖上是祖上，我是我！”

“这话，陛下不信。”廉恒摇头，“有景慧帝和雷益的先例在前，大人既不能给出自己被冤枉的证据，又没有抓到凶手，再有百官上书，列举大人之过，大人谋害陛下之罪，想必很快就会定案。”

“不……不……”赵旭眼泪直流，“他们冤枉我，我没有要弑君，我没有！”

“大胆！陛下亲身所经，百官齐齐所证，你也敢喊冤枉？！”

赵旭猛地摇头，身上锁链哗啦啦直响，他怒骂：“文武百官算什么证人！他们分明是见风就倒，一帮没骨头的东西！当年关将军不也是证据都没全，他们就急忙要定案吗！他们说的话，哪里信得啊！”

廉恒一震，一巴掌拍在桌上站了起来：“你瞎说什么！关氏叛国，不是证据确凿吗？”

“廉将军，亏你还曾是关苍海最信任的副将。”赵旭失笑，“咱们陛下什么德行你不知道？百官又是什么风气你也不知道吗？墙倒众人推，就像今日的我一样，当初的关将军也是被这样冤死的啊！”

廉恒大惊，脸色瞬变，差点没站稳。

他是最铁面无私的，所以关苍海被指叛国之时，即便是他最崇敬的人，他也没求过情。当时朝野上下一片讨伐之声，言之凿凿，他也就理所应当地觉得关苍海当真叛国了，甚至为此恨过他。

然而，竟然是被冤枉的？

“陛下想要他死，文武百官也就顺着话说他该死，我是头一个上奏要关家灭门之人，可关家到底叛国没有，连我也不得而知。”赵旭抖着嗓子道，“我没想到啊，没想到有一天这样的命运会落在我自己身上！廉将军，我是被冤枉的啊！”

廉恒轻轻往后退了几步，转头就想出去。

然而，透着微光的门口，孝亲王负手而立，挡住了他的去路。

“既然已经冤死了一个忠臣，再冤死一个奸臣又何妨？”阴冷的声音在天牢里响起，听得人背脊发凉。

廉恒皱眉抬头，看着他道："王爷，国有国法！"

"这话，本王也曾同人说过。"殷戈止慢慢踏进牢房，嗤笑一声，盯着廉恒道，"可惜在陛下眼里，国无国法，全凭一己喜好做事。那，冤死人又如何，不冤死又如何？"

廉恒一愣，很是不能认可，却见殷戈止伸手拿起他桌上的罪状，一张张看过之后，抽走一张，剩下的都放在了他手里。

"难得朝中还有讲律法的人，那就讲律法吧廉将军。这些罪状都是确凿无误的，您不用担心会冤枉他，而这一份，"殷戈止扬了扬手里的弑君罪状，淡淡地道，"就由本王去交给陛下吧。"

廉恒皱眉，捏着那些状纸看了看，颇为恼怒地转头盯着赵旭："你也配和关家一案相提并论？！"

赵旭傻眼了，他没想到孝亲王会来这种地方，还会再对他落井下石。

"王爷！"他咬牙，"老臣与王爷到底有什么深仇大恨，能让王爷如此痛恨？"说着，他想了想，转着眼珠子道，"难不成是因为关家一案？王爷与关家之人有私交，要替他们报仇吗！"

殷戈止斜眼看了看他，慢慢蹲下来，平视着他满脸的血，淡淡地道："你想多了，本王只是闲得没事做罢了。"

被他这一句话气得吐了口血，赵旭怒骂："竖子！"

"嗯，本王听见了。"站起身，殷戈止转头示意廉恒写罪状，"他辱骂皇室。"

廉恒："……"

于是这天傍晚，还在调理身子的澧文帝就收到了厚厚一摞关于赵旭的罪状。

澧文帝长叹一口气，侧头问侍药的南平公主："你也觉得赵旭该死吗？"

南平重重地点头，苦口婆心地道："父皇，您的英名怎么能被这么个坏人拖累了？就算他与您一样喜欢书法字画，可他也不一定就是个好官呀，瞧瞧他做的这些事，皇儿瞧着都觉得心惊。为了平息民愤，父皇还是下旨斩了他最好！"

有了这么个台阶下，澧文帝心里就舒坦了，沉痛地下旨昭告天下，然后判赵旭斩立决。

“皇上！皇上！”被押在囚车里行在街上的赵旭一路高呼，“我是冤枉的！皇室不正，百官不清！皇室不正，百官不清啊！”

廉恒带着护卫押送，走在最前头，突然想起了当年他押送关家二少爷赶赴刑场的场景。

关清穆秉承了其父的风骨，一路上一句话也没有说，背脊挺得很直，哪怕穿着囚衣，也像穿着盔甲。

四周是百姓的谩骂，他充耳不闻，双眼盯着前头，眼里却是什么东西都没有。

廉恒当时的心情很沉重，也很想问问他关苍海到底为什么叛国，却终究没能问成。然而现在，他明白了，真正受了巨大冤屈的人，可能连喊冤的力气都没有，心如死灰，满眼都是对皇室的失望而已。

捏着缰绳的手紧了紧，他突然很想去给关将军磕头，关将军的坟，只有他知道在哪里。

正想着呢，他冷不防就看见关清越的眼睛在人群里一闪而逝。

廉恒惊得勒马，再定睛一看，却像是他眼花，四周都是普通的百姓，哪儿来的关清越？

想起自己曾经收到却并未理会的那封信，廉恒皱眉，心事重重地继续往前走。

风月乔装打扮，站在了刑场外头。

这刑场在她梦里出现过无数次，刑台上头流淌的都是关家人的血，老的少的，血都融成一处。

如今，刑台上哭声震天，她却听得心里格外舒坦。

终于轮到这些老贼了！

赵旭的叫声何其凄惨，声嘶力竭，怨气冲天：“微臣没有弑君之心，没有弑君之心啊！奸贼冤我，奸贼冤我！”

风月微笑，只觉得万分痛快，心口堵着的恶气瞬间松了一小半。

赵旭当初多巧舌如簧啊，进谏惑主，求自身荣华富贵，使关家满门抄斩。如今冤死在同一个刑台上，这才算是报应，谁要他死于律法？她偏要他死在自己犯过的罪孽里！

可惜她说不得话，要是说得，当真想问他一句——

“关家人当初跪在这里的滋味，你可尝到了？”

一袭三爪白龙袍扫过赵旭面前，清冷如秋霜的声音在刑台上响起。

有那么一瞬间，风月当真以为自己说出了这句话，可听着声音怎么不对劲啊？

她抬头一看，只见殷戈止面朝赵旭站着，背影萧然。

眼里闪过一道奇异的光，风月抿唇，看了看一旁监斩官的位置。

观止捏着刀鞘站在空空的座位旁边，一脸严肃。

监斩的，竟然是殷戈止。

她心里有点怪异的感觉，说不上是怨恨还是感慨，风月叹息，听着赵旭的哭喊声，看着殷戈止回到监斩台上。

午时一到，“斩”字令扔了下来，刽子手的刀在骄阳下高高举起，闪闪发光。

没看最后那鲜血四溅的场景，风月扭头，听着四周人的低呼，慢慢地往人群外头走。

“堂堂太尉啊，竟然说砍就砍了。”

“呸，他没做什么好事，不砍他砍谁？听说半个月前他毒害圣上，这半个月又翻出不少其他罪证，肯定是死罪呀。”

“是该死，可是总觉得……咱们澧都好像要变天了。”

窸窸窣窣的议论声中，风月站在了刑场的出口。散场的百姓纷纷从她面前经过，接着是退场和收尸的护卫，到最后，孝亲王乘着轿子出来了。

“观止。”风月顶着一脸络腮胡，贼眉鼠眼地凑上去，扯住了人家的袖子。

观止被她这装扮吓了一跳，险些喊“抓刺客”，然而一看这眼神，他冷静了一下，试探性地问：“风月姑娘？”

旁边的轿子停了下来，风月“嘿嘿”笑着，却见轿子里头的人没有要出来的意思。

她挠挠脑袋，道：“没啥事，就是谢谢你家主子，没有他，赵旭也不会这么快伏法。”

懂得感恩是个很重要的事啊，就算没求人家帮忙，人家帮了，那也得道谢，不然以后谁肯帮你啊？

观止一喜，立马扭头喊了一声：“主子？”

轿子里没个回应，空气凝固了片刻。片刻之后，殷戈止的声音不带感情地响起：“与我无关的事，有什么好谢的。观止，走。”

啥？观止一脸错愕，看了看轿子，又回头看了看风月，挥手就示意轿夫先走，然后站在原地小声问风月：“姑娘与主子吵架了？”

吵架吗？摸了摸下巴，风月道：“不算吵架吧，大概只是他在生我的气。”

生气的原因也莫名其妙，就因为在他眼里她不是完璧跟的他。啧，御女无数的殷大殿下，也好意思生这种事的气？

那气就气吧，气死活该！她的贞操观念本就淡薄，被儒学大家们知道了，可能还要口诛笔伐的那种。他当真介意，那去找个完璧之身好了呀，跟她较什么劲？

翻了个白眼，风月转身就走，脸上的络腮胡子一翘一翘的，瞧着有点可爱，可惜没人看见。她很快隐入人群，消失得没了影。

殷戈止掀开轿帘，半垂着眼看了看外头，不悦地喊了一声：“观止。”

“主子。”几步追上去，观止低头，“属下在。”

殷戈止轻哼了一声，没说话，微微抬着下巴，像是想问什么。

观止立马会意：“风月姑娘已经走了，没说什么话，只说主子在生她的气。”

知道他生气，也不多说几句？殷戈止嗤笑，放了帘子冷漠地想，当真是对她太好了，所以她觉得不用在意他？等着吧，总有要求他的时候！

赵旭一死，朝中虽然表面上一片赞扬，实则众人也畏惧澧文帝的喜怒无常，纷纷谨慎起来。

作为第一个对赵旭之事上奏本的人，封明被澧文帝叫去了御书房谈话，之后就卸了宫门守卫的职务，享将军俸禄，赋闲在家，等待征战。

此事一出，朝中更是人人自危，镇国侯府上客人络绎不绝，都是来问情况的，然而封明一个都没接见，倒是只身跑去了大杂院，对着风月直摇头："咱们陛下真是阴晴不定。"

风月递了杯茶给他，皱眉道："连累你了。"

"不算连累，反正守宫门也不是什么好差事，当初回澧都，皇帝给我这职务，也不过是为了名正言顺地将我手里的兵权拿回去。"封明摆手，满不在乎地道，"倒是让我见识了什么叫一入宫门深似海。"

风月一口茶差点喷出来，眯眼道："将军，要是没记错，这是后宫嫔妃们该说的话，您说出来是个什么意思？"

"哎呀，就是皇帝的心思太多了，实在难猜！"封明摇头叹息，"本来我以为上阵杀敌、精忠报国就能施展抱负，然而打完一场仗回来，听着皇帝那些个弯弯绕绕的话，才发现澧国的将军当得真没意思，出去要跟敌人打，回来还要被皇帝打。"

怨不得殷戈止情愿去烨国为质了，现在想想，还是不当将军最舒坦。

风月笑而不语，拿了绿豆糕嚼着，听封明继续说。

比起殷戈止的沉默，封明就活泼多了，哪怕她不说话，这人也能自己说上许久："如今这朝野之中官风也不正，要说有风骨的，可能就杭大学士和石丞相两人了，当初关家的案子，满朝官员跟着赵旭上书，只他们称病避谈。如今风雨将起，也是他们在陛下面前劝谏，让陛下不要偏听偏信。"

杭翰义和石鸿唯吗？风月耸肩，她对这两人了解不多，毕竟除了短暂的休假，她都是跟着关老头子征战在外。

不过……想起一个人，风月眯眼，转身去看了看尹将军他们搜集来的消息整合册，一翻就翻到个名字。

石有信。

此人乃澧国廷尉，当年关家一案的主审，用两天的时间，不问罪，不查证，直接定了案。

赵旭是煽动皇帝的人，而石有信才是真正冤死关苍海的人。

风月合上册子，扭头就问封明："你认识石有信吗？"

石有信？封明点头："当朝廷尉大人，听父亲说，是石丞相的远房侄子，但与石丞相不太亲近，素日上下朝都不说话的，风骨也是大不相同。"

竟然当真是一家的？风月唏嘘，原来一家里头的人，也能如此泾渭分明。

"你问他，是想了解当初关家的案子吗？"封明道，"这个人不好见，先别说他总是忙碌，就算空闲下来，也是不愿意见客的。"

风月笑了笑："大门不出、二门不迈？"

"也不是，他好像常去文林街一家书院，那书院叫什么我不知道，也是听人无意间提过一句。"

文林街？风月点头，正想着要不要去看看，结果就见灵殊蹦蹦跳跳地进来道："主子，秋夫人来了。"

风月伸手塞给她一块绿豆糕让她去玩，抬头就看见秋夫人神色古怪地站在门口："出什么事了？"

秋夫人手里捏着封信，有些戒备地看了封明一眼。

寻常知道看眼色的人都会回避一下，然而封大将军并不喜欢看人眼色，皱眉就道："连我都防着？我的命都是她的，你怕什么？"

风月黑了脸："将军，您的命什么时候是我的了？"

封明讶然回头，一脸震惊地看着她："你忘记了？"

"啥？"

"你十五岁那年，我不是说跟你打一架，你输了便是我的人吗？"

风月望了望苍天，好像想起这回事了，彼时的封小世子此话一出就被她暴揍一顿，半躺在地上口齿不清地道："哇呼了，哇是泥的赢了（我输了，我是你的人了）。"

这句话说的是什么，当时的关清越并没有在意，只冷哼了一声，留给他一个潇洒的背影。

现在想起来，风月抹了把脸，干笑："将军的记性真是好。"

封明一脸认真："同你有关的事情，我向来记得清楚。"

秋夫人打了个寒战，也不管那么多了，直接把信塞到风月手里，愤恨地转身往外走，一边走一边碎碎念：“欺负我守寡多年，现在的年轻人说话真是不庄重……”

不庄重的年轻人眼神灼灼地盯着风月，后者定了定神，打开了手里的信。

竟然是廉恒写的，也不知道怎么联系上了秋夫人，信上就一个意思，他想赎罪，请她往澧都以东的照影山下一会，有关于将军的要事告知。

关于将军的要事？风月一脸冷漠地想了一会儿，眼神陡然变得炙热，二话不说，立马追出去喊了一声：“秋夫人！”

“啊？”秋夫人停住了步子回头。

风月胸口起伏得有点厉害，颤抖着声音道：“请写信的人即刻前往照影山，我在那边等他！”

这个时辰？秋夫人看了看天色：“少主，这会儿过去，怕是要天黑了。”

“给我一匹马就成。”

封明跟出来道：“我骑了马来的，我带你去。”

“有劳。”风月嘴里有礼地说着，手上却是直接一把拽过人家的袖子往外扯。

难得看她这么急躁，封明也不敢怠慢，搂着她上马，一路就往东城门飞奔。

殷戈止面无表情地从文林街的济天书院出来，就差点被这飞驰的马撞着。一个侧身躲过，他看着马上的两个影子，皱了皱眉。

“主子，那好像是风月姑娘。”观止瞧了一会儿道。

“我不瞎。”殷戈止冷漠地道，“是她又如何？”

观止垂头，心想不如何就不如何吧，虽然看起来像是有什么急事，还跟封将军一起，但主子不在意的话……

“把马牵过来。”殷戈止冷声道。

观止：“……”

马蹄声声，直奔照影山。

一说这地方，风月难免就想起了殷戈止第一回挖坑给她跳的时候，问的就是去照影山看看如何。

照影山在澧国很有名，因为早些年有人说在上头看见过神仙，故而此山就成了风水宝地，无数人赶着来这儿安坟，坟包错落，很是壮观。

当初关苍海在牢里“畏罪自尽”，听闻是廉恒奉旨收尸，只有他一个人知道关苍海埋在了哪儿。所以一收到那信，风月就猜到了廉恒说的要事是什么，连忙赶来。

然而，他们等了许久，也不见人来。

封明皱眉，侧头道：“你是不是太急切了些，万一是有人诈你的呢？”

“当初我逃出来，被尹将军带出了澧都，想着总有一日要回来复仇，便写了很多密信，邀与父亲关系甚好的人共谋此事。接到信没来的，只有廉恒一个人，也就是说，除了大杂院里的人，只有廉恒知道我还活着。”

想起此事，封明沉声道：“你胆子也太大了，万一这些人之中有人怀不善之心，将你还活着的事捅出去怎么办？”

“不会。”风月摇头，“父亲信得过的人，定是正直良善、疾恶如仇之辈。知道父亲含冤，就算不愿意与我谋事，也断然不会出卖我。”

她猜得没错，廉恒虽然不知为何没来，但三年过去了，澧国也没有半点抓捕她的风声。

封明沉默了片刻，还是忍不住问：“那你为什么不写给我？我也可以帮你啊！”

风月嘴角抽了抽，道：“封将军，您是堂堂镇国侯府的世子，我要是将您一起拐走了，岂不等于惊动了整个澧都？”

原来是这个原因啊。封明心里舒坦了，咧嘴笑得露出一排洁白的牙，正想再说，就听得有马蹄声由远及近。

两人回头，便见廉恒策马而来，一看见风月，眼神灼灼，下马便行礼：“少将！”

被这称呼喊得心里一痛，风月抿唇，看着他道：“统领言重了，这哪里还有什么少将。”

廉恒抬头，看见封明也在，愣了愣，不过旋即想起两家的婚事，便没问，只低头道："卑职有罪，听凭人云亦云，误会了关将军，故而想让秋夫人传话少将，好歹让少将知道将军身葬何处。"

拳头紧了紧又松开，风月笑得疏远："请统领带路吧。"

廉恒一愣，缓缓起身，眼里满是自责，但看了看风月的表情，也自知无颜多说，便上马引路。

照影山的西面多坟，山顶上有"清官冢"，山腰上多是"贵人墓"，而山脚下则是"乱葬岗"。

风月跟着廉恒，很想往上多走走，然而，廉恒只穿过一片树林，就在一处地方停下了。

"这……"

小小的土包不知被谁踩过，凌乱的土里混着隐约可见的白骨，廉恒有些惊慌，连忙转头道："将军的坟还在前头，少将再走两步。"

"是吗？"看了看前头，风月道，"没到的话，您停下来做什么？"

"……"廉恒惯常不会撒谎，快四十岁的大汉，此时憋得脸色通红，眼神慌张极了，完全没有平日里威震四方的模样。

怪他太急了，怎么就没先来看看便写信给了少将，这样的葬身之地，让她瞧着情何以堪……

风月低笑，轻轻推开他，在那小土包旁边蹲下，看了一会儿，伸手想去挖。

"月儿！"封明皱眉。

"少将！"廉恒咬牙，"扑通"一声跪了下来，朝风月磕了三个头，"将军当年获罪而死，实在无法入殓，本是要直接弃于乱葬岗……"

"嗯。"风月点点头，手里刨着土，将那隐约可见的白骨上头的土都刨开，低声笑道，"统领不必惊慌，晚辈没有责怪的意思，没让父亲的尸骨喂了野兽，晚辈便心存感激。只是晚辈既然还在，便该给他换个地方安身。"

廉恒哑然，苦笑一声，跪着不动。

封明想上去帮忙，可一看风月的表情，还是站着让她自己动手。

土埋得薄，看起来不像个坟，无怪有人在上头踩，踩的人多了，骨头也就露出来了。三年过去，关苍海什么也没剩下，只给她剩下了一副硬骨头。

真是硬骨头啊，以前旁人这么喊他，她听着还只觉得是恭维，现在当真将这些骨头抱在手里，风月失笑，忍不住也喊了他一声："关硬骨头。"

肉都腐烂了，骨头半黑半黄，她慢慢地挖着，动作轻柔，记得关苍海肩上有伤，挖肩膀部分的时候都是用指腹抹的，记得他腰不好，将骨架都挖出来的时候便小心翼翼地想扶出来。

然而，一受力，那骨架便"哗啦啦"一声散落，惊得风月缩了缩肩膀，睫毛直颤。

封明看得心疼，想上去扶她，风月却飞快地蹲下来，将外裳脱了铺在地上，把关苍海的骸骨兜了起来，眼睛亮亮地道："这样就可以了！"

"少将……"廉恒咬牙，"卑职明日就去找修墓的工匠，给将军修个墓。"

"不用啦。"风月摆手，"晚辈自己来，廉统领是外人，这种事该子女来做。"

廉恒一顿，正觉得心里难受，又听得她道："不过统领既然管着护城军，可不可以放晚辈带着这些骸骨回去？不然晚辈会被扣在城门口的咧。"

"……好。"廉恒应了，看着她把骸骨包好抱在怀里，犹豫了一番，又道，"若是有什么帮得上忙的地方，少将只管吩咐。"

"统领客气。"风月颔首，抱着一大包骨头，想上马，却半晌都上不去。

封明在她后头，伸手掐着她的腰，一下便将她扶了上去。风月咧嘴，看着他坐在自己身后，便道："时候不早啦，快些回去吧。"

"好。"

第二章

到底喜欢谁

两匹马一路往城门飞驰，旁边的大树后头，殷戈止皱眉看着，翻身上马就从另一条路回去。

封明以为风月会哭，然而她一路竟然都是笑眯眯的，像是抱着了骸骨就分外满足，路过一家殡葬铺子，她道："你们先走吧，我置办点东西再回去。"

封明皱眉："我陪你。"

"不用不用。"风月摆手，"我想一个人尽孝心，你们谁都不用帮忙，快走吧。"

看了看这殡葬铺子，封明叹息，下马将她抱下来，然后上前去敲门。

天已经黑了，殡葬铺子做生意却是不分时辰的，一看有客人，便将风月迎了进去。封明站在外头，不放心地看着那门关上，过了一会儿，才跟廉恒一起继续往前走。

掌柜的引风月去后院，本想问她要买什么，可一看她怀里抱着的东西，又看了看她的神色，便很是体贴地给她指了指旁边哭灵的位置。

风月颔首，寻了口空棺，将关苍海一点点摆进去，摆成个骑马杀敌的滑稽形状，逗得自己咧嘴笑了笑。

笑着笑着，眼泪就下来了，跟下雨似的，第一滴下来，后头的就接连不断，倾盆漫山。

殷戈止无声无息地看着她，本是一脸冷漠，可听她哭着，心头跟着绞痛，忍不住就上去一把捏住了她的嘴。

“别哭了！”

风月泪眼模糊，半晌才看清这人是谁，打着嗝哽咽：“我……我在这儿哭也……也碍着王爷了？”

“嗯，碍着了。”脸色很难看，殷戈止道，“你哭的样子最丑了，鼻涕好长一条，不擦擦吗？”

瞪着他看了一会儿，风月“哇”的一声哭得更凶，眼泪鼻涕都流到了他手上：“你……你管我有没有鼻涕！我爹是忠勇大将军啊！死了没有将军墓就算了，棺材……棺材都没有一口……”

凭什么啊！到底是凭什么让他死都不得个体面！

殷戈止眼里满是嫌弃，看了她一会儿，却没把人扔开，手一收，反而拢进了怀里。

风月边哭边踩他：“你来做什么……不是生气吗？”

“是啊，现在也还是生气。”殷戈止淡淡地说着，手上温柔地摸着她的脑袋，“气得不想帮你做任何事，气得不想理你。但是，你哭得这么惨，胸口还是借你靠一下吧。”

冷漠无情的语气，透着一股子施舍的味道，风月咬牙，眼泪鼻涕全往他袍子上擦，末了一把将他推开，红着眼平静地道：“多谢。”

瞧这样子，倒是有两分傲骨了？殷戈止哼了一声，不经意地扫一眼旁边棺材里的骸骨，正想着行个礼，却冷不防觉得哪里不对劲。

“风月，你仔细看过这骸骨吗？”

风月正努力平复心情，却听旁边这人说了这么一句话，她咬牙，扭头就骂：“您懂不懂什么叫尊敬啊？就算老头子生前我没怎么尊敬他，可都这样了，您还盯着骨头看不成？”

殷戈止当真在盯着看，看得风月不顾礼节一脚就踹了过去。然而，即便没看她，殷戈止也是轻松躲开，然后将她拉过去，掰着她的脑袋让她看棺材里。

风月皱眉，心里悲戚未消，一看关苍海的骸骨，眼泪就又要上来了。

嗯？等等。

眼角余光瞧见点暗色，风月使劲眨了眨眼，掀开殷戈止的手，凑近看了看。

棺材旁边燃着四个高脚烛台，映着光，那骨头上的黑色显得尤为清晰。

“如果我没记错，他们说，关将军是畏罪自尽。”殷戈止眉头微皱，“可这瞧着，怎么像是服了毒？”

风月一愣，失笑出声，扭头就瞪他：“你还当真相信关苍海会畏罪自尽啊？他又没叛国，怎么会畏罪？那么硬骨头的人，怎么会自尽？这骸骨瞧着多半是中毒而亡。至于天牢里哪儿来的毒，这个不用我说吧？”

殷戈止闭眼，低声呢喃：“天牢之中，会发生这样的事吗？”

风月嗤笑一声，道：“王爷，我还进过烨国的天牢杀人呢，您澧国的天牢又有多严实？再者，当时骂关苍海叛国的声音颇大，上至朝臣，下至百姓，关苍海死不认罪，天牢给不出交代，还能有什么路走？”

所以，关苍海是被人毒死在大牢里，扣上“畏罪自尽”的帽子的？殷戈止沉了脸，眼神陡然变得凌厉。

这就是他以前信任过的三司审案，这就是他以为办事公允的石廷尉！亏得今日见石有信一面，他还说什么关将军可惜了，如今看来，关苍海的死跟他脱不了干系！他主审的案子，谁在他眼皮子底下杀人，他会不知道不成？！

吸吸鼻子，风月懒得理他，蹲在棺材旁边，嘴巴一撇就继续掉眼泪。泪水落在脚下的泥土里，滴滴答答地渗进去。

想了一会儿，殷戈止侧头看她，本想转头走了，可听那断断续续的哽咽声，心口还是闷疼。

冤孽啊……他闭眼，俯下身来将地上蹲着的人整个抱起来，轻声说了一句：“不哭了。”

风月身上一点力气都没有，伸手去扯他的手也是徒劳，只得愤恨地道：“要你管！”

“我不管，你有本事自己去报仇，别再哭了啊！”殷戈止皱眉，“哭得太烦人了。”

“仇我自己会报，倒是您，三更半夜的来这儿做什么？”风月咆哮，“走了不就不烦了？”

“……”从小到大，哪有人敢这么吼他啊？就算他欠了她的，听见这话，那也该走了。可是，手上抱着人，心口被塞满了似的，压根不想放。

殷戈止抿唇，轻声问：“我有几块上好的金丝楠木，你想不想要？”

哭声顿止，风月愣了愣，问：“那是什么？”

殷戈止深吸一口气，低笑：“做棺材最好的木头，别处买不到的。”

既然走的时候没个好体面，那现在肯定是要最好的东西！风月想了想，厚着脸皮点头，立马忘记自个儿刚刚吼着让人家走的话了，眨巴着眼睛问：“我要，王爷就给？”

“嗯，我让人做成棺材，做好了再送来。”

“那好。”抹了把脸，风月点头，“我不哭了。”

还真是说不哭就不哭了？殷戈止摇头，顺手拿了旁边放着的香，在烛台上点了，恭恭敬敬地给关苍海行了礼，然后转身，找到殡葬铺子的掌柜，嘀嘀咕咕了好一会儿。

于是，第二天天亮，大杂院那一群人赶过来的时候，就见白幡已经挂好，所有事情也都已经妥当。眼睛红肿的风月枕在殷戈止的腿上，睡着了也一脸疲惫。

听见点动静，风月立马睁开了眼，看见罗昊等人，便松了口气，坐起来道：“昨天太晚了，没知会你们。”

秋夫人一脸焦急，想说什么，便看见了旁边放着的棺材，当即噤声，所有人站得规规矩矩，朝临时放着骸骨的棺材行了九个大礼。之后，秋夫人才哽咽着道：“封将军昨天差人来知会过一声，我们也知道少主定然很难过，所以才不回去。可是一晚上的，谁都没能睡好觉！”

“抱歉。”风月起身，拿了旁边的香递给他们。

秋夫人还想再说，冷不防对上旁边殷戈止不悦的眼神，吓得噤了声，没再啰唆，麻利地上香念经。

几个大男人看见那骸骨都双目通红，恨得咬牙切齿，经念完了，齐齐地围着风月，压着声音道：“少主，我们想为将军报仇！”

“不是一直在报吗？”风月笑了笑，“至于我爹是怎么死的，咱们去问问主审官就知道了。”

“可廷尉府……不是很好进去。”尹衍忠皱眉道，“安插在那里头的人也说，石有信此人防备心极重，不肯轻易见人。”

“这个好说。”秋夫人道，“王爷不还在这儿吗？若是王爷请他一叙，他想必不会推辞。”

众人纷纷将目光转向了殷戈止，风月想想也对，正想开口，就听得他淡淡地道：“不请。”

秋夫人一愣，立马反应过来，用手肘捅了捅风月，小声道：“您说句话。”

说啥？风月眯眼，她就看不得殷戈止这跩得不行的样子，像是少了他不能成事一样。要不是念着那金丝楠木的棺材还没送来，她都想骂人了。

别开头，她笑道：“请廷尉大人出来又如何啊？他反正不会说真话，还是从别处下手，让他恶有恶报吧。”

殷戈止点头：“既然如此，那本王就先走了。”说罢，潇洒起身，头也不回地走了。

风月龇牙，看着他的背影消失在门口，愤然地道：“这脾性也不知道跟谁学的，真是别扭死了，非得让人求他才肯帮忙，我偏不求，憋死他！”

罗昊无奈地道：“少主，他不帮忙，一点损失也没有，怎么会被憋死啊？”

“这你就不懂了。”风月伸手搭在他肩上，一脚踩在旁边的长凳上头，吊儿郎当地道，“殷戈止那种人啊，好面子，你让他面子上过不去，他就会憋着！”

点点头，罗昊觉得很有道理，顺便再问了一句：“那对咱们有什么好处啊？”

众人一片沉默。

风月收回了手，一脸正经地道：“先准备丧事吧，等棺材一到，咱们要堂堂正正地撒着纸钱举着白幡从城门出去，然后选个风水宝地，让老爷子安息。”

“好。”院子里的人应了，开始张罗起来。

封明本来第二天就想过来看风月的，然而，还没出门，就被自家老爹举着棍子拦在了房门口。

“你还要往哪儿跑？！”镇国侯板着脸道，“这一跑二跑的，都犯了圣怒了，还不老实点？”

无奈地往门框上一靠，封明道：“爹，您让我在家里待着，陛下也不会看我顺眼的，还不如放我出去跑。”

“孽畜！”镇国侯怒道，“午时有左家的宴席，你必须跟我一起去！”

左家？一想起那个看见他就矫揉造作的左小姐，封明连连摇头：“不去！”

“不去也得去！”镇国侯咆哮，“你都多大年纪了？放在别家都该是两个孩子的爹了！外头那么多姑娘总往你怀里塞东西，你就不能老实点娶几个回来，生个孙子给你爹抱抱？”

封明嫌弃地撇了撇嘴，道：“我看不上她们。”

“那你看得上谁？”镇国侯怒道，“你说，爹去给你下聘！”

“当真？”微微挑眉，封明乐了，张口就道，“那我要娶关家女将军，关清越。”

镇国侯：“……”

手里的棍子没白拿呀，镇国侯爷拎着就将封明揍了个花儿开，往柴房一锁，让他好生冷静几天。

听见这样的消息，风月倒是乐了：“他是该娶亲了，先前不是忙吗？现在有空了，可以考虑考虑。”

“少主。”秋夫人叹息道，“封将军先前哪里是忙啊，上战场之前，多少姑娘倒贴几倍的嫁妆，他就是不肯娶。有次不慎当着众人的面说了非原先的婚事不认，传到皇帝耳朵里，镇国侯还去御书房外跪了半个时辰。皇帝还有意赐婚他与南平公主，哪知他也不乐意，这才被皇帝飞快地收了兵权，给了看守宫门的职务。”

风月嘴巴张得老大，心里“咯噔”一声，像是绑了块石头，“咚”地就不知道沉去了哪儿。

所以……他先前说的那些，都是骗她的？

想起封明那张总是挂着满不在乎的表情的脸，风月皱眉，突然觉得很难受。她何德何能啊，本就对他不是很好，怎么还受得住人这般厚待？

心情低落，风月蹲在墙角里，谁喊也不应，就默默地想着事情。

金丝楠木的棺材送来的时候，众人大吃一惊，可看她这样子，也就没人告诉她，这金丝楠木是皇室专享的不朽棺木……

风月不知道，可尹衍忠知道，金丝楠木稀有珍贵，除了皇帝，只有皇室受宠之人才会得赐几块用以为棺。殷戈止把这棺木给了少主，那他百年之后……又当如何？

秋夫人也有些唏嘘，看一眼脸色颇差的风月，没打扰她。一群人恭敬地将关将军的尸骸放好，也将搜集来的陪葬一并封入棺材，然后等时辰到了，便出城下葬。

往脸上贴了络腮胡子，风月披麻戴孝，一路撒着纸钱出城。

纸钱纷纷扬扬，四处飘散。有一张不小心飞入了路过的官轿，落在了一个人苍老的手心。

石鸿唯低头，一看这东西就皱了皱眉：“停轿。”

“大人。”外头的护卫连忙拱手待命。

轿夫压轿，石鸿唯缓缓走出来，看了一眼那漫天飞舞的纸钱，问了一句：“谁家出殡？这么大的阵仗。”

护卫看了看，道：“容属下去问问。”说罢，带着刀便往那送葬队而去。

风月正哭得厉害，冷不防见人持刀拦路，当即就粗着嗓子道：“借过，生人面前，哪里见得刀子？”

那侍卫拱手问了一句：“敢问是何人府上送葬？”

众人都是一愣，风月侧头就看见街边停着的官轿，扫一眼那轿子顶上的铜饰，脸色微变，连忙拱手道：“小的是惠州来的商贾，路过澧都，家父病逝，无奈只得在此送葬，还望大人莫怪。”

侍卫点头，就着这话回去禀了。石鸿唯微微颔首，也未在意，只将手里的纸钱焚了，朝送葬队的方向微微鞠躬，然后便上轿，让人继续走。

远远看着他那举止，风月便也颔首，招呼着旁边的人启程。

“那是石丞相吧？”史冲感叹，“真不愧是一代名相，可惜了辅佐的不是个好君王。”

“慎言。”风月低声道，“前头就是城门了。”

史冲连忙闭嘴，低头便扶着棺木车。

墓是好墓，地方也选好了，可碑文压根没法刻。若刻关苍海的名字，冤案未反，说不定就被人砸了挖了。但若刻别的名字，众人也不愿关将军受这委屈。

“先不刻了。”风月道，“等坏人都死完了，咱们再刻。”

秋夫人叹息：“这世上歹人何其多，哪里死得完呢？”

一阵风吹过来，墓前白纸飞扬，风月眉目坚定，捏着拳头一字一句地道：“歹人死不完，但害他的人，一个也别想活着！”

大风顿起，衣摆飞扬，她朝着那无字的墓碑狠狠地磕了几个头。

“少主。”回城的路上，尹衍忠道，“刚收到的消息，孝亲王约石有信明日书院一谈，石有信应了。”

风月一愣，皱眉道：“他不是说不帮吗？这又是做什么？”

秋夫人摇头：“嘴上说不帮，到底还是要帮，咱们这孝王爷啊，真是心口不一，跟他父皇一个样。不同的是，他父皇那是口蜜腹剑，他是刀子嘴豆腐心。”

风月沉默，走了一会儿，仰头道：“这么一算，我岂不是又欠他人情了？”

“哎，话不能这么说。”罗昊道，“他没答应帮少主的忙，自己做的，那就不算帮忙，少主不欠他的。”

好啊，那算是天赐的机会，她好好抓住就成了。厚脸皮地想了想，风月觉得这么想很没有心理负担，于是就说服了自己，回去一阵捣鼓，安排接下来要做的事情。

第二天，殷戈止坐在书院院子里，看着面前的石有信，伸手给他倒了杯茶："今日请大人出来，除了谈法度之事，还想问大人一件事。"

石有信是个三十岁的瘦子，个子不高，显得衣裳分外肥大。眼睛很小，鼻子很大，瞧着就不会给人什么好印象。眼下听殷戈止一开口，他更是一副惶恐之色："王爷但问无妨。"

"关于关苍海。"收了茶壶，殷戈止抬眸，"他当初在天牢是怎么死的？"

脸色猛地一变，石有信垂眸，捏着茶盏道："王爷怎么还在问这些事情？皇上知道了会不高兴的。"

"大人不是说与本王是知己之交吗？"殷戈止平静地看着他，"既然是知己，私下说点话，父皇怎么会知道？"

微微一噎，石有信沉默许久。

殷戈止不紧不慢地转动着手里的茶杯，淡淡地道："看来大人说的话，本王不能当真啊，既然如此，那大人先前说的改司法之事，本王觉得……"

"王爷！"见他有反悔的意思，石有信连忙道，"那件事不是下官不愿意说，是实在没什么说的啊！关苍海当年的确是畏罪自尽，一头撞死在墙上的，头破了好大个窟窿……真的，其余的下官不清楚啊。"

要是没看见关苍海的骸骨，殷戈止说不定就信了。然而现在，他笑了笑，问："那他还被关在天牢里的时候，有什么人去看过吗？"

"没有没有。"石有信转着眼珠子，语气坚决地道，"因着是叛国重犯，天牢里是不允任何人探监的，当时下官还在天牢里住了两晚，就为了看牢他。后来不负圣望，其余犯人顺利被送去了斩首台。"

一想起那阴暗的牢房，石有信还有点害怕，想喝口茶压压惊，旁边骤然响起观止的声音："王爷，封将军被镇国侯押进宫了。"

石有信吓得身子猛地一抖，眼珠子乱转，有些薄怒："说话怎么也不通传一声？”

观止莫名其妙，却还是行了礼，退了下去。

殷戈止微微挑眉，道：“大人胆子可真小。”

“王爷见笑。”石有信转过头来笑道，“关于改法之事，还请王爷多向陛下美言几句，您的话很有分量。”

石有信要改的法，是杀人偿命之法，言辞凿凿说应该取消死刑，改为流放，更利于民心平稳。

他看不出来民心平稳与杀人不该死刑有什么关系，不过石有信都这么说了，那他也就应下，至于美言不美言，那就是他的事情了。

从书院离开的时候，毫无意外地感受到了几股潜伏的气息，殷戈止恍若未闻，直接上车回王府。

石有信有点困倦，上了轿子就闭目养神，晃晃悠悠的不知道过了多久，轿子突然猛地一摔，落在了地上。

“怎么回事？！”活生生被惊醒，石有信怒斥，“没吃饱饭啊？！”

“抱歉大人。”外头的轿夫连忙重新将轿子抬了起来，拐过两个转角，继续往前走。

打了个哈欠，石有信继续睡觉，等一觉睡醒之后，发现轿子停了，旁边的随从却没喊他下去。

“怎么回事？”他不耐烦地掀开轿帘，正想呵斥两句，却见前头不是自己的廷尉府大门，而是一片尸臭熏天的乱葬岗。

轿子四周一个人都没有，石有信胆子小，立马尖叫起来，哆哆嗦嗦地钻回轿子里去。

天色渐晚，狂风呼啸，轿帘被吹得起起落落。石有信打着寒战，睁大眼往外头看，却见远处好像有影子慢慢地飘了过来。

慢慢地，越来越近，飘来的影子浑身是血！

“啊——”惊恐的喊叫响彻整个树林。

第二天有樵夫上山砍柴，发现一顶华丽的轿子停在路边，好奇地上去掀开帘子，就见一个穿着华服的官老爷，双眼下头一片青黑，面色憔悴地颤抖着。一看见他，便惊叫连连。

樵夫报了官，石有信这才被接回澧都去。

“嘿，真不禁吓，听闻是病了，几天都没能去上朝。”罗昊来风月院子里汇报情况，满脸不屑地道，“还以为那么心狠手辣的家伙会是个胆子大的，谁承想会吓成这样。”

“嗯。”嗑着瓜子，风月不慌不忙地道，“让他先养几天吧。”

罗昊一愣，刚想说少主真是慈悲，谁承想就听得她下一句道：“等病好了再找机会接着吓。”

殷戈止那头也收到了消息，悠闲地将书一合，道：“咱们去看看吧。”

去廷尉府探病的人不多，殷戈止一进去，倒是瞧见了石丞相。

“王爷？”看见他，石鸿唯有点意外，上来拱手行礼，然后问，“王爷也来看望石廷尉？”

“是啊。”殷戈止颔首，“听闻是做噩梦吓病了，便想来问问他，是不是做过亏心事。”

这话说得平淡，石鸿唯却反应了过来，慈祥地笑道：“殿下，有些事不能强求。陛下都不愿意殿下继续查的事情，殿下何苦挣扎？”

“为求心安。”从他身边走过去，殷戈止道，“本王也怕哪天像石大人这样，做了亏心事，夜不能寐，自个儿折腾自个儿。”

这句“石大人”喊得丞相皱了眉，看着他那俊逸的背影，摇摇头。

石有信病得不轻，恍惚间仿佛看见关苍海那满身是血的样子。

关苍海是他亲眼看着死的，七窍流血，怒目圆睁，死得极为不甘。从那之后他胆子就很小，还做了一段时间噩梦。三年了，噩梦早就没做过了，可这次不知道为什么，遇上这么可怕的事情，惹得他又大病一场。

病好了就没事了吧？他想着想着，却听见殷戈止清冷的声音：“本王还以为民间传言当不得真，看见大人如此，倒是不得不信。”

一听见他的声音，石有信连忙翻滚下床，整理好衣衫，朝他行礼：“王爷！”

“大人还病着，就不必守这些规矩了。”虚扶他一把，殷戈止面色柔和，从观止手里拿过一个锦盒，递到他面前，“也不知备什么礼好，就给大人求了把开过光的桃木剑，还望大人能早日康复。”

石有信愣了愣神，下意识地看了殷戈止一眼，颤巍巍地道：“王……王爷，属下是做噩梦吓的，不是见鬼了……”

“啊，是这样啊。”殷戈止轻轻拍了拍自己的额头，满脸自责，“那就是本王搞错了，传言真是信不得，大人做噩梦生病，外头人偏说大人是在照影山的乱葬岗下被关苍海的冤魂吓病的，看来也是无稽之谈。”

照影山乱葬岗？石有信愕然，他不知道自己是在哪儿度过那可怕的一夜的，四个轿夫不知所终，问城门附近的护城军，竟然都说没见过他的轿子出城。

没见过，那他的轿子是怎么出去的？飞出去的不成？

内心恐惧更甚，石有信苦着脸问：“王爷，外头还有什么传言？”

“也没什么要紧的。”殷戈止道，“最近关家冤案重提，民情沸腾。大人作为当年的主审，自然会受人非议。不过本王相信大人绝不是陷害忠良之辈，所以那些什么冤魂索命的传言，肯定都是假的。”

眸子一垂，石有信闷声道：“是啊，微臣向来秉公办案，怎么可能陷害忠良？”

“那这桃木剑就用不上了。”殷戈止微笑，将盒子递给观止，“拿出去折了。”

“是。”

观止刚要接过，却听得石有信道：“王爷，这好歹是王爷的一片心意，微臣怎么也得领了，就留下吧。”

折桃木易招鬼啊！

“大人问心无愧，留下这东西反而坏风水。”殷戈止道，“就在门口折，也可震慑妖魔。”说罢他一挥手。

观止拿着盒子就站在了门口，取出桃木剑，手握两头，往抬起的膝盖上狠狠一放。

“咔！”剑断成两截，声音清脆，惊得石有信脸都白了。

“王……王爷。”

“本王在。”殷戈止和善地看着他，“大人还有什么想做的，本王可以替大人去做。”

石有信神色复杂地看他一眼，突然想起方才石丞相说的话，便闭了嘴，摇头道：“时候不早了，王爷要是没别的事情，不如早些回去吧，微臣想睡一觉。”

“好。”殷戈止颔首，优雅地起身，带着观止就出了门。

“大人！”一直站在屋子里没吭声的奴仆上去扶着石有信，低声道，“这孝亲王摆明是想查关家之案，要从大人身上下手。丞相说得对，大人要扛住才是，这世上哪有那么多鬼怪？都是您自己太过畏惧的缘故。”

石有信打着哆嗦，咬牙道：“你们说得轻巧，又不是你们被那关苍海临死前盯着不放！我知道孝亲王想查，我也没那么傻露出破绽，可我害怕啊……”

“大人冷静，院子里已经加强了戒备，别说鬼了，苍蝇都进不来！您安心吧！”

的确是加强了戒备，殷戈止走出去的时候就发现了，这廷尉府构造复杂，四处站着人，风月要是想继续吓他，那可有点困难。毕竟没人能在这么多护卫里穿梭自如，来去无踪。

除了他自己。

瞧着自家主子的神色，观止叹息，低声道：“您不是说再也不帮风月姑娘了吗？”

殷戈止微微一顿，皱眉：“我帮她了吗？”

观止一脸严肃地点头，帮了啊，不仅帮，还是不遗余力地帮，跟他嘴上说的完全不一样。

沉默地看着四周的护卫，殷戈止淡淡地道：“我只是做我想做的事情，跟她没有关系。”

不把他放在眼里的人，他还上赶着把人家当宝贝不成？哼，才不会呢！

“那风月姑娘要是有危险了，您也不打算帮？”观止挑眉。

“不帮。”殷戈止道，“她有封明在身边，能有什么危险？”

说起封明，观止挠了挠头，低声道：“封将军最近都没能离开皇宫。”

嗯？殷戈止挑眉：“他在宫里做什么？”

“皇上有旨，让封将军陪公主殿下赏花。”观止神色古怪地道，“看起来，是有点想赐婚的意思。”

什么？殷戈止沉了脸，二话不说就往皇宫的方向走。

封明已经拒绝过南平一次了，父皇是怎么个想不开，才又想赐婚？封明为人固执，认准了谁就是不肯撒手的，他既然与关清越已经……那就断然不能耽误南平！

进了皇宫，没跟皇帝请安，殷戈止径直奔向南平的招舞宫，刚踏进宫门，就看见封明和南平相对而坐，正在下棋。

瞧着这还不错的气氛，殷戈止突然觉得很生气，说不出来是气什么，上前几步就将封明扯了起来，目光阴冷地盯着他。

封明正在思考这五子连珠下一步该怎么下呢，冷不防就被人抓起来了，一脸茫然地看着他：“王爷？您又想打架？”

“皇兄！”南平站了起来，满脸讶然，“你这是做什么？”

“借人一用。”手一紧，殷戈止扯着人就往外走。

封明踉跄两步，来了点火气，一出招舞宫的宫门就将殷戈止甩开，不悦地道：“王爷还总说我不守规矩，那您这算什么？”

深吸一口气，殷戈止道：“你不是喜欢风月吗？现在又为什么跟南平在一起？”

不说还好，一说封明就快被气死了，站近一步平视他，咬牙切齿地道：“你以为我愿意啊？皇帝下的旨，我能抗旨不成？”

殷戈止眯了眯眼，抱着胳膊冷笑：“那皇帝下旨让你娶南平呢？”

封明烦躁地甩了甩头，气恼地踹了一脚宫墙：“我能怎么办？抗旨过一次，我家差点遭殃。抗旨第二次，我全家上下还有活路？！”

也就是，他得娶南平。

心口无名火顿起，殷戈止冷声问：“那风月呢？”

风月？封明转身，瞪他一眼：“你问我？”

“不问你问谁？”拳头捏得死紧，殷戈止眼里慢慢布满了血丝，狠戾之气四溢，“你与她不是私订了终身吗？”

啥？封明一脸迷茫：“我与她有婚约不假，什么时候私订过终身？”

一拳头都要打到封明脸上去了，因这句话生生止住，殷戈止错愕，脑子很缓慢地想了想那日风月护着封明的样子。

她说，不是他。

当真不是他？那又是谁？

皱眉看了眼前的人好一会儿，封明一把挥开他的手，嗤笑道："王爷以前看来是没注意过她，就她的性子，我靠近她三步之内，都能打个天昏地暗，更别说什么私订终身了。不过……"喉咙微紧，封明垂眸，声音有些干涩地道，"你与她，是不是……发生过一些什么？"

他不傻，看他们上次争吵的样子，能感觉到一些什么，只是一直不愿意问。

殷大皇子聪明的脑子在这件事上半晌没转过弯，表情很是迷茫。不过一听这问题，他想也不想就点头："她是我的。"

能用这四个字灭掉封明，那就是一场不错的胜仗了。

然而，对面这人眼里有痛色，却没有像他想的那般疯狂，想了一会儿，反而笑了："她是你的人，还说不喜欢你了，看来王爷的床上功夫不怎么样。"

"……"

午后的招舞宫一片祥和、宁静，四处花香满溢，一阵风吹来……外头传来一声巨响。

正在好奇皇兄找封明做什么的南平被这"咚"的一声响吓得跳了起来，提着粉嫩嫩的宫裙就跑了出来："皇兄？"

宫墙被人打破了个窟窿，墙灰铺天盖地的，南平咳嗽两声，抬眼一看，下巴差点掉下来了。

封明着一身深色绣银麒麟的长袍，正与胸前三爪金龙耀武扬威的殷戈止打成一团。四周狂风呼啸，飞沙走石，她素来冷静的皇兄不知道是受了什么刺激，那动作狠得，幸好对面的人是封明，换作别人，不知道死多少回了。

"皇兄！封将军！你们有话好好说啊！"

事关男人尊严问题，还能好好说吗？不能！

殷戈止冷笑：“等我把他的腿打断再说！”

封明一边躲一边还击，不怕死地继续嘲讽：“有人恼羞成怒喽！”

一闷拳打在腹部，封明不笑了，侧头呸了口血，认认真真打起来。

“这怎么办啊？”南平慌了，连忙问旁边的观止，“谁能劝劝啊？”

观止抹了一把脸：“能劝的人，不在宫里。”

“谁？你说，本宫派人去接！”

“也不宜进宫啊……”

“哎呀，你说这都快出人命了，你怎么还磨磨唧唧的？！”南平怒了，狠狠一脚踩在观止的脚背上，叉着腰道，“你亲自去接！”

脚指头感觉要被踩断了，观止哭笑不得，看形势的确不太好，便转身，一蹦一跳地往外走。

不过这一场架打得是真狠，封明脸上挂彩，殷戈止身上也带伤，依旧没停下来。禁军来了，也无人敢上前劝阻，只能围成个圈看热闹。

风月正愁着怎么潜入廷尉府呢，冷不防就被观止扯出门塞上了马车。

“哎哎哎？”手扒拉着车辕，风月瞪眼，“这是要去哪儿啊？我胡子还没贴呢！”

“来不及了！”观止坐上车辕，甩着缰绳道，“主子在宫里和封将军打起来了，打得甚为激烈，您再去晚点，说不定就出人命了！”

又打起来了？风月皱眉，从袖子里扯出常备的面巾将半边脸都裹了，然后道：“以前是我跟封明打个不停，现在我不打了，他俩怎么又打得起劲了？”

这也得问您啊！观止闭眼，他家主子真不是一个喜欢打架的人，以前甚至还说，在战场之外打架斗殴的都是莽夫。

然而现在，殷莽夫和封莽夫见面就掐，掐得令人叹为观止。

“观止大人！”干将不知从哪儿冒出来，跟着马车狂奔，一边跑一边道，“新一月的消息，您顺路带去给主子吧。”

顺手拿过他递来的信，观止也没在意，毕竟以前来的信都是音信全无，主子不抱希望了，他也不抱什么希望了，只对干将这跑得飞快的双腿投去了赞叹的目光。

“这是啥？”风月好奇地问了一句。

“主子找人的消息。”观止觉得风月已经不算是外人了，干脆直言，“以前东宫有个管事的人，叫言清，主子不知为何一直在找他，三年多了都没有结果，但每月百晓生那边还是会送信来汇报情况。”

言清？一听这名字，风月心里就“咯噔”一声。

言清曾任职东宫，在太子开东宫后门，随官宦家欲献身之女进出之时，很是炙手可热，因为名单是由他审核，各家闺秀也是由他核实身份之后才可入东宫的。

由于跟她交情不错，言清曾经抹了她的名字，省了核实的步骤，偷放她入过东宫。此事，天知地知她知言清知，再无旁人知晓。

殷戈止找他做什么？该不会跟她有关系吧？应该不会啊，毕竟她与他缠绵的那半个月，虽说床事和谐吧，但殷戈止也没表现出多余的兴趣啊，就喜欢调侃她那青涩的反应，喜欢没事跟她说说话，从没说过想留她在东宫，抑或是喜欢她的话。

这样看来，她在他心里也不过就是个陪得久些的床伴，怎么可能还惦记着？

风月摇摇头，止住了胡思乱想，还是打算进宫看看情况再说。

一个时辰过去了，封明和殷戈止还是没停下来，不过殷戈止毕竟久经沙场，体力方面比封明还是强不少的，所以打到后头，封明的劣势就太明显了。

“皇兄！”南平都看不下去了，“你冷静一下啊，这都多久了，你们没打累，我们都看累了！”

一众围观的禁军看得正高兴呢，纷纷摇头：“不累！”

南平：“……”

殷戈止嗤笑，看着对面气喘吁吁的封明道：“下盘是稳了，招式却很陈旧，实战看来还不够啊，封将军。”

封明黑了脸，往旁边啐了一口，一甩袍子就又冲上来。

"公主！"

南平正着急呢，扭头就见观止已经把人带来了，双手将她给的令牌还了回来。

接过令牌，抬头看向他身后，南平还以为他会请来一个绝世高手，没想到……竟然是个女人。

南平目瞪口呆地看着风月，都忘记要劝架的事了，好奇地问："这位是？"

"民女拜见公主。"风月垂着眼睛跪下行礼，一本正经地道，"民女是民间有名的劝架师傅，专门劝架。"

对于这样的说辞，观止抹了把汗，心想你当公主没见过世面吗？什么谎都信？

南平沉默，目光里满是严肃，盯着风月瞧了好一会儿，然后松开眉头道："怪不得他们总说高手在民间，本宫这回算是见识了，还有专门劝架的？那你快去劝劝吧！"

观止：这算不算欺瞒公主？

风月点头应了，上前深吸一口气，大喊了一声："打雷啦——"

殷戈止身子一僵，封明也是一愣，两人纷纷回头，就看见了蒙着面的风月，正站在南平公主的旁边。

竟然敢来宫里？！两人震惊了，纷纷停手，背后冷汗直冒。

南平愕然地看着他们，小声道："嘿，还真的不打了？"

观止干笑："公主……其实这人……"

他想说，其实这人是大皇子和封将军的朋友，这么一来至少能少个罪名啊。谁知道不等他话说完，那头的封将军就冲了过来，瞪着风月问："你怎么进宫了？"

殷戈止也大步走过来，虽然没问，但脸色也是很难看。

南平眨眨眼，道："你们认识啊？这人说她是民间劝架师傅，观止请来让你们别打了的，不然你们不得打个整夜？"

于是，旁边累死累活还被踩了一脚的观止身上就落了两道炙热的视线。

观止哭笑不得，垮着脸跪下去，小声道："属下……奉命办事而已……”

苍天啊，为什么他要这么里外不是人啊？南平公主在深宫里大门不出二门不迈的，也不认识风月姑娘啊，他们紧张个啥！再说了，马上送出去，不比瞪着他有用吗？

“我……也是在民间认识她的。”强行找补，封明摸着鼻尖道，“上次跟人打起来，也是她来劝的架。”

“这么厉害啊！”南平公主看风月的眼神立马多了点敬佩。

风月干笑，心想撒谎可真是一件万劫不复的事啊，一个小谎得多少个大谎来圆？

“时候也不早了。”整理了衣袍，殷戈止面无表情地道，“既然不打了，那我就先带这民间的人出宫吧，她不该在这儿。”

“不劳王爷费心，卑职带出去就可以了。”封明眯眼。

殷戈止冷笑一声，侧头看他，额前的一缕头发随风扬起，杀气又聚。

眼瞧着又要打起来，风月笑着举手：“民女自己可以离开的。”

南平挑眉，已经察觉到了不对劲。她是一个聪明的小姑娘，一瞧男人的眼神，就知道有鬼。尤其是一向怕麻烦的皇兄，竟然主动要送个民女出宫？

不对劲，不对劲！

“都别争了。”眼珠子转了一圈，南平笑道，“本宫瞧这姑娘很有趣，想留她下来问问民间的趣事，今日就不忙着出宫吧。”

殷戈止当即摇头：“不行。”

“为何？”

“……民间之人随意逗留宫中，父皇知道了会不高兴，还是送走为好。”

有道理，可是他越拦，南平就越好奇，她笑眯眯地道：“没关系，父皇不会知道的。”

说完，她又扭头拉着风月的手问：“敢问姑娘芳名？”

“民女风月。”

“啊，风月姑娘，咱们去宫殿里头坐坐吧，喝点茶。匆忙把你接来，也是有些失礼。”南平笑得坏坏的，拉着风月就往招舞宫里走。

封明愕然，连忙用手肘捅了捅旁边的殷戈止，低声问：“这怎么办啊？万一……”

“你问我？”殷戈止咬牙，“要不是你说话气人，你我至于打起来？南平又至于让观止接她进宫？”

“还怪我？”封明皱眉，“要不是你计较什么私订终身不私订终身的，何至于此？”

“……”

“不过今日这一场架打得也算痛快。”摸了摸自己的嘴角，封明痞笑一声，“至少能知道一件事。”

殷戈止斜眼看他。

下巴微扬，封明勾着嘴角，盯着前头风月的背影道：“我比你更心悦她，你在乎的东西，我不在乎，无论什么时候，她想来我身边，我都会张开双臂接着她。”

微微一愣，殷戈止黑了脸，看着封明追上前去，皱眉站在原地想了好一会儿。

他在意的是风月是否完璧？压根不是，他在意的是她曾经喜欢过谁，喜欢到可以私订终身！真找到那个人，他便想看看，他可比得上自己？

“主子。”观止在旁边看他好像冷静了，便递了信封过来，“这个月的消息。”

回过神看着面前的信封，殷戈止才想起，百晓生好像已经几个月没来信了，他也快忘了要找言清的事情。

如今，还要找吗？他沉默，垂着眼眸接了信封，心想要是这回依旧是没有消息，那就不找了吧。

然而，世事往往就是这么难料，以前盼星星盼月亮都盼不来的消息，如今不想找了，却终于来了。

第三章

迟到的真相

“人在澧国澧都，新起梦回楼。”

瞳孔微缩，殷戈止抿唇，捏着信，眼里神色复杂。

在澧都，就在澧都？新起梦回楼是什么意思？梦回楼不是在烨国吗？

心里池水搅乱，殷戈止茫然失措，低低地喊了一声：“观止？”

“属下在。”感觉到自家主子的情绪，观止连忙问，“有消息了？”

“有，可是……”抿了抿唇，他皱眉问，“我还要找吗？”

曾经心心念念三年不忘的人，如今好像影子突然淡了，他依旧爱她的傲骨，爱她身子的青涩，爱她与众不同的气质，但……找回来似乎有些多余了。

她那样的人，就算终于与他相聚，怕也是容不得他倾心别人，还想留她在身边吧？

男人是很容易在心底留下人影的，第一个喜欢上的人也好，求而不得的人也好，都容易在他们心底占据位置，化成一片皎洁的月光。而后头遇见的鲜活的人，就像新鲜盛开的花，以芬芳以娇艳，惹他们怦然心动，欲占有，欲与之度过余生。

聪明如殷大皇子，也没有逃过这男人的宿命。他手里捏着信纸，跨进招舞宫的时候，都快捏碎了。

“皇兄，你站在门外做什么？”南平正与风月说着话，不经意侧头看见门口的人，好笑地道，“这是怎么了？失魂落魄的？”

殷戈止面无表情地看了风月一眼，终是将手里的信纸捏烂，胡乱塞进观止的手里。

“无妨。”

莫名其妙地看他两眼，南平继续拉着风月的手兴奋地问：“街上还有会吐火的人啊？”

“有啊。”难得遇见能聊天的同龄人，风月也打开了话匣子，笑眯眯地道，“还会上刀山下油锅呢！行走江湖的，全靠这些本事讨饭吃。”

南平听得满眼羡慕，感叹道：“好想出宫去看看啊！”

“公主要是想出去，求了陛下的恩旨不就好了？”一听说可以出宫，封明立马就开口道，“皇上一向宠爱公主，定然会答应！”

“可是……”南平有些为难地揉着帕子，“父皇常说，外头坏人多，很危险。先前二皇兄出宫，就在外头遇刺了，差点伤着。”

“你要当真想出去，就请旨说去孝亲王府，到时候皇兄带你上街去看。”殷戈止低声吐了这么一句。

南平眼眸一亮，立马乐了，蹦起来就往殷戈止怀里一扑：“皇兄当真最宠南平了！”

轻柔地摸了摸她的头发，殷戈止淡淡地道：“不宠你还能宠谁？你也快到嫁人的年岁了，以后就换别人来宠吧。”

一说起这个话，南平有点娇羞，眨巴着眼看了看封明。

风月也顺着看过去，挑眉。

封明脸都青了，沉声道：“卑职也盼公主寻得如意郎君，心甘情愿地照顾公主后半辈子。”

这话说得，殷戈止皱眉，不悦地看了他一眼。南平一愣，也有点委屈。

她哪里不好？为什么封明能陪她下棋，能陪她散步，就是不能娶她？

气氛一时有点尴尬，风月沉默着，突然伸出双手拍了一下。

众人纷纷看向她，就见她笑得灿烂十足地道：“既然公主想出宫，那趁着天色还早，要请旨也方便，就快些去吧。今日街上赶集，比平时要热闹不少呢。”

这耿直的活跃气氛的方式，让旁边几个人都愣了愣，然后封明就立马附和：“对，公主和王爷先去请旨吧。”

殷戈止抿唇，拉着南平便起身往外走，然后看了风月一眼道：“北宣门等着。”

风月颔首，跟封明起身站在原地，等他们都走了，才跟着宫人往北宣门而去。

“你怎么进宫了？”一路上，封明压着声音嘀咕道，“宫里多危险啊，万一有人认出你……”

“你以为我想啊？”风月翻了个白眼，没好气地道，“还不是你俩打得太惊天动地了，观止二话不说就将我拉上了马车，连贴个胡子的时间都不给。”

封明挠挠头，耸肩：“不怪我，他最近脾气大，要是以前，怎么激他都不会发怒的，现在却跟个充气牛皮囊似的，一戳就爆。”

“大将军。”风月摇头，“以我对您的了解，您说话哪是一戳啊？简直是拿刀在砍，就算石头也得被您砍裂了，何况一个牛皮囊？”

封明一顿，心里涌上感动：“你竟然这么了解我？”

风月下嘴皮一翻往自己额头上吹了口气，抹了把脸，忍不住道：“先前觉得殷戈止是当真很难搞定，心思深沉，爱算计人。可回国来遇见将军，我才发现，有的人不动脑子，也很难搞定。”

封明脸一黑：“你骂我蠢？”

“啊呀，你竟然听懂了？”

“这我都听不懂，那就是傻的！”封明气得一扬手，作势要打她，风月反应贼快，一溜烟地就往前跑，抓着前头引路的公公挤眉弄眼地道，“快跑啊！大将军发疯啦！”

宫人莫名其妙地被吓得打了个哆嗦，立马跟着她一起跑。后头的封明失笑，又换上一副正经面孔，很是生气地追上来，一边追一边喊：“别跑！”

要是还有武功她就不跑了，可现在没了，谁不跑谁脑子有问题啊！风月咧嘴，拽着那宫人的衣襟就拖着跑了好远，直到遇见路口巡逻的禁军。

“站住！何人胆敢在宫中放肆！”

被那长戟吓得脖子一缩，风月立马怂了，停下步子把那气喘吁吁的宫人从背后推上去。

“奴才……招舞宫的，奉南平公主和孝亲王之命，送人去北宣门。”宫人上气不接下气地说着，垮着脸看了身后一眼。

禁卫皱眉，看风月还戴着面巾，鬼鬼祟祟的，上前便要来细查。

“做什么！”封明追上来，一把抓住那禁卫的手，脸色当真是沉了，“南平公主的客人，你们也敢冒犯？”

禁卫被他吓了一跳，连忙跪下：“封将军，卑职们行分内之事罢了，这人……”

“我管你们分内不分内呢。”封明不悦地道，“人是公主让我护着的，你们动她就是动我，真要动，那不如打一架，打过我了就让你们扯面巾！”

禁卫们额头上的冷汗都下来了，相互看看，陷入了沉默，最后乖乖地让开了路。

风月看得想笑，封明这种不守规矩的人，有时候让人头疼，有时候也挺爽快的，用拳头打碎所有条条框框，不服再起来打一架就好了。潇洒恣意，随性不羁。

多像以前的自己啊。

看他看得有点顺眼，风月继续往前走的时候便道：“你上回不是说想要一件衣裳吗？衣裳做不了，给你绣一方手帕吧，正好你爱流汗，绣个治流汗的山怪图样，如何？”

封明毫不犹豫地点头：“行，没衣裳，帕子也可以，我会好生收着的。”

风月点头，想着那就顺便上街去买方没绣过的帕子和针线回去。

在北宣门等了一会儿，殷戈止和南平便出来了。南平换了身常服，蹦蹦跳跳的，看样子心情极好，仪态都不顾了，跑过来就拉着风月的手，眼睛亮亮地道：“父皇同意啦！本宫可以出去了！”

“那就好。”风月笑着颔首，看了一眼后头走着的风度翩翩的殷大王爷，也没打算等他，拉着南平公主就出了宫门。

然而，马车会等他，殷戈止慢悠悠地上车，看了看和南平坐在一起的风月，眯了眯眼，带着点嫌弃的神色同封明坐了一方。

“咱们先去哪儿呢？”南平兴奋不已地道，“我想看吐火，想赶集，想看看百姓们平时都怎么过日子的！”

殷戈止点头，镇定地道：“先看你说的吐火吧，正好也在集市上，四周都是百姓，你可以看个够。”

从小在宫里长大的公主，完全不谙世事，只在自己父皇和宫人的口中听说过澧国是怎样的富饶祥和，现在终于有机会亲眼一观，她自然是抱着很大的期待的。

然而，街道上的景象跟她想象中的完全不一样。

“这些人……怎么都穿得破破烂烂的？”南平掀开车帘看着外头，不解地道，“衣裳破了，怎么不换件好的？”

风月跟着看了一眼，道：“是战乱里流窜的难民，如今边境多战火，百姓就定然会往其他地方涌。不是他们不想换衣裳，是没银子买好衣裳。”

南平惊讶地张大嘴，看向自家皇兄：“父皇不是说百姓安居乐业吗？那难民不算百姓？”

殷戈止眼神复杂，盯着南平想了一会儿，才闭眼道：“难民自然也是百姓，父皇的说辞是否可信，你不如亲眼看看。”

南平咬了咬唇，继续看向外头。街边蹲着、躺着的人不少，脏兮兮的，隐隐还有难闻的气味。前头热闹的地方，有衙差站着，专门拦着这些人，不让他们过去。

“那边是集市。”殷戈止道，“你想看热闹，咱们就上旁边的茶楼。”

“……好。”

刚刚出宫的高昂兴致少了一半，南平抿唇，到了地方跟着他们下车上楼，然后趴在窗台上往外看。

集市上的确有会吐火的人，她都看呆了，旁边不少百姓围观叫好，可他们旁边平放着的铜锣里却没几个铜板。

“那些人都叫好，为什么不多给点银子？”南平好奇地回头看着自家皇兄，“光这点，吐火的人都吃不饱的。”

殷戈止伸手拿了碎银出来，递给她：“那你下去给吧。”

南平眼睛一亮，立马接了银子往下跑，旁边的护卫连忙跟上。风月瞧着下头人多，南平又天真单纯，有点不放心，干脆也跟了下去，就留两个大男人在上头喝茶。

挤开人群，南平小心翼翼地把碎银放在铜锣里，看收钱的人震惊的眼神，她由衷地夸赞了一句：“你们真厉害！”

蹲在铜锣旁边的是一个头发花白的老婆婆，一听她这话，眼里竟然涌出了泪，跪下就朝她磕了个头：“多谢客官！”

“使不得！”南平吓得直往风月背后躲，瞪大眼指着那老婆婆道，“她那么大岁数了，怎么能跪我呢？”

风月失笑，心里倒觉得这公主可爱，连忙帮她过去将那老婆婆扶起来。

哪知那老婆婆一抬头，倒是让风月看傻了眼。

“柴老夫人？！”

混浊的眼睛一对上风月的眼，柴老夫人半晌没回过神，毕竟面前这姑娘还戴着面巾，眼睛瞧着熟悉，可一时半会儿当真想不起来是谁。

风月没等她反应过来，深吸一口气，捏着她的手问：“旁边有茶楼，老夫人可愿上去坐坐？”

几个还在吐火上刀山的人都傻了眼，四周的人也都往这边看了过来。南平瞧着，觉得有些不自在，于是轻声细语地道：“我很喜欢看你们这些表演，旁边茶楼上有酒席，各位不如歇歇，我请你们吃好吃的。”

风月赞赏地看了一眼这机灵的公主，顺势就带着柴老夫人往茶楼上走。

一到楼上瞧见坐着的殷戈止和封明，柴老夫人大吃一惊，连忙跪下：

“大皇子！封大世子！”

南平吓了一跳，皇兄和封明的衣裳虽然有点打眼，可她区区百姓，怎么一上来就知道谁是谁？这朝中的皇子和将军可不少啊。

护卫清了场，二楼上没什么人，殷戈止也就大方地看着她，但端详片刻，愣是没想起来这人是谁。

封明一拍脑门，倒是脱口而出：“柴老夫人！”

柴未明柴副将的母亲柴老夫人，当时关苍海还在的时候，是时常在关府和宫里走动的，虽不算关家九族之人，却也与关家颇为亲近。关家灭门之后，柴未明受到牵连贬了官，成了看守天牢的狱卒，他也就鲜少见到此人了。

没想到再见会是这种情况。

殷戈止对柴未明的印象不是很深，所以只有礼地颔首，让观止把人扶起来让她坐下。

南平乖巧地坐在风月旁边，眼里有疑惑，也没急着问，就安静地等着。

柴老夫人激动得浑身发抖，脸上老泪纵横：“得知二位已回澧都，老身一直在想法子联络二位！可惜孝亲王府和镇国侯府都守卫森严，老身靠近不得呀！”

顾忌着南平在场，风月没敢扯面巾，也没敢吭声，就听得封明道：“柴家虽然没落了，可未明毕竟还在天牢任职，老夫人何至于流落街头？”

一提起柴未明，柴老夫人又跪了下去，一边流泪一边磕头：“未明半年前便被奸人所害，死于非命！老身在澧都无甚亲故，以前来往的人，也都因着柴家获罪而再难联系。未明死得冤啊！老身求二位替未明做主啊！”

柴未明死了？！风月皱眉，闭了闭眼。

那也是曾经跟过关苍海的人，因着有老母亲要照顾，她当初未曾写信给他，可那人是耿直忠良的性子，好端端的，怎么会死呢？

殷戈止起身，想扶她起来，奈何柴老夫人执意跪着，还连连磕头，声嘶力竭的，听得人心里悲戚。

封明起身，二话不说直接将柴老夫人那瘦骨嶙峋的身子抱了起来，往椅子上一放，皱眉道："先别哭，把话说清楚，柴未明是怎么死的？"

柴老夫人被他这动作吓了一跳，倒也当真冷静下来，接过南平递来的帕子，抹了把脸，哑声道："三年多前，关家满门没了之后，未明被贬作狱卒，受尽欺辱。因着我这老不死的身子不好，经不起奔波，他放心不下，就忍气吞声地继续在澧都过活。

"他功夫好，也踏实，在天牢里还结交了不少兄弟。我本来想着，这么过一辈子也是好事，毕竟高处不胜寒。可没想到，两年多过去了，有一天晚上他回来，激动地跟我说，关将军是冤枉的，他不是畏罪自尽，而是被灌了毒！"

此话一出，在场的人皆色变，风月捏紧了拳头，闭着眼努力压着自己，以防当着南平公主的面朝人扑过去。

目光扫了四周一眼，柴老夫人愤怒地道："老身当时糊涂啊，觉得关将军已经死了，旧案重提未免招来祸事，就让他瞒着别说。谁承想那是几个狱卒喝醉时说出来的秘密，酒一醒，就有个狱卒将此事禀告了上去。没过两天，未明就被人抬了回来……他们说他是喝多了酒摔死在水沟里的，可他浑身是伤，哪里是摔的……分明是被人打死的！

"大半年了，老身逢人就说此事，只求上达天听，给未明讨个公道，不承想谁都不信我……我手里没证据……谁也不相信我说的……未明……未明死得冤枉啊！草草下葬，天牢一个说法也不肯给，还将老身赶出澧都……要不是遇见那几个卖艺的好心人，肯带着老身给口饭吃，老身怕是熬不到今日了！"

封明听得脸色铁青，一拍桌子就站起来道："我去找人来问！"语音未落，直接从二楼的窗户跳了下去。

外头响起一片惊呼，南平连忙跑过去看，却见那抹潇洒的影子平稳落地，上马就朝天牢的方向跑去了。

柴老夫人看得泪中带笑，擦着眼睛道："封世子怎么还这般冲动，说风就是雨的？"

"不用管他，他吃不了亏。"殷戈止抿唇，认真地看着她道，"关于关将军在天牢里被毒害的事情，柴未明只说了这么多吗？"

柴老夫人微微一愣，想了想，道：“不止，他还说什么上头的吩咐、什么背后的黑手之类的……”

这个话就不太好在大庭广众之下说了，柴老夫人有点顾忌，眼睛瞟了瞟四周的护卫。

殷戈止侧头，看着南平道：“你带这些人去楼下的饰物铺子看看，喜欢什么，皇兄给你买。”

南平不傻，知道有些话自己不能听，于是乖巧地应了，就带着人下了楼。可走着走着，她突然有点好奇。

她都不能听的事情，那风月为什么可以？

二楼上只剩了三个人，殷戈止道：“老夫人现在可以说了。”

柴老夫人一愣，正想说这儿还有个蒙着面的呢，结果就见这人把面巾扯了，双眼微红地笑着道：“老夫人，我也很想听。”

关清越！柴老夫人大惊，一口气差点没缓过来，捂着心口震惊不已。

“你……还活着？”

“嗯。”风月微笑，坐着等她缓过神来，才道，“别的话先不说，老夫人，我爹是死在谁手里的，您可一定要告诉我。”

本以为真相只能靠猜，谁知道还有知情人在。

柴老夫人激动地点头，哽咽难成声，捏着她的手抖了好一会儿，才哑声道：“未明说，他待的那一个队的狱卒恰好是当年看守死牢的，其中有两个人亲眼看着关将军咽气……本来上头明令不许说出去，他们也瞒了两年了，结果一时放松，喝了酒，便将秘密吐了出来——关将军不是自尽，是石廷尉用毒药硬生生毒死的，之后拿着他的手沾了红泥盖了认罪状……才有‘畏罪自尽’这一说。他觉得背后有人要害将军，可关家满门都没了，咱们自身难保，所以……”

说到这儿，柴老夫人就万分后悔：“明知道此事关系重大，我就不该放他回去继续看大牢的……未明啊……”

风月垂眸，表情很平静，平静得殷戈止都看不出来她在想什么。

“柴副将的死，我会尽量还他一个公道。”再度睁眼，风月看着柴老夫人道，“至于今日说的话，老夫人就莫要在别处说了，保重为好。”

柴老夫人陡然来了精神，眼神灼灼地看着她："你要给关将军翻案吗？"

"我没那个本事。"风月道，"不过我可以给他报仇。"

"我是不会帮你的。"殷戈止淡淡地道，"但知道的消息可以告诉你一声——这个月十五，石家有祭祖大典，石有信也是石家的人，只要还有一口气，他都会出门的。"

"好。"风月笑了，侧头看着他道，"多谢王爷相助。那柴老夫人该如何安置就交给您了，奴家还有事，等会儿南平公主回来，您替奴家告个罪吧。"

殷戈止皱眉，还没来得及反对，就见风月一溜烟跑下了楼。

真会给他找麻烦啊。

抿了抿唇，他还是看着柴老夫人道："您随我回王府吧。"

封明去了天牢，直接逮了个人回来，茶楼没人了，他便转头去大杂院。

风月正在看地图，石家祭祖大典在石家地位最高的石鸿唯府上举行，丞相府守卫也森严，但比廷尉府竟然要松些，大概是石鸿唯问心无愧，胆子更大的缘故。

"月儿！"正想着呢，封明就将一个人摔在了她的院子里，"人来了，你想问啥都可以问。"

目瞪口呆地看了看那鼻青脸肿还穿着天牢狱卒衣服的人，风月很是头疼："你竟然直接把人绑来了？"

"不然呢？"封明道，"我问清楚了，他当初就是跟柴未明在一起做事。"

地上的人哆哆嗦嗦的，看起来恐惧极了，摆明是已经被暴打了一顿，现在格外老实。

风月哭笑不得地蹲在他面前，笑着问了一句："柴未明是死在谁手里的啊？"

狱卒身子一僵，连忙摇头："柴未明不是摔死的那个人吗？是摔死的！"

风月抬头看了一眼封明，后者会意，一脚就踩在了狱卒胸口：“你信不信你马上也会不小心‘摔死’？”

凶的怕狠的，狠的怕要人命的。狱卒只觉得胸口一痛，眼前一花，连忙道：“将军饶命！卑职……卑职突然想起来了，那柴未明……好像不是摔死的。”

“哦？”封明微微俯下身子，眯着眼道，“那是怎么死的？”

狱卒有点心虚，眼珠子乱转：“将军，小的也想说实话，可小的还要在人手底下讨生活，话可以说给您听，您不能拉小的当证人，也不要说是小的说的，不然，小的回去也活不了啊！”

封明看向风月，后者点头：“可以。”

“你说吧。”封明收回脚，抱着胳膊看着他，大有“你敢撒谎老子就一巴掌劈死你”的架势。

狱卒捂着心口撑起身子，小心翼翼地道：“柴未明是怎么死的，其实我们这个队的人都清楚，他是知道了不该知道的事情，被上头灭的口。咱们牢头本来想护他一二的，毕竟他那个人不错，忠厚老实又不偷懒，可惜没保下来。”

狱卒的上头是牢头，牢头的上头自然就是廷尉了。

风月眯眼：“天牢里既然有那么多人证，他就不怕你们谁去告他一状，让他杀人偿命吗？”

一听这话，狱卒失笑：“姑娘说得轻巧，这状有那么好告吗？自古民不与官斗，下不与上斗，他们手里握着的就是审判大权，你去告他们，会是什么下场？告不成不说，反而引火烧身，稍微有点脑子的，都不会这么干。”

这就是柴未明死了半年多了，也没个交代的原因。

风月点点头，笑道：“果然还是不能走正道解决这事，封将军，劳烦您将人送回去吧，什么都不用说。”

封明挑眉：“这样就完了？”不问关将军的事情？

“够了。”风月颔首，“想知道的都已经问了，其余的，是不用问的。”

“好。”封明应了，把人捆起来扔出去给了随从，回来的时候就看见风月面色平静地在写着什么东西。

佛经吗？他好奇地凑过去看，却见桌上放着的是一张地图，风月拿着朱砂笔，在地图上点着红色的点。

“这是什么？”

“丞相府的地图。”风月毫不避讳地指给他看，笑眯眯地道，“这儿是他们举行祭祖大典的地方，四周有四条出去的路，这边的红点是他们的守卫布置。”

目瞪口呆地看着，封明皱眉：“你怎么知道得这么详尽？”

按理来说，官邸的地图都该是保密的。

“澧都最近新起了一座梦回楼，将军不知道吗？”风月笑得眼角弯弯，道，“里头的姑娘风情万种，琴棋书画样样精通，惹得澧都贵胄们纷纷追捧呢。”

有这回事？封明皱眉，一看面前这人的表情，恍然道：“难不成有丞相府的人去过了，梦回楼将消息卖给了你？”

“……可以这么说吧。”

封明愕然，拍了拍手：“还是娘子军厉害，我早跟我爹说不能小瞧女人，他偏不信！哎，那楼里有镇国侯府的地图吗？我去买一份吓唬老头子去！”

……当梦回楼是菜市场吗？风月捂脸：“您别胡来，有那精力，不如帮我个忙？事成了，我请你吃饭。”

“好，什么忙？”

“帮咱们把石有信绑了，带出城门。”指了指丞相府地图上的正门位置，风月严肃了神色，“此处有十个护卫，功夫不到家的人带着一个人肯定跑不掉，只能您来。”

绑人？封明兴奋了，完全不考虑绑的是朝廷命官的问题，拍手便道：“可以，不过要是失败了怎么办？”

“我已经想好了。”风月微微一笑，看着他道，“失败了就说是您跟石廷尉开的玩笑，反正您的身份摆在这儿，他也不能拿您如何。但若换成别人，那就难说了。”

“好。”封明想也不想就点头，道，“我听你的，你怎么说，我便怎么做。”

风月感激地看着他，然后召集了其他人，又仔细将计划核对了一遍。

殷戈止一直在等，他想着下个月十五之前，风月怎么都该来找他一趟，不然就凭他们那些人，要想在石家祭祖大典上对石有信做什么，恐怕有点难。

然而，左等右等，都等到石家祭祖这一天了，也没有一个人来孝亲王府传什么话。

殷戈止坐不住了，扭头问观止：“什么情况？”

观止眨眼，挠头道：“没什么情况，封将军一大早就去了大杂院，现在不知道在做什么。”

脸色一黑，殷戈止抿唇，他怎么忘了还有封明，可就算有封明，让自个儿帮忙不是更靠谱吗？她就那么不愿意来求他？

有些烦躁，他起身，闷了好一会儿才沉声道：“去看看热闹吧。”

观止应了，套了马车就拉着他往石丞相府上去。

石家也算一个大家族，毕竟三公九卿里有两个大人物都姓石，祭祖的排场自然也大，众人一大早就纷纷驱车乘轿到了丞相府，在门口下车落轿，相互寒暄。

石有信的马车来得晚，门口的人已经进去了大半，只剩一些家奴和车夫在外头候着，小声说着话。

“吁——”离大门还有一段距离，车夫看了一眼四周，勒住了马，回头朝车里道，“大人，前头轿子和车多，怕磕坏了咱们的车，您就在这儿下吧。”

石有信虽然养了半个月，但院子里总是有“鬼”闹腾，病是好了，精气神全没了，一听这话也没计较，顶着青黑的眼就下了车。

然而，他脚刚一落地，还没来得及接过旁边家奴手里的礼帽，就感觉自己被人一捞，顿时天旋地转。

“大人！”车边的护卫低喝，立马拔了刀，“贼人休走！”

这句话喊出来的时候，蒙面人已经跑出去几步了。等车边八个护卫反应过来想去追时，车夫却一扬鞭，马车斜着一撞，撞翻了四个人，另外四个人要追上去，却被后头过来的轿子和马车挡了路。

“来人啊！石大人被人掳走了！”护卫急喝。丞相府门口的守卫听见了，纷纷追下台阶，却被堵在门口闲聊的车夫和家奴们拖延了一阵，等越过人群，就只看见那贼人的衣角往街头左边拐了。

“追！”

封明一边跑一边觉得，幸好是这个瘦弱不堪的石有信啊，要是换成先前的赵旭，那他一定扛不动。

身后有守卫追来的声音，封明咬牙，按照风月的计划，一头跑进雪月街。

“哎，今儿咱们梦回楼庆典，里头姑娘们备着精彩的表演等着各位爷呀，各位里头请！”

雪月街上有新起的梦回楼，金妈妈扯着那一如既往的大嗓门，带着一群姑娘在楼前揽客。光天化日做这生意，那可算是拿得上台面的，一时雪月街也就拥堵不堪。

封明疑惑地往人群里冲，本以为会跑得艰难，谁知道那些个姑娘竟然自动给他让路，等他过去了，便又将路堵上。

雪月街的街尾拐角处停着一辆运水车，封明二话不说，打晕石有信就塞进了车上空空的木桶。按照计划，他的任务到此结束，扯了面巾和外袍一并塞进水桶，看着那车往城门拉去，便穿着青色绣麟的锦衣施施然往回走。

丞相府追出来的护卫还被那群姑娘堵着，有人想呵斥，却被温香软玉撞了满怀，姑娘们秋波横扫，媚声道：“小哥真凶啊，吓坏奴家了！”

“就是啊，咱们这儿准备庆典呢，这么凶，是要砸场子吗？”

“不如也进去喝两杯啊，咱们这儿有美人酿，比美人还醉人呢。”

好一阵纠缠，看得封明目瞪口呆。等守卫们终于冲出包围，早已经没了贼人的影子。

运水车到了城门口，廉恒看了一眼，亲自检查，然后不动声色地放了出去。

看着那车吱呀吱呀往照影山拉，廉恒叹息，面朝城墙壁，反思自己。

这是他第一回不尽职责，徇私枉法，可是为什么心里还有点爽快呢？

风月在照影山下的一户农家里等着，等东西运来，便笑嘻嘻地让人抬进了准备已久的铁笼子。

“这玩意可真难抓！”罗昊抹了一把汗，“幸好准备周全，不然封将军都不一定能跑掉。”

“难抓咱们也抓到了。”风月蹲在笼子前头，舀了一瓢凉水，眯眼看了那昏迷不醒的石有信一会儿，猛地将水泼了过去。

“啊！”石有信惊醒，惊恐地看了看四周，半晌才问，“这是哪儿？”

“十八层地狱。”风月阴恻恻地笑着，拿了蜡烛过来，将四周门窗紧闭的屋子里照亮了一小片，也将自个儿的脸照得更加恐怖。

一看到她这张脸，石有信的眼珠子都快瞪出来了：“关……关……”

“我还睢鸠呢，你们这些人看见我的反应怎么都没个有新意的？”翻了个白眼，风月笑道，“石大人，别来无恙啊？”

“啊——”石有信浑身颤抖，嘶吼一声，尾音都打着战，伴随着一股子尿臊味，让屋子里的人纷纷嫌弃地退了几步。

“这就尿裤子了？”冷笑一声，风月道，“当初让人挑我手筋的时候，我瞧着您胆子挺大的啊？”

一听这话，后头的秋夫人等人顿时把正在吓唬人的风月扯了回去，可怜风月脸上的狰狞都被扯变了形，还没把石有信吓死呢，就跟个鸡崽子似的被他们拖出去围了起来。

“少主的手筋是他挑断的？！”

周围杀气四溢，惊得风月抱头鼠窜，赔笑道：“我这吓唬人呢，你们别激动啊！”

这叫人怎么不激动？旁边的罗昊眼睛都红了：“少主武功卓绝，驰骋沙场建功无数，却也是练了十几年才积累出来的！‘除武’这种刑，他竟然敢用在您身上，该遭雷劈！”

尹衍忠等人也气得身子发抖，但凡习武之人，谁都知道“除武”有多令人绝望，尤其是武功造诣高的，没了手筋等于一身武功尽废，提不了刀舞不了剑，十几年的心血毁于一旦，就算是个男人也承受不住啊，更何况少主……

“哎呀，都过去这么久了，咱们再气也没用啊。”干笑两声，风月道，“气坏了多不好啊，不如想想怎么让里头那人生不如死。”

秋夫人满眼心疼，伸手将风月搂在怀里，像个温和的长辈，轻轻地拍了拍她的背。

本该是他们安慰她的，现在反而让这丫头来安慰他们别生气，真叫人哭笑不得，又有种说不出来的心酸。

“好啦，我还活着就是祖上积德保佑了。”顺手也拍了拍秋夫人的背，风月道，“人已经在咱们手里了，要扣什么罪名，要怎么弄死，都得大家出主意啊，我一个人肚子里的坏水可没这么多！”

“去你的！”轻嗔一声，秋夫人笑骂，“拐着弯说咱们肚子里坏水多呢？”

“这是夸奖，可不是骂人。”风月站直身子，眯着眼睛看了看关着人的房间，“以德报怨，何以报德啊？”

那就以怨报怨！众人纷纷撸起袖子，搓了搓手。

史冲语气阴森地道：“那少主先在外头歇息一会儿，咱们进去跟他聊聊天。”

“对，好生聊聊天。”冷笑了两声，尹衍忠上前就推开了门。

一群气势汹汹的人都涌了进去，只留下风月和一脸茫然的灵殊站在外头，风月目瞪口呆，灵殊吧唧吧唧吃着点心，满眼无辜。

少顷，屋子里尖叫连连，那声音凄惨得活像被人分尸了似的。

灵殊吓得手里的糕点都掉了，扭头看向风月：“主子？”

“你进去看一眼。”风月严肃地道，“让他们务必留人性命，账还没算清呢！”

“是！”灵殊拎着小裙子跑了进去，没一会儿便跑了出来，瞪着眼睛道，“主子，他们说只是在跟人聊天，只是聊着聊着笼子里那人的手筋就断了！”

伸手捂了眼睛，风月失笑，一边笑一边摇头。

这群人分明跟她没什么血缘关系，倒是当真很像一家人，看样子压根不用她施加什么压力，他们足以将石有信吓得夜不能寐了。

心里突然有点感动。

殷戈止踏进门来的时候，就见风月笑得嘴角高扬，自个儿捂着自个儿眼睛站着，好像有点走神。

旁边的灵殊看见他了，他伸了食指压在嘴唇上，那机灵的小丫头就蹦蹦跳跳地站到了旁边去。

悄无声息地走到风月面前，殷戈止低头看着这人，微微一哂，伸手将她盖着眼睛的手拿开。

不出意料，一双眼跟小兔子似的通红。

乍一看面前这人，风月有点吃惊，眼睛眨巴眨巴的，还没来得及问他怎么来了，被他捏着的手就按在了自己的嘴上，接着殷戈止低头，毫无预兆地隔着手掌亲了亲她。

身上一阵鸡皮疙瘩，她猛地后退，在裙子上擦了擦手，满眼都是嫌弃。

刚刚还心情不错的殷王爷瞬间就沉了脸色：“你活得不耐烦了？”

“……王爷，咱们做人要讲道理啊！”风月哭笑不得，“您这么突然来一下，奴家自然会受惊，身体的反应是控制不住的！”

所以，她的身体是控制不住地嫌弃他？脸色更难看，殷戈止冷笑道：“亏我还帮你善后，下回还是看着你让人去送死比较好。”

啥玩意？风月一愣，眼瞧着人要走，连忙伸手扯了他衣摆，赔笑道：“王爷，话说完了再走不迟。”

也就是，他走不走压根没关系，还是他说的话更重要？殷戈止咬牙，简直是气不打一处来，扯回自己的衣摆就继续迈开步子。

风月再度伸手，这回直接抓了腰带，心想衣摆料子滑，腰带可好抓啊，她死不撒手，他一时半会儿也没那么容易甩掉。

然而，她这一用力，腰带的确是没被他扯回去，相反，整条带子伴随着殷戈止那华丽的白纱锦衣一起松开了……

大风飞扬，殷戈止缓缓回头，用带着三尺寒冰的眼神，冷冷地看了风月一眼。

“嘿……嘿嘿。”咽了口唾沫，风月双手捧着那腰带，恭恭敬敬地朝着他举过头顶，“王爷息怒！今日是小吉，不宜杀生！”

殷戈止手都举起来了，听见她这话，眯了眯眼，缓缓放了下去：“替我系上。”

“好嘞！”狗腿地将这位爷风中飘扬的袍子按住，风月跟捆麻绳似的，将那腰带绕过他的腰，狠狠一勒。

殷戈止喘了口气，低头盯着面前这人，目光突然有点炙热。

察觉到了这人身上的某些变化，风月眨眼，一副了然的模样，拍了拍他肩上不存在的灰尘，笑道：“王爷，梦回楼已经在澧都雪月街开张，您若有空，也该去捧个场。”

殷戈止本来还有一点旖旎的想法，一听这话，瞬间觉得冷水兜头。他面无表情地拂开她，道：“我爱去哪儿便去哪儿，用不着你来说。”

“这不是您一直没去，奴家以为您不知道嘛。”她掩唇一笑，眼角眉梢又露出点狐狸的媚劲，“楼里新来的姑娘很是不错，姿色上乘不说，也有会跳脱衣舞的。”

眼含讽刺地看了她一眼，殷戈止道：“你有空操心这个，不如想法子把我那儿留着的人嘴巴堵上吧。你今日绑人，雪月街街尾上瞧见封明将人塞进木桶的有三个人，现在都在我府上喝茶。”

微微一凛，风月连忙道：“多谢王爷！”

她倒是忘记了这点细节，万一被人捅出去，说不定还会牵连廉统领。

冷哼一声，殷戈止半点也不想领她的谢，扭头就往外走。

观止驾车，带着他回府。一路上殷戈止都在生气，也不知道自己气什么，就觉得心口堵得慌，郁郁不得解。

“客官，梦回楼今日有庆典，进来看看啊！”路过雪月街，外头突然传来金妈妈的吆喝声。

观止勒了马，看一眼那梦回楼崭新的招牌，想起上回自家主子收到的信上写的话，忍不住微微回头：“主子？”

“继续走。”殷戈止淡淡地道，“回府去。”

观止有点意外，嘟囔：“都已经到这儿了……”

“不找了。”车厢里的人语气平静地道，“不用找了。”

不用找了？观止震惊，这都三年多了，一直在等的消息，眼瞧着都到门口了，他竟然说不用找了？

这一瞬间观止突然也有点看不懂自家主子的想法，沉默半晌，摇摇头，还是甩了缰绳，让马车缓缓从梦回楼门前走过。

风月兴高采烈地看着尹衍忠写的罪名单子，边看边念：“草菅人命、贪赃枉法、下巫术谋害圣上……这个下巫术是怎么来的？”

尹衍忠一脸正气地指了指秋夫人：“她编的，说前些时候廷尉府闹鬼，石有信请了巫婆法师来驱鬼，可以栽赃成下巫术谋害圣上，毕竟当下的澧国，只有谋害圣上才是大罪，其余的都不足以令他‘畏罪自杀’。”

“好主意哎！”风月听得连连点头，转脸问了问旁边笼子里的石有信，“你觉得怎么样啊？”

石有信缓了两天，已经知道他们不是鬼是人了，可一听这样的话，还是吓得浑身发抖：“你们想……想做什么？”

“你别害怕啊，我们又不是什么好人。”风月微笑，“这只是想陷害你而已啊。”

“对。”罗昊在旁边附和，“陷害了你之后，再印刷多份你的罪证，广散四处，引起民愤。之后你就会死在这儿，咱们拿你的手给认罪状上盖个手印，你就可以含笑九泉了。”

石有信瞳孔紧缩，连连摇头：“为什么要这样？这些不是我的罪名，你们要扣罪，也得让我去受审啊！”

“你在我们手里，那罪名就是我们定，还受什么审啊？”掩唇一笑，风月侧眼看他，眼里余光阴暗，“如同当年的关苍海，在你手里不也是被你扣上罪名，压根不用审的吗？”

一股子凉意穿透背心，石有信垂着双手跪下，一边哭一边朝风月磕头：“你放过我吧，放过我吧！我忏悔，我会向关将军忏悔！”

看着他这模样，风月咯咯笑出了声，眼里满是感慨：“当初我奶娘也是跪在牢里这样求您的，您放过我了吗？”

第四章

原来竟是你

幽暗的天牢牢房里，也曾有人苦苦哀求他：“石大人，求您开审，求您问罪，求您还我关家一个公道！”

然而，彼时的石有信高高在上，不屑地站在牢房外头冷哼：“关将军都已经畏罪自尽了，你们还想要什么公道？罪名已定，等着死吧！”

人在事不关己的时候，总是能平静甚至有点幸灾乐祸地看待各种不平之事，很多人心无敬畏，觉得报应是不存在的，如果当真存在，为何还有那么多坏人活得尚好？

然而，报应当真临头时，他们的脸色也会格外精彩。

“那不关我的事啊！满朝文武都想让关家亡，关家不亡不行啊！”石有信抖着嘴唇，眼里满是求生的渴望，“我就算愧对关将军，可我也是逼不得已，逼不得已啊！”

好一个逼不得已！风月冷笑，扭头问四周站着坐着的众人：“你们想他死吗？”

“想！”整齐划一的声音在屋子里响起，惊得石有信傻了眼。

“您瞧，我也是逼不得已。”风月回头看着他，道，“您好生享受这最后的几日活头吧，等民情沸腾之日，就是您下黄泉去赎罪之时。”

人要是不知道自己的死期，还不会有什么畏惧，一旦知道，还逃脱不了，就像酒楼厨房的笼子里关着的鸡鸭，绝望万分又时刻充满恐惧。

石有信崩溃了，嘶吼道：“我可是堂堂廷尉，你们这些山野贼寇都不要命了吗！一旦被人找着我，你们统统要斩首！满门抄斩！”

“不好意思，我满门也就我一个人。”风月站起来踹了那笼子一脚，眯眼道，“别说那些窝囊废找不到你，就算找到了，你也会先死在我手里！”

“啊——”石有信怒目圆睁，双手抓着那关狗的巨大笼子死命摇晃，铁笼“哐当”作响，伴随着他疯了一样的嘶吼，听得人万分舒畅。

“叫吧叫吧。”风月笑道，“等你没力气叫的时候，就要死喽。”

轻灵的声音，配着那一脸阴鸷的表情，吓得石有信叫得更凶。屋子里的人纷纷捂着耳朵出去了，开始印刷他的罪状。

站在院子里，风月看了看天，觉得澧国的天空难得变得澄清起来，一时心情大好。

贺兰长德死了，赵旭也已经死了，收拾完石有信，她大概就可以联系言清进宫了。

她正想着呢，就听得灵殊跑进来禀告：“主子，外头来了一个穿着鹤袍的仙风道骨的人，瞧模样就三十多岁，说找您。”

他们身处照影山下的农家，按理说是不会有人找来的。可一听这人的外貌描述，风月笑了：“正好有话要问他，快请言大人进来。”

言清，当年的东宫管事，她在机缘巧合下结识的朋友。自关家没了之后，他就辞职离宫，说是要回老家，然而分明一直留在澧都，替她办事。

“言大人。”看着施施然走进来的道士模样的人，风月笑着问了一句，“宫里的事情准备妥当了吗？”

言清本是听闻石有信抓着了，过来凑个热闹，谁知道一来就听见这么一句话，脸当即就垮了，头上的道士帽子都歪了下来：“你这么着急做什么？澧文帝自遇刺之后身子一直不好，兴许不用你犯险，他自己就……”

眉梢微挑，风月笑道：“他自己死，那我就活不安生了。”

叹了一口气，言清摇头：“这么多年过去了，你心里的执念不但没少，反而更深。看来陪在你身边的人，并未好生劝导你。”

风月翻了个白眼，都没管老朋友久别重逢的喜悦，上去就拎着他的衣裳，眯眼道：“劝导我什么？劝导我放下屠刀立地成佛？我呸！你每次来都得说这些大道理，有什么意思？不照样帮着我报仇？”

被她拽在手里，言清瞬间就不仙风道骨了，眉毛垂下来，好声好气地道：“我就说个场面话，你冷静点，冷静点！这么多年不见了，就不能先坐下来喝个茶？”

“没茶！”风月皱了皱鼻子，“先说事情办好了没有，我还指望着你把我弄进宫呢！”

说起这事，言清就不免想起了三年前的某些事情，当即严肃了神色，低声问：“您要是当真弑君，那该如何面对孝亲王？”

面对殷戈止？风月挑眉：“我为何要面对他？”

事成之后，她多半是活不成的，根本不用考虑这种问题。

言清诧异地看她一眼，小声道：“您与他好歹私订了终身呢，向来只听说男人始乱终弃，还没见过女子满不在意的……”

更何况，三年前的关清越与别的进东宫的姑娘可不一样，她压根就不想当殷戈止的侧妃，只是当真喜欢他。

风月摸摸鼻梁，也不扭捏，点头道：“我承认，以前是挺喜欢他的，甚至不要脸的事情没少干，但是那份感情早淹死在关家流淌出的鲜血里了。我没法怪他恨他，可是也没法像从前那样爱他敬他，如今的我们只是相互利用而已。等一朝事成，我与他注定是要成为仇敌，再也不见的。”

言清瞪眼，活像看个怪物似的看着她。

哪有女子这般狠心的？对别人狠心就罢了，她这分明是要跟人玉石俱焚、同归于尽！

“别用这种眼神看着我。”风月道，“这件事我一早就想通了，从看见他的第一眼就想通了。你们也不必担心我，我知道自己在做什么。”

她其实挺无耻的，按理说都回了澧国，挨个找人算账的话，怎么也该把殷戈止算进去的，毕竟就算他无心，却也直接导致了关家的灾祸。

可是，想想殷戈止那变态的武功和深沉的心机，不是她没用，她只是不能再葬送自家兄弟的命。

就让他一个人好好活着好了，带着对她的恨和一辈子也报不了的仇，好好活着。

言清长叹一口气，将手里的拂尘往桌上一扔，很是无奈地坐下道："我一贯不知道你在想什么，但是清越啊，别怪我没提醒你，孝亲王就算对他父皇有怨，也绝对不会坐视澧文帝被刺杀，所以你的计划最好再搁置一段时间，仔细想想。"

风月沉默，跟着他在桌边坐下，盯着茶杯里的茶叶沉思了半晌，然后一脸严肃地问："我要是去对孝亲王用美人计，你觉得有没有可能先放倒他，再进宫谋刺？"

言清看她的眼神顿时充满质疑："三年多以前你都没能迷惑大皇子，现在是哪儿来的自信出此狂言？"

风月："……"

不是她自信，是她不傻，她能感觉到殷戈止对她不一样，谁见过堂堂的殷大殿下弯腰下来亲吻个女人的？还是亲在她挡着嘴的手背上，怎么看都觉得古怪啊！也许殷戈止这种表面正经的人，内心就是不喜欢正儿八经的姑娘，偏生爱她这种风尘妖媚的呢？

"不过……"话锋一转，言清皱眉道，"要说三年前你没有迷惑住大皇子，那也不一定，毕竟这都快四年了，他一直在派人找我，要不是我人脉广躲得好，早被他挖出来了。他找我也不会有别的事情，当初在东宫办的差事，除了你那一件，别的都是记录在案的。要问别的，他不如去翻册子。"

也就是说，殷大殿下找了他三年多，其实就是想知道，当初进东宫侍奉了半个月的那个女人是谁。

风月愕然，瞪着言清，有点不敢相信地指着自己的鼻子："你是说，他一直在找我？"

“对啊。”言清很不优雅地白她一眼，摇头道，“那么多大家闺秀他没看上，怎么就看上了你这么一个粗鲁没规矩的？”

心口蓦地一热，风月张大了嘴，伸手抹了把脸。

这么多年了，她一直以为自己是单方面仰慕殷戈止，结果不得人欢心不说，还被人监斩了满门。想想都觉得自己可怜，一颗单纯无辜的春心捧出去，叫人摔碎了踩烂了扔回来。

如今突然发现，不是啊，不是她一个人在单相思，殷戈止，或者说是殷沉璧，三年前虽然表面上一直对她冷漠，可心里其实是给她留了个位置的。

对呀，那人外冷心热，一向寡言又冷着脸，年少不懂事的她便觉得那是不喜欢。现在回过头一看，任何送进东宫的女子，不管有没有被宠幸，都是只留一夜的。连续留了半个月的，可不就只有她一个？

风月咧了咧嘴，迎着言清古怪的眼神，嘿嘿笑道：“我不乐别的，就乐原来以前不是我一个人傻，这样我心里也好受些。”

当真是这样吗？言清摇头，人间自是有情痴啊，自己痴还笑别人痴！

笑着笑着，风月就笑不出来了，想想以后注定会发生的事情，她垂眸，沉默良久。

再度抬头，眼里就满是坚定，她看着言清一本正经地道：“大人还是尽快安排我入宫吧。”

风从庭院里吹过，拂上她的眉眼，打了个卷吹过院墙，吹得外头站着的人白衣猎猎。

澧国大皇子殷沉璧，五官随了先皇后，生得俊俏多情，但久经沙场，自成一股子铁血刚硬之气。世人皆知，殷沉璧薄情风流，从未将人放在心上，却没人知道，也曾有两个人闯进过他不喜迎客的心扉。

有青涩傲气不知名姓的女子，他寻之三年，辗转难忘。本以为一生要沉浸于此无望相思，谁知道三年之后，有衣不蔽体的下贱妓子，扯着断裂的红绸，摔进他的怀里。

遇见风月的殷戈止是欢喜的，就算她背景颇深、来历不明、目的不清，可她很热闹，笑着闹着，予他饭菜温热，予他美人多情，予他烛光盈盈。大半年过去了，殷戈止觉得自己已经可以放下三年前那个人，不踏进梦回楼，不找言清，不用再问那人是谁、在哪里。

可是没想到，上天好像跟他开了一个玩笑，院子里传来的话，他每个字都能听见，连在一起，却想不明白是什么意思。

或者说，压根不愿意去想。

但，他的内功实在太过深厚，里头人说什么话，都听得如在耳侧。

“你当真不在乎，执意要进宫的话，那我替你安排。”叹息一声，言清站起来，“我也不宜久留，就先告辞了，有什么需要的，让人传话就是。”

“有劳。”风月的声音里一点犹豫都没有，甚至还带着笑。

殷戈止垂眸，僵硬地挪动着身子，拽着观止一起隐到旁边的树林里。

“主子！”离那院子远了，观止才敢呼气，这一声喊出来，却是带着颤音，脸抬起来，眼里也含了泪。

深信“男儿有泪不轻弹”的观止，从十五岁开始就没这么丢脸地哭过，可他实在做不出其他的反应，一看自家主子愈加平静的脸，他喉头上下滚动，眼泪跟石头似的一颗颗往下砸。

“你哭什么？”殷戈止轻声开口，声音空灵，双眼无神地看着他的方向问。

观止哽咽，抬袖擦着眼睛，只觉得喉头生疼：“风月……风月姑娘，竟然想刺杀圣上。”

他觉得难受啊，自家主子那么喜欢她，帮着她、护着她，她在下这样决定的时候，竟然一点也不考虑自家主子，仿佛根本没有考虑两个人的将来，压根没有想过要与自家主子有将来。

怎么能这样呢？两人在一起那么久了，虽说是互助互利，可感情也是半分不假的。主子今日来之前还说风月姑娘不善文笔，要写罪状还是得他来，面上没什么表情，心里却分明是惦着她想着她才来的，却没想到会发生这样的事。

那些话，他听着都觉得难受，主子会是个什么心情？

一想到这个，观止就再难成声。

听完他的话，殷戈止倒是笑了，轻轻勾着嘴角，越想笑得越厉害，摇着头看着观止道：“你只想到这一点，就哭成了这样，那我岂不是要哭倒几座城？”

被他这笑晃花了眼，观止愣了，连忙伸手扶着他：“主子？”

“没事。”殷戈止低声道，“我没事。”

只是心口的东西疼得厉害，让他看不清前头的路。

原来这么久了，他会爱上的，还是这个人。

原来三年前的相思咒没有消失，而是变成了死咒。

原来她曾爱过自己，只是以后，再也不会了。

心跳骤快，疼痛欲裂，没走两步路，他便半跪了下来，大口大口地喘着气，手指掐进地上的泥土里，指节泛白。

“主子！”观止慌了，连忙扶着他道，“我们回府！”

殷戈止低笑，被观止拉着胳膊扛起来，跟着他的步子往前走。

眼前泥石混乱，他有些茫然地想，风月这样的决定，要他怎么办呢？要他在她杀了皇帝之后手刃她？还是要他拦住她，让她含恨而终？

她心里干干净净的，已经没有他了，他的生与死、悲伤与绝望，统统与她没有关系，她只求自己心满意足，还愿赠他满怀痛苦。

可他不能，他舍不得她痛苦，更舍不得她死，就算她瞒了他这么久，就算她冷漠又薄情，他也舍不得。

路过树林下头的农家院子时，殷戈止终于停了下来。

观止目光惊恐地看着他。

言清已经走了，风月姑娘站在院子的门口，像是在目送。一看见他们，她脸色骤变，猛地冲了过来。

“王爷这是怎么了？”她眨了眨眼，有点慌乱地道，“进去坐会儿吧？”

要是平时，观止一定会觉得她这是在关心自家主子，可一想到她要做的事情，他便头一次对风月冷声道：“不用姑娘操心，我会扶主子回去休息。”

“你这样扶着我还是很累。”殷戈止沙哑着嗓子开口，垂着眼睥道，

“风月也来送我吧。”

风月心里一惊，压根不知道发生了什么事，只觉得从未见过殷戈止像眼前这样虚弱无力，像是经历了一场大病，眼里那慑人的光都消失得没了痕迹，看起来像下雨天在外头流浪的狗，叫人心生不忍。

摸了摸自己的心口，风月点头：“好，我去跟灵殊说一声。”

观止捏紧了殷戈止的手，眼带疑惑地看着他，后者眼里无波无澜，除了嘴唇发白，看起来竟然像无事了一般。

他在想什么？观止不明白，转眼风月就出来了，一只手扯过殷戈止的另一条胳膊，扛在了自己肩上，斜眼睨着他道：“这样的王爷还真是难得一见，要是有画师在，该给您画下来以作纪念。”

殷戈止没吭声。

风月觉得有点古怪，不仅因为这人身上的寒意竟然透过衣裳传到她肩上了，更因为观止一眼都不看她。因着灵殊的关系，观止对她一向不错，哪有像今日这般冷漠的时候？

挠挠头，风月突然有点窝囊：“要不，扶您到城门口上车，奴家就先回去了？他们还做了饭等奴家吃呢。”

殷戈止道：“好。”

然而，到了城门口，风月正要走，冷不防却被他一把抱上了车。

“王爷？”风月瞪眼。

殷戈止抬眼看她：“我想吃你做的饭。”

他说这句话的时候，马车已经动了轱辘往前走了。

风月气不打一处来，咬牙道：“王爷，奴家现在不是您的丫鬟了。”

“嗯。”

“那您还让奴家做饭？”

“我想吃。”

你怎么不想死啊？风月当真有点生气，掀开车帘就打算跳车，马跑得不快，跳下去也摔不死。

殷戈止瞳孔微缩，伸手就将她捞了回来，抱着人双手交叠扣着肩膀，低斥了一声：“你不要命，那给我！”

风月很想说，我扔了也不给你！可听得他微微有些发颤的声音，她眨眼，莫名地就老实了，扭头问了一句："发生什么事了？"

"留在孝亲王府吧。"背后的人声音沙哑，带着莫名的情绪道，"你留在孝亲王府，想做什么，我替你做。"

嘿，太阳打西边出来了？风月冷笑："王爷不是说不帮奴家吗？现在上赶着带奴家去孝亲王府是什么意思？"

殷戈止没吭声，只将她搂得死紧。

风月心里一跳，突然有种不好的直觉，捏着拳头问了一句："您今日是什么时候过来的？"

"……就刚刚你看见我的时候。"殷戈止低声道，"我刚到，路上走得急了，犯了心绞痛。"

是这样吗？松了手，风月想不明白了，是这样的话，他怎么非得带她去孝亲王府啊？

这个问题，等到跨进孝亲王府大门的时候，风月终于有了答案。

观止带着护卫关上了门，一向不喜人多的殷戈止，这回默许暗卫们统统出来站着，将四周院墙围死。她跟着他朝主院走，一路上很多家丁和丫鬟像是提前接到了什么命令，眼角余光都往她身上飘。

为了避免自己多疑，风月趁殷戈止不注意，拔腿就往后跑。

不出意料，没跑两步，她就被人架了回来。

"殷戈止。"风月不笑了，平静地抬眼看着他，"你是不是听见我跟言清说的话了？"

别开头没有回答这个问题，殷戈止问："你晚上想吃什么？"

"你打算关着我，不让我进宫？"

"刚送来的猪肉很新鲜，你要不要尝尝？可以做很多样式的菜。"

盯着他那半垂的眼帘，风月失笑，笑出了声："何至于此啊王爷？您想同奴家过不去，直接杀了奴家就好了，关什么关呢？"

殷戈止终于抬了眼，平静地道："你以为我不想杀吗？"

微微一震，风月皱眉，就见他朝她前行一步，伸手轻轻抚上她的脸。

"要是能杀，我绝对不会留你这祸害至今。"

可惜，她这一场赢得太漂亮，他输了，压根下不了手。

一股子火气冲上来，风月看着他道：“那多谢王爷高抬贵手了，只是不承想这一路同行的情谊会断在这里，下次若有机会，奴家会杀了王爷的——奴家能杀。”

殷戈止闷笑，笑得胸腔微微颤抖：“那还是你厉害，关家女将军。”

“过奖了。”凌厉了眉眼，风月咬牙，一字一字地吐出来，“殷氏孝亲王。”

天色陡然变得阴沉，狂风呼啸，吹得院子里站着的护卫和家丁都倒吸了一口凉气。

观止傻眼瞧着，就见这两人一个黑衣如夜，一个红衣似火，衣摆被风吹得偶尔碰在一处，人却像是隔了千山万水，再也难相逢。

怎么就……变成这样了呢？

有细雨飘落下来，染上人的眉眼。殷戈止微微抬头，突然想起很久以前的下雨天。

那个时候的风月笑得眼波潋滟，一把桃红的油纸伞撑在他头顶，拉着他非要去菜市场。

“我是大澧的皇子。”他道。

“嗯，奴家知道。您很威风，也很厉害。”

“所以呢？”还让他去买菜？

“所以……”风月踮着脚踩着水，突然转头看他，眼里波光动人，笑着道，“所以奴家喜欢您啊。”

一脚踩在水里，水花微微溅起，带了几轮涟漪。

那个时候的下雨天真好，即使走路染得衣摆上都是泥，他也觉得心里舒坦。面上什么表情都没有，可眼里真真切切地映着这人明艳活泼的影子，以至于之后每逢下雨天，他总能想起她那扭着腰笑得花枝乱颤的模样。

而现在，下雨了，眼前的人却不笑了，双眼平静，目光却跟带了刀子似的，他心跳一下，便被扎一下，疼得他笑出了声。

“罢了。”殷戈止垂眸，“下雨了，别在这儿站着了。”

风月冷笑，别过头不再看他，转身就往后院走。

“你去哪儿？”

“王爷不是要关我吗？”风月道，“我自个儿选地方。”

自个儿选地方，就想离他远点，哪怕被关也被关远点？殷戈止垂眸，伸手就将人捞了回来。

“别人看着你，我不放心，”他低声道，“还是亲力亲为比较好。”

风月眼睛都红了，回头吭哧一口咬在他手臂上，半点力气没省，很清晰地感觉到牙齿撕开皮肉的声音，接着就有血腥味充盈鼻间。

这比刀割可疼多了，殷戈止却没吭声，低头看着她微微发抖的小脑袋，伸手摸了摸。

“滚！”风月是当真生气了，又生气又委屈，狠狠一脚踹在他小腿上，侧头啐了口血沫，跺着脚往主院走。

要是别人看守，她还会想办法逃出去。可被他看着，那就是绝望，灭顶的绝望！殷戈止不想让她杀皇帝，就算知道关苍海是被皇帝冤死的，就算知道皇帝自私昏庸、独断专行，可那是他亲爹，他不能让她杀。

她其实可以理解，真的，各人有各人的立场，都是命数。但帮了她这么久，与她同行了这么久的人，突然站到了她的对面，要与她为敌，她心里莫名地就觉得憋屈，止不住地眼睛发酸。

那是殷戈止啊！从烨国到澧国，从对付易国如到对付石有信都帮着她的人，在老爹棺材前头上过香的人，嘴上嫌弃她、背地里一直替她收拾残局的人……哪怕问问她的想法，来劝劝她也好啊，为什么，为什么偏偏直接将她关起来？

主屋的门“嘭”的一声关上，风月一点也不端庄地跌坐在地，蹬了蹬腿，突然号啕大哭，哭声跟孩子一样，歇斯底里，痛彻心扉。

殷戈止站在门外，双手紧握，脸色苍白。

天色渐晚，雨下得也愈加大，风月哭够了站起来的时候，就听得屋顶外头的天上“咔嚓”一声巨响。

“轰——”巨大的雷声砸下来，当真让人体会到什么是五雷轰顶。

心里的郁结哭完了，本就畅快了不少，再加上天公作美，风月突然就乐了。打雷好啊，有人就该天打雷劈！

“姑娘。”观止的声音在门外响起，“您的晚膳。”

风月摸了摸肚子，的确有点饿，这个时候饿着自己可不是好事，她立马开门，伸手就接过了观止手里的托盘。

结果就见殷戈止脸色惨白地站在门口，脸朝着她的方向，眼神涣散。

风月吓了一小跳，撇嘴：“观止，你把他搬走吧，放在这儿怪吓人的。”

观止黑了半张脸，道：“姑娘，这是我家主子的房间。”

风月：“……”

雷声大作，殷大王爷看起来状态很不好，活像马上要被吓死了似的，精气神都没了。风月幸灾乐祸地想，要不就让他在外头站着，打一晚上的雷，明天就能给他收尸，然后自个儿就能离开这儿了！

然而，在她想的时候，观止已经扶着人进房间了。

风月有点可惜地摇头，自顾自地坐下来吃饭，吃完了便洗漱一番，抱着被子躺到了主屋外室的软榻上。

头顶雷声时不时地响起，吵得风月左右翻身睡不着，正有些恼火，屋子里的灯却突然亮了。

风月微微一愣，就见殷戈止披着衣裳坐在桌边，手里拿着几张纸，嘴唇依旧惨白，可神色镇定，看起来竟然没被雷声吓着。

她奇怪地挑了挑眉，有点不敢相信。先前那么怕打雷的人，现在居然不怕了？难不成以前都是装的？也不像啊。

不过现在他们已经是对立的仇人了，就算他行为诡异，她也不该好奇，别说打雷天起来看东西了，哪怕他脱光衣裳出去狂奔，她也不能在意。

摇摇头，风月翻了个身，闭眼就想努力睡着。

可是人吧，越想回避一件事，那件事就越会在脑海里徘徊不去。翻了几个身，风月最终还是坐了起来。

她实在很想知道让殷戈止顶着雷声起来看的东西是什么。

桌边的人提了笔在写东西，盯着他看了一会儿，风月咬牙，踩着鞋就小心翼翼地挪过去看了看。

殷戈止完全没有回避她的意思，几张纸大大方方地铺开放在桌上，上头写的都是外面传进来的消息。

廷尉失踪，朝野震惊，民间流传出其罪状，与贺兰监察使情况相似。

恶意煽动民情之人已经有数十入狱，一一审问，并无主谋，此事已上报丞相，还未惊动陛下。

看起来反应不错啊，风月勾唇，照这样来看，只需有人开始追查廷尉的过失，那石有信就可以“畏罪自尽”了。

“贺兰长德死了，新上任的监察使武泽是个心怀热血之人。”雷声轰鸣之中，殷戈止淡淡地道，“他会顺着这些风声审查石有信的过往。而石有信有改死刑之意已久，想必背后没少杀人，查出来也是大罪。人可以交给你杀，但柴老夫人那儿要给交代，罪名便由我来定。”

风月翻了个白眼，嘲讽道：“都到这个地步了，您还装什么好人呢？”

殷戈止抬头，面无表情地看着她：“若是不服气，那你可以阻止我。”

王爷了不起啊，朝中有人了不起啊！风月耸肩：“您高兴就好，但别想我感激您。”

“受不起。”别开头，殷戈止语气冷淡地道，“你我各走各路，只是你在我孝亲王府之中，恐怕是不能为所欲为了。”

“行。”气极反笑，风月点头，“您不就是不想让我杀澧文帝吗？那好，我不出去，澧文帝也迟早死在我手上！”

“关清越！”手紧了紧，殷戈止满眼寒霜地抬头看她，“你非得断了我们之间所有的生路，是吗？”

“我们之间的生路？”这七个字听得好笑，风月细腰扭动，又笑得花枝乱颤了，“从您出现在关家的监斩台上之时，我们之间所有的生路不就已经断了吗？难不成就因为您是皇室中人，所以您杀得我爹，我杀不得您父皇？您杀就有生路，我杀就是生路全断？”

风月勾唇，媚眼如丝，涂了丹蔻的手指抚过自己的嘴角，摸了摸自己笑着的弧度，叹息道：“皇室可真是霸道啊！”

“轰隆”一声雷响在头顶，殷戈止白着脸闭上了眼。

已经全断了吗？

已经全断了，那她又何必来招惹他？招惹得他以为她与他之间并非死路。结果努力走了这么久，她却说，前头是没路的，您还在走什么呢？

哑然失笑，殷戈止摇头，深吸一口气，闭眼道：“你爹不是我杀的。”

“嗯，你爹杀的。”风月微笑，“那我找你爹报仇，有错吗？”

“风月。”殷戈止有些头疼，头一次用近乎乞求的语气沙哑着嗓子道，“咱们可以先不说这个吗？”

风月看他一眼，觉得自己的好奇心果然是不该有，跟他废什么话啊？还不如去睡觉。

想罢，她起身，滚上床去就裹了被子，再也不看一眼身后。

屋子里的烛光亮了一宿，大雨也下了一宿。第二天观止打开门，就见自家主子坐在桌边，伸手拿着封信递给他：“送出去。”

主子起得真早啊，观止想，难不成是因为和风月姑娘在一起，所以睡得好了？

殷戈止睡得好不好不知道，但风月是睡得挺好的，虽然很气愤，可一觉睡过去梦都没做一个，早上起来精神百倍，还梳妆打扮了一番。

“主子。”两人一起用早膳的时候，外头有家奴进来禀告，“石丞相求见。”

石鸿唯？他来干什么？殷戈止放了筷子，低声道：“请他去旁边花厅坐坐。”说罢，他转头看向观止，嘴皮一翻就道，“看紧她。”

“是。”

风月翻了个白眼，继续吃自己的早膳。她对石鸿唯不太感兴趣，毕竟跟她没什么关系。

的确没关系，人家是冲着殷戈止来的。

“王爷。”拱手朝殷戈止行礼，石鸿唯笑道，“老臣奉陛下之命，择了闺中女子数十名，来给王爷过目。”

一听这话，殷戈止连坐也不想坐，斜眼便道：“丞相要是为此事而来，那就不必多说了。”

他脸色不太好看，若是其他官员，此刻怕早就跪下行礼了，可石丞相连脸色都没变，不慌不忙地道：“老臣来之前便知道劝不了王爷，故而连画像都没带。”

殷戈止看了他一眼，这才松了神色，坐下来问：“丞相还有别的事？”

微微拱手，石鸿唯笑道：“不知王爷可听闻京中传言？说是关苍海的冤魂归来了，要将曾害过他的人一一除去。”

殷戈止不动声色地端起茶盏，摇头道：“此等荒谬之言，倒是未曾传到本王耳里。若当真有冤魂，为何偏要这么久之后才归来索命？”

“所以，老臣以为，近来京中发生的几件大事并非冤魂索命，而是有人蓄意报仇。”石鸿唯抬眼，苍老的脸上一片严肃之色，“从王爷在福禄宫欲替关家翻案开始，与关家之案有牵连的人便接二连三地出事。先是您指证的贺兰长德写下‘昭罪状’下落不明，后是当年第一个上奏严惩关家的太尉赵旭获罪而死，如今，当年主审关家一案的廷尉石有信也失踪了，王爷不觉得很巧吗？”

果然是有风骨的老臣啊，这大清早的，竟然上门来质问他了？殷戈止淡然抿茶，轻轻将茶杯搁好，慢条斯理地道：“的确是挺巧的，丞相睿智，朝中如今人心惶惶，民间也是流言四起，却没人注意到此事，除了大人。”

石鸿唯瞳孔微缩，皱眉看着他：“王爷这是承认了？”

“承认？”茫然地抬头看他，殷戈止问，“本王承认什么了？”

石鸿唯目光犀利，一身正气地问：“难道发生的这么多事，都与王爷毫无干系吗？”

“您可有证据，证明本王与这些事情有关系？”殷戈止目光坦然地看着他道，“血口喷人不是个好习惯，丞相是两朝重臣、三公之首，说话更不能全凭自己的揣测。”

深深地看他一眼，石鸿唯垂眸：“这倒是老夫莽撞，没提前准备好证据。不过王爷，要是当真有证据，老臣可能便不会上门，而是直接在朝堂上与您相见了。”

殷戈止眼里带了点嘲讽的意味，颔首：“那本王就等着大人在朝堂上传本王问罪。”

话到这儿就说死了，石鸿唯的脸色不太好看，低着头朝殷戈止拱手，转身之间轻声说了一句：“您已经不是当年的大皇子了，王爷。”

殷戈止挑眉，手撑着下巴，淡淡地回他一句：“那你们也可以露出真面目了，丞相。”

石鸿唯身子一顿，拂袖就离开了王府，乘车便进了宫。

澧文帝正坐在龙榻边喝药，皇后乖顺地服侍着，低声道：“您最近少操心些，御医都说了要好生养着，有什么事就交给太子去做吧。”

“他？”咳嗽两声，澧文帝略微不屑地道，“他还接不了朕的玉玺。”

一听这话，皇后便有些不满了。当初殷沉璧不是太子都曾掌玉玺，处理过七日的国事，为什么沉玦这名正言顺的太子却接不了？那立他做太子干什么？

不满归不满，到底是凭自己本事爬上后位的人，皇后脸上依旧带着笑，拿帕子给皇帝擦着嘴角，温声软语地道：“太子不会的，陛下可以教啊，总归是要交到他手里的，难道陛下要眼看着澧国江山后继无人不成？”

先前说过，澧文帝是一个极重权欲之人，任何惦记他手里权势的人，他都看不顺眼，哪怕是自己枕边的人和自己亲生的儿子。

所以，一听这话，他冷笑了一声，推开皇后的手，阴阳怪气地道：“除了他，朕还有别的皇子。太子可立，也可废。”

这话说出来其实是想警告皇后，让她老实点别想着夺权，太子的废立权可都在他手里呢。然而，听在皇后耳朵里，那就不是这个意思了。

皇后脸都白了，忐忑不安地收回手，心沉得厉害。

殷沉璧回国，封亲王，本就对沉玦威胁甚大，如今这废太子的话竟然从皇帝嘴里说出来了，那就是把他们母子往绝路上逼啊！有殷沉璧在，沉玦的太子之位就不会稳当！她得想想办法才行了。

她正想着呢，外头的太监进来禀告道：“陛下，丞相求见。”

“宣。”

石鸿唯脸色不太好看地进来行礼，抬头之时，眼帘也始终垂着：“老臣有事禀告。”

澧文帝低头瞅了瞅他的脸色，笑道：“何事让丞相大人这般不悦？”

“并非不悦，只是老臣觉得事态严重，再不禀明陛下，恐怕就晚了。”石鸿唯直接跪了下去，抖着嗓子道，“陛下明令孝亲王不许再查关家旧案，王爷的确没再追查，却是殃及池鱼，对当年与此案有关之人统统下了毒手啊！”

澧文帝一惊，连忙起身走到他面前：“你说什么？”

石鸿唯从袖子里掏出一份折子，双手捧到皇帝眼前：“请陛下过目！”

这份折子是他去孝亲王府前就写好了的，上头将最近发生的事情与当年关家的旧案串联，指出有本事在澧都之中这般搅弄局势、玩弄官员的人，只能是孝亲王殷沉璧，顺便在结尾指出，孝亲王不会善罢甘休，一定会逼得皇帝亲自下旨翻案为止。洋洋洒洒几千字，配以各种修辞手法，加上端正大气的字体，看得澧文帝立马龙颜大怒。

“他反了吗！这是要反了吗！”澧文帝怒喝，气得直跺脚。

皇后吓了一跳，看了石鸿唯一眼，后者微微侧头，给了她一个“放心”的眼神。

这便是被文武百官称赞有气节的石丞相，连封明和殷戈止都被蒙蔽过，只当此人不涉事，不冤枉人，却不知他分明是一贯明哲保身，只有在动到了自己亲外甥的利益时，才会站出来，咬人一口。

当今皇后乃石鸿唯的胞妹。他的外甥，便是殷沉玦。

皇帝可没想到这一点，毕竟石鸿唯的为人上下都称赞有加，石有信在朝中，他都未曾有过半点偏私，在皇帝看来，他就是个秉公办事、刚正不阿的人。所以这一份奏折看完，澧文帝压根不觉得他是在针对孝亲王，只觉得殷戈止是当真恃宠而骄，太过分了。

“陛下。”皇后轻声道，“您别太生气了，当心身子。”

“有这么一个逆子，你叫朕怎么不生气！”顺手将折子扔给她，澧文帝坐在旁边直喘气。

皇后快速地将折子看完，眼珠微转，叹息道：“也许王爷是有什么难言之隐，并不是真的要忤逆圣上呢？陛下不妨先试探他一二，也免得父子之间生了嫌隙。”

一听这话，澧文帝觉得有道理，看向石鸿唯。

石鸿唯责备地看了皇后一眼，大概是觉得后宫不该干政，然后才一脸正气地拱手对澧文帝道：“若当真要试探，也简单，陛下送一名女子给王爷为妃即可。这等小事，按理说王爷不会忤逆，若是他受了，那也许只是针对关家之案，他对陛下有所忤逆，若是不受……那陛下就当真要小心了。”

澧文帝想想觉得有道理，当即就随便指了一家三品官员家的庶女，让身边的大太监送去孝亲王府。

殷戈止什么都不知道，正坐在院子里和风月大眼瞪小眼，冷不防就见大太监带着一个女人进来，冲自己道：“王爷，这是皇上赐您的侧妃，您好生安置吧。”

这语气，就跟“这是一道皇帝赐您的菜，您吃了吧”一样轻松。

殷戈止皱眉，微微抬手，旁边的观止就将那大太监连着旁边的女人一起推出去关在了门外。

风月斜眼瞧着，嗤笑道：“咱们陛下真是有意思，不是自己的闺女，随意就送去别人的府上受辱。”

看她一眼，殷戈止道：“你不必吃醋，我不会收。”

这位王爷是不是过于自信了？哪只眼睛看出她吃醋了？如今这情况，他不死才硌硬她呢，她吃哪门子的醋？

嫌弃地看他一眼，风月扭头就走。

“你去哪儿？”殷戈止皱眉。

风月头也不回，气壮山河地吼：“撒尿！你要一起去吗？”

错愕地看着她的背影，殷戈止僵硬地垂眼，不吭声了，沉默了一会儿，倒是轻轻笑了笑。哪有姑娘家这么粗鲁的？

这算是平静的下午发生的一件小事，风月和殷戈止都没有放在心上。然而，谁都没想到，这件小事却引起了惊涛骇浪，祸事如潮水一般，疯狂地朝孝亲王府席卷而来。

第五章

祸事如潮水

风月正在变着法儿地祈求老天劈道雷下来落殷戈止脑门上呢，一道圣旨就在响雷之前到来，“轰”的一声在孝亲王府炸开。

“奉天承运，皇帝昭曰：长子殷沉璧，文武双全，深得朕心，着封巡查使，前往芭山一带替朕体察民情，回报民意。月底启程，不得有误。钦此。”

一众跪着的人顿时哗然，殷戈止也沉了脸色，抬头看着那大太监，没有伸手。

芭山凄凉之地，说得好听是去巡视，说难听些，就是流放吧。还说什么“文武双全、深得朕心”，摆明了就是看他不顺眼了，找个由头远远打发了去。一旦离开澧都，他便再无本事插手关家一案。

目的他明白，但皇帝能下狠心将他流放，着实叫他意外。

“王爷，这份旨意，您也想抗了不成？”大太监抬着下巴俯视他，微微摇头，“圣上之威严，可不是能随意践踏的，哪怕是亲生的父子也一样。”

殷戈止目光流转，伸手接过圣旨，缓慢地朝前头叩拜下去：“儿臣谢父皇隆恩。”

躲在旁边的风月都震惊了，她知道澧文帝狠，可虎毒还不食子呢，他咬起自己儿子来，牙口怎么也这般利索？

澧国这半壁江山都是靠殷戈止守下来的，更别说他费尽心思引烨国与澧国联盟，为的也不过是保全澧国，这老皇帝倒好，一个不高兴，把人流放去芭山。

人的感情可不是能随意践踏的，哪怕亲生的父子也一样。

那群太监走了，殷戈止站了起来，旁边的观止皱着眉，正要上来说话，却见自家主子顺手就将那明黄色的圣旨扔进了旁边的花盆。

众人：“……”

微微倦怠地动了动脖子，殷戈止淡淡地道：“大概是离开太久了，以至于他觉得无论怎么对我，我都没有反抗的力气了。”

观止一愣，接着就是一喜：“主子不打算去芭山？”

殷戈止勾着薄唇露出一抹冷笑，道：“父皇想让我游山玩水的好意，心领即可，我们还有事没办完。”说着，侧头就瞧见了旁边躲着的风月。

风月眨眼，装作什么也没看见，转身就进了屋子。

她现在该想的是怎么跟外头的人联系上，管殷戈止的死活干什么？

澧文帝下的这道圣旨在朝中引起了轩然大波，太子一党极力赞成，其余人极力反对。此时澧国正是用人之际，不留下孝亲王这样的栋梁，怎么反而把人流放出去？

石鸿唯站出来说话了：“孝亲王行事乖张忤逆，就算怀才，也难堪大用。”

一向不开口的丞相都说话了，反对的声音顿时少了些，可依旧有。

瞧着这么多人支持孝亲王，皇后更是不安，拉着殷沉玦道：“你也该为自己好好谋算谋算了。”

殷沉玦惶恐，身边的门客便给了诸多建议，最后有个口齿伶俐的人说服了他，调动护城军，围堵孝亲王府。

孝亲王在皇帝那儿已经失宠，有皇后的枕边风和石鸿唯的谏言，皇帝对殷沉璧的戒心只会越来越重。就算他莫名其妙地断了胳膊少了腿，想必皇帝也不会太在意。

殷沉玦是没有胆子杀自己皇兄的，但他觉得可以砍殷沉璧一只手。自古残疾不为帝，只要殷沉璧少了一只手，那自己的太子之位就是稳固的，其余的皇子之中再没有能撼动自己地位之人。

算盘打得是挺响的，但他手里没有兵权，唯一能用太子身份调动的，只有护城军。先前说过，殷沉玦这个人过于平庸，脑子也不太好使，听信门客的话，行事冲动，压根没有想过失败的话怎么办，就让廉恒在子时调兵围住孝亲王府。

殷戈止被人吵醒的时候，就见廉恒站在他的屋子里，表情分外凝重。

“殿下，少将。”他道，“二皇子命我围堵此处，人已经快赶来了。”

风月打了个哈欠，半睁着眼道：“他有病啊，大半夜的围堵这儿做什么？”

廉恒摇头：“不知。”

殷戈止披衣起身，手里提了盏梅花灯，眉目慵懒地道：“很多事情只能在半夜做，那自然便会在半夜来，没什么稀奇的。瞧着他还有一会儿才能到，再睡会儿吧，不然又得折腾一宿。”

后半句是朝着风月说的，说完他就回去继续躺下了，半点都不担心。

风月瞧着，心想这位主子都不急，那她有啥急的？于是跟着就倒下去继续睡。

廉恒愕然，看看内室，又看看外头躺着的少将，满目惊恐。想了想，他还是轻手轻脚地出去，带上了门。

殷沉玦本来是不想来的，奈何门客们说只有他亲自来才能镇住廉恒，让他不乱说话，于是殷沉玦就颤巍巍地来了，一路上都抓着旁边的人问：“当真围住了？大皇兄武艺高强，没反抗？”

“回殿下，没反抗，大概是廉统领将其制住了。”

廉恒这么厉害？殷沉玦放了点心，眼瞧着孝亲王府到了，便小心翼翼地下车往里走。

孝亲王府里一片宁静，只院子里站着一群丫鬟家奴，个个都是没睡醒的模样，仿佛不是被围困住，而是他深夜造访，扰了他们清梦。

殷沉玦愕然，有点忐忑地问："皇兄呢？"

廉恒迎上来，拱手道："王爷在主屋里。"

殷沉玦眼里有了点兴奋的神色，跟着就往主屋走。

他在殷沉璧的阴影里活了太久了，从小到大，身边的人都不停地对他念叨："您看看大皇子……"

"大皇子文武双全、天赋异禀啊！可您怎么……"

"大皇子每天天不亮就起床练功了，您还睡？"

大皇子，大皇子，他梦里都有人在耳边不停地念大皇子，他本来都已经绝望了，没殷沉璧的天赋，也没他那么拼命，比不过就比不过吧。可是没想到有一天，殷沉璧也会被他踩在脚下，对他行礼，喊他太子。

殷沉玦觉得，这是上天给他的机会，让他狠狠报复这么多年因为殷沉璧而受的折磨。此时的殷沉璧大概没了那不可一世的神情，正紧张不安地被捆在主屋里吧？

一想到那样的情形，殷沉玦的步子都快了一些，很是期盼地走到主屋门口，推开门一看。

里头漆黑一片。

殷沉玦吓了一跳，连忙喊了一声："人跑了，给我追！"

"是！"

这大嗓门在寂静的王府里如响雷一般，把旁边的廉恒吓了一跳，也把屋子里两个睡得正香的人吵醒了。

"来了？"重新点燃梅花灯，殷戈止睡意蒙眬地出来，垂眼看着门口的殷沉玦，低声道，"深夜来访，有什么话不如进来坐着说吧。"

殷沉玦吓得后退两步，瞪眼看着面前这人，低声问廉恒："你怎么不把他绑起来？！"

廉恒皱眉，为难地道："太子殿下，先不说孝亲王没罪过不该绑，就算当真该绑，微臣也不是王爷的对手啊。"

殷沉玦惊得脸一白，瞬间躲到了廉恒身后，很是害怕地道："皇兄……”

“嗯？”殷戈止慵懒地往门框上一靠，淡淡地扫了一眼门口堵着的二十来个护卫，轻笑着道，“太子殿下深夜出门十分危险，只带这么点护卫，怕是难保周全，等会儿回去的时候，让我府上的护卫跟着吧。”

二十多人在他眼里还算少？！殷沉玦被吓得直摇头，吞吞吐吐地道：“不……不必了，我马上就准备回去了。”

“这么快就要走？”疑惑地看着他，殷戈止问，“不是有事情找我吗？”

“……没、没什么大事。”殷沉玦咽了口唾沫，摇头道，“就是听闻皇兄要走了，来跟皇兄告别。”

殷戈止看他一眼，温和地道：“你有心了。”

“嗯……那、那我就先回去了。”殷沉玦扭头就想跑。

“殿下！”后头的门客连忙堵着他，低声道，“咱们带了百余士兵呢！折腾这么一晚上，您怎么刚来就想走？”

殷沉玦畏惧地看了一眼殷戈止，小声道：“廉恒说打不过他，那谁是他的对手？人都抓不住，还想砍他的手？别激怒了他，反过来杀了我！”

门客恨铁不成钢地道：“您是国之储君，怎能如此胆怯！他武功虽高，却不是三头六臂，这么多人围上去，再厉害的人也能被压住，您来都来了，不能无功而返啊！”

有了点底气，殷沉玦抿唇，犹豫了片刻道：“那你来下令，我想躲远点。”

门客一愣，心里喟叹一声，却是咬牙转头，大声下令：“来人啊，将孝亲王擒下！”

“是！”外头的人齐声应和。

殷戈止脸色未变，只跨出房门，将门从背后拉上，合拢。

里头的风月有点傻眼，连忙扑到门上透过雕花缝隙往外看。

院子外头涌进来数十士兵，个个刀剑出鞘，对准了殷戈止，前头有胆子大的已经扑了上来，刀光直取他脖颈。

这是要做什么？！父要食子就算了，兄弟还阋墙？

看一眼门边站着的廉恒，她咬牙低唤：“廉统领！”

一听她的声音，廉恒便背靠了门，义正词严地道：“少将放心，大丈夫有所为有所不为，就算是太子殿下的命令，卑职也绝不会让他们伤着王爷一根毫毛！”

风月嘴角抽了抽，轻轻呸一声，道：“谁担心他有没有伤着啊？你瞧他那嗜血的样子，你护着太子先走还能算是护驾有功呢！我叫你过来是想说，你找机会替我传信去秋夫人那里，就说我被孝亲王囚禁在王府里，让他们想法子来救我！”

廉恒被这话吓了一跳，有些不敢置信地侧头：“您是被关在这儿的？”

“对啊！”风月咬牙，“你难道看不出来？”

“……”还真是没看出来，毕竟都住进王爷的主屋了，一般被关，不是应该惨兮兮地被关在柴房吗？

沉默了片刻，廉恒点了点头，然后便被院子里紧张刺激的打斗吸引了目光。

有人传话，风月就不着急了，慢条斯理地趴在门上，眯着眼睛瞧着外头。

殷戈止最擅群战，就算面前是百余个士兵，也并未露什么惧色，反而空手夺了旁边人的长剑，肩骨用力，将人连带着后头站着的人一并撞开老远。这力道由柔而刚，有点眼力的都能看出此人内功深厚，然而也有穿着兵服混吃混喝的，什么也不懂就朝他背后冲，却被反手一剑，直接割穿了咽喉。

鲜血喷洒，血雾瞬间弥漫，呛得人几欲作呕。

在他夺兵器的时候，殷沉玦并着门客都还有些侥幸，庆幸孝亲王还有所顾忌，看起来不愿意杀人。结果下一秒，滚烫的血就飞溅过来，打湿了他们的衣摆。

倒吸一口凉气，刚刚怂恿太子的门客不吭声了，瞪眼瞧着那如杀神一般的人，半晌也没能回神。

怎么会有这么恐怖的人？对面的士兵都挤满院子了，他竟然还想反抗？

为何不反抗？殷戈止最近心情很糟糕，风月能哭一场，他不能，多少郁结闷在心里，没个发泄，都快把他闷坏了。上好的机会送到眼前，他还不切几根萝卜泻泻火？

敢对他动手的，他都不会当人看待，统统是萝卜，一刀能切俩。前头扑上来这几个不够看的，他动作便慢下来，眼帘半垂，像拈花托瓶的观世音，慈悲地看着他们。

然而，后头伺机而动的人大概是觉得机会到了，提刀就冲了上来。

手里的剑卷刃了，殷戈止不耐烦地扔开，伸手接着迎头朝他砍下来的一刀，五指如石，愣是捏着刀身将那刀夺了过来。

这场景看得廉恒吓了一跳，连忙去看他的手，却见他手心一点红色都没有，想来是指头的力道足，压根没让刀刃砍下来。

厉害啊！

刀到了手，殷戈止反手横扫，前头几个冲得快的人没反应过来，身子甚至还习惯性地往前跌，头颅却已经滚落在地。血腥之味瞬间浓郁，场面恐怖至极，活像是地狱！不等人尖叫，那刀虎虎生风，直接将后头几个造次的人拦腰砍断，血混着黄绿色的水喷洒在地上，看得旁边的殷沉玦扭头就吐。

“快……快扶本宫走！”

门客也吓破了胆，没再乱出主意，扶着他就从人群后头溜了出去。但临走的时候，他还喊了一声：“殿下有令，取得孝亲王右手者，赏金千两！”

重赏之下必有勇夫，刚刚还欲后退的人，这会儿都重新围了上来，直取殷戈止右手。

殷戈止冷笑一声，微微喘息，伸手扔了卷刃的刀，又夺了新的来砍。像发泄似的，他这一刀刀的都没什么招式，瞅准空隙就是一刀，看谁不顺眼了也是一刀，一刀便见骨断肉，引人惨叫连连。

廉恒忍不住赞叹：“真不愧是传说中的大魔王啊……”

“廉统领。”风月一脸平静地提醒他，“他砍的是你的人。”

廉恒叹息：“您没听见吗？这些人是冲着金子去的，压根不是我平时带着的亲兵。我在校场问谁愿意与我去围堵孝亲王府，他们是自愿来的，说效忠太子，那就由不得我担心了。”

风月挑眉：“您竟然不带亲兵来？”

“太子此命，有违常理。”廉恒道，“既然如此，那我也不能让那些个兄弟为难，谁愿意来谁来好了。”

原来廉统领也会有不按规矩办事的时候啊？风月唏嘘，再看一眼外头，殷戈止好像是有点累了，手里的刀又卷了边，让他很是烦躁，一把扔了那刀，反身一脚将上前来的士兵踹退几步。

殷戈止以前是惯用一把偃月长刀的，风月眨眼，回头在屋子里打量了一圈，目光落在角落里一个比她还长的木盒上头。

院子地方不大，院门也窄，所以一次能进来的士兵不多，殷戈止觉得压力不大。可后头的人接连不断地进来，他手上的兵器却总是砍几个人就卷刃，还得再换，这让他很是不悦，眉头都皱了起来。

正有点怀念自己的长刀呢，冷不防就听得背后一声喝：“王爷，接着！”

听着这声音，殷戈止有些意外地回头，就见那一袭红袍的女人费力地扛着他的偃月长刀，很想帅气地给他扔过来，然而手上没力，一个没站稳，差点被刀压在地上。

这么严肃的厮杀氛围里，殷大魔王直接笑出了声，吓得周围正准备继续冲的士兵都打了一个寒战。

退后几步，殷戈止飞身到门边，将那把长刀拿了起来。

风月勉强站直身子，咬牙道：“以前怎么没发现这东西这么重！”

情况尚且危急，殷戈止也就没太在意这句话，只低头飞快地在她头顶落下一吻，然后便转身，很是愉悦地冲回了战场。

一群士兵都没有反应过来，只觉得孝亲王手里多了把看起来颇为威风的刀，于是仍然想去砍他右臂。

哪知道这孝亲王突然就跟变了个人似的，脸上的表情没那么凶狠了，手上的动作却更快，一把刀锋利刚硬，长刀一横，竟然能同时捅穿三个人的肚子。

后头的人觉得不妙，眼瞧着前头的人不仅没消耗掉孝亲王的力气，反而死得更快更惨了，连忙想往后退。

然而，殷戈止杀得兴起，偃月在手，哪里还肯放人走？当即飞身越过院墙去，拦住人的退路，又是一番屠杀。

殷沉玦本来还在墙外等结果呢，谁知道自家皇兄一个招呼都不打就提着刀出来了，吓得他扭头就跑，边跑边喊："皇兄我跟你开玩笑的，别追我啊！"

殷戈止也没想追他，任由他跑出去，只将那门客留下，一刀捅穿心口。

可怜的一心想建功立业的门客，因着一个馊主意，就这么葬送了性命。

扔开尸体，殷戈止提着刀睨着剩下的跪地求饶的人，问了一句："想活吗？"

"王爷饶命，王爷饶命啊！我们几个没想动手！"

"好说。"眼里的红色散去，殷戈止道，"你们把这一堆尸体收拾了，送去乱葬岗，然后就可以回家了。"

"多谢王爷！"剩下的几个士兵感激涕零啊！本还以为要被杀掉了，没想到王爷是个不滥杀无辜的好人！

蹲在主屋门口的风月翻了个白眼，心想这群人也真是够惨的，送上门来被殷戈止杀了个痛快，没死的还得帮他收拾屋子，还得感谢他。

偃月长刀的刀面泛着青色的寒光，殷戈止提刀归来，一身玄衣被血染得颜色更深，脸上也有血迹。要不是头上束着银冠而不是头盔，她当真要觉得这人是刚从战场回来的了。

"冒犯了。"廉恒拱手朝他行礼，"既然太子走了，那卑职也便告退，改日再向王爷赔罪。"

"慢走。"殷戈止颔首，目送他出去，便又看向风月。

后者给了他一个大大的白眼，扭身就进了屋子。

低头看了看自己手里的偃月，殷戈止勾唇，跟着她进去便将刀擦干净放好。

“担心我？”

就知道这人会说这种不要脸的话，风月冷笑一声，抱着胳膊气也不喘地道：“谁担心你啊，与其担心你要死我还不如担心你死不成，只是这大门要是守不住，那我被他们逮着下场就不好了，说到底我还是为了自己！”

殷戈止微微挑眉，忍不住拍手：“真不愧是一顿吃三碗饭的人，饭量大，气也长。”

风月扭头就给了他一个冷漠的后脑勺。

空气里还弥漫着血腥味，外头的天空已经微微泛蓝，要睡是睡不成了，风月想了一会儿，闷声道：“你父皇想流放你，你皇弟想砍你的手，你就这么大度还容得下他们啊？”

“到底是父母，到底是手足。”殷戈止道，“就算他们做得不对，我会跟他们算账，但不会杀了他们。”

“您跟易掌珠真是登对。”风月嗤笑，“她该当观音，你当佛祖，你俩去个寺庙普度众生去吧！”

“我跟她可不一样。”洗了脸，更了衣，殷戈止换了一身白衣，整理好衣襟，淡淡地道，“我还是更适合跟你一起下十八层地狱。”

说罢，他打开门，轻喊了一声观止：“带上亲王的冠带和印鉴，咱们进宫。”

观止微微一顿，瞬间就明白过来自家主子的意思，愤慨地应了一声“是”，然后便飞快地去拿东西。

风月回头，有点不明所以地看着他：“怎么？打算进宫告太子一状？”

理了理自己的衣襟，殷戈止睨她一眼，道：“不必那么麻烦。”

告状哪里是他的作风，况且要告也该昨夜运着尸体进宫才是，过了一夜，血腥味都淡了，黄花菜也凉了，有甚意思？

看了看他脸上温和的神情，风月下意识地打了个寒战，突然有点同情那没脑子的太子。

殷沉玦回宫去也没能睡上觉，一闭眼脑海里就浮现那肢体横飞的血腥场面，裹着被子瑟瑟发抖，惊恐不已。

内侍看着他这模样，连忙去禀告了皇后。皇后急忙赶过来，挥退所有宫人，着急地问："怎么了？"

殷沉玦将孝亲王府发生的事情说了一遍，然后颤巍巍地看着自己的母后："儿臣能不能不跟他争了？"

石皇后横眉："你可是太子！你知道这太子之位是母后花了多大的力气才给你争来的吗？现在孝亲王虽说要流放，可朝中一直有人给他求情，再这样下去，皇上万一收回成命，他就会成为你太子之位的最大威胁！不趁着现在皇上忌惮他的时候争，你还想什么时候争？"

"可……可是……"一想起殷沉璧那张脸，殷沉玦就吓得直哆嗦，"他真要同儿臣争的话，儿臣是无论如何也争不过他的啊！"

狠狠地咬了咬牙，石皇后也是一脸的恨铁不成钢："他母后早逝，后宫无人支持，前朝也没有铁打的关系，仅凭一点以前的威望在支撑，你怎么会争不过他？再说了，现在皇上是偏心你的，他有什么？"

为质一年，为澧国鞠躬尽瘁近十年的殷戈止，现在什么也没有！

殷沉玦一脸茫然，石皇后略微一思忖，便道："他不是在孝亲王府大开杀戒了吗？杀的可都是护城军啊！咱们借此告他一状，说护城军夜巡至孝亲王府，双方起了冲突，孝王爷便胡乱杀人。找些证人，定能叫他百口莫辩！"

说着，石皇后觉得很是可行，自己便起身去门口，招了宫女来，一阵嘀咕。殷沉玦沉默地看着，眼里有些厌烦之色，却没有吭声，只垂着脑袋等着。

天色微明，宫门大开，朝臣们井然有序地往朝堂的方向走。监察使武泽正打着哈欠呢，冷不防觉得身后挤了个人。

这进宫的队列都是排好的，谁会这般不守规矩地挤啊？他皱眉，回头正想说道两句，却瞧见了殷戈止一张面无表情的脸，像清晨的凉风，瞬间就把他吹清醒了。

"孝亲王？！"

这一声惊得正走着的两列官员都停了下来，最前头的石鸿唯微微一愣，皱眉回头，却见那孝亲王未着朝服，甚至连华服都没穿，只一身轻薄俊逸的白衣，眼里无波无澜。

什么情况？众位大人都摸不着头脑，有与殷戈止亲近些的，纷纷将他围了起来，低声问："王爷意欲为何？"

殷戈止道："有话想在朝堂上对陛下说。"

陛下，不是父皇。

武泽倒吸一口凉气，拉了拉他的袖子，劝道："皇上最近脾气不好，您这样怕是要惹圣怒。"

"他不怒，我就白来了。"镇定自若地拂开他的手，殷戈止道，"各位大人继续往前走吧，堵在这儿也不像话。"

武泽是殷戈止的旧友，也算是他提拔上来做监察使的，故而一听这话，别的都没多说，直接让人列队，继续前行。

石鸿唯皱眉瞧着，沉思片刻，没马上开口，也继续往朝堂走。

于是，澧文帝今日尚算不错的心情，在坐上龙椅往下看的一瞬间，就被破坏掉了。

"沉璧？"澧文帝的脸色不太好看，"你为什么来了？"

殷戈止出列跪下，道："儿臣有负父皇厚望，特来请罪。"

"哦？"澧文帝来了点兴趣，"出什么事了？"

殷戈止抬头，平静地道："王爷当来无趣，儿臣想挂冠为民，游山玩水。有负父皇隆恩厚望，还请父皇恕罪。"

啥玩意？

满朝文武都被这话震惊了。历朝历代，王爷无数，就没出现过一个在朝堂上说当王爷没意思，要去当百姓游山玩水的。这不是当众给了皇帝一耳光吗？还是很重的那种，打得澧文帝半晌也没回过神。

但是，等回过神的时候，澧文帝就怒了，一把将手里的折子扔下来，怒道："胡闹！这可是朝堂，当着这么多人的面，你也能说出这样的混账话来？！殷氏皇族生你养你，难道就是为了让你今日这般大逆不道吗！"

“皇上息怒——”两边的朝臣都跪了下去，以头磕地。

殷戈止挺直了背跪着，淡然地道：“这二十余年来，父皇觉得儿臣回报殷氏皇族的东西还不够多？”想了想，他抬眼看向上头，“不若再送儿臣去烨国为质，老死他乡，父皇心里也会舒坦一些。”

两句话就将澧文帝的怒火堵住了，众臣心里也都是一紧。

的确啊，要说生养之恩，殷大皇子这些年来为皇室做的贡献，比两朝所有的皇子皇帝加起来还多，真要计较，也不知是谁欠谁。

澧文帝目光微微晃了晃，又气又有些惭愧，毕竟他也有对不住自己皇儿的地方，可他这行为实在过分，堂堂帝王的尊严，岂能容他践踏？

在澧文帝看来，不会有人舍得下荣华富贵，甘愿做平民的，所以殷沉璧这是欲擒故纵，这是在对他流放的圣旨表达不满，是想要挟他收回成命。

这种把戏他在后宫都看腻了，也最厌烦这种人，你要当平民，那你去当好了。一拍扶手，澧文帝扭头就问：“丞相对此事有何看法？”

石鸿唯站了出来，恭恭敬敬地拱手道：“孝亲王今日的举动，老臣或许知道些原因，本也是打算向陛下禀告此事的——昨晚护城军巡视至孝亲王府，不知何故，百余士兵死于孝亲王手下，尸骨成山，冤魂难平。”

此言一出，满朝哗然，皇帝震惊，瞪眼看向下头跪着的人，却见他一脸平静地道：“儿臣嗜杀，因此更不堪王爷之位。”

武泽听不下去了，站出来驳斥道：“护城军巡视，会有百余人同时去孝亲王府？王爷就算嗜杀，也绝不会滥杀无辜，其中有什么缘由，恐怕还要细细追究才是！”

后头的郎中令也站出来道：“宫门记录有禀，太子殿下昨晚子时之后出宫，两个时辰之后方回，去向不明，不知是不是也与孝亲王府此事有关。”

石鸿唯听皇后说的这主意，以为当真是殷戈止的过失，没想到却把太子牵连了出来，不禁暗骂一声妇道人家就是没脑子，什么事都能拿来当把柄！

“若不是此事，那王爷要走，老臣就不知原因了。”打住这话头，石鸿唯拱手道，“但王爷，您这一自贬，完全不考虑陛下的感受，算是不孝。”

父不慈，子何孝啊？殷戈止微哂，也没争辩，只道：“石丞相何必多说，父皇问你的看法，你只消一个‘允’字，能给你省很多麻烦。”

石鸿唯沉默，状似仔细思考，心里却早就有了答案。

孝亲王府。

风月焦急地等着，眼巴巴地看着外头，正想嘀咕廉恒是不是没把话带到，就听见后院一阵骚动。

“抓住他！快！”

“来人支援！”

“围堵他们，别让他们过去！”

来了！一听这动静就知道是尹将军惯用的声东击西，所有巡逻的护卫都去了后院支援，前头便翻进来一个力大无穷的史冲，跑到她面前，二话不说，拎着她放在自己肩上坐着，飞身就往外冲。

“你们可算来了！”风月眼泪都要飚出来了，“我等你们等得好苦啊！”

“我们找您也找得很苦。”跳出院墙上车，史冲激动地道，“您是不知道哇，秋夫人急得哭了好几天了，谁劝揍谁！封将军也帮着将澧都四处寻了个遍，再找不着他都要疯了。谁能想到您在孝亲王府啊，王爷怎么也不吱个声……”

“他要是吱声，我定然会被你们抢回去，他才没那么傻呢。”翻了个白眼，风月道，“不仅不傻，他多半还会帮你们找，关心地每天派人问你们找着了没有。”

史冲瞪大了眼，惊奇地看着她：“您是怎么猜到的？”

这还用猜吗？就殷戈止那种不要脸的作风，一定会这么做啊！

抹了把脸，风月问：“你们那边情况怎么样？”

史冲道：“本来要弄死石有信的，秋夫人说想等您亲手来，就一直把人关在笼子里了。咱们最近没什么事，光顾着找您了，倒是刚刚宫里传来消息，说孝亲王要自贬为民，朝堂上争得很厉害，澧文帝看样子要同意，朝臣们还在议。”

自贬为民？风月愕然，眼珠子一转就知道殷戈止在打什么算盘。

这臭不要脸的！

不过，对殷氏皇族不要脸，那可真是有好戏看了。

“臣以为，孝亲王身负烨澧两国友好重责，这样贸然为民，实在不妥！”

“哼，烨澧两国友好，难不成少了一个孝亲王就不行了？再说，王爷自己无心再担责，贸然让他继续接待烨国即将到来的使臣，恐怕更会出乱子呢。”

“秦大人言之有理，王爷既然主动提出，那陛下就算不允，这王爷，他也当不好了。”

听着这一群叽叽喳喳的声音，皇帝怒喝：“都争够了吗！”

朝堂里瞬间恢复了安静，澧文帝竖眉跺脚，很是气恼地道：“殷沉璧辜负朕的信任，没有王爷该有的担当，不忠不孝，大逆不道！还有何可争的？

“传旨，孝亲王殷沉璧，愧对其位，冒犯君王！着，废除亲王之位，贬为庶民，终生不得再踏入皇宫一步！”

“陛下！”朝堂上一半的人跪了下去，齐声道，“陛下三思啊！”

本来还只是贬为庶民，怎么还加了个终生不得踏入皇宫？

一片惊骇之声中，澧文帝淡然开口：“不想承担皇室的重担，自然也不会再有皇室的任何荣耀和特权，你的府邸和家产都会被查封，朕就当没你这个儿子，你也不必再当朕是你的父皇。”

平静的声音将血脉一刀砍断，半点没有痛意。澧文帝其实并不意外，打从殷沉璧回来说要给关家翻案开始，他就知道这个儿子不会再为他所用，再加上石鸿唯折上所写的殷沉璧在背后的所作所为，分明就是要与他为敌，同他作对。这样的人，早废早好，还少了个威胁。

唯一有点可惜的是，殷戈止当真是一把好刀，但眼下不得不埋进土里，再不能用。

但，比起这刀割到自己身上来说，舍了这把刀，也没什么大不了的。

“草民，叩谢圣恩。”殷戈止双手交叠垫在额前，朝皇位上的人行了一个大礼，然后抬起头，看着澧文帝道，“此后，愿陛下多保重，若是有难事，也可寻草民相助。”

瞧这话说的！澧文帝冷笑：“朕堂堂帝王，还会求你一个平民？殷沉璧，没了皇室的身份，你就什么也不是！别太看得起自己了！”

殷戈止微微颔首，也没生气，平静地站起来，转身一步步地走向朝堂大门。抬脚跨出朝堂的门槛，一袭白衣被外头初升的朝阳染得微微泛黄，衣摆翻飞之间，人就消失在了外头。

满朝文武唏嘘不已，帝王坐在龙位上，眼神狠戾，冷哼不断。

瞧着吧，没了荣华富贵，没了无上权势，甚至一点银子都没有，他殷沉璧还拿什么这般自负？

“观止。”跨出皇宫大门，殷戈止陡然轻松，语气愉悦地道，“回去收拾东西，带着风月搬去先前准备好的宅子里，然后传信，告诉世冲和怀祖可以继续赶路了。”

“是！”兴奋地应下，观止扭头就去驾车。

没了王爷的头衔，殷戈止便是他自己了，是聪慧的经商之人，也是翩翩的儒雅书生。皇帝不知道，满朝文武也不知道，殷戈止从十八岁开始涉猎商行，推敲买卖盈利之事，觉得很有意思，于是自己开始赚钱玩，一不小心赚多了，便以观止的名义存去了钱庄。

士农工商，朝中士大夫没有看得起商人的，堂堂皇子更不能做这种下贱的事情，所以原来的殷戈止总是很为难，他想支援点军资和武器，都得通过别人的名义九曲十八弯地送。

现在舒坦了，不用躲着藏着，他可以带风月去酒楼先吃顿大餐。这样想着，一路上殷戈止都很高兴，甚至已经开始在想要点什么菜，吃了之后要去买什么东西。

然而，这份愉悦轻松的心情在回到孝亲王府的时候，被击了个粉碎。

干将带着一群人跪在门口，沉默不语。护卫们个个都将刀放在地上，作请罪状。

殷戈止心里紧得有点疼，捏着车帘盯了他们许久，半晌才下车站在他们面前，低声问：“人不见了？”

干将沉声道：“属下无能，但……来的人太多，武功都不弱，又使了诈，所以……属下没能拦住。”

身子有点僵硬，殷戈止抬头看了一眼开着门的孝亲王府。

她就这么想走，想到不放过每一个他离开的机会？她就真的半点不在意，他回来看见这场景，会是什么心情？

这么多天，她一直老老实实的，连个试图逃离的动作都没有，他才放下心，渐渐地没梦见她逃走的背影。

可现在，人当真走了，就在他不经意的一个转身之后，消失得无影无踪，像毫无预兆的当头棒喝，打得他连反应的机会都没有。

谁教她这般狠心的？

殷戈止摇头，脑袋很迟缓地想了想，立马转身去大杂院。

风月被人接回去，刚准备收拾石有信，就听得外头史冲道：“殷戈止朝这边来了！”

“怕他做什么？”秋夫人气不打一处来，“他不是不要王爷之位了吗？难不成还能把咱们少主带走关起来？”

史冲一愣，想想也是，于是就跟尹衍忠等人一起，抄着家伙在大门口等他，打算先把人打一顿再放他进去说话。

然而，殷大魔王生气归生气，脑子还是在的，没走正门，直接翻了墙。风月正在磨刀呢，冷不防就见面前多了双靴子。

“来了？”没好气地吹了吹刀口，风月道，“就知道他们拦不住你。”

胸口微微起伏，殷戈止很是不敢置信，这人怎么能这般平静呢？好像刚刚从孝亲王府逃走的人不是她一样，看见他，竟然就这么一句轻描淡写的话？

“你要逃，怎么也不逃远点？”

风月翻了个白眼，拿着刀看着他，平静地道：“王爷，我只是想离开孝亲王府，脱离你的掌控，不是想逃避你。澧都就这么大，去哪儿也能被你找到，就不费那个工夫了。但是话说在前头，我活着就是为了报仇，你不让我报仇，就等于让我去死，那就别怪我不客气了。”

殷戈止气极反笑，抱着胳膊问：“你打算怎么对我不客气？”

“很简单，我就让人伪造你联合烨国准备吞了澧文帝兵权的密信，扔去丞相府。那接下来你想借烨澧联合出兵抗景的契机来翻身的算盘，就会落空了。”风月哼道，“你的印鉴，我也偷着了。”

先前她在他屋子里摸来看去的，他一直没在意过，想着随便什么都由她拿，谁承想却忽略了印鉴。

眼帘一垂，殷戈止的语气沉了：“你知道我想做什么？”

“您不就是不想去芭山，所以在想主意吗？”撇撇嘴，风月道，“弃位自贬，您这姿态拿捏得真是挺好啊。让我猜猜，您肯定还在朝堂上大义凛然地说，以后皇帝需要你，你还会去帮忙之类的话，对吧？”

殷戈止脸色一青，盯着她的神情就古怪起来：“你在朝堂上也有人？”

“哪能啊，我又不是神仙。”耸耸肩，风月道，“顶多是朝堂外头守着的人里有点关系……不过也不是听来的，就是猜的而已。以您这种阴险狡诈的性子，眼瞧着烨国使臣要来了，您还能不作妖？”

这话听着像是在夸他，但用词怎么怪怪的啊？殷戈止沉默，示意她继续说。

“烨澧想联合抗景，叶大太子看重的是您的能力，这事咱们知道，澧国的人不知道，所以澧国太子敢砍您的手，皇帝一气之下也敢让您当真成为庶民。您打的算盘，不过就是等使臣到了，说清楚了两国联合的条件，然后好让澧文帝后悔莫及、低声下气地来求您吗？到时候的条件，肯定就是由您来开了。”

风月边说边摸着下巴，摇头道：“阴险，太阴险，真是不要脸！”

眯了眯眼，殷戈止就奇怪了：“你怎么总能猜到我在想什么？”

“因为换作我，我也会这么想。”风月道，“想想先前对自己下狠手、不念亲情的那些人将自己推出去时的冷漠，再等着看利益驱使之下他们忏悔和恼恨的模样，多痛快啊！”

殷戈止一顿，深深地看了她一眼，然后轻笑出声，整张脸都柔和了下来："我果然还是适合跟你一起下十八层地狱。"

这话从他唇齿间出来，怎么听都带着一股缠绵悱恻的味道，风月皱眉，冷哼了一声："您想成事就别再关我，不然咱们玉石俱焚，谁都别想好过！"

"不关你。"殷戈止道，"你想做什么，就去做吧，我不掺和。只是，我已经被赶出王府，暂时没有落脚的地方。你们这院子大，空房间也多，不如……"

"别！"风月连忙摇头，"庙小，容不下您这么大的佛。"

"是吗？"殷戈止点头，"那我睡门外好了。"

风月："……"

那岂不是在她门口挂了个巨大的灯笼，还是朝着整个澧都的人摆手的那种，一边摆一边喊：快来看啊，这宅子不让昔日的皇子进去住啊，宅子的主人肯定很厉害，快查查什么身份啊！

风月很生气，不仅气这人死皮赖脸，更气自己拿这种死皮赖脸的人没办法。

能怎么办啊！难不成还真跟他犟着，现在就来个玉石俱焚？她还想留着命报仇呢，谁要陪他去死啊！

气愤不已地磨牙，风月恨声道："那您还是住进来吧，但别怪我说话难听，万一被别人发现您在这儿，顺带着查到了我身上，那咱们都别想活了！"

"好说。"一听她松了口，殷戈止微微勾唇，"我既然想住进来，就定然不会害着你。观止已经去司户处了，你们这一院子的人都会被重新登记在册，以后要出关入关，也不必再躲躲藏藏的。新的身份我都想好了，正好有些铺面缺伙计和掌柜，少主意下如何？"

风月眨了眨眼，又气又笑："这算是您的恩赐？"

"住进来要交的房费而已。"

"那我可真是谢谢您了！"对这种捧着好处上门来的人，风月可真是恼啊，气都不能气，还不能对人甩脸子，不然就显得不识好歹。

第六章

运筹帷幄中

那能怎么着？她扭头，正一股火无处发呢，就瞧见了正在企图撬开笼子的石有信。

被关了这么多天，石有信一直觉得自己还不会死，毕竟那些人虽然吓唬他，却没想杀了他。但现在，看见关清越那阴森森磨刀的样子，又看了看压根跟她是同流合污的殷沉璧，石有信有点慌了，打算最后试一试，或许能把笼子撬开呢？

先前藏着的木棍有了点作用，两人在说话的时候他就开始撬，眼瞧着撬动了一点，好不容易看见了希望，结果就被发现了。

这种有希望又失望，比直接绝望还难受，石有信“啊”了一声，疯狂地用头撞笼子：“你杀了我吧！杀了我吧！”

殷戈止被他的喊叫声吸引得转过头，他微微挑眉，看了看石有信那狼狈的模样，以及毫无神采的眼神，唏嘘道：“原来大人在这儿啊？石丞相找您可找得很辛苦。”

一听这话，石有信愣了愣，咬牙道：“他一早就让我提防你，没想到你当真与奸人为伍，要忤逆圣意！”

“现在说这些已经晚了。”殷戈止淡淡地道，“不如告诉我你的印鉴藏在何处，兴许我还能让她给你留个全尸。”

“呸！”石有信抖着声音骂，“死就死了，我断然不会再受你们这些奸人的威胁！”

“是吗？”风月挑眉，举着刀子走过去，俯身看着他道，“那敢情好，我正觉得一刀杀了你不解恨呢，还特地去了一趟片鸭的铺子，学人家怎么把鸭皮一片片割下来。瞧瞧您，虽然瘦弱，但应该也能片个千儿八百刀的。”

石有信惊恐地睁大眼，正想着应该不会吧，结果旁边的殷戈止直接过来将笼子掰开，像拎鸡崽子似的将他拎出去，背靠着柱子，拿绳子一圈圈地捆好。

“动手吧！”殷戈止道。

“是！”风月拱手，横眉怒目地举着刀过来，一刀便往他手上砍。

“等等！”石有信尖叫，闭着眼睛喊，“你们还是给我来个痛快吧！印鉴……我的印鉴都放在书房书桌下头的暗格里！”

殷戈止沉默片刻，满脸可惜地摇头道：“早说不就好了？您瞧，现在说了也晚了啊，都绑上了。风月，片了他！”

风月龇牙，举着刀“嘿嘿嘿”地冲石有信笑，笑得他肝胆俱裂，不知道是该指责殷戈止言而无信，还是该怕关清越折磨自己，身子僵硬片刻，白眼一翻，直接吓晕了过去。

“出息！”风月皱眉，扭头就喊了一声，“罗大哥，倒盆凉水进来！”

罗昊还在院子门口等着殷戈止来呢，听见喊声，还有些担忧，一步三回头地去打水，生怕在自己离开的时候，殷戈止就蹿进来了。

然而，打好水端去房间门口的时候，罗昊傻眼了，瞪了里头那穿白衣裳的人半晌，放下水“咚咚咚”地跑出去将尹衍忠等人拖过来，指着那人问：“这是谁？”

尹衍忠一愣，脸色顿沉：“孝亲王！”

“那我们在门口守谁？”

“……”

众人相互看了一眼对方眼里的傻大个，然后齐齐朝殷戈止扑来。

“放开我们少主！”

殷戈止挑眉，冷静地侧身避开接二连三的飞扑，抿唇道：“先把人弄醒，让你们少主报仇，我跟你们出去比划。”

秋夫人正要叉腰骂人呢，一看少主在旁边都没啥反应，再看殷戈止那无波无澜的面色，犹豫了一会儿，挥手道：“行，你们先出去。”

于是风月就瞧着秋夫人一盆水泼醒石有信，然后其余人跟遇了狗的猫咪一样，浑身毛倒竖着，一路盯着殷戈止跨出房门。

门关上，风月没犹豫，两刀先断石有信的手，然后端起旁边放着的小瓷瓶，将一整瓶毒药都给他灌了下去。

“手是欠我的，毒是你当年喂关苍海那一种。”听着石有信的嘶吼咆哮，风月勾唇，“咱们清账了，石大人。”

“疼……疼啊……”石有信的脸色慢慢发青，双手断处流血潺潺，眼泪糊了满脸，嘶吼之后没什么力气，就哭着小声地喊，“疼啊，疼啊……”

盯着他，风月微微红了眼，嗤笑道：“没用的软脚虾！关苍海当年肯定一声都没吭！”

的确是一声没吭，那铁血的将军哪怕浑身受尽刑法，所饮之毒也蚀咬五脏六腑，愣是至死也没说一句话，声音都不曾发出。

只是，死不瞑目啊……

石有信痛苦万分，努力想呼吸，胸口却越来越闷。他眼睛瞪着，嘴巴也张着，最后七窍流血而死。

深吸一口气，风月闭眼，扭头道：“秋夫人，便麻烦您善后了。”

“无妨。”拿了帕子擦干净她的手，秋夫人低声道，“少主心里能轻松些就好。只是，孝亲王……没关系吗？”

风月道：“如果可以，我是不想让他住下来的，你们能挡住他最好。”

“明白！”秋夫人点头，立马出去找人掩埋尸体，以及给院子里的人加油打气。

然而，半个时辰之后，以尹衍忠为首，院子里一群人就都站在风月面前眼睛亮亮地道："少主，让他住下来吧！"

"对啊，让他住下来吧，反正也不是王爷了，也不会给咱们惹麻烦，还能天天过招！"

"是啊，还能聊聊从前战场上的事情。嗨，原来的殷大皇子多高高在上高不可攀啊，现在能跟咱们打成一片，是好事啊！"

风月眯眼看了一眼旁边坐着的殷戈止，那厮正悠闲地摇晃着茶杯，抿一口茶，似乎很是满意。感受到她的视线，他微微侧眼看过来，眼角眉梢都是风流得意。

好想一脚踹他脸上啊！

深呼气再吸气，风月压下了这股冲动，摆手道："你们愿意让他住，那就住吧，给他收拾个柴房。"

"柴房哪里能住人？您旁边那间屋子就空着呢，正好。"马上有人反对。

秋夫人一听，立马摇头："那是给封将军留的。"

其实不是，可她只能这么说啊，不然住那么近，万一半夜把人绑走了，那谁知道呢？

殷戈止眯眼，看了看秋夫人，扭开头道："我随意住哪里，不挑。"

看在他刚才过招的时候让了自己半招，没让自己输得太难看的分上，尹衍忠很好心地给他找了个离风月不远的空房间，收拾了一番，让他放行李。

于是殷戈止就成了卧虎藏龙的大杂院的一员，由于其大门不出二门不迈，观止进出又十分谨慎，从来不留痕迹，故而这段时间，朝中众人当真就失去了殷戈止的下落。

除了封明。

封明是在殷戈止住进去的第二天来的，蹲在殷戈止房间的窗户上盯着他看了半晌，看得闭着眼睛的殷戈止幽幽地道："你再看下去，我会以为你图谋不轨。"

封明回过神，皱眉："你醒着？我是想问你为什么突然自贬为民，南平公主哭得可惨了，都没能见上你一面，你就不见了。"

殷戈止缓缓睁开眼，撑起身子看着他道：“不是你说的，我的处境比你更艰难吗？我现在就在挣脱困境。”

封明微微一愣，脸色有点难看：“你难不成是为了月儿？”

“不然呢？”

“不行！”封明怒了，“就算你不是皇子，以前的罪孽也不可能这么一笔勾销！”

“是不能。”殷戈止慢条斯理地道，“可有的路断了，却还是想走，那就只能慢慢修了。”

封明沉默，瞪着他看了许久，扭头就从窗户跳了出去。

风月正拿着绿豆糕要吃，冷不防觉得自己窗户上蹲了个人，回头一看，手里的糕点都差点吓掉了：“将军，您做什么呢？！”

封明有点沮丧，跳进屋子，走到她桌边坐下，拿了一块她盘子里的绿豆糕塞进嘴里，口齿不清地问：“你还记得，以前你有一次骂我‘不堪为夫’的事吗？”

不堪为夫？那事啊？风月点头：“记得，因为你吃饱了撑的在大街上抓着我说你喜欢我，愿意为我去死。”

一想起这事，风月还觉得后槽牙发酸。昔日的封明当真是不长脑子啊，看了点什么风花雪月的书，就兴冲冲地跑到街上堵她，当着人来人往车水马龙的，便大吼了一声——“关清越，我喜欢你，我愿意为你去死！”

街上一片唏嘘之声，虽然不乏很多小姑娘艳羡的目光，但更多的是路人诡异的眼神，大概是想说，这人有病啊？

关清越当时的眼神就跟路人们是一样的。

勒住马，一身红衣白甲的女将军仰着下巴不屑地看着面前的人，沉声道：“如此行径，实在不堪为夫。”

封明愣了，很是不理解地问：“为何？书上都说女儿家喜欢能为自己付出性命的男人。”

“比起你这种动不动就喊要为我死的人，”关清越傲气地道，“我更喜欢为了在一起，能不急不躁地谋划，沉稳大气、不动声色的男人！”

沉稳大气、不动声色？彼时的封明压根不懂这是什么样的男人，仰头就道：“我觉得喜欢就是要说出来啊，说愿意为你去死，就是愿意为你去死！”

“那你去死吧！”关清越大怒，扯了缰绳马蹄高扬，就要直接从他脑门上踏过去。

“现在想来，嘴上说的大概当真不如实际做的更容易让女儿家动心。”苦笑一声，封明垂了眼眸，“原先我觉得，我定然是这世上最喜欢你的人。现在……倒是未必了。”

风月听得一头雾水，想了半天，问：“你终于移情别恋了？”

封明心里正觉得难受呢，这丫头说个话怎么总是能把人气活呢？

没好气地用头砸了砸桌子，他咬牙道：“你别想了，我赖上你了，不打算再祸害别人！”

风月怒了：“那你说这么多没用的做什么？！”

“我……”封明一愣，低头一想，对啊，他跑来跟她说这些做什么？就算殷戈止更符合她喜欢的人的样子，可他还是喜欢她啊！说与不说，有什么关系吗？

没有！

想通这一点，封明的苦瓜脸瞬间又恢复了阳光灿烂的模样，剑眉星目间满满都是愉悦，看得风月晃了晃神。

嘿，别说，封明这小子如今当真是长大了，这俊朗的五官、通身的气派，还真有那么点浊世贵公子的味道。风月瞧着，忍不住拍了拍他的肩膀：“果然是女大十八变。”

啥玩意？封明横眉：“谁是女人了？原先我打不过你，你老调侃我是姑娘也就罢了，现在我功夫大成，勉强能与殷沉璧一战了，你还这么调侃我就过分了！”

“喔。”一本正经地点头，风月笑道，“那唤你封大将军，大将军威风得很啊！”

被她这调笑的语气弄得恼羞成怒，封明抬手作势要掐她脸，房门却猛地被人一脚踢开。

屋子里的两个人都吓了一跳，纷纷侧头去看，就见殷戈止长身玉立、气定神闲地站在门口，平静地道："烨国使臣团进宫了。"

这么快？！

风月震惊了，一溜烟跑到他面前瞪着人问："先前的书信不是说烨国的使臣还有半个月才能到吗？"

这也是澧国宫中收到的消息，澧文帝下派遣殷戈止去芭山的旨意之时就算计好了，离开之前，殷戈止还能做个桥梁引见双方，以促进两国友好交流，所以让他去芭山的时间刚好掐在月中。

没想到孝亲王刚刚被贬，风声都还没消下去呢，烨国使臣团就抵达了澧都，准备进宫。

风月都惊呆了，澧文帝就更是措手不及，慌忙安排太子迎接，又布置使臣下榻的宫殿，宫里宫外都乱成一团。

殷沉玦临危受命，跑去接待使臣团。本来觉得使臣团多半是些能言善辩的老人，谁知道这回领头的却是两个年轻人。

"烨国使臣安世冲、徐怀祖，见过澧国太子殿下。"

一蓝一灰的衣裳，在澧国的宫门口飘扬得甚有风骨。

"所以，他们被你催得日夜赶路提前到了澧都附近，又被你堵着不让进来，直到现在？"瞳孔里的场景远去，风月一脸鄙夷地看着面前这人，"你这师父当得也太过分了，亏得俩孩子实诚，没反抗。"

"胡说什么？"殷戈止睨着她，淡淡地道，"我只是写信告诉他们哪儿的风景好，早走可以去哪儿多停留一会儿游山玩水。两个孩子都是在不阴城长大的，没见过外头的世面。当师父的，不该让他们开开眼吗？"

风月沉默，摇头叹息。你说像殷戈止这种一边算计人家一边还能找出冠冕堂皇地为人家好的借口的人，脑子到底是怎么长的？

瞧见他，封明有点不高兴，起身撇嘴道："我先走了。"

"去哪儿啊？"风月回头看他一眼，"午饭不在这儿吃？"

"你想我在这儿吃啊？"封明嘴角瞬间扬了起来，眼眸亮如星辰地道，“那我就在这儿吃。”

殷戈止眯眼，虽然知道风月的完璧之身不是给封明而是给了自己让他很舒坦，但眼前这个人依旧让他看不太顺眼。

“你在这儿吃？”他道，“今日是我下厨。”

啥？封明震惊了，风月比他更震惊，瞪眼看着殷戈止：“您下厨？”

不是君子远庖厨吗？而且就看观止的厨艺都是那副德行，殷戈止自己做出来的东西还能吃？

风月连连摇头，道：“您还是安心去打您的小算盘吧，厨房交给郑婶她们。”

“风月。”殷戈止侧头，表情难得柔和下来，目光深深地看着她道，“你当初在烨国给我做了那么多顿饭，我现在回报你一顿，不行吗？”

封明听得眉头直皱，瞪殷戈止的眼神也更凌厉，奈何这厮皮厚，完全当作没看见。

风月干笑两声，表情严肃地看着他：“您这叫恩将仇报，以怨报德。”

“放心吧。”殷戈止转身往外走，信心十足地道，“不会很难吃的。”

封明摇头，他完全没有信心！

“你……还要留下来吃饭吗？”风月僵硬地问了封明一句。

封明犹豫了很久，深吸一口气，用一种“壮士一去兮不复还”的悲壮语气沉声道：“留！你让我留下吃饭，我怎么也得留！”

风月点头：“那你留下吧，我带郑婶他们出去找个饭馆吃。”

封明：“……”

厨房里轰鸣声不断，大杂院的人抱头鼠窜，封明很想跟他们一起走，奈何风月很是严肃地道：“大丈夫一言九鼎，你不能走！”

于是他就面如死灰地坐在饭厅里，看着殷戈止端着一盘盘的“菜”进来。

扫了一眼空荡荡的院子，殷戈止压根没在意，放下盘子就对封明道：“吃吧。”

低头看了看面前四个盘子里黑乎乎的东西，封明问：“您是把后院的黑土挖盘子里了？”

“不。”殷戈止煞有介事地指着菜道，“这个是茄子烧肉，这个是炒白菜，这个是萝卜炖排骨，这个是土豆丝。”

封明一脸铁青地跟着他手指的方向看着，摇头道：“殷沉璧，就算我与你是情敌，你也不能用此酷刑毒害于我！是个男人，就堂堂正正地较量！”

堂堂正正？殷戈止笑了，往椅子上一坐，斜眼看着他道：“她是我的人，与我有多年的羁绊和缘分，你打算拿什么跟我较量？”

“你别太得意了。”封明眯眼，“我与她有婚约！”

“是‘曾有过’。”

“我比你更了解她，我和她是一起长大的青梅竹马！”

“人是会变的。”

“她不喜欢你！”

“她更不喜欢你。”

屋子里飞沙走石，两人互不相让，使用语言攻击，企图瓦解对方的信心。

然而，封明心如磐石，殷戈止臭不要脸，谁也没能说服谁。

“别的我不知道，但有一点。”殷戈止抬头，最后补了一句，“她想做的事情，只有我知道，只有我能帮她完成，只有我能不让她走上绝路。”

封明愕然，然后皱眉。

的确，他到现在为止只知道月儿想为关家报仇，却不知道她想怎么做，他只能在她需要的时候帮个忙。

“嗯，我不如你会算计。”大方地承认了这一点，封明道，“但我没有顾忌，她想做什么，只要对我开口，我都能毫无保留地帮她。但您未必。”

殷戈止轻哼一声，起身看向外头：“这也是你最后一点优势了，当我没了桎梏，你便连这点优势都不会再有。封将军，智者博弈从不下死棋，一见必败之势就会认输。”

“我不认。”封明抬头，目光灼灼，“只要她没有亲口让我走，我都不认。”

不到最后，谁知道会发生什么事呢？他才不要当智者，他要当勇士。

殷戈止嫌弃地看他一眼，正想再说，却见观止从外头跑进来，兴奋地道：“主子，宫里出事了！太子殿下得罪了烨国使臣，使臣团撤出了皇宫，居于驿站。”

这么快？殷戈止挑眉：“怎么回事？”

观止走到他旁边拱手，道：“两家少爷一进宫就问您的下落，大概与太子言语有冲。”

岂止是言语有冲，是直接肢体有冲啊！

安世冲就问了一句贵国大皇子所在何处，殷沉玦那不会说话的，便分外抵触地道：“澧国已经没有大皇子了，殷沉璧自贬为民，已经出了皇宫。今日是本宫来迎接二位，本宫是澧国太子。”

徐怀祖一听就翻了白眼，太子了不起哦？澧国的太子还不如烨国的护城军统领呢！看这人一副傲气的样子，他就想一个刀鞘砸过去。

“他为什么会自贬为民？”安世冲脸色不太好看地问。

殷沉玦撇嘴：“两位是烨国来的使臣，目的是与咱们大澧交好，何以一直问殷沉璧的事情？他现在已经什么都不是了，两位又何必挂心？”

他说话的语气充满不屑，眼白还一翻一翻的，看得徐怀祖沉不住气了，问安世冲：“我能揍他吗？”

安世冲摇头：“我们是使臣……”

殷沉玦听见了，连连皱眉：“说起来，烨国也是礼仪之邦，使臣进宫，哪有还带着刀剑的？在觐见陛下之前，劳烦二位将身上的刀剑交上来。”

交？一听这词，安世冲黑了脸，也不拦着徐怀祖了，直接往旁边一退。

徐怀祖“嗷”的一声便扑了上去，逮着殷沉玦就是一拳，打得他半边眼眶青紫，跌倒在地。

澧国皇宫震惊了，无数禁卫涌了过来，将使臣团围住。

殷沉玦反应过来之后也是怒极，骂道：“这哪里是烨国的使臣！看样子就是毛都没长齐的小孩，来捣乱的吧？给本宫将他们拿下！”

后头的使臣团众人本还觉得是两位大人冲动了，可一看澧国这态度，当即都沉了脸。

殷戈止在烨国一年有余，烨国放澧国安生也才一年，澧国就摆不正自己的位置了？要不是殷戈止，他们现在就是个属国，哪里来的底气这般对待使臣？

于是，安世冲和徐怀祖且战且退，使臣团纷纷离开皇宫，回去写告状信。

澧文帝听见了消息，反手就是一个耳光将太子扇倒在地。

“混账！都递交了文书进了咱们皇宫的人，你还觉得人家不是使臣？你脑子怎么长的？”

殷沉玦捂着脸跪好，哆哆嗦嗦地道：“可是……那两个领头的使臣实在太年轻了，而且脾气很冲，上来就打了儿臣，儿臣才……”

“你要是没得罪人，他们会打你？”一卷文书甩在他面前，澧文帝怒道，“这两人是烨国颇有权势的世家子弟，又担任烨国重职。烨王派他们来，足以表明诚意。可你倒好，二话不说就把人赶出了宫！”

殷沉玦有点傻眼：“可……他们一直问殷沉璧的事情……儿臣没回答，这也算得罪吗？”

殷沉璧？澧文帝一愣，垂眸想了想。

沉璧在烨国待了一年，认识一些人不算奇怪，这两人可能与他有点交情，想问问他的情况吧。可如今那逆子……不提也罢！大不了他亲自出马，总能搞定的。

嫌恶地看了太子一眼，澧文帝抬脚就将他踢开，大步往外走。

大杂院里。

听观止说清楚了情况，殷戈止微微颔首，道：“那咱们就该露露面了，走，去找找风月。”

“是！”观止扭头就去寻马车。

封明还盯着盘子里的“菜”走神呢，外头的人就已经消失得无影无踪。

风月带着众人在饭馆里落座，旁边的百姓已经在议论纷纷了。

“听说了吗？烨国使臣来了，刚进宫就不知道为什么被赶了出来。”

“嗨，我瞧着咱们的皇帝是过于自信了，烨国这几年实力大增，已经到了不用把澧国放在眼里的地步了。他还敢把人家的使臣赶出来？”

“瞧着是有些要打仗的意思，咱们现在有什么将军能用啊？除了一个年纪轻轻的封明将军，还有谁？”

“唉……”叹息之声此起彼伏。

风月听着，觉得胃口都开了，等饭上来，麻利地吃了三碗。

桌上坐着的尹衍忠等人眼里也都是看好戏的神色，奈何人多嘴杂，也不好说话，就纷纷动着筷子，将肚子填饱了，然后打算回去商量事情。

谁知道刚结账出门，就见观止驾着马车在外头等着，车帘掀开，殷戈止那张面无表情的脸露出来，看着风月就道：“去不去驿站？”

驿站有谁呢？旋涡中心的烨国使臣团啊！风月一听就点了头：“去！”

有殷戈止带着她看热闹，不去白不去。

于是众人就站在饭馆门口，看着马车卷起的灰尘飞上天，又缓缓落下来。

秋夫人感叹：“为什么每次少主都会跟他走呢？”

尹衍忠摇头：“圈套下得好，我也想去。”

罗昊跟着点头：“我也想！”

外交可是国与国之间的大事啊，在这么多年一帆风顺的外交史上，澧国头一次出现这么大的纰漏，后续肯定很有趣。

风月兴致勃勃，路上就问殷戈止：“烨国会不会因此不与澧国联盟了？”

“不会，有我在。”

听着这回答，风月有点不爽，严肃了神色问：“那使臣团这件事就这么算了？”

看她一眼，殷戈止淡淡地道：“有我在，不会。”

同样的五个字，后头这话却让风月听出点阴险的味道。风月眯眼，心想他能怎么着呢？结果到了驿站，一看见那迎出来的两个人，风月瞬间就反应了过来。

这回来的使臣是谁啊？安世冲、徐怀祖！

这两人和殷戈止是什么关系啊？师徒……不，应该说，殷戈止就是他们迷信的对象，跟百姓迷信佛祖一样，这两人分外迷信殷戈止，觉得他上天入地无所不能，说什么都是对的。

有这么两个人在，澧文帝还能逃出殷戈止的算计之外？

唏嘘两声，风月抬眼看着他们，就见安世冲大步走到殷戈止面前，半跪行礼："师父！"

徐怀祖那个没规矩的，则是直接扑上来抱了殷戈止一下，然后才跟着跪下去："师父！"

"我如今是一介草民，你们乃堂堂烨国重臣，哪有行大礼的道理。"伸手将他们拉起来，殷戈止淡淡地道。

安世冲皱眉，有些愤怒地道："关于师父自贬为民的事情，具体的过程，徒儿们已经打听清楚了。澧国皇室忘恩负义，竟然如此对待师父，徒儿们为师父不平！"

"是啊！"徐怀祖道，"那太子一看就不是个好东西，仗势欺人，妄自尊大，还敢要砍师父的手！"

风月听得挑眉，问："这都是谁告诉你们的？"

"廉统领说的。"徐怀祖一听见这声音就回头看了看，"师娘也在啊？"

结果徐怀祖一回头，没瞧见那红衣猎猎的小美人，倒是瞧见个满脸络腮胡子的男人，贼眉鼠眼的。他吓得后退半步，瞪眼道："你是谁？"

殷戈止微微笑了笑："你方才喊的就是对的。"

啥玩意？安世冲有点不敢置信，先前徐怀祖瞎喊师娘，不是还吃了苦头吗？现在喊人师娘，还是喊了个男人，师父怎么瞧着还挺高兴？

徐怀祖也觉得不可思议，凑近风月瞧了好一会儿，伸手扯了一片胡子下来，才恍然大悟："当真是风月姑娘！"

"行了。"殷戈止道，"这里也不是说话的地方，胡子还她，进去再说。"

"是。"压下心里的震惊，两个少爷乖乖地听着师父的话，将他和风月都请进了驿站。

风吹云跑，半个时辰过去，坐在驿站里的四个人已经将来澧国之后发生的事情基本说了个清楚，只瞒了风月的身份，其余的一概没提。

“我就说关将军是个好人吧！”徐怀祖一拍桌子，总算扬眉吐气了，“可澧国的皇帝怎么这样啊？明知道冤枉了人，都不给翻案的？”

安世冲眉头紧皱，很是担心地看着殷戈止：“师父的处境太艰难了，要是叶太子知道，定然会重新考虑与澧国联合之事，毕竟当初是看在您的分上，他才定了这个方案。”

“没那么严重。”殷戈止道，“烨国要抗景，多一个澧国有益无害，这个时候与澧国起冲突也不明智。今日宫里发生的事情，澧文帝定然会找你们说和，到时候，你们得帮师父一个忙。”

“好！”压根没问是什么忙，两个人点头就应了。

风月看得感慨，千算万算，还是人心最难算，澧文帝也是城府颇深之人，可他注定输给殷戈止，因为他不如殷戈止会笼络人心。

说笼络也不恰当，殷戈止这完全是靠自己的强大征服的。

可怕啊可怕。

两人在驿站待到了酉时一刻，外头便传来了太监的声音：“传陛下口谕，请使臣团进宫。”

徐怀祖没好气地开门冲外头的烨国护卫道：“你们去回话，就说使臣的腿被贵国太子打断了，进不了宫，请澧国皇帝见谅！”

那太监一噎，在外头踌躇了半晌，不甘不愿地走了。

“师父和师娘在这儿住一晚吧。”安世冲道，“明日要是有什么情况，您二位也能立马知道。”

“不用明日。”殷戈止看着外头，气定神闲地道，“你们准备一间房，黄昏时分，就会有人来了。”

本来还想计较一下这个“师娘”的称谓，结果一听这话，风月的注意力立马转移了：“谁会来？”

殷戈止露出了一种桥头算命道士特有的高深莫测的表情：“你等着就是。”

沉默片刻，风月举起旁边的椅子就要往他脸上砸。

“师娘！”徐怀祖吓死了，连忙拦住她，“您这是做什么？”

先前在烨国还好好的呢，怎么一回澧国，胆子就变得这么大了？还……还敢砸师父？

风月眯了眯眼，认真地拍了拍他的肩膀：“别叫我师娘。”

“那叫什么？”

磨了磨牙，风月微笑：“可以叫师爷爷！”

徐怀祖：“……”

安世冲有点担忧地看了旁边的殷戈止一眼，以为他会生气。然而，自家师父脸上不仅没有生气的神色，反而露出了点微笑。

他打了个寒战，忍不住想，难不成澧国的水土容易让师父的脾性变得温和？

屋子里鸡飞狗跳，殷戈止淡然自若地喝着茶。等到黄昏时分，听着外头的动静，他才起身，将风月拎起来，塞进安世冲准备好的房间里的柜子里头。

“想看热闹，就别吭声。”

瞪着他看了几眼，风月听话地伸手捂住了自己的嘴。

柜子门关上，四周一片黑暗，没一会儿就听得院子外头脚步声杂乱，先前那些躲着写告状信的老臣这会儿全出来了，站在院子里行礼，声音里没个感情地喊：“见过澧国陛下。”

竟然是澧文帝亲自驾临？！风月有点震惊，震惊之余，又有点热血沸腾。本来还想进宫，现在这人竟然就送到眼前来了，她怎么也得把握机会！

听着外头嘻嘻哈哈的谈论之声，风月深吸一口气，把手放在柜门上轻轻一推。

“咔嚓。”外头的铁锁响了一声，门推不开。

风月有点傻眼，傻眼之后就反应了过来，咬牙切齿地在心里骂：殷戈止你这个畜生！

殷畜生正气定神闲地坐在桌边喝茶，外头的澧文帝已经为太子的冲动行为向使臣团致歉，态度极为温和，语气诚恳，听得烨国的人都稍微轻松了些。

但是，当澧文帝说想就两国联合之事详谈之时，安世冲后退了半步，拱手道：“陛下，此回臣等前来，并未听闻联合之事，只是为两邦友好尽一份力。”

澧文帝笑容僵在了脸上，心里的火气冒了上来。如今这形势谁不清楚啊？四处都在打仗，没一个国家能置身事外。烨国目前算是景国之下实力最强的，要是能将澧国护在羽翼之下，那就是天大的好事。他也就是冲着这件事，才低声下气地来道歉的，这些人竟然还不肯谈？

什么没听闻联合之事，这种稚嫩的借口在老油条这儿是不管用的，澧文帝心里直骂，面上却是不得不笑：“既然各位大人不急着谈，那不如就先在澧都看看风景，吃些东西。若是愿意进宫，宫里自然也会备着膳食等着各位。”

“好说。”徐怀祖拱手，恭敬地道，“不过我二人先前在烨国就拜过贵国大皇子为师，此番前来也是想见他一面，不承想他好像出了些事情……敢问陛下，他身上可有什么罪名？”

一听这话，澧文帝垂了眼，尴尬地笑道：“他哪能有什么罪名，是朕太宠着他了，让他失了分寸，自己挂冠而走。”

“如此，那我二人也就放心了。”安世冲颔首道，“师父是个不拘小节之人，不愿意当皇亲贵胄，倒也显出些风流雅士不慕权贵的风骨来。既然无罪，那臣等就留他在驿站住下，还望陛下勿怪。”

嗯，在驿站住下。澧文帝点头，点着点着觉得不对劲，脸一黑，看着安世冲问：“他在驿站？”

“自然，到底是我二人的恩师，一到驿站，臣等便将他迎来，打算尽孝顺之事。”安世冲道，“不过师父说与陛下有所冲突，恐陛下看见他生气，所以连礼也没出来见。喏，就在那边的屋子里头。”

澧文帝一听就怒了，人就在驿站，都不出来行礼？好大的架子啊！

然而，徐怀祖却感叹道：“虽不知师父为何挂冠，但其对陛下的孝心，当真令徒儿们感动。”

“你哪里看出他有孝心了？”澧文帝冷哼。

徐怀祖挑眉："难道不是吗？就算已经不是皇子了，可师父顾念陛下的心情，不愿惹陛下生气而甘愿屈于一室之中。这等孝心，陛下还看不出来？"

的确看不出来！但这两个人有多尊敬殷沉璧澧文帝是看出来了，眼珠子转了两圈，抿唇道："听你这么一说，朕倒是觉得有些惭愧。既然如此，那朕便进屋与他一见，原谅他大逆不道的罪过。"

听前半句还挺好的，但最后一句话，安世冲听着不乐意了，一脸严肃地道："师父怎么可能大逆不道！挂冠为民，也不过是陛下远遣他赴芭山，太子殿下又有意加害之下的无奈之举。陛下难道还觉得是师父的不对？"

"是啊！"徐怀祖皱眉，"堂堂亲王府竟可以被太子半夜带人围堵，还欲取皇子手臂！遭遇了这等对待，师父不仅不怨怼，不告状，反而一声不吭，只是想卸下王爷之位，免了太子顾忌，让朝廷安稳。不承想，陛下半点不领情，反而觉得是他大逆不道！"

澧文帝一愣，倒是有点意外："太子围堵亲王府？两位大人从何得知啊？"

"您还不知道吗？"徐怀祖瞪眼，一副很意外的模样，表情丰富，十分气愤地道，"外头可都传遍了，走在街上都能听见人说，那半夜运出去的护城军尸体哟，可多了。"

仔细想了想，澧文帝想起那日朝堂上石鸿唯说的什么"孝亲王杀戮护城军百余人"，难不成就是这件事？

心思百转，澧文帝这才真心实意地打算找殷戈止谈谈。

门"吱呀"一声开了，风月捏着拳头坐在柜子里，就听得殷戈止的声音平静地响起："草民见过陛下。"

澧文帝满眼复杂的神色，看了一眼后头，那两位烨国重臣竟然没跟进来，甚至还亲手上来关了门。

嗤笑一声，他回头看着自己面前跪着的人，道："你的本事可真大啊，沉璧。"

"草民殷戈止。"一身白衣的人无波无澜地道，"令烨澧戈止的'戈止'。"

心里微微一沉，澧文帝难得地有了点愧疚之色：“你先起来吧。”

“谢陛下。”

长叹一口气，澧文帝在桌边坐下，敲着桌面看着他道：“闹够了就回来吧，你也知道，现在正是危急存亡之时，可能需要你的帮助。”

“陛下。”殷戈止淡淡地道，“当日朝堂之上，该说的，草民都已经说完了。陛下说的，草民也都记在了心里。”

此后，愿陛下多保重，若是有难事，也可寻草民相助。——这是他说的。

朕堂堂帝王，还会求你一个平民？殷沉璧，没了皇室的身份，你就什么也不是！别太看得起自己了！——这是皇帝陛下说的。

想起那时的场景，澧文帝尴尬地笑了笑：“朕……也是糊涂了，一时被你的行为气昏了头，说的话也当不得真。”

是被气昏头决定要废了他，还是因为一早就有这种想法，所以说起来毫不费力？殷戈止不想追究，只冷声道：“草民说的每句话，都经过了深思熟虑。草民不会闹着玩，更不会把皇室身份当儿戏。陛下，草民只是当真对殷氏皇族失望而已。”

“你大胆！”澧文帝怒了，一拍桌子便道，“这种话，岂是能随意乱说的！”

天子之怒，慑人至极，然而对面的殷戈止脸色都没变，依旧是那副冷静的模样，等皇帝自个儿气得差不多了，才幽幽地道：“要是草民胡说，那陛下就问心无愧，不必动怒了。”

反之，就是问心有愧，才恼羞成怒。

澧文帝不傻，气够了也明白自己的儿子在想什么，但他就是不甘心，凭啥他是皇帝，还得被儿子左右啊？他不干！

但外头那些烨国的使臣摆明就听殷戈止的，也是冲着他来的，万一再与殷戈止起冲突，造成什么严重的后果，那遭殃的可能就是自己的皇权了。

深呼吸几下，澧文帝平缓了语气，问：“你是不是非得让朕给关家翻案，之后才觉得殷氏皇族有望？”

“关家之案，只是一块石头。”殷戈止看着他道，“草民希望陛下能严肃律法，还忠良一个公道，莫要让殷氏头顶上的石头越来越多，最后压垮整个国家。”

小孩子就是单纯！澧文帝心里冷笑，面上勉强点头：“可以，只要你回来当你的孝亲王，替朕摆平烨澧之间的事情，此事朕可以考虑。”

神色微冷，殷戈止道：“连给忠臣翻案也是有条件的？陛下果然还是不明白草民所想，还是早些回宫，保重龙体吧。”

“哎……”澧文帝怒了，“你要翻案，朕都答应了，你还想怎么样？殷沉璧，你别太过分！”

这种答应，可是随时会翻脸的，当他傻吗？他也姓殷，能不知道这些心思？殷戈止冷笑，转身就去打开了房门，朝他指了指门外。

澧文帝那张带了皱纹的脸涨得通红，看起来像喝醉酒的糟老头子。澧文帝很生气，按照他年轻时候的脾性，殷戈止这种算计到他头上来的人，肯定是要被推出去砍了的。横着砍竖着砍，亲生儿子也不管，砍！

可是现在，他已经到了中老年阶段，没那么冲动了，也没底气那么冲动。澧国岌岌可危，太子草包一个，他这个皇帝就算手握所有大权，那也得好声好气地捧着烨国啊。要捧着烨国，殷戈止这条路是捷径，那他就得走啊。

所以，就算气殷戈止忤逆、算计，澧文帝深吸几口气，也还是得败下阵来，低低地问他一句：“你是不是跟朕下了很大的一盘棋？”

站直了身子，殷戈止转头看向别处：“陛下何出此言？”

“事到如今朕要是还看不出来，这皇位怎么坐得稳？”澧文帝哼笑，盯着面前自己这成长极快的儿子，半是感叹半是忌惮地道，“你分明从一回来开始，就算好了会有今天。朕同意你翻案便罢，朕不同意，你也会逼着朕同意！”

第七章

翻案的前奏

只一年多便从烨国回来，他是派人去查过殷沉璧的，回禀他的人却都说是烨国有意与澧国交好，所以放了殷沉璧回来。可如今一看，殷沉璧分明就是准备充分，带着烨国的筹码回来的。

怪不得那般理直气壮地要自贬为民，看起来是在走绝路，实际上却分明是要把他堂堂帝王往绝路上逼！好一番算计，好一个孝亲王啊！他还当他是只猫，却不想他已经长成了老虎，还是会朝他龇牙的老虎！

心绪难平，澧文帝怒道：“到这个份上了，朕已经同意了，你又在拿什么架子？难不成非要朕把龙冠取下来戴在你的头上吗！”

最后一句话他说得很用力，手都微微发抖。

殷戈止看着他，表情镇定，目光苍凉：“在陛下的眼里，是不是没有骨肉亲情，只有权力和算计？哪怕我是您亲生的儿子，您也不曾信任过，只觉得我要篡位夺权？”

抖着的手一僵，澧文帝垂眸，没吭声。

殷戈止眼里有痛色，他捏紧了拳头，失笑出声：“那倘若草民说，草民做的这一切，不过是为了天地公道，为了朝风清正，为了洗清殷氏皇族沾着的忠臣热血……陛下……是不是也不会信？”

当然不信，澧文帝皱眉。这种大义凛然的话他听得多了，这世上哪有那么多无私伟大的人？话都说得漂亮，背后不知道打着什么算盘呢！就算是自己的儿子，也不能信！

殷戈止眼里最后一丝希望也灭了，像烧到黎明的蜡烛，不甘不愿地化成最后一缕青烟，消失无形。

伸手摸了摸自己额头上一个小小的疤痕，殷戈止抿唇，眼里慢慢铺满坚冰。

“既然不信，那就罢了。”他道，“为人子民所该说的，草民都已经说了个干净，陛下不听，那就不送了。”

“哎……”澧文帝瞪大了眼，他以为殷戈止这回依旧是欲擒故纵，可当真见那门在面前关起来，他才明白，这孩子是认真的。

澧文帝不愿真心诚意地为关家翻案，殷戈止便不会帮澧国这回的忙。

澧文帝很生气，他觉得作为一个帝王，自己该给的面子都给了，给脸都不要脸，那大不了这条捷径他不走了！就算没殷戈止，烨国还能当真在这个节骨眼上与澧国为敌？

澧文帝气得拂袖而去，一路上都骂骂咧咧的，也没跟烨国的使臣打声招呼，就乘着车驾离开了。

安世冲和徐怀祖正贴在外头偷听呢，见澧国皇帝走了，连忙蹿进来，两个人脸上的表情都很是气愤。

徐怀祖道：“本以为咱们的陛下就已经够昏庸了，谁知道这天外有天人外有人啊！师父一心为他着想，他怎么好话都听不进去？”

安世冲叹息：“帝王戒心太重，可也少有连自己的骨肉都防备的。瞧咱们烨国的太子，那般把持朝政，陛下不仅没责怪，反而宠信有加。”

殷戈止垂了眼眸，转身拿了钥匙打开柜子上的锁，伸手将磨着牙的风月抱出来，淡淡地道：“你们按照先前说的办就是，为师不会让你们交不了差。”

“好。”两家少爷点头，徐怀祖嘿嘿笑了两声，指了指内室的床榻，

“师父、师爷爷好好休息啊，时候不早了，徒儿们先告退。”

对于这声“师爷爷”，殷戈止眯了眯眼，风月倒是听乐了，松了牙小声道：“听见没？我是你爹了！”

看着那两人退出去关上门，殷戈止一把便将她扔在床上，黑着脸道：“越来越放肆了。”

在床上一滚，风月穿着男装顶着一脸大胡子扭了个蛇形，抛着媚眼道：“听方才的话，您父皇是狗咬吕洞宾，劝也劝不听，如此，不若认了我吧，我保证不会冤枉一个好人，也不会放过一个坏人！”

睨她一眼，殷戈止没理会，拿了帕子在旁边水盆里拧一把，然后坐到床边，将人扯过来，慢慢撕着她脸上的胡须。

躺在人家大腿上，抬头就是殷戈止这张要人命的脸，风月有点受不住，客气地道：“我自己来吧。”

然而，手刚伸去要接过他手里的帕子，殷戈止就翻着白眼轻轻拍开，冷声冷气地道：“不是要当我爹吗？我这是孝敬您呢，躺着吧！”

风月：“……”

虽然这人的小白眼翻得风生水起的，表情也挺生动，四周的气息也挺温和，可是，她很明显地感觉到殷大魔王在伤心。

真真切切的伤心啊，从他的眼睛里流淌出来，无声无息地蔓延到整个房间。

风月都有点不忍心了，感觉自己脸上的胡子被扯干净了，便坐起来看着他道：“其实您与澧文帝当真很不一样，他不是个好皇帝，但您尚能明辨是非。”

苦笑一声，殷戈止垂了眼，长长的睫毛在下眼睑上投下一片阴影，微微打着战：“我没事，你不用安慰我。”

越是情绪不外露的人，其实伤心起来就越难受吧？风月唏嘘，看着他抿起的嘴角，忍不住伸手过去，轻轻往上抬了抬。

合着的眼睛半睁开，殷戈止有些意外地看着她。

“我一向不会安慰人，我受伤了，也没什么人安慰我，因为哪怕摔断手，我都不会哭。”咧了咧嘴，风月道，“后来我才发现这种习惯不好，忍着做什么呢？想哭就大声哭，有烦恼就跟最亲近的人说，这样自己才最好受。不然一个人在角落里同情自己，那也太惨了。”

殷戈止缓慢地眨了眨眼睛，微微颔首：“有道理。”然后便伸手将她整个人死死抱住，往床上一倒。

啥？风月傻眼了，等反应过来的时候，这厮的手都伸到了她的衣襟里。

“喂？！”哭笑不得地抓着他，风月咬牙，“我让你想哭就哭，不要压抑情绪，你这是在做什么？”

“不压抑自己的情绪。”抬脸看着她，殷戈止微微勾唇，用鼻尖轻轻蹭了蹭她的鼻尖，接着就侧头压住身下人的唇，辗转间沙哑着声音道，“压抑太久了，对身体不好。”

果然什么伤心啊难过啊都是骗人的！风月怒道：“不嫌脏啦？不是说妓子低贱吗？”

身上的人低笑，轻轻摩挲着她的侧脸，略带歉意地道：“是我错了。”

风月微微一僵，眼神古怪地看着他。

道歉了？认错了？殷戈止？她是不是在做梦？这种高高在上不可一世的人，竟然也会用这种语气说话？

温热的呼吸落在她耳畔，殷戈止的语气倏地由歉意变成了调戏：“可你落尘为妓，做的还不是我一个人的生意？”

耳根一阵酥麻，传遍了全身，风月羞愤之下，拳打脚踢，直接将他掀下了床：“那我嫌你脏！”说罢，扯了被子就蒙了头。

衣衫不整的殷戈止坐在地上，看着床上那裹成一团还冒着怒气的东西，心情总算是好了点。

他被人嫌弃了哎！不过他惹了那么多的人生气，还是风月气起来最好看，小脸蛋红红的，鼻梁尖尖挺挺，眉毛倒竖，当真是活泼可爱。

只是……已经是夏末秋初的天气了，现在去冲凉水，会不会感染风寒？精于算计的殷大魔王，就坐在地上认真地思考起这个问题来。

第二日，使臣进宫了。

风月起床就看见安世冲他们在门口同殷戈止拜别，本以为至少要晚上才回来，谁知道下午的时候，罗昊便带着宫里的消息过来，眉飞色舞地道：“少主，有热闹看啦！咱们陛下主动提出联合烨国抗景，被烨国使臣婉拒啦！”

啥？风月吓得连忙看向殷戈止。

殷戈止气定神闲地喝着茶，淡然地道：“澧文帝不是会吃亏的主儿，他主动提出来，条件肯定很苛刻，烨国使臣不同意也在情理之中。”

不过，就算他放宽了条件，烨国使臣一时半会儿也是不会点头的，只要澧文帝没做该做的事情，那他想要的利益一定不会到手。

澧文帝开始是不信这邪的，可一路与烨国使臣团交流下来，他发现，对方当真是一点情面也不讲，不管是塞钱财还是送美人，都丝毫不能打动那两位年轻人。众所周知，谈事情嘛，在规矩之下，多多少少都是有些松动的，澧文帝也想争取更好的条件，而不是单纯地给烨国当个打手。

然而，三日的唇枪舌剑下来，他穷途末路，无计可施。

“从未见过如此油盐不进的使臣啊！”殷沉玦有些气愤地道，“他们到底想要什么？”

石鸿唯的脸色也不太好看：“借澧国之兵，让烨国出一半的粮草，这本是可以商量的事情，烨国今年丰收，存粮本就不少。”

“老臣以为，烨国是霸道惯了，没将咱们放在眼里，不想出粮草，又想借咱们的力。”旁边的言官道，“与其任人宰割，还不如另寻出路……”

“你说得简单！”澧文帝沉怒，一拍桌子便道，“哪有那么多路给你选！你们这些文臣动不动就说些便宜话，只有武将才知道战场上压根是不讲道理的，你怎么算计都没用，打不过就得认栽！”

这话吼得怒意十足，与其说是吼言官的，不如说是吼给他自己听的。

能怎么办呢？他的确是不想让殷沉璧如意，可在家国存亡面前，皇室的面子也没那么重要了。

面前的人统统跪了下去，澧文帝跌坐回龙椅之中，长出一口气，咳嗽了两声：“罢了。石丞相，廷尉一职找人来顶了，把当年关家的案子给朕翻过来查！”

石鸿唯大惊，一脸不解地跪下问道：“陛下？”

“父皇？”殷沉玦也皱眉，“这案子您不是说……”

“查！”澧文帝怒喝，“朕让你们查你们就查，哪有那么多话，朕的话不管用了是不是？！”

“不是……可……”殷沉玦很为难，谁都知道当年这案子是怎么回事，上下默认定的案，这个“上”现在却自己要翻案，那下头的人该怎么查，罪名推去哪儿？

“混账！”澧文帝气得直咳嗽，心虚地转着眼珠子，嘴里的话却是凌厉至极，“朕给你们半个月的时间，半个月要是查不出来，那你们头上的帽子都给朕摘了！”

“陛下息怒。”石鸿唯跪了下去，“此案牵连甚广，半个月恐怕……”

“起驾！”压根不想跟他们啰唆，澧文帝扶着大太监的手，一挥袖子便离开了御书房。

太子等人愕然地看着，好半晌才有人问了一句：“石丞相，您看陛下这是什么意思？”

石鸿唯轻笑：“能是什么意思？就是没必要认真查，给个交代就行了的意思。”

“关家人都没了，给谁交代？”殷沉玦很是纳闷。

“谁一直想翻案，就是给谁的交代。”眼神暗了暗，石鸿唯拂了拂袖子，一派儒臣气质，“咱们的大皇子哪怕没了皇子的身份，也是厉害得很啊！”

想起殷沉璧，殷沉玦打了个寒战，有点害怕地道：“那这事就劳烦丞相多费心了。”

“臣遵旨。”朝太子一颔首，石鸿唯眼里神色莫测，一踏出宫门，就找了暗卫来，嘀嘀咕咕一阵，将人派了出去。

鉴于殷戈止说宫里不久就会有关于关家一案的消息来，风月就跟他一起住在了驿站。

殷戈止的心情一直很好，也不知道为什么，每天都和颜悦色地问她：

“想吃什么吗？我去做。”

风月拼命摇头：“多谢您，奴家还想多活几天。”

然后就是下午，两人一般是在院子里看两个徒弟练功的，风月看得津津有味，不经意一个侧头，却看见旁边某个为人师表的人没盯着自己徒弟，反而盯着她看。

脸莫名有点红，风月柳眉倒竖：“您看什么呢？”

“我是在想，”殷戈止面无表情地道，“以前怎么没发现你长得这般动人。”

风月：“……”

安世冲听得一剑刺穿了徐怀祖的袍子，徐怀祖的反应更可怕——那死不离身的长恨刀掉地上了，“哐当”一声响，惊得风月连忙看过去。

“哈哈。”徐怀祖干笑两声，捡起刀抱在怀里，看了看风月，又看了看自家师父，低头想想，举起刀就朝殷戈止砍了过去，“何方妖孽在我师父身上放肆！”

殷戈止挑眉，潇洒地侧身躲开，两指一夹就捏住了他的刀身，轻轻一弹，颇有灵性的刀发出愉悦的嗡鸣声。

“你是翅膀硬了，连师父也敢调侃了？”眼角微微一扫，殷戈止抬脚就将徐怀祖踹回庭院里去，捏了长恨刀放在身后，“想要刀，自己来抢。”

一听这话，徐怀祖就傻眼了：“我自己抢？”

“对。”殷戈止面无表情地道，“抢不回去，那就不给你了。”说罢，衣摆一扫，仙气飘飘地进了屋。

安世冲愕然地看着，然后蹲下来拍了拍地上那人的肩膀：“你最近是不是又哪儿得罪师父了？”

“没有哇！”徐怀祖要哭了，委屈巴巴地一扭头，朝着风月就喊，“师爷爷，救命啊！我的刀！”

风月提着裙子就跑。这种师徒冲突关她啥事啊？她很忙的！想要刀自己去抢啊，虽然十个徐怀祖也不一定能抢过一个殷戈止，但人总是要有梦想的！

“师爷爷——”凄厉的惨叫响彻整个驿站。

接下来，风月就觉得自己像是被恶鬼缠身了，打开门，徐怀祖就站在外头眼泪汪汪地道："师爷爷，刀……"

"砰"的一声关上门，风月扭头就去爬窗户，奈何窗户一打开，徐怀祖倒挂在外头，嘤嘤嘤地道："那是我的命啊！"

再度关上窗户，风月蹲在地上，开始考虑挖地道出去的可能性。

"风月姑娘。"这时门外响起了安世冲的声音。

对于徐怀祖这种浑小子，她觉得应付不了，可安世冲这种翩翩公子还是可以讲道理的。风月想了想，便去开了门。

安世冲有礼地朝她拱手，而后道："师父手里的东西，只要他不愿意给，谁都抢不了。怀祖没有刀会吃不下睡不着，还请风月姑娘帮个忙。"

眨眨眼，风月道："真的不是我不帮，你们这么好的功夫都抢不来的东西，我有什么办法？"

摇摇头，安世冲道："您是师父的心上人，想拿一件东西，自然用不着武功。"

心上人……啥玩意？咽了口唾沫，风月撇嘴："你怎么知道我是他心上人？"

"姑娘何必嘴硬？您自己不也知道吗？"安世冲摇头，眼神深沉地道，"若姑娘不知师父的情意，怎么敢在他面前这般放肆？被人放在心上的人，才会有恃无恐。"

是个有眼睛的人都该看出来了，师父对风月姑娘虽然也是一张死人脸吧，但眼神实在温和缱绻，任凭她胡说胡闹，从没有动怒的征兆，拿凳子砸他，他都只是笑笑，这不是放在心上了，那是放在哪儿了？而风月姑娘也少了之前那副笑吟吟的假面，倒是有了些真性情，未将师父放在眼里，也不再像从前那样畏惧他，可不就是得知他不会拿自己如何、舍不得对自己如何，所以有恃无恐吗？

虽然他还未娶亲，可这些事倒也能看得明白。

风月沉默了，挠着脸颊，眼珠子四处乱晃，看起来有点犹豫，还有点羞恼。

"只要姑娘肯答应帮忙，那世冲也必定回报姑娘一个忙，上刀山下火海，在所不辞。”安世冲认真地道。

人家的诚意都摆在这里了，风月也不是扭捏的人，一拍手就应道：“行，不就是把刀吗，我准备准备，想个法子绊住殷戈止，你们去偷！”

“多谢姑娘！”安世冲微微一笑。

倒挂在外头的徐怀祖听见了，一蹿就蹿到了安世冲背上：“还是世冲兄靠谱啊！师爷爷都不听我说话的！”

“那是因为你说的都是废话。”白他一眼，安世冲道，“还有你这称呼，当真还没明白哪儿得罪师父了不成？”

一拍嘴，徐怀祖恍然大悟，立马甜甜地喊了一声：“师娘！”

刚刚还笑着看这俩活宝的风月瞬间黑了脸，一脚将他们踹出去，狠狠关上了门。

徐怀祖愕然，委屈地扭头看着安世冲：“又哪儿错了呀？”

安世冲抹了把脸，不打算跟这种傻子说话了，径直去自家师父屋子边上埋伏。

殷戈止正在屋子里喝茶。

“公子。”娇声软语在外头响起，带着点媚意的尾音轻轻发颤，“奴家刚做了点心，公子要尝尝吗？”

微微挑眉，殷戈止道：“进来。”

门扇被推开，一袭红裙卷进来，裙摆随步伐泛起波浪，腰肢款摆，再往上，纤纤玉手托着一碟一看就是从外头买回来的绿豆糕，一张妩媚的脸没了大胡子，笑得活色生香。

殷戈止一口茶呛在喉咙里，咳嗽了两声，微微皱眉：“你这是做什么？”

风月很想保持微笑，甚至已经计划好了要怎么转移这人的注意力，但是走进来一看这坐着的人的背后，手里的绿豆糕就忍不住“啪”的一声摔在了桌上，怒喝：“喝茶你背个刀做什么！”

寒铁所铸的长恨刀，被这人拿布条随意一裹，背在了身后。

殷戈止抬眼，很是正经地道：“江湖侠客，刀剑素来不离身。”

“我呸！”风月咬牙，“江湖侠客跟您有什么关系，好端端地喝个茶，您能轻松点吗？”

“不能。”眼波流转，殷戈止睨着她道，“我怕有人会打这刀的主意。”

风月心虚得火气顿消，立马抹了把脸，在他旁边坐下，将刚刚震落出盘子的绿豆糕都捡回去放好，然后端到他面前笑道：“怎么会呢，这儿除了徐怀祖，谁还会打刀的主意？”

深深地看她一眼，殷戈止点了点头：“也对。”然后就捏了块干净的绿豆糕优雅地吃起来，完全没有要将刀解下来的意思。

风月磨牙，一边盯着他的动作一边想，有什么办法能将这玩意儿从他背上弄下来呢？

脱他衣裳！

可是，她的牺牲是不是也太大了点？虽然她不在意这些，但现在这局势，跟殷戈止亲近多让她别扭啊！不行，心里有阴影！

她扭头就想打退堂鼓，结果这头一扭过来，正好对上窗户外头两张期盼的脸。

安世冲朝她轻轻作揖，目光真诚。徐怀祖无声地作痛哭流涕状，还拿口水往自己眼睑下头沾，一副她不帮忙他都不活了的样子。

冤孽啊，本来就是这厮自己闯的祸，结果为什么报应到她头上？一张美人脸很是扭曲，风月眯眼，恶狠狠地朝徐怀祖比了个抹脖子的动作。

殷戈止觉得奇怪，顺着她的目光看过去，却见窗户外头风吹树动，秋初的落叶纷纷扬扬的，别的什么也没有。

再回头，面前的小美人也已经恢复了巧笑倩兮的模样，手托着下巴，眨巴着眼看着他。

微微挑眉，殷戈止问：“你为什么换女装了？不是出门在外，小心为上吗？”

“哎呀，妆浓成这样，谁认得出来啊？”嗔怪地用食指点了点他的心口，风月妩媚地道，“奴家是突然有点怀念这身衣裳，所以让人送来穿穿。”说着，她手腕一扬，那红色的绸缎飞出来，落在他的肩上，顺溜地滑到他怀里，很是暧昧地停在某个地方。

身子一僵，殷戈止抬头看了她一眼：“你想做什么？”

“瞧公子这话说的，奴家还能吃了公子不成？”笑盈盈地起身，风月往他怀里一坐，伸手在他胸口画圈圈，“就是突然很想看公子穿那套白色的衣裳，奴家亲手缝的那套。”

殷戈止低头看了看自己身上的衣裳，再看看怀里这人，眼神古怪：“你瞎了？这就是你缝的那套。”

风月尴尬地咳嗽两声，跺脚：“哎呀，我就说您怎么总是穿着不肯脱，原来是喜欢奴家做的衣裳？那早说啊，奴家带了尺子，您脱了外裳，奴家给您量量，回去再做一套送您！”

这可真是下了血本了！天知道做衣裳多费劲啊，虽然她有学过女工，但真的不太精通……

殷戈止沉默了片刻，像是在考虑划不划算，眼睛往窗台那边瞟了瞟，然后才点头：“好吧。”

风月眼眸一亮，立马伸出爪子去扒人家衣裳，十指动作飞快，殷戈止只觉得背后一轻，不悔刀就掉了下去。

“公子。”风月仰脸，笑眯眯地道，“这个奴家替您放着吧？”

殷戈止盯着她，摇头：“太重了，我自己来。”

“奴家拿得动的。”

“我也拿得动。”

两个人脸上的表情都算正常，光看脸，一定觉得气氛融洽，郎情妾意。

然而，往下头一看，不悔刀上有四只爪子死死掐着，纤纤玉手想往自个儿这边扯，那钢铁般的手掌就是寸步不让，看得窗外的两个脑袋上冷汗直流。

加油啊！风月姑娘！

要比力气风月是比不过的，那就只能拼演技了！

嘴唇一咬，眼里的泪水瞬间涌上来，她委屈地抬头，看着面前的人问：“您就这般信不过奴家吗？奴家是会贪图这把刀的人吗？”

眼神微微一顿，殷戈止有些失神，竟然松了手。

就趁这个时候！风月嘤嘤嘤地哭着，手上却一使劲，直接将刀抢过来，往窗户的方向一扔。

“砰！”徐怀祖被砸了个头昏眼花，眼冒金星地抱着刀，被安世冲迅速地拖离了案发现场。

风月反手就抱住殷戈止的腰，以阻止他追上去，余光看着那两人翻墙走了，才松了口气。

大功告成！

冰冷的气息开始漫溢，正在高兴的某个不怕死的人背脊一凉，立马想收回手。

然而，来不及了。

殷戈止看起来很生气，当真是气极了，一把捏住她的手将她压在床上，半合着眼目光清冷地问：“骗我？”

心虚地咽了口唾沫，风月摇头：“实在是逼不得已啊公子！”

“我这般信任你，你却骗我。”殷戈止眼里流露出浓浓的失望和受伤，声音都沙哑了，“我以为即便你我为敌，你也不会舍得利用我。”

哪儿能不舍得啊？能利用肯定把他利用个底儿掉都不带犹豫的！

心里这么想，可一看他这么伤心，风月也实在觉得愧疚：“抱歉啊，下次不这样做了。”

殷戈止抿唇，怒意和气愤翻涌之下，直接低头吻住了她。

风月反手就要推，身上这人却像是住在她脑子里似的，低声道：“你就这么讨厌我？”

好吧，刚利用完人家就要把人家推开，也的确有点过分了。风月心一横，眼睛一闭，随他亲吧！

可是，这亲着亲着的，倒是莫名浑身发烫，身子也下意识地弓起来，想贴近他一点。

风月觉得很羞耻，身上这人是个畜生啊，是敌人的儿子，她怎么能想这种事呢！

然而，得她这一点反应，殷戈止竟然主动了起来，完全不像以前那般等着她伺候，反而是像地狱里来的魔鬼，拉扯着她一点点往下掉。

“不……”

“别出声。”清冷的声音染了点动情的味道，像能蛊惑人心似的，慢慢地就夺去了人的理智。

完全失去理智之前，风月成功地说服了自己，她想：就当是进了一次小倌馆吧！

抱着刀狂喜的徐怀祖压根不知道自己促成了什么好事，只认认真真地练起秘籍来，生怕下回师父再抢刀。

然而，他想多了，第二天的殷戈止十分慈祥，看着他就像看着亲生儿子一样，目光里透着浓浓的父爱。

颤巍巍地抱紧了自己的刀，徐怀祖躲在安世冲背后小声问："师父这是怎么了？"

刚刚从外头拿了消息回来的安世冲一本正经地道："澧文帝已经下旨要重审关将军一家通敌叛国之案，师父大概是觉得能弥补过错，所以开心吧？"

"你说什么？"殷戈止背后跳出个风月姑娘，瞪着他问，"重审关家之案？！"

"是啊。"被她这激烈的反应吓了一跳，安世冲抿唇，"街上正热闹呢，都在说这件事。"

刚刚在儿女情长上头纠结的心瞬间就沉了下去，风月侧头看了殷戈止一眼，问："殿下是不是觉得，只要关家翻案，我就不会记恨了？"

殷戈止垂眸："我没有那么想。"

但至少，可以赎一点罪。总不能让关家一辈子顶着这罪名，碑都不能立。

"嗯，那多谢殿下了。"点点头，风月整理好衣裳，跨出门槛道，"既然关于关家的消息已经等到，那奴家也就先告辞了。"

"风月。"殷戈止微微皱眉，"你生气了？"

"我没生气。"风月步子没停，边走边潇洒地挥手，"只是这几天脑子不太好使，忘记了自己该做什么，光顾着看你们的热闹了。现在时候差不多了，也该回去做点别的事情。"

殷戈止迈开步子跟上去，沉声道："你想做的事情需要深思熟虑，不可玉石俱焚。”

“您一直拉扯着奴家，不也就是怕奴家玉石俱焚伤着您父皇吗？”风月小声说了一句，眼角眉梢都是笑意，妩媚地推了推他的肩膀，指了指后头道，“您的两位徒弟还不知道发生了什么事呢，奴家走了，您可得留下来圆谎。”

“关清越！”殷戈止伸手抓住她，眼里难得地露出了焦急之色，“你就不能再等等吗？现在急着杀了他，对关家有什么好处？案子还没翻，你碑都刻不了！”

“我不急，但也不能再被您拖在这儿浪费时间。”

浪费时间？殷戈止沉了脸，咬牙问：“与我在一起，是浪费时间？”

昨晚才温存过的人，一早起来怎么就又变得拒人千里了？不是说女人身体归谁，心便归谁吗？这个关清越为什么完全不吃这一套？！

风月回头抛了个媚眼给他，笑盈盈地道：“殿下何必如此纠缠？不像您那高高在上的神仙模样，倒像是急躁冲动的年轻小子了。”

说罢，她抽回自己被他捏住的手腕，红衣飘飘，像蝴蝶一样飘出驿站大门，融进来往的人潮中。

呆呆地在门口站了好一会儿，殷戈止垂眸，掐指算了算。

拖了这三天，已经算他了不起了。她无心，饶是他再怎么费尽心思，也只能算他无耻纠缠。

堂堂殷大皇子，竟也会落得如此下场啊……

风月一脸平静地回了大杂院，镇定地关上了门，然后抱着灵殊就是一阵号：“啊啊啊——死局啊！！”

受惊的灵殊瞪着无辜的大眼睛，伸出小手拍了拍她的背：“这样能活吗？”

“不能！”苦着一张脸，风月松开她，抱着旁边的柱子就撞，撞得柱子咚咚作响，房梁上的灰都落下来，洒了灵殊一脸。

灵殊吓着了，连忙提着裙子往外跑，一边跑一边喊：“秋夫人，快去看看啊！房子要倒了！”

秋夫人正琢磨着少主怎么这个时候回来了，冷不防听得这么一句话，当即就冲去了风月的房间看。

结果就见自家少主一脸麻木地撞着柱子，眼神阴森恐怖，看起来怨念极深。

“怎么了这是？”她连忙上去把人拉住，很是莫名其妙，“您做什么呢？”

风月扭头看着一向跟长辈一样疼爱自己的人，撇撇嘴，很是委屈地道：“我想我老爹了。”

这话说得带了哽咽之声，听得秋夫人很是心疼，连忙把人抱怀里轻轻拍着背：“怎么了呀，好端端的？”

“太多事了。”风月咬牙，“我知道报仇很难，知道要绸缪很久，准备很久，我可以等，但是这样等着，也太折磨人了……”

连等都不让她安生地等，噩梦一般的殷戈止一直待在她周围，总是将她困在他的局里，逼得她不得不面对与他之间的巨大鸿沟。

她本是不打算理会这个鸿沟的，反正最后两个人也不会走到一起去，所以觉得现在跟他一起谋事也没什么大不了，能利用就利用，不能利用就撤退呗。

可是这个人非要企图跨过这鸿沟，替她家翻案，给她恩惠，还是这种压根没法拒绝的恩惠！

人都是他父皇杀的啊！现在他算计自己的父皇，给关家翻案了又如何？关家人能一个个活过来，生龙活虎地继续行走在人间吗？关家满门凉了这么久的热血，能重新回暖吗？已经被磨灭至尽的赤胆忠心，还能重燃忠君之火吗？

都不能了。

可她能拦着他，让他别去翻案吗？

更不能，她不愿关苍海死了连碑文都没有，她也想堂堂正正地去祭拜一次，让后来人知道那儿埋着的是个英雄，坟墓不可以随意践踏。她不刻意求清白，可送上门来的清白都不要？她又不傻！

说来可笑，人家杀了她全家，人家的儿子又来施恩，她不能接受，也没办法拒绝，整个人被吊在半空，像只可怜的被风卷起的鸟，上下不得、哭笑不得、爱不得、恨不得！

她上辈子大概是欠了殷戈止很多钱吧，不然也不能这么对她啊！

“少主。”秋夫人轻轻拍着她，声音很温柔，“您是个惯常喜欢直来直往的人，这么多年来，已经是受尽委屈了。眼瞧着大仇有得报的希望，又何苦再这般为难自己？”

“我不想为难自己，”风月鼻子酸得厉害，咬牙道，“是他非来为难我！”

惦记她做什么？引诱她做什么？打感情牌做什么？就算她没出息，曾经喜欢过他，那又怎么样？那也得报仇啊！一旦报仇，两个人之间就是死路，就是没有未来的。既然都知道了结局，他做什么非得纠缠？当她不是人吗？不会难过吗？

风月气得狠狠擤了把鼻涕，哑着嗓子道：“不管了，秋夫人，让言清继续安排吧，时机妥当，准备充分，咱们就动手！”

秋夫人微微一愣，皱眉看了她半晌，确定她不是一时冲动，才缓缓点了头道：“好。”

接下来的时间，风月就忙碌了起来，时不时便跟着言清去宫门附近晃荡，又同些与言清交情好的大人一起喝茶混脸熟。

“说起最近京中大事，那都是与大皇子有关系的。”茶桌上的陈卫尉感叹道，“这关家的案子说翻就翻了，石丞相查得是热火朝天，只五天就将结果送去了御书房。结果你们猜，发生了什么事？”

言清看了风月一眼，见她神色如常，脸上胡子都一根没动，便问了一句：“什么事？”

“堂堂皇帝陛下，竟然召回了自贬为民的殷大皇子，把折子给他看了，让他回去。”陈卫尉哈哈大笑，“你是不知道当初朝上皇帝是怎么骂大皇子的，那叫一个不留情面，大家都觉得大皇子是再也回不来了！结果这才多久啊？皇帝亲自下旨，赐他金印！好家伙，太子的印鉴都是玉印啊，给个亲王金印是什么意思？”

言清捻着胡须就笑："是怕他不回去吧。"

"大皇子的脾气，你我都清楚啊。"陈卫尉感叹道，"他可不是在意这些东西的人。不过，他竟然当真回来了，就一个条件——关家的案子，让他主审。"

"哦？"言清挑眉，又看了闷不作声的风月一眼，然后笑道，"这不是打了石丞相的脸吗？人家查出来的东西，他不认？"

"可不，石丞相当场就变了脸色，只是他颇有风度，向来不在朝堂上发怒，这才没起什么冲突。"陈卫尉感叹，"大皇子殿下去一趟烨国回来，似乎变了些。不过更好，以前没个人味的，现在总算是有情绪了。这样的人，若为君主……"

"陈大人！"微微压了压他的手，言清摇头，"慎言，祸从口出。"

陈卫尉慌忙掩了嘴，看了旁边的风月一眼，问言情："这是你的人，没问题吧？"

"是没问题。"言清颔首，顺带介绍了一下风月，"这是我大侄子，想在宫里谋个差事。大人掌管宫门禁卫，可有合适的位置给他安排一下？"

说起这个，陈卫尉有点为难："多年的老朋友了，能帮我自然会帮，可最近澧都出了不少乱子，宫里也跟着戒严，不招新兵。这样吧，你让你侄子先去护城军混个名额，他们那边最近缺人。等宫中抽调禁卫的时候，我再将他调过来。"

"如此，就多谢了！"言清笑着拱手。

风月跟着行礼，乖乖巧巧的，一句话也没多说。

等茶喝完了，两人在茶楼下头目送陈卫尉离开的时候，风月才问："石鸿唯查出来的结果是什么？"

"石有信下落不明已经很久了，罪名自然都是往他头上堆。"言清低声道，"陷害忠良，以权谋私，石鸿唯可真是半点不念家族情分，罪名没少扣。"

冷笑一声，风月道："石有信已经死了，他们真要将罪名扣在他身上翻案，我倒是不介意。"

反正仇她自己报，就是要个清白之名，随便怎么来都好，她不在乎。

但显然，殷戈止不打算善罢甘休。

“你还想查谁？”澧文帝脸色苍白地靠在床边，喘着气问他。

殷戈止穿着一身白衣，捏着石鸿唯写的折子，目光平静地看着他，没吭声。

被他这眼神盯得恼了，澧文帝拍着床压低声音道：“你放肆，难不成连你父皇也想查吗？啊！”

“关苍海是忠勇大将军，”床边的人终于开口了，声音清冷地道，“一人之下，万人之上，石鸿唯都不曾敢轻易得罪，区区廷尉，若无人背后授意，怎敢如此胆大包天？关苍海在朝中颇受老臣拥戴，有话要辩，也不可能传不到您的耳朵里！可为什么，他还是死了呢？”

眼神飘忽地看向别处，澧文帝咬牙：“你想怎么着？”

“主上不明，臣下不清。主上错而不改，臣下风气不正。”深深地看他一眼，殷戈止道，“您心里早该知道自己错了，那认错又有何难？开国太祖也曾犯错，发‘罪己状’自省，引万民赞颂。您自称一代明君，难道就不能效仿太祖？”

“混账！”澧文帝怒道，“朕没错，朕做错什么了？人是他们弄死的，罪名也是他们逼着朕定下的，朕何辜！”

这跟太祖的情况可不一样啊，太祖犯的是小错，他犯的这错却是压根弥补不了的，当真认了，怕是会引起民愤，掀翻他的皇权！

不能认，不能认！

看着自家父皇这态度，殷戈止觉得头疼，闭了闭眼，转头道：“那儿臣就先查吧，查到哪里算哪里。”

澧文帝皱眉：“不要胡来！”

“儿臣行事，向来遵循礼法。”殷戈止头也不回地道，“可父皇要是都不遵，那儿臣也没有遵守的必要了。”说罢，雪白的袍子在门槛上扫过，人消失得无影无踪。

澧文帝十分恼怒，盯着他的背影，又是好一阵咳嗽。等在外头的皇后进来，慌忙心疼地给喂药，一边喂一边劝他保重龙体。

殷戈止踏出龙涎宫，还没走两步，就看见了石鸿唯。

“王爷，借一步说话。”

殷戈止微微眯眼，随他过去站着，眼神冷漠：“丞相有何赐教？”

“赐教不敢当。”拱着手，石鸿唯道，“只是有一事要禀告——这次查案，微臣不仅查到石有信贪赃枉法、陷害忠良，还查到一件事。”

“什么？”

石鸿唯笑了笑，抬眼看他：“了不得的事情呢，天牢里头的人很好收买，毫无风骨可言，不仅有人陷害忠良，还有人收了银子，放走了关家的死囚呢！”

暗卫向他禀告这件事的时候，石鸿唯是很震惊的，饶是冷静了这么多天，准备用来诈殷戈止，他也说得手微微发抖。

关家还有人活着，且不是别人，正好就是关苍海的嫡女，关家唯一的女将军关清越！

在关家要翻案的节骨眼上爆出这件事，无疑会让朝中多人震惊难安，甚至连龙位上的陛下都会睡不着觉。

殷戈止要翻案一点也不可怕，毕竟他只是正义感作祟，太过正直。可关清越要是还活着，那还得了？关家满门的血债，她岂会善罢甘休？

如果，如果关清越与殷戈止有什么勾结……

第八章

父子的交锋

“堂堂天牢，也能让死囚犯跑了？”脸上一点震惊或者惊慌的神色都没有，殷戈止嗤笑，“怎么放跑的？放跑的是谁？又是谁在背后收买人？”

石鸿唯疑惑地看了看他这像是不知情的脸色，沉默片刻，道：“具体过程微臣还在详查，不过放出来的人是关家嫡女关清越，应当继续追捕她，送回天牢，等翻案之后，再行定罪。”

“大人这些话同本王说是什么意思？”轻笑一声，殷戈止满不在意地挥手，“去同陛下说更好。”

“这……”看他要走，石鸿唯追了上去，盯着他道，“王爷如今是此案主审，与此案有关的事情，自然该王爷定夺。”

“当真要由我定夺？”殷戈止抬了抬下巴，“那本王觉得关家无罪，关清越无罪，没有抓捕的必要。”

“这怎么能行！”石鸿唯皱眉，“越狱即是大罪！”

“那令关家蒙冤是什么罪，该谁来弥补？”停下步子，殷戈止睨着他道，“丞相大人来吗？”

石鸿唯微微皱眉，僵硬片刻后退到了一边，低头看着那白袍子潇洒地离开，心里颇为恼怒。

他行事一向谨慎，关家当年高高在上，一夕之间倒台，众人都忙着落井下石，只他不掺和其中。现在这风口浪尖的，他也应该再回避才是。

然而，殷戈止又回到了王爷的位置上，不仅如此，还多了一枚金印。皇帝这行为狠狠地打了太子一派的脸，他再坐视不管，真让殷戈止上位，那石氏一族才是真的要没落了。

深吸一口气，石鸿唯拂了拂衣袖，大步往龙涎宫走去。

殷戈止一出宫就让观止去了镇国侯府，自己转身前往大杂院，逮着风月就问："当初你出大牢，是谁来接的？"

风月被这问题问得愣了神，想了想，道："尹将军接的。"

旁边坐着的尹衍忠颔首："是我带人将少主从天牢里接出来的。"

"具体过程呢？跟哪些人接触过？"

这问题问得奇怪，风月撇嘴道："都过去这么多年了，现在问这个做什么？"

看了看殷戈止凝重的神色，尹衍忠犹豫着问："出什么事了吗？"

"我现在要知道你们是不是安全的。"殷戈止捏着袖口在旁边坐下，道，"今日石鸿唯说，查到当年天牢里有人受贿放了关清越。"

众人都是一惊，纷纷倒吸一口凉气。风月眨眨眼，问："我要成通缉犯了？"

"有我在，不会。"殷戈止平静地道，"但当年行贿和放走你的人肯定会被石鸿唯拖下水，消息不久就会传出来了。"

秋夫人的脸色有点难看，众人齐刷刷地看向风月，眼神古怪。

"怎么了？"莫名其妙地看着他们，风月问，"我脸上有饭粒啊？"

"少主，有一件事一直没跟您说。"秋夫人语气沉重地道，"当年背地里买通狱卒救您出来的，其实……是封明，封将军。"

啥？风月震惊，倒吸一口凉气看着四周，结果发现惊讶的只有她一个人。包括殷戈止在内，其余所有人都是一副早就知道的模样。

眨了眨眼，她干笑，嘴角却都抬不起来："怎么回事？"

尹衍忠抹了把脸，愧疚地道："当年我虽然觉得关家冤枉，可也无能为力啊，也就没打算做什么。是当时的封世子找到我，说有门路能救少主，让我帮忙，于是我才去接的人。怎么贿赂的我不知道，他只说让我别告诉少主。当时的少主也的确不愿意一个人苟活，让别人送死，所以……"

风月红了眼，忍不住看了看旁边的灵殊。

灵殊满脸天真，随他们说事，半点也不想听，依旧抱着她的果脯咬。

殷戈止垂眸，脸上没什么多余的表情，跟在石鸿唯面前的时候一样，让人半点捉摸不透。

风月问："封明这回会被我牵连，是吗？"

"嗯。"他应了一声。

风月心情有点沉重，抿唇："你会救他吗？"

殷戈止抬眼看她，道："我若是不救，他岂不是得大便宜了？"

只是，不好救，动作得快了。不然这两个人都被人盯上，那下场一定好不到哪里去。

"最近别往外跑，澧都一定会严查找人的。"殷戈止起身叩了叩石桌，看着风月道，"老实点。"

风月皱眉。

半晌之后，封明被带过来了，满脸茫然地看着他们："怎么了？"

风月一撩袍子就朝他跪下去，磕了三个头。

封明吓得往旁边一跳，瞪眼："这是怎么了？中邪了？"

"这是谢你救命之恩该有的礼数。"抬起头，风月看着他道，"你该早点告诉我的。"

封明微微一愣，干笑："那件事怎么会被你知道了？其实不用谢我，小事……"

话没落音，刚刚还跪在地上的人就猛地蹿了起来，一把捏住他的脖颈便往死里掐，一边掐一边面目狰狞地吼："我让你救了吗？啊！白送一条人命不说，活着这么痛苦的事情，你也让我来承受？咱俩多大仇？啊！多大仇！"

封明被掐得喘不过气，顺势捏着她的手腕，又好气又好笑地道：“你就是这么对救命恩人的？”

风月咬牙：“掐你一炷香，我给你磕三个头，再继续掐！”

“哎，冷静点。”伸手摸了摸她的脑袋，封明笑着的眼里露出些亮得夺目的光，眨也不眨地盯着她，叹息道，“我是当真舍不得你死啊，所以自私了一回。”

风月红着眼睛瞪着他，哽咽道：“你可知道你这自私的行为，会给镇国侯府招致多大的灾祸？！”

“我都明白。”垂了眼眸，封明一下下地摸着她的头顶，声音难得地柔和下来，像被太阳晒热了的水，温柔地将她包裹在里头，“我自己造的孽，自己会承担。其实我早就想过了，万一被人知道，也不过是个不忠之罪，皇帝忌惮镇国侯府，也就是怕我封家还与关家有什么牵连，会为祸皇室。关于这个，我一早就想到了办法。”

“这些天我有点忙，所以一直没来找你，不过有个消息你听见了应该会很高兴。”封明看着她，笑着的眼睛好像闪烁着什么光，咧嘴一笑，那光都差点落下来，“我要同南平公主成亲啦。”

院子里的人都是一愣，殷戈止也难得正眼看向了他。

风月怔住，眨了眨眼。

“是不是很高兴？终于能摆脱我了？”面前的人高大英俊，顶着铁玉冠，阳光从他头顶倾泻下来，透过他的睫毛落在她头顶，“算是我送你最后的礼物吧，从小你就不待见我，我也一直执着地想娶你为妻，说永远不会放过你，吓得你总是抱头鼠窜。”

想起儿时追追闹闹的场景，封明笑得很是开心。

十五六岁的少年意气风发，骑马追着人家姑娘不放，一边追一边喊：“关清越，你跟我回家！”

“我不！”粗鲁的少女骑着马，回头就骂，“谁要跟你这流氓回家，老娘不嫁！听见没？不嫁！”

“你不嫁我也娶！现在不嫁，二十岁嫁我娶！二十岁不嫁，三十岁也行！实在不行，等你老了跑不动了，我就把你抢回家！”

晚霞正好，那两个身影吵吵闹闹的，在记忆里跑成了两道影子，越来越远，终于看不见了。

封明低笑出声，看着风月哑声道：“我是当真很喜欢你。”

不过他自己犯的错，能弥补的话，就不能再自私第二回了。皇帝的圣旨也抗不得第二回。与南平成亲，皇帝就能卸下对镇国侯府的防备，哪怕这件旧事翻出来，他已经与父亲说好，就说他年少不懂事，也不会有滔天大祸。

抬眼看着他，风月觉得喉咙有点紧，张了张嘴，也不知道该说什么，手里抓着他的衣裳，紧了紧，又松开了。

“成亲之后，就莫要再念着之前的事情了。”她长出一口气，清了清嗓子，道，“南平公主是个很善良的姑娘，你不能对不起人家。决定要娶了，那就得一辈子对人家好，不然别说其他的了，殷戈止就头一个不会放过你。”

封明低笑，转头看着殷戈止：“王爷应该是最高兴的，少了我这个劲敌。”

殷戈止微微皱眉，摇头道：“我并不会高兴，你这样的人无法给南平幸福。”

封明一听就笑了：“是啊，我多半不会是一个好丈夫，那王爷有法子替我拒了这婚事吗？”

殷戈止闭眼，他能拒吗？南平喜欢这人，就算这人心有所属，那也不该他来插手。何况现在这关头，当真没了这婚事，镇国侯府就不知会有什么命运了。

“你们成亲的日子，是什么时候？”他问了一句。

“下个月月底。”

“那我能做的，就是帮你们将婚期提前。”殷戈止抬眼，目光深深地看着他道，“亲可以成，我不拦着，但你当真与她过不下去，就守好礼数，等南平死心了，我便去接她。”

风月吓了一跳，瞪眼看着他：“亲都成了，你这是要让南平和离？”

“不是我让。”殷戈止道，“我只是给南平留一条后路，万一她真的后悔了，觉得封明给不了她想要的东西，那她可以选择离开，重新再选。”

封明想也不想就点头：“行，公主帮镇国侯府这一次，我会记在心里，绝对不会伤害她。”

“那现在就别耽误了。”殷戈止起身理了理衣裳，道，“我去宫里一趟，封将军待在镇国侯府暂时先别出去，至于其他人……”他扫了院子里的人一圈，目光落在风月身上，低声道，“去孝亲王府最为妥当，澧都很快就会开始戒严搜查了。”

这话听得众人身子一紧，风月沉默，她很不想再欠这个人人情，可放眼整个澧都，没人能搜的，搜到也定然不能拿他们怎么样的，就只有孝亲王府了。

不要脸就不要脸吧，大家的性命最要紧！

于是，殷戈止刚迈开步子，就见风月嗖地蹿进屋子里，拎着灵殊一起收拾东西，一边收拾一边喊：“都去带点换洗衣裳！”

众人听令，纷纷四散。

都是从过军的，做事干净又利落，殷戈止才走到大杂院门口坐上车，那一群人就已经背着包袱出来了。

掀开车帘，他斜眼看过去，就见那穿红色的人跟个山大王似的，站在一辆牛车前头招手：“快点，秋夫人先上。郑婶呢？赶紧的赶紧的！”

脸上的胡须随风飘扬，跟那一身红裙一点也不搭，奈何那人压根没注意，一脚踩在车辕上，一只手举着挥着，分外豪迈。

殷戈止有点想笑，不经意一转眼，却看见了门口站着的封明。

没像往日那般咋咋呼呼的，封明今天很安静，绣着麒麟暗纹的袍子在风中微微翻起衣摆，像城门口铁铸的士兵一般岿然不动。

只是，他的眼神隔老远也能让人看得清楚，很多复杂的感情汹涌澎湃，流出来的却是缱绻的温柔，越过众人，直直地落在那头的“山大王”身上。

“山大王”恍然未觉，招呼着众人坐了两辆牛车，然后自己蹲在车辕上，回头还朝封明挥手：“那我们先走了。”

“好。”封明微微颔首，咧嘴一笑，看着牛车缓缓地往前走，等到街口拐了角看不见了，才收回目光，垂了眼。

“封将军，”殷戈止淡淡地问，“要送你一程吗？”

封明身子僵了僵，掀开眼皮看他，大步走过来上了车，眯着眼睛道：“你很高兴吧？方才当着她的面你有顾忌，现在你可以笑了。”

睨他一眼，殷戈止道：“这点事想让我笑出来，还有点难度。”

封明眼睛都红了，一拳就朝他打过去。马车内的空间小，殷戈止只能伸手接住，微微挑眉：“想打架？”

“想！”

点点头，殷戈止出手极快，一拳揍在封明腹部。

于是，驾着车的观止就感觉整个人左摇右晃起来，车厢里闷哼声不断，拳头撞肉的声音也分外清晰。

“主子？”他有点担忧地勒马，回头喊了一声。

伸手挡住封明一掌，殷戈止语气平静地道：“继续往前走，先去镇国侯府，不用停。”

“……是。”

封明是用了大力气的，虽然就几招中了，但泄愤的效果是很好的。呸了一口血沫，他抹着嘴骂：“你这畜生！护着自个儿的脸不让我揍，这一拳拳都往我脸上揍是什么意思？嫉妒老子长得比你好看？”

云淡风轻地拂了拂衣摆，殷戈止道：“脸上带点伤，这样就算成亲礼堂上你表情不好看，那人家也肯定不会在意，都会去想你被人伤着了。”

封明一愣，低头想了想，好像是这个道理啊？还没想完呢，对面又是一拳过来，直接打在他脸上。

“我去你的！”反应过来了，封明怒道，“你就是想打我脸！”说罢，反手一拳，狠狠地还了回去。

殷戈止侧头，牙齿磕着了嘴，也呸了口血沫，挑眉看着对面这人：“下回咱们再堂堂正正地打吧。”

“谁怕谁？！”

马车停了，封明气愤不已地跳下去，揉着自己的脸颊，狠狠地瞪了殷戈止一眼，见他嘴角也有瘀青，心里总算平衡了些，哼了一声，扭头就往镇国侯府里走。

观止摇头，看着那影子消失了，才唏嘘道："就没见过您这样安慰人的。"

食指轻轻抹了抹嘴角，殷戈止摇头："去皇宫吧。"

"是。"

风月带着众人去了孝亲王府，尹衍忠等人本来还挺忐忑的，毕竟是王府啊，这种地方规矩多人也多，万一有谁的眼线在里头，出卖了他们，抑或是他们做错了什么，那该怎么办？

可是，一进王府，管家迎出来，竟然半点没觉得诧异，接过风月手里的包袱就道："各位里面请，王爷让人来传过话了，房间都已经收拾好，有什么需要的，姑娘只管说。"

"有劳。"风月颔首，熟门熟路地进主院把东西放了，然后带着众人去安置。

罗昊神色古怪地道："少主怎么跟回家了似的自在？"

风月背后一凉，干笑道："哪儿啊，是对这儿还算熟悉，毕竟被关过一段时间。"

秋夫人摇头："看那管家的态度，可没把您当犯人看。"

"那是他府上的人训练有素，都是从军出身，跟外头那些个谄媚附势的家奴不一样。"打开一处院子的门，风月指了指，"你们先进去放东西。"

"少主。"前头的人挨个进院子，秋夫人走在最后，目光有些担忧，"说实在的，将来会是什么场面，大家都不知道，如今受孝亲王的恩倒是不少，将来万一到了狭路相逢之时，您打算怎么做？"

"不还没到那时候吗？"别开头，风月笑道，"既然没到那时候，就别急着拿这些问题把自己套住了，我有分寸的。"

秋夫人深深地看她一眼，捏了捏她的手，跟着进去放包袱。

次日早朝，澧文帝坐在龙椅上，龙颜大怒："关于石丞相所禀之事，朕打算严查！就算现在关家旧案正在重审，可越狱之罪不能轻饶！既然关家嫡女关清越三年前便被人救出囹圄，那现在你们便给朕去查！查她的下落，抓回天牢候审！"

怒斥之声响彻整个朝堂，文武百官跪倒在地，皆不敢抬头。

其实要是一般的犯人越狱，是不足以惊动皇帝，甚至让他这般恼怒的。可不巧，逃的恰好就是关清越，恰好，当年他给关家定下的罪名是错的，恰好，他不得不翻案。

这样一来，他堂堂帝王岂不是要给个女儿家认错？休想！

澧文帝怒不可遏，一顿嘶吼下来，眼前阵阵发白。

“父皇，儿臣必定会全力追查的！”太子难得主动站了出来，“父皇保重龙体啊！”

喘了几口气，咳嗽两声，澧文帝缓过劲来，面容突然就让人觉得苍老了不少。

朝堂上安静了一会儿，澧文帝抿唇，问道：“可还有别的事情？”

“启禀陛下。”司辰令站了出来，拱手道，“近日星象有变，我大澧恐有战乱之灾。微臣与钦天监众人商议了一宿，认为要平祸事，恐怕得将南平公主的婚期提前，以作挡灾纳福之用。”说着，还呈上了一份奏折，“具体天象，微臣都记在此处，请陛下过目。”

当世各国都有钦天监，都以天象为信，澧文帝自然也不例外，闻言便让人传上折子来，认真看了看。虽然看不懂，但他还是一脸严肃地问：“提前至何时最为妥当？”

司辰令拱手道：“五日之后，也是良辰吉日，宜嫁娶搬迁。”

五日？澧文帝皱眉：“太仓促了些，不过也没什么法子了，为了我，这点委屈南平还是能受的。那就请奉常早些准备，司内衙门也快些备好东西，五日之后行礼吧。”

“是！”司辰令拱手退了下去。

这点小事，谁都没放在心上，石鸿唯一心相助太子，因为他觉得行贿救出关清越的人，一定跟殷沉璧脱不了干系。

新的婚期下来了，南平急急忙忙地就去了孝亲王府。

“怎么办？”脸上又是娇羞又是害怕，南平扯着帕子眼泪汪汪地看着殷戈止，“我还没准备好，这么匆忙就要嫁给他了？”

殷戈止抬眼看她：“不想嫁？”

“不不不！”南平咬唇，捏着帕子就擦了擦眼睛，“我……我想嫁，可是太紧张了！”

殷戈止轻轻摇头，叹了口气，伸手接过风月端上来的点心放在她面前：“这个皇兄就帮不了你了，女儿家出嫁的心情，皇兄不了解。”

南平拿起一块点心，可怜巴巴地咬了一口，眼睛往旁边一看，就惊讶地“啊”了一声：“这不是……风月姑娘？”

不是什么民间劝架师傅吗？怎么在王府里？

风月干笑，一边行礼一边道：“见过公主，最近外头的日子不好过，民女在王府讨口饭吃。”

眨眨眼，南平看看她，又看看自家神色镇定的皇兄，突然觉得有点奇怪，可又说不出哪里奇怪。罢了罢了，这不是重点，好不容易有个女儿家了，还是个口齿伶俐颇有本事的女儿家，南平立马就拉着风月的手，很是诚恳地问：“姑娘肯定懂我即将嫁人忐忑不已的心情，你安慰安慰我吧。”

风月愕然，低头认真地想了想，嫁人的心情？她的确是知道的。

“为什么会忐忑呢？”微微皱眉，她一脸严肃地道，“我当初要嫁人的时候，恨不得提刀先把那人砍了，然后过去守活寡！”

南平傻眼了，一颗紧张不已的心被风月吓得差点停止跳动：“砍、砍自己的夫君？”

“嗯。”挠挠脑袋，风月道，“完全不紧张啊，就觉得他不让我好过，我也不让他好过！”

南平一脸目瞪口呆。

殷戈止听得直摇头：“你那是所嫁非人，不是你想要的婚事，自然想着乱折腾。南平不一样，她念叨那封家的世子已经有两年了。”

从两年前皇室开宴送封明上战场，两人见过一面之后，南平就一直嘀嘀咕咕地说：“封明真英武啊，年纪轻轻就能挂帅为将，听闻还一直不肯娶亲，好像对原先定下婚事的姑娘很是深情，哎，皇兄，您能不能请他来招舞宫用膳啊？”

本以为是小女孩情窦初开，不承想这都两年了，南平对封明的惦记一点没少，反而更加执拗。

听殷戈止这么说，风月就有点担忧了。要是普通的姑娘还好，可给封明个深爱他的姑娘，他能好好珍惜吗？

想了想，她语重心长地道：“成亲后的日子可能没有公主想的那么幸福快乐，您要嫁的是封将军，婚后也许他一去战场就是几年不归，这样的苦，您要是受不住，记得提前跟王爷说。”

南平眼神坚定，握拳道：“选他之前我就想过这些事情了，可是我仰慕他，能嫁给他就已经觉得很幸福了，至于其他的事情，可以慢慢再看。”

殷戈止沉默，风月也沉默，整个屋子里除了南平公主一个人闪闪发光，其他人身上都灰蒙蒙的。

南平去更衣了，殷戈止看着风月便问：“你怎么想？”

“什么我怎么想啊？”风月有点抓狂，挠着桌子道，“这种感觉可不好受，不是我看得起自己，而是封明那个人本来就固执，一时半会儿可能很难全心全意地对南平公主。南平公主是个好姑娘啊，眼睁睁看着她往火坑里跳？不能啊，可拦着她？怎么拦？难不成我上去说您别嫁了，封明心里还装着我？我有病啊？”

跟猫磨爪子似的，风月挠得殷戈止面前的矮几上全是划痕。

斜她一眼，殷戈止道：“既然觉得想不通，那就别想了，置身事外吧。”

“我怎么置身事外？”风月咬牙，“不都跟我有关系？”

“封明是喜欢你，但与你无关，那是他一个人的感情，你没求他也没骗他，不用为他负责。”眼帘一垂，殷戈止冷漠地道，“至于南平，更与你没什么关系，她是我的皇妹。”

这么一想，还真没什么关系嘿！风月点头，被殷戈止说服了：“那我就不管了。”还是认真做自己的事情吧。

京中戒严了，风月偷偷摸摸换了男装、贴好胡须去廉恒那儿报到，廉恒不讲原则地给她开了后门，挂了个名额。

殷沉玦像是要将整个澧国翻个遍似的，不仅往各个郡县发了通缉令，更是派了护城军四处搜查，街上的行人都被一个个抓着对比画像，百姓们都吓得不敢出门。

石鸿唯是想搜孝亲王府的，奈何没有皇帝给的圣旨，亲王的府邸不能随意进，于是他只能派人天天在那附近晃悠，企图抓几个出来的人问问。

然而，几日过去，一无所获，护城军那边也没抓到任何人。

石鸿唯很想责备护城军不尽职，然而他时不时也上街看，经常能看见廉恒亲自带兵四处盘问，跟着的那几个兵他都眼熟了，实在也无从怪起。

瞧瞧，那满脸络腮胡子的士兵多认真啊，旁边的路人一个也没放过，抓起来就比对画像，眼神坚定，虽然个头小，可态度好啊，看得他都想提拔一二。

这么严厉地盘查都没有找到人，石鸿唯摇头，心想也许那关清越逃走之后死在了别处呢？也不一定就在澧国啊。

想通了这点之后，石鸿唯决定，还是帮太子去仔细查查行贿之人。

镇国侯府大喜，锣鼓喧天，鞭炮齐鸣，南平公主从宫里出嫁，红妆蔓延，直达镇国侯府。

这场婚礼太子自然是要出席的，正在镇国侯府门口看热闹呢，冷不防就听身边的人来禀告："殿下，查到人了！"

"什么？"愣了愣，殷沉玦连忙问，"查到谁了？"

"那逃走的狱卒被石丞相的人抓了回来，严刑拷打之后终于招了，说当时是镇国侯府的一个护卫给的银子，他畏惧镇国侯府的权势，不得不答应的。"

镇国侯府？殷沉玦有点茫然地想了想："这地方怎么这么耳熟啊？"

护卫一愣，伸手指了指后头门楣上的牌匾。

殷沉玦顺势看过去，恍然点头："哦，这可不就是镇国侯府吗？"说着，身子猛地一僵，眼睛也瞪得大大的，大喊了一声，"镇国侯府？！"

四周的人都吓了一跳，石鸿唯皱眉看向他，凑过来低声道："殿下，大庭广众，您注意仪态，有何事值得喧哗？"

殷沉玦紧张地抓着石鸿唯的袖子，压低声音激动地道："是镇国侯府啊！当初买通狱卒放走关清越的，是镇国侯府的人！"

石鸿唯微微一愣，铁青了脸："怎么会……"

“怎么不会？”太子道，“那封明不是与关清越有婚约吗？封明一向很喜欢她，行贿放她走，的确在情理之中。”

石鸿唯气得闭了闭眼，他管谁喜欢谁呢？他想扯下水的是殷戈止，现在扯出来一个封明算怎么回事啊？今天是封家迎娶公主的大好日子，压根不可能在这个时候问封家的罪。可等这婚事结束，封明就是驸马爷了，谁闲得没事做拿三年前的旧案去给新驸马和公主找不自在啊？就算禀明圣上，圣上也肯定会让他们瞒下此事，当作没发生过的。

怎么会这样呢？

太子什么都没察觉，犹自高兴，压着声音道：“咱们把这事告诉父皇，父皇一气之下，南平就别想嫁给封明了。”

“殿下。”石鸿唯恨铁不成钢地道，“事情哪有您想的那么简单？封明现在是澧国第一将军，有什么仗都指望他带兵去打，您猜皇上会不会降大罪于他？况且在公主嫁过来的节骨眼上，您跟封明过不去，岂不是跟公主、跟赐婚的皇上过不去吗？”

殷沉玦一愣，很是不甘心地道：“那难不成就这么算了？咱们好不容易抓到的把柄……”

“没用了。”拂了拂袖子，石鸿唯皱眉道，“说什么都没用了，这件事敷衍了事吧，随便拉个已经不在了的人顶罪，别去得罪陛下了。”

“那关清越……”

“抓不到。”突然觉得有点疲惫，石鸿唯道，“消失了三年多的人，要找到也没那么容易。”

殷沉玦愕然，心猛地往下沉。他自己揽来的差事都做不好，父皇会怎么看他呢？

不用问，澧文帝大怒，在御书房狠狠骂了他一顿，气急之下，连“你这样的人，怎么当太子”这种话都说出来了。

殷沉玦瑟瑟发抖，去中宫见自己的母后，眼泪直流。

“儿臣也觉得自己可能不适合当太子。”他哽咽道，“有大皇兄在前，父皇无论如何都不会对儿臣满意。”

石皇后温柔地摸着他的脑袋，笑道：“怕什么呢？你父皇已经老了，等他驾鹤仙游，这澧国的天下必定还是你的。”

父皇才四十多岁啊，明年才满五十，身子一向硬朗，怎么会仙游？殷沉玦很疑惑，抬头却看见自家母后镇定的神色。

“这么多年了，你和母后都等得够久了，你父皇若是还心属他人，那就怪不得母后心狠手辣了。”

先皇后还在的时候，澧文帝对她格外宠爱，连带着对殷戈止和南平也比对别的皇子公主更加爱重。石氏当时只是贵妃，自己被冷落也就罢了，谁承想自己的儿子也不得皇帝器重。大皇子从小住在东宫，可玦儿直到成年都一直住在她这里，就连教学太师都用的是皇帝给大皇子挑剩下的。

对这种情况，石氏是不甘心的，一早就在背地里谋划，先皇后一死，她便想着法子让哥哥助她登上后位，又费尽心机才将玦儿扶上了太子之位。该用的法子都用了，从来没有心慈手软的时候。好不容易走到今天这一步，若皇帝还有废太子之心，那她只能铤而走险了！

后宫的女人是悲哀的，一生都在为家族荣誉和自己的地位而活，尤其是不受宠的女人，心里早就没了少女对感情的憧憬，有的只是浓浓的怨念和对权势的欲望。

澧文帝恍然未觉，他犹自在沉思，气太子不中用，却也忌惮殷戈止的能力。

关清越潜逃在外，关家冤案的真相又一点点浮出水面，虽然与此同时，烨国使臣好说话了很多。但澧文帝很担心，他总觉得自己的龙椅旁边有人在虎视眈眈，叫他吃不好睡不好，龙体抱恙难康。

“父皇。”御书房里，殷戈止长身玉立，双手捧着奏折，表情平静地道，“关家旧案，牵扯其中的官员一共六十八人，其中三十位尚在朝野，根据所为之事，儿臣定了他们该有的惩罚，并着罪名一起记录在案，请父皇过目。”

澧文帝眼睛盯着他，表情有点难看：“牵扯的人太多了，沉璧，你可听过一个词叫‘罪不责众’？”

“儿臣从未认可过这个词。”抬眼看向上头，殷戈止眼神执拗地道，

“罪就当责，一人罪责一人，百人罪责百人。既然父皇当初可以因一人之罪屠杀关家百余人，那如今又怎会定不下这六十八人的罪过？”

澧文帝微微一噎，又咳嗽起来，脸上的神情甚为疲惫，拍着桌子，颇为恼怒地道：“你这孩子，为什么偏要跟朕作对呢？”

“儿臣并非想与父皇为难。”微微拱手，殷戈止道，“儿臣只是求个公道，关家无罪，有功无数却含冤三年，满门尽没，父皇何以还觉得关清越越狱有罪？她若是都没活下来，父皇连赎罪的机会都没有。”

“放肆！”低斥一声，澧文帝的脸色难看至极，“朕赎什么罪？朕没有罪！”

“马上便是祭祖大典了。”殷戈止压根没听他说话，自顾自地道，“儿臣已经与奉常大人商量过，为表对关家的歉意，还望父皇在祭祖大典上昭告天下，关家无罪。”

“什么？！”澧文帝一拍扶手站了起来，气得浑身发抖，“你要朕当着列祖列宗的面认错？”

“不应该？”殷戈止冷了脸色，表情凝重地看着他道，“父皇登基刚立，明王爷为乱，朝中一半官员倒戈，是关将军带着十万士兵勤王于澧都，护得父皇皇位稳固！烨国屡犯我边境，在职将领皆只愿享福不愿打仗，是关将军二话不说上阵杀敌，守我大澧边境几年安生！南乞之战，粮草不济，兵力不足，是关家丝毫不退，死守城池，才没让烨国夺下南乞城，威胁我澧都腹地！”

澧文帝有些慌乱地移开视线，缓缓地在龙位上坐了下去。

殷戈止清冷的声音里带了些颤抖：“他是一个值得尊敬的人，平昌一战，儿臣有错。儿臣应该多点人情味，多信他一分，不将书信传回澧都，兴许父皇也就没借口那么快杀了他了。”

可那时的他遇事情是半分情面也不讲的，管他是功勋震主的关苍海，还是别的什么人，只要犯了事，证据到了他手里，他都会秉公办理。却不承想，他秉公了，别人不会秉公。这肮脏的皇权下头，藏着的是对忠臣的杀心。

“儿臣愿意与父皇一起向列祖列宗请罪，向关家认错。”喉结上下滚动，殷戈止看着澧文帝道，“只请父皇别再顾忌皇家的颜面。”

澧文帝听得沉默，眼珠子缓缓地左右转动，良久之后才问了一句：“朕要是不肯呢？”

“父皇最喜欢的是手中的权力吧？”早料到他这个回答，殷戈止轻笑，神色更加冷漠，“不管是兵权还是别的大权，您一向牢牢握在自己手里，从不假手于人。”

轻轻哼了一声，澧文帝看着桌上的玉玺，算是默认。

“既然如此，那恕儿臣斗胆。”微微颔首，殷戈止道，“从知道关家冤案开始，儿臣就想好了，父皇要是一意孤行，那儿臣就只能与父皇一战了。”

“哦？”冷笑一声，澧文帝眯眼看着他，“你区区皇子，朕可是天子，你拿什么跟朕一战？”

“很简单。”殷戈止垂眸，“来之前儿臣与烨国的太子便商议好了，放儿臣归澧国，儿臣可以领军出征，同烨国一起抗景。他对联合澧国抗景也就一个条件，让儿臣挂帅。”

澧文帝心里一紧，他亲自与烨国使臣谈过，条件的确是这个。

“父皇以为儿臣为什么仅一年就能归来？”低笑一声，殷戈止道，“若不是胸有成竹，儿臣也不敢与父皇过招。此回烨澧两国联盟若是破裂，澧国会是什么下场，父皇心里清楚。”

昭国本就对澧国虎视眈眈，若是再惹烨国，到时候烨昭两国联合，先吞澧国，再抗景，一举多得。本来烨国的选择就不止一个，能与澧国联合，已经算是澧国国祚深厚了。

澧文帝有些恼怒地道：“你就不怕你先死在这里？”

虎毒不食子，可他是人，人心可比老虎可怕多了。

殷戈止的神色黯淡了些，背脊却挺得更直：“父皇想杀儿臣，是想靠这宫中禁卫？”

想起自家皇儿那恐怖至极的功夫，澧文帝有点心虚，表情镇定地撑着场面，心里却打起了鼓。他要是先朝殷戈止下手，那就给了他造反的理由了。先不说朝中拥护他的人本就不少，就说禁卫，那陈卫尉可是东宫出身，虽然也算对自己忠心耿耿吧，可对面要是殷沉璧的话，他能不能听话，还得另说。

澧文帝有些慌神，软了语气道：“血浓于水，毕竟是亲生的儿子，朕怎么可能舍得对你下手？可是沉璧啊，你不能因为父皇心软，就这般逼迫父皇啊。”

“五年之前，澧国的实力尚能与烨国媲美，甚至是略能胜之的。”殷戈止微微皱眉，语气沉重，“短短五年，澧国四处树敌，征伐不断，民不聊生。百姓出逃，国土荒芜，国力更是日渐衰弱，父皇都没想过原因吗？”

“朕怎么可能没想过？”澧文帝有些不服气，“朕一直问责朝中大臣，可能用的人越来越少了，朕每日有五个时辰都在批阅奏折，可有什么用呢？”

“当真是臣子无用的缘故？”殷戈止摇头，“是父皇独断专行、不肯放权、赏罚无度、是非不分，还以喜好提拔官员，这才导致朝中人才流失，无能干之人！”

澧文帝竖眉：“朕何至于你说的这般昏庸！”

“难道不是吗？”殷戈止叹息，“以赵旭为例，他本只是澧都文人，有些字画上的名气，父皇爱字画爱书法，便破格提升他为内吏。因他善于奉承，短短两年便给他升了太尉！父皇，太尉可是三公之一啊，这等的官职，能这么给吗？”

澧文帝有点心虚，轻咳两声，没接话了。

“直到后来他被查出府里有尸体，父皇是怎么做的？让儿臣莫管，还说他委屈了！敢问父皇，太尉府后院的女尸与您有干系吗？”

“大胆！”拍案而起，澧文帝怒道，“与朕能有什么干系？朕去他府上从来只论字画，不论其他！”

“那父皇是何以偏私他至此？”殷戈止眼含嘲讽，“就因为他字写得合父皇心意？”

“你不懂！”澧文帝有些焦躁地道，“当今能沉下心写字的人本就不多，更何况他在颜体字上成就颇大，将来是要留于史册的！”

殷戈止听得笑出了声，摇头道："就因为这样，父皇便能包庇他杀人之过，难道还不算是非不分吗？"

澧文帝哑口无言，僵硬半晌，终于低头反思起来。

"儿臣执意要翻案，要父皇昭罪于列祖列宗，不是为了抹父皇的面子，是想最后拉澧国一把，还澧国朝廷清正之风，热忠臣之血，留忠臣之心。只有这样，我大澧才有重新强盛的希望！"

这话殷戈止是第二遍说了，第一遍澧文帝不信，第二遍他却是不得不听。

御书房里安静了许久，沙漏都快到了底，就在殷戈止有些绝望，以为澧文帝要死不悔改的时候，他开口了，声音透着疲惫："罢了。认错就认错，昭罪就昭罪吧，为了我澧国江山，朕愿意听你一言。"

殷戈止心里一喜，很是意外地看向他："父皇此言当真？"

"当真。"澧文帝满眼唏嘘，"满朝文武，少有人敢跟朕说这么多，所以朕偏听偏信，着了小人的道……朕也曾满腔热血，想将澧国治理得国泰民安，朕也不想看着澧国一步步没落……沉璧，朕听你的，都听你的，只要还有转圜的余地，只要澧国能顺利度过眼下的危机，朕什么都可以做。"

一意孤行了十几年的皇帝，今日好像才突然明白自己错在哪里，目光真诚地朝自己的儿子悔过，双眼期盼地看着他："你来安排吧，包括与烨国的合约，朕都交给你。"

殷戈止看着自己的父皇，道："您能这样想，儿臣死而无憾。"

"你怎么能死呢！"起身绕过桌子走到下头来，澧文帝泪眼婆娑地拍了拍他的肩膀，"父皇的江山，玦儿可扛不起啊，还得落在你的肩上。"

一听这话，殷戈止有些意外地看了澧文帝一眼，却见他神色疲惫，看起来苍老又可怜。

"玦儿没什么大出息，朕立他为太子，不过是为了稳定臣心。你回来了，这太子之位本就该你来坐。等祭祖大典一过，朕就废太子，改立你。"澧文帝认真地看着他道，"你做好准备。"

对于太子这个位置，殷戈止没什么抢夺的欲望，可澧文帝若当真要给他，他也能接得住。于是他点了点头，行了礼就告退了。

第九章

祭典的意外

殷戈止一走，御书房里伺候的太监就传了话去中宫。石皇后一听，当即大发雷霆，砸了能砸的所有东西，将自己锁在宫里一整天。

这些事殷戈止是懒得知道的，得了皇帝的首肯，他便先去与奉常敲定了祭祖流程，再去驿站与两个徒儿好生说了一会儿话。

徐怀祖和安世冲不能在澧都耽搁太久，毕竟谁都不清楚战火会在什么时候燃起来，所以听见这样的好消息，两个徒儿分外高兴，立马起草了合约，盖上印章，先让快马传回烨国去报信。

眼瞧着事情都妥当了，殷戈止便回了孝亲王府。

风月戴着头盔、穿着护城兵的铠甲从外头回来，正好跟他在门口撞上。

“你去哪儿了？”看了看她这德行，殷戈止嫌弃不已。

抹了一把脸上的胡须，风月笑嘻嘻地道：“佛曰：不可说。”

这两天她一直跟着廉恒四处乱晃，终于在各处混熟了，今日陈卫尉已经问廉统领要了她，打算让她去祭祖大典上护卫皇室周全。——这事要是告诉了殷戈止，她还去得成吗？肯定会将她锁起来的，想都不用想！

其余的人都已经布置好了，会有皇帝的贴身护卫跟她换位置，届时澧文帝祭祖，她便会在离澧文帝最近的地方。

虽然她手上已经没了捏刀剑的力气，也没了内功可用，可要对付同样不会武功并且年迈的皇帝，又有旁边的人作掩护的话，得手的机会非常之大。

这算是最后一搏了吧。

朝殷戈止露出一个灿烂的笑容，风月扭头就想往门里走。

“等会儿。”殷戈止喊住她，“我有事想跟你商量。”

“什么？”

殷戈止伸手拉过她的手腕，带着人就进了主院，将观止和灵殊统统关在外头，然后一脸严肃地盯着她问：“想不想去祭祖大典？”

风月瞳孔微缩，有点心虚，却不敢移开眼睛。她眨眼看着面前的人半晌，心想不会那么倒霉吧，刚刚布置好的东西，就被这位爷发现了？

见她不说话，殷戈止便沉着脸继续道：“我已经说服了父皇在祭祖大典上昭罪于天下，向关家认错。你若是愿意去听他道歉，我便给你安排一个周全的位置。”

她心口一松，接着又是一沉，歪了歪脑袋：“道歉？”

道歉有用的话，还要律法做什么？

看着她的神色也知她不愿意，殷戈止垂眸，淡淡地道：“罢了。”

“等等。”风月眼珠子转了一圈，笑眯眯地拉住他，“咱们皇帝陛下的道歉，那可是很难听到的，既然王爷相邀，那奴家也没有不去的道理。”

“你想去？”

“自然想。”撒娇似的摇了摇他的手臂，风月抛着媚眼道，“还请王爷一定给奴家准备一个安全的地方，免得有人看奴家不顺眼，让奴家把小命交代在了那儿。”

“不会。”深深地看她一眼，殷戈止沉声道，“我会尽我所能，护你周全。”

“那奴家便放心了。”点点头，风月道，“奴家这就去准备。”说罢，扭头就跑。

看着她的背影，殷戈止微微松了口气。她肯去就是好事，总比在暗地里想着怎么行刺来得好。

一场秋雨一场凉，夏日一去百花黄。澧都入秋了，人们纷纷加着衣裳，感叹着这个秋天真是冷啊。

风月坐在屋檐下，捧着一杯热茶看着外头。

算了算日子，她低笑：“今日是关家满门的忌日。”

尹衍忠等人听着，心里都不由得一阵悲戚。灵殊蹦蹦跳跳地拿了披风出来给风月裹上，眨巴着眼问：“什么是忌日呀？”

“忌日就是一年前某些人与世长辞的日子，你很记挂他们，所以每年的这一天，你都会想起来，给他们上香、烧纸，怀念他们。”风月的眼神分外慈祥，她将灵殊拉到自己旁边坐着，道，“还记得主子跟你说过的关鸾容吗？每年主子都会给你说她的故事。”

“记得。”灵殊点头，“您说您与她一块长大，还说她是个很好的人。”

“嗯，真的是一个很好的人。”点点头，风月搂了灵殊的脑袋搁在自己肩上，轻轻拍着她道，“你要是见过她呀，一定会很喜欢她的，她很温柔，也很善良。”

“那她去哪儿了？”灵殊好奇地问，“咱们都到澧国了，也没有看见她呀。”

风月拍着她的手顿了顿，低头看着她没有回答，却是岔开话道：“等这边的事情忙完了，秋夫人就会带你去兴和村，那是你出生的村子。”

有些恍然地点头，灵殊垂了眼睛，低声道：“原来主子当初赎奴婢出去，是因为认识奴婢……连奴婢在哪儿出生都知道。”

“你家主子无所不能。”笑着掐了掐她水灵灵的小脸蛋，风月道，“乖了，先去吃点心吧，我还有话要同其他人说。”

“好。”灵殊也没多问，站起来，蹦蹦跳跳地跑走了。

“都已经安排妥当了。”言清站在一旁，说的话挺轻松，脸上的神色却是万分凝重，“此举凶险万分，谁也不知道会出什么事情，你一定要小心。”

笑了笑，风月道：“放心吧，我一定不会失手的。”

她手筋都没了，一身武功尽废，却要去刺杀皇帝，谁能放心得下？秋夫人犹豫再三，还是开口道：“要不然换我们去吧，好歹有点功夫，不至于一失手就万劫不复。”

“你们与皇帝没有死仇。”风月捏了捏手里的匕首，笑道，“只有我有，也只有我需要去杀他。你们何必呢？”

要是不能亲手手刃那狗皇帝，她活到现在的意义是什么？

众人唏嘘，皆不敢再劝。

风月收了匕首，深吸一口气。

秋风微起，枯叶和泥土的味道和着湿润的风扑了人满脸，叫人心头压抑，却又觉得有些爽快。

院子外头响起脚步声，众人都收敛了神色，风月侧头，就见殷戈止穿着绣暗龙纹的银白袍子翩翩而来。

“你准备好了？”他走到她面前，停了步子，低头盯着她问。

风月仰头一笑，伸手抓过旁边鲜红的裙子，递到他面前：“准备好了，看看，这一套是不是很适合我？”

扫一眼这向来为她所爱的红色衣服，殷戈止微微颔首：“嗯，既然如此，明日祭祖，我让观止来接你，你在北宣门外等着。”

“好。”风月应了，笑得灿烂极了。

殷戈止伸手想碰碰她这笑意，却中途一顿，抬眼，轻轻地扫了扫四周碍事的人。

下一瞬，一众铁血的男儿和不让须眉的女子都消失得干干净净。风卷庭院，就剩下了他和面前这个人。

“紧张吗？”在她旁边坐下，殷戈止面无表情地问了一句。

风月点头：“一想到皇帝会道歉，奴家就紧张得手抖呢，您摸摸？”

嫌弃地看她一眼，殷戈止还是伸手，轻轻握住她冰冷发颤的手：“有我在，没事的。”

“您当真与皇帝陛下谈妥了？”风月忍不住又问了一遍。

殷戈止点头：“他最近身体不太好，人近黄昏，总会比以前宽容些。”

“那就好，烨国那边也能交差了。”

“嗯，世冲已经先带了一部分人回去复命，怀祖还留在这儿，等着带澧国的国礼回去。”

“合约已经签了？”

“签了。”殷戈止道，“我说过不会让他们为难。”

“嗯。”风月抬头继续看天，喃喃道，“我也不想让你为难。”

微微挑眉，殷戈止侧头：“你什么时候也会关心我了？”

风月翻了个白眼，捏了捏他的手：“受王爷恩惠颇多，我要是还不识好歹，岂不是过分了？”

反手将她的手扣得死紧，殷戈止勾了勾唇，语气依旧甚为严肃：“你能这样想，本王很开心。”

风月心里抽了抽，别开头，闷声道：“你开心就好。”

能开心一会儿是一会儿吧，这样一来，就算以后撕破了脸，他也能念她一点好。

说起来自己还真是对不住这个人，睡也把人家睡了，骗也把人家骗了，到头来还想宰了人家的爹，然后一死了之，他想报仇都没地方报，大概会气得鞭她的尸吧？风月失笑，任由殷戈止握着手，眯着眼睛想，人要是当真有下辈子就好了，下辈子她想和他无冤无仇，他要是个贵公子，她就当山贼把他抢回家；他要是个平头百姓，她就当贵家小姐把他纳进门。

“怎么了？”瞥见她脸上诡异的笑容，殷戈止皱了皱眉，“又在打什么坏主意？”

“没有。”风月歪着脑袋往他肩上一靠，长出一口气，笑道，“奴家是突然想问，观止说您三年来一直在找人，找的就是奴家吗？”

提起这事，殷戈止冷哼一声，捏着她的手紧了紧，然后松手，将自己手上的玉扳指取下来，套在她的拇指上。

“三年前你说想要我给你一个东西当念想，”他闷声开口，“我当时没给。”

眨眨眼，风月笑了，捏着自个儿的鼻子怪声怪气地道：“不知何时要与殿下辞别，可否请殿下赐个物件，以存念想？”

这声音万分熟悉，听得殷戈止喉头上下一滚，眼神陡然复杂起来，却还是配合着她，冷声冷气地道：“没什么东西好给。”

“这样啊……”怪气的声音陡然失落，“那就罢了吧。”

玉质上乘的扳指，洁白无瑕。取下来看，能在圈内看见精雕细刻的“沉璧”二字。

风月失笑，骤然松了鼻子，眼含揶揄地道：“原来冰冷不近人情的大皇子也有这么深情款款的时候。”

把自己的字刻在物件上赠人，可是澧国男儿惯用的示爱之法。面前这人是谁？殷沉璧殷大殿下啊，竟然也会做这种事？

殷戈止脸上有点羞恼，沉声道：“不想要就还我。”

“哪儿能不要啊。”风月往自己手上一套，摩挲两下，好奇地问，“当时怎么不给我？”

殷戈止别开头，冷着脸不说话了。

后面发生的事情是他不想提的，也不会是她想听的。先前没找到她的时候，他其实一直在生气，气这人的不辞而别，也气她的绝情寡义。可当真找到的时候，他发现，她的不辞而别就是间接由他导致的。

平昌之战还未打响时，他尚在澧都，与她抵死缠绵，还说让她等等他。当时他想的是，正妃之位在他手里，给了这人也未尝不可。

然而，圣旨来势汹汹，他赶赴平昌，山鬼谷一战大败，关家满门抄斩，她逃离澧国，一去烨国就是三年。

哪能怪她绝情呢？她当时可能是满腔欢喜地等他凯旋，然而等来的却是皇帝高高举起的屠刀。

殷戈止闭了闭眼，转了话头：“与关家旧案有关的一些人，我都已经定了罪报上去了，你不必再操心他们。”

“多谢王爷。”风月颔首，想了想，道，“其实梦回楼里的姑娘都是薄命之人，身怀怨怼，不少是忠良之后。王爷若是有心还澧国上下清明，不如也问问她们的冤屈。”

忠良之后？殷戈止皱眉看她：“比如呢？”

“比如被文字狱冤死的林大学士之女，被赵廷尉陷害的于宗正之女。”风月抬眼微笑，“都在梦回楼。”

殷戈止脸色有点难看，道：“你让这些人流落风尘为妓？”

这话说得有点刺耳，风月挖了挖耳朵，嗤笑：“为妓怎么了？妓子不是人？”

“在天下人嘴里，妓子从来不是什么好的。”殷戈止摇头，“以色事人之下贱者也！”

风月哼了一声，跷起二郎腿，吊儿郎当地道：“您记错了吧，妓子分明是以色事下贱之人者也！没有贱男人的追捧，就不会有贱女人这般求生存呀。王爷，您都是以狎妓为风流的人，怎么又看不起妓子了？”

揉了揉眉心，殷戈止道：“我不是这个意思，但到底是忠良之后……”

“奴家也是忠良之后啊。”眨眨眼，风月媚笑，“不照样挂牌接客跳脱衣舞吗？”

“你闭嘴！”跟踩着尾巴似的，殷戈止恼羞成怒，一张脸线条紧绷，眼神也格外凌厉。

风月举起双手，跟哄孩子似的道：“好了好了，不说这个了。她们是自愿的，女儿家要生存本就不容易，梦回楼能让她们自己挑客人，也能让她们报仇，换作我，我也会毫不犹豫地进去的。很可惜，在我之前没人弄这东西。”

殷戈止咬了咬牙，闭眼冷声道：“总有一天，澧国会有一个衙门，受天下冤案，哪怕已经定案，哪怕是圣意处死，只要有冤，那衙门就敢审。”

“怎么会有这种地方。”轻笑一声，风月摇头，“各个国家都一样，皇权至上，皇上说什么都是对的，说你有罪你就得死，等他觉得他自己错了的时候，人已经死了，也没办法了，道个歉吧。”

殷戈止心里一紧，皱眉看了她一眼。

“您别紧张，奴家没有嘲讽当今圣上的意思。”伸手理了理他的衣襟，风月勾唇，“今日天气很凉爽，适合出去走走。”

半垂了眼，殷戈止问："要去给关将军刻碑吗？"

冤案已翻，只等皇帝昭罪状告之天下了。

想了想，风月道："还是等名正言顺之后吧，有机会的，奴家不至于那么短命，活不过明天。"

有她这句话，殷戈止就松了捏着的心。

明日应该不会出事。

澧国皇室的祭祖大典在秋初举行，按照规矩，皇室中人要先在皇宫宗庙之内行礼，念祭词，一串流程走完，然后才出宫前往背靠皇宫的龙台山。

这天，早上起来秋日高照，可祭祖号角一吹，乌云倒是多了起来。

殷戈止起了个大早，穿戴好礼服之后，先带观止出门，让他在北宣门门口等风月，然后自己带了个随侍入宫。

澧文帝依旧在咳嗽，不过脸色看起来比先前好了不少，一看见他，便慈祥地招手："沉璧，过来。"

殷戈止依言过去，微微侧头，就见皇后和太子还站在下头，脸上没什么表情，也没看他。

"今日就是祭祖的日子了。"澧文帝叹息道，"朕也写好了昭罪状，你先看看。"

殷戈止挑了挑眉，双手接了那黄锦裱着的纸，展开一看。

洋洋洒洒千余字，将关家冤屈说得清清楚楚，并且皇帝忏悔之词极为诚恳，比他想象的还要好。

殷戈止有点意外，拱手道："父皇英明。"

澧文帝笑了，拊掌道："朕老了，就盼着澧国事事顺风顺水，国泰民安……对了，与烨国的合约写了吗？"

"写了，一份在这儿，一份已经传回了烨国。"伸手拿出合约递上去，殷戈止道，"儿臣附带了一封信，将我澧国良将悉数推举于烨国，此回联盟定然能为我澧国带来益处。"

澧文帝接了那合约来看，甚为满意，笑道："还是你办事妥帖。等会儿祭祖，你跟在朕身侧，莫要站远了。”

殷戈止看了太子一眼，摇头道：“尊卑有序，儿臣会站在奉常大人安排的地方。”

“你就是太懂事了。”澧文帝呵呵一笑，起身就往外走，转过头的时候，方才还慈祥的脸阴鸷了一瞬。

殷戈止没瞧见，旁边的太子和皇后也没注意，只按礼数跟在后头，跨过门槛，起了仪驾，一起往宗庙而去。

外头文武百官都在等着，恭敬地拱手垂目，等皇室的仪仗过去了，便跟在后头走。

殷戈止不是没心眼，就算澧文帝的态度万分诚恳了，他也还是看了陈卫尉和郎中令一眼。卫尉掌握宫门护卫，郎中令掌握宫内禁卫，两人皆与他关系不错，若是皇帝有异动，他们都会知道。

然而，这两个人神色如常，与他对视，也没有什么特殊的反应。

殷戈止放了心，这才信了皇帝是真心悔悟。

宗庙祭祖，澧文帝很是虔诚，带着皇室众人行礼，气氛庄严肃穆。听奉常念祭词，众人表情凝重、声音悲切，叩首躬身分外到位，一串礼仪行完，顺顺利利的，什么事也没发生。

澧文帝扶着太子的手起身，下令道：“起驾龙台山，叩问先祖英灵。”

“起驾——”大太监尖着嗓子喊了一声。

殷戈止侧头，远远看了一眼北面。

观止应该已经接着了风月，等会儿与他安排的人接上头，便可一起进入龙台山。

收回目光，他跟在太子身后，规规矩矩地往外走。

后头一排排的禁卫开始换岗了，在宗庙门口护着皇室众人周全的禁卫依旧留在宗庙，方才在四周守着的禁卫此时井然有序地补上前，护送皇帝登上龙车。

风月微微抬头，便看见旁边有禁卫给了她一个眼神。她会意，捏紧了手里的长戟，跟着四周的禁卫整齐地迈着步子出宫。而另一边，有人穿着红艳艳的裙子，轻纱笼面，坐上了观止的马车。

龙台山是皇家禁地，不知皇陵是否在此，但除了皇室祭祖，其余时候是没人能上去的。山上树木郁郁葱葱，一看就是个福地。

山腰上修了宏伟壮观的庙宇，皇帝到此便下车，由太子扶着，往庙宇里头走。

这里是专门用来给皇室祭祖的，台子也修得很用心，三面天然岩石环绕，护祭祀之人周全。两级台阶上去，一根擎天柱上挂了澧国战旗，旗下设案，皇帝就在案后站立，禁卫密布三面，贴身保护。

阵仗拉开，由于先前一切都很顺利，众人的心情也算轻松，就算知道皇帝要念昭罪状，那也没什么大不了的，念完散了回家吃饭。

然而，就在皇帝就位，让人去传昭罪状之时，孝亲王突然开口："父皇。"

这声音在寂静的山林里很是吓人，澧文帝一抖，微微皱眉："何事？"

"还有一人未到，请父皇恩准她上前。"殷戈止拱手朝他行礼，声音清冷，响彻四方，"既然是昭罪，关家遗孤理应在场。"

此话一出，满场哗然。

关家遗孤可不就是前段时间一直在抓捕的关清越吗！这孝亲王好大的胆子，就算关家案子翻了，可那在逃的关清越岂是能堂而皇之地带到皇帝面前来的？！

澧文帝也吓了一跳，脸色很是难看，盯着殷戈止的眼神骤然冰冷，半点慈祥也没有了："好好的祭祖大典，你非要让父皇不安生？"

"未提前禀明父皇，只是顾虑她的周全。"殷戈止平静地道，"还望父皇恕罪。"

恕罪？澧文帝哼笑一声，完全没了之前宫里的顾虑，似嘲非嘲地道："朕封的孝亲王可真是孝顺啊，众位可听见了？"

百官躬身，不明所以。殷戈止微微皱眉，抬头看了他一眼。

澧文帝神色一顿，表情又缓和下来，道："既然人已经来了，那就带上来让朕看看吧。"

心里有点沉，殷戈止缓缓转身，看了旁边的随从一眼。

随从会意，躬身退下，没一会儿，观止便带着一个红衣女子踏上山道，款款而来。

澧文帝嘴角带嘲，睨着远处那抹红影，轻笑着道："关家女儿生得不错，怨不得有人念念不忘，还买通狱卒，放她逃出生天。"

后头的南平公主没听懂这话，只很是好奇地伸长脖子去看。旁边的封明却是脸色铁青，手握成拳。

百官皆侧目，方石铺就的山道上头，那女子慢步缓行，看样子还要一会儿才能上得来。

"沉璧。"澧文帝盯了一会儿就觉得没兴趣了，挥手让太子下去，只留了殷戈止一个人在身侧，低声道，"你一向聪明会算计，今日便来算算，这女子可会行刺于朕？"

身子僵了僵，殷戈止垂眸："父皇何出此言？"

"谁都知道关家的嫡女性子张扬，潇洒不羁，连当年的混世魔王封明都没能治住她。"澧文帝轻笑，"她满门为朕所灭，今日来此，当真只是想听朕忏悔吗？"

殷戈止心里沉得更厉害了，捏紧了手："有儿臣在，她行刺不了父皇。"

"有你在，父皇才更不放心啊！"澧文帝摇头看着他，"沉璧，你最近的所作所为已经严重威胁到了一个帝王的权力和地位。这样的情况之下，父皇哪里还敢信你？"

殷戈止瞳孔微缩，下意识地想后退，看着面前自家父皇这张脸，却生生止住了步子。

于是下一瞬，他的后腰上便被抵了一把刀子。

"就算是亲父子，父皇也得防着你。"眼里闪着精光，澧文帝面上带笑，下头的人瞧着，压根不知道发生了什么。

殷戈止微微侧头看了一眼身后，是宫里的禁卫。

"想不通是不是？"慈祥地笑了笑，澧文帝站在他身侧，丝毫不畏惧地凑到他耳畔低声道，"你以为陈卫尉是你的人，禁军便都听你的？这一队禁军可是朕培养出来的心腹，你若妄动，那带毒的刀子立马会刺穿你的身体。"

殷戈止眼里神色汹涌，有些不敢置信："父皇何以至此？"

“何以至此？”轻笑一声，澧文帝摇头，“傻孩子，你威胁到朕了，朕起码还要坐十几年甚至几十年的皇位呢，有你这样的皇子，逼着朕翻案，逼着朕道歉，朕难道还要容你下去吗？”

谁打皇帝的脸，皇帝就要谁的命。

殷戈止心口堵得厉害，无数情绪冲上脑袋，千言万语说不出，倒是低笑了一声：“所以，父皇是骗儿臣的，您压根就没想认错。”

“朕怎么会错呢？”嗤笑一声，澧文帝道，“关苍海党羽众多，朝中拥他之人更胜于朕！这样的人手握兵权，万一哪天起了歹心，朕的皇位怕是立刻就要换人来坐了。你说，朕杀了他，有什么错？”

党羽？殷戈止垂眸：“得道之人多助，失道之人寡助。拥护关将军的人未必能称之为党羽。”

澧文帝脸上的笑意缓缓消失：“你是在骂朕失道？殷沉璧，朕登基二十多年了，从来没有人敢像你这样放肆！”

“所以这二十多年，陛下未创盛世。”不称“父皇”，殷戈止的脸恢复了死一般的平静，“澧国之难，由您登基而始。”

澧文帝勃然大怒，差点一巴掌打过去。岂有此理，岂有此理！这孩子怎么敢这么说，怎么敢！

然而，手刚抬起来，他脑子里念头一闪，又放了下去，脸上重新挂上了笑：“想激怒朕，让朕先动手，好让他们觉得是朕昏庸？你不会得逞的！”

说罢，他转头看了一眼那快要走到跟前的红衣女子，微笑道：“朕会想法子让你先动手的，你这忤逆的罪名，是该定下了。”

与烨国合约已成，这里不是陈卫尉的管辖范围，没有殷戈止的势力，他要是死了，加个“意外摔落山崖”的故事，烨国那边也不会马上翻脸，倒是会启用殷沉璧推荐的其他人。

他的澧国活了，而殷沉璧，可以死了。

眼里掠过狠戾的光，澧文帝满脸笑意。

殷戈止沉默，眼珠微微动着，有些担忧地转头看向风月。

人走得近了，戴着面纱看不清脸，那一双水灵灵的眼睛倒是映入了他的眼帘。

待看清这人的眉目，殷戈止一愣，这哪里是关清越，分明是灵殊！

观止满头冷汗地站在灵殊身边，灵殊眼神镇定，没了原来的天真无辜，显得分外成熟冷静，上前便屈膝行礼：“民女关清越，拜见陛下！”

这是怎么回事？！

心口有那么一瞬间都没跳动了，殷戈止白了嘴唇，很是慌张地看了观止一眼。

观止打量了一下他的模样，脸色沉了沉，微微摇头：不用担心我们，您先想法子脱身啊！

他怎么脱身？抿了抿唇，殷戈止闭眼，要摆脱背后的毒匕首，他必定要用大招，动作大了惊动下头的百官，澧文帝直接喊一声抓刺客，把他当刺客抓起来，他更是连辩白的机会都没有就会被定罪。

姜还是老的辣啊，澧文帝是赌他不敢对他下手，所以这么大胆地站在他身侧。他也的确不能动手擒王，不然就真成忤逆了。

这怎么办？来的是灵殊，那关清越呢？

澧文帝心情很好，扫一眼面前这人，道：“说是拜见，怎么不行大礼呢？倒只是屈膝。”

灵殊抬头，笑着看了他背后一眼。

澧文帝心里一凉，突然觉得有哪里不对，连忙想转头。

然而，已经来不及了，他背后站着的禁卫突然也朝他后腰顶了一把匕首，接着就听见一个姑娘的声音低低地响起：“因为你不配啊，皇帝陛下。”

一阵刺骨的杀气从背后卷上来，澧文帝瞳孔一缩，下意识地就想喊护驾。

“别激动啊，陛下。”风月抓着他的腰带，将匕首抵得更紧了一些，低声笑道，“您这一叫，奴家可就要大喊‘恭迎太子殿下登基’，然后将这淬毒的匕首送进您身体里了。您猜猜，这样一来，您的江山会落在谁手里啊？”

倒吸一口凉气，澧文帝僵硬地扭着脖子转过头，看向旁边的殷戈止。

殷戈止黑了脸，没他想象中的高兴，倒是嘴唇不动，磨着牙小声斥责：“你不是说要留命给关苍海刻碑吗！”

她又骗他！

今日这祭祖大典，本以为自己安排她来就是唯一的意外了，毕竟他的眼线密布宫中和禁卫之中，没有人察觉到任何不妥，她怎么能……

等等。深吸一口气，殷戈止闭了闭眼，捏紧了拳头。

他又忘记了一个人，干将！

在这种大事面前，干将会帮谁？不，他谁都不会帮，所以知道任何事情都会瞒而不报，两边都不站。

他该怎么办？他能怎么办！今日澧文帝要是死在这里，关清越也绝对无法活着离开！

秋风呼啸，天上乌云密布，四周都阴暗下来。台子上挤满了护卫，三面都被岩石挡着，皇帝和皇子的背后有什么情况，只要禁卫不吭声，下头低着头的人便不会发现有问题。

很不幸，这一批所谓皇帝亲自培养的禁卫都是言清带着风月去见过的人，眼下出事，众人明哲保身，都没有妄动。

下头右首的皇后和太子面无表情，只觉得澧文帝对殷戈止尤为宠爱，甚至挥手让太子下台，也要让殷戈止站在他身侧。

好，好得很啊！

“父皇不是要念昭罪状吗？”听着突然没动静了，殷沉玦站出来，拱手道，“时辰不早了，请父皇示下！”

澧文帝扭头，拼命地想给他使眼色，奈何殷沉玦压根没抬头，也就看不见他的表情。

“昭……昭罪状。”脸色突然有点发白，皇帝捂了捂心口，喘着气道，“朕……朕念。”

殷戈止皱眉，稍微往皇帝的方向移了一步，哪知后头顶着他的匕首压根没松。

他微微一愣，接着便明白过来后头究竟是谁的人，怒极反笑，凌厉的眼神如箭一般直射风月，低声斥道：“松开！”

“不可能。”平静地吐出这三个字，风月咧嘴，顶着满脸的胡须朝他笑道，“就算是你的父皇也不可能。辛苦殿下铺了那么久的路，然而我关家的仇，只有用这样的方式才能报。”

殷戈止瞳孔里掀起惊涛骇浪，血丝从眼角一点点蔓延开来：“风月，别这样。”

沙哑的声音，在皇帝吞吞吐吐的念罪声之下，听得风月心尖缩成一团。

她也不想这样，谁想呢？可凭什么，凭什么要让这罪孽深重、死不悔改的老皇帝活下去？！凭什么他都能活，关苍海要死得那么惨？！她积累了那么久的愤怒和仇恨，哪是那么容易能放下的？！

这么多年的梦啊，梦里都是杀伐和鲜血！唯一一次美梦，梦见的是关家军骑着马唱着歌，走在凯旋的路上，朝着朝阳，好像回去就会烹羊宰牛，庆功贺胜。

可醒来呢？这样的梦醒来更难受啊！关苍海的脸、关清穆的脸、关家那么多笑着的脸，都再也看不见摸不着了！她老爹还没看见她出嫁，还没喝上最后一口留下来的女儿红，还没看见她成熟懂事的这一天，就蒙冤而死，暴尸荒野！

他的爹是人，她的爹就不是人吗？！

红了双眼，风月觉得喉咙疼得厉害，扭头不再看殷戈止，只听澧文帝念昭罪状。

匕首抵在腰后，澧文帝声音颤抖，却是不敢停，一字一句地念道：“……忠勇大将军关苍海，一生尽忠，却被小人所害，死于非命……朕偏听偏信，有违祖训，无颜见列祖列宗……着正关家之名，追谥关苍海‘忠勇仁义威武大将军’，修陵墓，福荫子孙……”

越念到后头，语气越微弱，众臣都觉得奇怪，离得最近的皇后和太子却跟没事人一样，压根没抬头。

殷戈止回神，突然觉得哪里不对，反手就捏了身后那人的手腕，翻手夺过匕首，皱眉问：“带外鞘了吗？”

背后的禁卫一愣，压根没反应过来呢，手里的匕首就没了，吓得慌忙回道：“带了，这上头有毒……”

“别废话了，拿来。”

风月听得正不耐烦呢，念太慢了，冷不防见殷戈止有了动作，忍不住浑身戒备起来，暗骂一声。

站在殷戈止背后都敢走神，脑子怎么长的？

说什么都没用了，殷戈止已经将那匕首无声无息地放进了袖口，看了澧文帝一眼，便走到他身边，大声问：“父皇的脸色怎么这么难看？”

这话与其说是在问澧文帝，不如说是在警告她。风月头皮一紧，恼恨地瞪他一眼，手上的匕首没松，立马就想往澧文帝的身上送。

然而，这人都在这么近的位置了，她注定不会得手。匕首被殷戈止反手缴了，连她袖子里的刀鞘都没放过，只一瞬间，东西统统到了他的袖袋里。

他分明一只手还扶着皇帝，眼睛都没看她，动作却行云流水般一气呵成，压根没给她反应的机会。

看来刚才不是他背后的人走神了，是她低估了这个人！

一股焦躁之气直冲脑门，风月怒极。哪怕是用手里的长戟惊动下头的人，她也一定不能让这狗皇帝活着走出龙台山！殷戈止若执意要护，哪怕同归于尽，她也必报这灭门之仇！

电光石火，一切变化都发生在这一瞬，她与殷戈止还在对峙，前头摇摇晃晃的澧文帝突然就倒了下去。

殷戈止分神在风月那边，提防着她的动作，一时没扶稳，就听得“哐咚”一声，龙冠落地，龙袍裹着人的身子，狠狠地砸在了石板铺好的台子上。

“父皇！”殷戈止大骇，躬身下去扶他，却见他印堂发黑，嘴唇发紫，整个脸惨白无比。

倒吸一口凉气，殷戈止愣怔地抬头，看了风月一眼。

风月皱眉，眼里也满是诧异。

不是她动的手！

“皇上！”

“陛下！”

下头的文武大臣被这意外惊呆了，石鸿唯冲在第一个，推着发呆的太子就上台去看。

殷戈止被他们推到了一边，皇后也哭着上来号：“陛下，陛下您怎么了呀！”

哭着哭着，她扭头就盯着殷戈止恨声问：“怎么回事？陛下好端端的，怎么会成这样了！”

怎么回事，他也想问怎么回事啊，风月的匕首在他手里，就算有毒，也绝对没让澧文帝沾着，为何成了这样？

“先传太医。”喉结几动，殷戈止回过神来，冷静地吩咐了一声，然而他的声音太沙哑，被一阵阵哀号淹没，没人听见。

“他还没死呢！先传太医！”殷戈止倏地就怒了，一脚踢开挡事的太监，急喝，“随行的太医呢！”

石皇后闷头就哭，悲痛欲绝，压根没理会他的话。

“太医呢？”南平挤不上去，也跟着喊，“不是安排了随行的太医吗？”

封明扭头就去找，然而找了一圈发现，此回来龙台山随行的人里压根就没有太医。

“这是要造反吗？”皱了眉，封明觉得不对劲，“随行的人员不是由石丞相一一清查过吗？怎么可能没有太医？”

然而，他话音未落，就听得石鸿唯一声长哭：“陛下——驾崩了——”

一瞬间所有人都跪了下去，南平不敢置信地睁大眼，殷戈止脸色分外难看地盯着殷沉玦。

殷沉玦离他最近，整个身子微微发抖，张口大哭着，看起来像是悲愤不已。

然而，这事发生得实在太过突然，一时之间，殷戈止压根不觉得悲伤，倒是跟着跪下来，声音平静地问太子：“为什么不传太医？为什么我要出去，你非挡着我？”

缩了缩脖子，殷沉玦很是畏惧地看他一眼，没吭声。

再抬头看一眼前头哭得撕心裂肺的皇后，殷戈止想了想，垂了眸子。

澧文帝当真是驾崩了，躺在祭台冰冷的地面上，脸色发青，身体渐渐冰冷。

风月睁大了眼，一瞬间只觉得眼前发白，无数情绪在胸口冲撞，逼得她差点吐血。

旁边有人拉了她一把，让她跪趴在了地上。

愣怔地盯着那尸体，风月轻轻摇头，很是不明白。

他怎么死了呢？他怎么能就这么死了呢！这一定是梦。这几年来，她每一天都在想手刃仇人，今日就差一步，仇人却自己死了？一定是老天爷在跟她开玩笑！

“轰隆——”雷声突然大作，豆大的雨点顷刻间便浇淋下来。

百官哭号，皇后悲泣，整个龙台山顿时笼罩在浓浓的哀伤之中。

雨水淋湿了人的衣裳，本就厚重的兵甲更加沉了，几乎要将风月压死在地上。她的眼睛眨也没眨，看着澧文帝那张脸，恍惚间觉得身子很轻，轻飘飘的，像是要飞上天了一样。

又一声炸雷在头上响起，殷戈止侧头，就见那熟悉的影子在雨水里缓缓倒了下去。

兵甲碰地的声音很是沉重，溅起些水花，落在了澧文帝的龙袍上。

昏迷了好啊，昏迷了就不会看见接下来的杀戮了。

第十章

帝王的末路

愣怔片刻，殷戈止心里一松，伸手便将那穿着禁卫衣裳的人抱了起来，递给了观止和灵殊。

灵殊眉头紧皱，转身之间飞快地说了一句：“王爷的命令已经传下去了。”说罢，红衣一转，跟观止一起，想趁乱带走风月。

“站住！”雨幕之中，石丞相倏地站了起来，指着他们便道，“不能放走了杀害陛下的凶手！”

四下之人骇然，刚刚还哭得很伤心的皇后和太子也纷纷起身，仪驾后头跟着的护卫瞬间将寺庙团团围住。

雨水顺着脸颊往下流，殷戈止轻轻抬手，抹了把脸，脱了绣着三爪龙纹的银袍，轻轻将澧文帝的脸盖住，而后抬头，看着石鸿唯问：“丞相说，谁是杀害父皇的凶手？”

石鸿唯劈手指向着红衣的“关清越”，怒道：“只有关家余孽有杀害陛下的动机！在场的都是皇亲国戚，是皇上最器重信任之人，只这女子是被王爷强行带来的！现在皇上被谋害，王爷必须给咱们一个交代！”

“对，给百官交代，给天下人交代！”太子一派的人顿时纷纷响应。

扫了这些人一眼，殷戈止摇了摇头：“关清越离父皇五步之远，绝无杀害父皇的可能。”

“五步怎么了？”皇后怒道，“五步之外，难道就不能用暗器吗？”

“能。”殷戈止冷笑，“可要在我面前用暗器，还让我丝毫察觉不到，是不可能的。”

众人都是一愣，皇后皱眉便叱：“这还用说吗？人是你带来的，定然是受你指使，要谋害陛下！”

雷声远了，殷戈止的动作不再僵硬，眼神也瞬间凌厉起来：“本王指使？敢问皇后娘娘，本王为何要杀父皇？莫说本王不会做有违伦常之事，就算是本王失了理智要夺位，那岂不是该连太子一起杀？否则名不正言不顺，这皇位也不会落在本王身上！”

皇后哑然，目光偏向地上，左右动了动。

见皇后没话说了，石鸿唯便皱眉道：“天下谁人不知殷沉璧足智多谋？既然敢谋害圣上，定然是将后头的事情都算计好了的！要是老夫没想错，接下来王爷怕就是要说皇上是被太子所害，太子想篡位！”

果然是学问有大成的石丞相啊，瞧这话说的，瞬间就将殷戈止的后路堵死，叫他想指认太子都不成。

殷戈止的脸色有些难看，垂眸微微思忖。

这样的局势对他而言很不利，毕竟刚刚离澧文帝最近的恰好是他与“关清越”。眼下皇后、丞相皆是太子一派，针锋相对，他得找个突破口才行，不能贸然开口。

见他不吭声了，石鸿唯大喜，哼了一声，抹了把雨水就想再说。

却不料，旁边突然跳了个人出来。

“石丞相既然这么说了，那我就当真要问了！”向来不管不顾的封明站了起来，开口便大声道，“敢问太子殿下，是否因为大皇子归国封亲王、得金印，觉得自己东宫之位岌岌可危，便想谋害圣上，以求趁着太子之位还在之时，早些登基？”

殷沉玦闻言色变，垂头不敢吭声。

皇后大怒："封明你大胆！没有证据，怎敢如此揣测太子！"

"没有证据就不能揣测吗？"封明笑了，"那敢问石丞相手里的证据是什么？能如此揣测手握金印的孝亲王！"

石鸿唯一愣，眼神沉了沉："封大将军真不愧是当年帮着关清越越狱之人，瞧这话，字字句句都是偏帮乱臣贼子的！"

"铮"的一声，有长剑破雨划来，带着清冽的水气，停在石鸿唯的脖颈间。

石鸿唯一愣，讶然回头，就见殷戈止面无表情地捏着剑柄，沉声道："父皇驾崩之前已经将昭罪状念完，说关家无罪。现在父皇尸骨未寒，丞相若是再敢在父皇面前唤被平反之人为'乱臣贼子'，就莫怪本王送您下去陪着父皇！"

带着内力的声音穿透雨幕，响彻半个龙台山，震得下头跪着的大臣们心里一紧。

石鸿唯微微皱眉，僵硬着身子道："王爷若是想杀老臣，直接动手便是，何苦找这么冠冕堂皇的借口。"

"冠冕堂皇的借口？"殷戈止转眼，问了下头一句，"有谁熟读大澧律法？"

武泽跪了出来，拱手道："微臣熟读！"

"那就将大澧律法第三条念给丞相听听。"

武泽拱手，一字一句地念："国以君为尊，以先祖先帝为至上之尊，但凡有冒犯者，悖其训诫，抑或不遵其旨意，上至皇亲，下至黎民，皆处以斩首之刑！"

字字铿锵，听得石鸿唯脸色一白，立马改了口："臣失言！"

皇后看得焦急，跺脚道："有话好好说，先将这剑放了！陛下还在此，怎能动兵器！"

殷戈止颔首，扔了剑，负手道："圣上驾崩，关系重大，既然大家都觉得父皇是被谋杀，那在场的人一个也别走。本王已经让人去传太医和仵作，稍后，相信会有真相。"

殷沉玦有点慌了，皱眉道："这么大的雨，难不成大家都这样淋着？"

“好说。”抬手指了指后头的庙宇，殷戈止道，“可以去里头躲避。”说罢，躬身下去将澧文帝的尸体捞起来，带头就往那边走。

众人纷纷行礼，太子却是吓得跳到了一边，畏畏缩缩地看着，跟在皇后身边往前走。

这等形状，在场的人都看在眼里。朝中不乏立场中正之人，见此场景，心里都有了计较。

皇后觉得不安，轻轻拉了拉石鸿唯的袖子。

石鸿唯眯眼，看了看四周围着的护卫，突然道：“文武百官毕竟是外人，此庙宇有两层，一层就留给陛下和皇室各位主子，其余人上楼去吧。”

封明皱眉：“为何？都在一起也没什么不妥。”

“封将军年纪轻，很多殡葬的规矩想来是不清楚的。”石鸿唯冷笑，“陛下刚刚驾崩，身边只能留亲近有血缘之人，闲杂人等都该回避。”

“那也该让龙体在高处，岂有让臣子上楼的道理？”

“龙体不宜搬上搬下！”一拂衣袖，石鸿唯怒道，“此中规矩，封将军还是莫插手的好！”

旁边的大臣推推挤挤地开始往楼上走，不少护卫跟着上去，殷戈止冷眼瞧着，这些人等会儿怕是想下来也不成了。

轻笑一声，他安静地等着，等着四周只剩下皇室中人和石鸿唯，才开口道：“石丞相不打算上去？”

“老夫还有话想同王爷说。”石鸿唯眼神幽深，一挥手，外头的护卫便悄无声息地进来，将在场的二十余皇室之人统统围住。

“丞相这是做什么？”有皇子慌张地问。

气氛顿时紧张起来，除了南平尚沉浸在皇帝驾崩的悲伤之中，其余人的脸色都不太好看。

殷戈止转头，伸手将观止和灵殊以及那昏迷不醒的人一并护在身后，然后才不紧不慢地看向石鸿唯：“丞相但说无妨。”

“陛下是为谁所害，你我心里都清楚。”石丞相一脸严肃，拱手道，“谁都忌惮王爷的无双武艺和深沉心计，就连陛下也不例外。如今陛下驾崩，太子无依，老夫实在担心王爷会谋朝篡位，故而想送王爷一程。”

风从外头卷进来，吹得殷戈止墨发微扬，他抿唇，淡淡地开口道：“父皇是死在谁手里，本王心里很清楚，现在就等一个证据，便可报这杀父之仇。丞相若是想在证据到来之前对本王下手，那就别怪本王不客气了。”

一听这话，石鸿唯轻笑：“不客气？王爷打算怎么不客气？为防有人造反，老夫可是特意调了五百精兵守住此处。王爷纵是有通天的本事，又能如何？”

像是配合他的话一般，四周站着的护卫纷纷刀剑出鞘，寒光凛凛，吓得其余人纷纷低呼。

然而，殷戈止脸上依旧没什么表情，身上只着贴身长袍却半分不显单薄，反而瞧着令人生畏。

“多年前的关苍海就是因为不善言辞，不会反抗，所以连冤也没能为自己喊一声。”殷戈止轻叹一口气，目光扫过殷沉玦，扫过石皇后，最后落在石鸿唯的身上，低声道，“多年之后的今日，本王不会让悲剧重演。谁该死，谁才死。不该死的，你们别想动一根毫毛！”

“喝！”他话音一落，外头骤然响起一阵如雷般的士兵喝声，像是响应他一般，声音之大，回响于整个山林，久久不散。

石鸿唯没反应过来，往外走了两步，伸头看了看。

“启禀主子。”观止这时候才开口，“救援令已经传达至澧都，澧都护城军和禁军共计三千余人正在赶来，一千护城军已经集结在庙宇四周，确保皇室宗亲们的周全！”

此话一出，皇亲国戚们纷纷松了口气，石鸿唯却不敢置信地回头，看向殷戈止。

目光平静地与他对上，殷戈止薄唇轻启：“本王打仗从来先布援军，石丞相工夫没下够，看来今日要大败而归了。”

怎么可能！石鸿唯呆呆地摇头：“澧都之中无异动，你怎么会提前布了援军？”

“澧都的确无异动。”外头有人进来，雨水顺着盔甲往下流，水花四溅，铁甲铿锵，声若洪钟，“但王爷救援令一出，禁军和护城军责无旁贷！”

石鸿唯皱眉，待看清这人的面容，脸色就沉了沉：“廉统领。”

廉恒取了头盔，先朝殷戈止行礼，而后皱眉道：“廉恒负着保卫澧都之责，更要责护皇室宗亲周全。石丞相私自调兵围堵龙台山，敢问意欲何为？”

石鸿唯不吭声了，眼珠子有些焦急地转动着，像是在想对策。

皇后着急了，娇声开口：“皇上驾崩，此处若论身份地位，也当以本宫为尊，什么时候轮到亲王和臣子大呼小叫了？”

“父皇生前有旨，后宫不得干政。”封明拱手道，“恕臣直言，娘娘听则矣，勿妄言。”

“你！”石皇后横眼过去，盯着封明便骂，“我皇室之事，什么时候轮到你来插手了？！”

“娘娘。”挑了挑眉，封明道，“微臣是南平公主的驸马。”

他也是皇室中人啊，为何插不得手？

石皇后脸色一青，还想再说呢，就听得外头一声高喊：“太医来了——”

众人心里都是一跳，石鸿唯回神，二话不说就伸手将太医和后头的仵作拦住，怒喝道：“大胆！陛下已经驾崩，仙体岂可由人肆意探查！”

“石丞相，”殷戈止淡淡地开口，“你是怕人查出来，父皇是中慢性毒而死的吗？”

身子僵了僵，石鸿唯哼笑：“老夫为何要怕？是慢性毒又如何？”

“若是慢性毒，就与本王和关清越无关了。”殷戈止抬眼，盯着旁边的殷沉玦道，“慢性毒发作迟缓，且服食量要大，只有长期待在父皇身边的人才有机会下。”

一直待在皇帝身边的，那就是宫里的人了。恰好这段时间皇帝龙体有恙，一直是皇后在侍药。

石皇后的脸色有点发白，殷沉玦更是慌张，额头上全是冷汗。

“说起来我也觉得奇怪。”封明耸肩，朗声开口，“方才陛下突然倒地，气息尚存，王爷让寻太医，我四处都找了，却压根没看见太医的影子。按照规矩，陛下出行一般都要太医随侍。敢问石丞相，您安排的随行众人之中，为何没有太医？是不是知道陛下要出事，故意不让太医相救？”

宗亲们哗然，皇后和太子身边站着的人瞬间就退了开去。

石鸿唯沉默。

他本来觉得今天的计划天衣无缝，皇帝早上吃了最后一服药，是在他的算计之中驾崩的，他顺势就可以将罪名扣在殷沉璧的头上，然后送太子登基。

一切都是水到渠成啊，可怎么就变成现在这样的情形了呢？

怪殷沉璧和封明巧舌如簧吗？还是该怪廉恒来得太快？抑或是该怪他能调动的兵力不足，无法与殷沉璧打个你死我活？

都怪！什么都怪！这些事情压根就不在他能想到的范围之内。若是殷沉璧和封明不说话，他现在已经撺掇百官将殷沉璧的罪名坐实了！若是廉恒不来，这五百士兵足以将殷沉璧就地正法！若是他还能调动兵力，他现在也还有翻身的机会……

然而，说什么都晚了，这一仗，他败了。

石鸿唯有些狼狈地抓着太医的衣裳不想让他过去，奈何那老太医力气颇大，加上旁边的封明拽他，没一会儿老太医就挣脱了钳制，上前查看皇帝的遗体。

所有宗亲转身回避，殷沉玦颤巍巍地抓着自己母后的衣角，低声喊："母后……"

石皇后神色惊慌，抓紧他示意别出声，脑子里一片空白。

不知道过了多久，身后的仵作和太医重新将那三爪龙纹的银袍盖在澧文帝的脸上，然后拱手朝众人行礼："陛下乃中毒而亡，此毒已深入肺腑，服食量较大，且服食时间较长，导致龙体内脏日益衰竭……微臣先前问诊于陛下，只觉陛下龙体虚弱，但问饮食，并无不妥，也没敢往毒药上头想，如今一看……是微臣失职！"

南平听着，终于回过了神，双眼通红地看向石氏："皇后娘娘！"

被这一声呵斥吓得抖了抖，石皇后连连后退，摇头道："不关本宫的事！"

现在狡辩还有用吗？没有！南平有些失控地尖叫一声，猛地就扑向皇后，礼数都不顾了，哭着就打她："你还我父皇命来！"

殷沉玦想上前，刚动一步，咽喉上就多了一只手。

“弑君为不忠。”殷戈止的声音如鬼魅一般在他背后响起，“弑父为不孝。”

殷沉玦吓得腿一软，连连摇头，劈手就指向石鸿唯：“都是丞相的主意啊，与我和母后没有关系的！是他说父皇死了我就可以早些继位，我……我是被逼的！”

石鸿唯脸色铁青，张口骂道：“扶不起的阿斗！”

他们本还可以抵死不认的，谁知道这个不中用的太子竟然先把他卖了！

石鸿唯气得眼前发白，左右看了看，猛地伸手将正在与皇后厮打的南平公主抓了过来，两指扣着她的咽喉，红了眼怒喝：“都别动！”

封明正制着皇后，殷戈止捏着太子，两个人都没能反应过来，南平就已经被石鸿唯捏着，退到了一边。

“石丞相！”廉恒低喝，“您这是要造反吗？”

“造反？”石鸿唯哈哈大笑，咬牙切齿地道，“都走到这一步了，造反又如何，不造反又如何？反正不会有好下场了。”

“哥哥……”石皇后脸色惨白，浑身颤抖起来。

如释重负地出了口气，石鸿唯看向殷戈止：“王爷是赢了，赢得挺漂亮，你的人多，完全可以将我们处死在这里。太子没了，你便能顺利登基。好啊，好得很！”

殷戈止面无表情地看着他，没吭声，像是在等他把话说完。

外头雨声更大，气氛万分压抑，女眷已经嘤嘤哭了起来，宗亲们都躲在廉恒身后，恐惧地看着那一方的对峙。

石鸿唯转头看向旁边放着的澧文帝遗体，嗤笑：“自封的千古明君，死得这么惨，倒也是前无古人。”

“石丞相。”他挟持着的南平咬着牙开口，“父皇待你不薄，你怎能在他英灵未安之时，说这种大逆不道的话？”

“英灵？”一听这词石鸿唯就笑了，“宫里长大的公主就是好啊，什么都不知道，当真以为您的父皇是个明君吗？他要是明君，就不会坑杀民间学者，不会任用奸臣小人，不会逼得忠臣良将走投无路，纷纷弃官！”

南平愣怔，眼睛睁得大大的，有些茫然地看向自己的皇兄。

殷戈止皱眉："石丞相，慎言。"

"澧文帝还活着的时候，我就够慎言的了。"嗤笑一声，石鸿唯咬牙，"初入仕途，老夫何尝不是一心报国？可他呢？提拔赵旭也不肯提拔老夫！赵旭那种窝囊废，能有什么大用处？咱们皇帝可不看别的，就看字，字写得好，就有官当！王爷知道老夫这丞相之位是怎么来的吗？哈哈，练了两年的字，写了一封歌颂陛下的陈情表，加上当时贵妃的美言，换来的！您说，这样的皇帝该死不该死啊？朝里没剩几个走正道的好官，不都是他逼的吗？我给他下毒，有什么错？"

殷戈止沉默，南平倒吸了几口凉气，呆呆地睁着眼听着，一时哭都哭不出来了。

"我石家人走到现在这一步，谈何容易？"石鸿唯笑得眼泪直流，摇头道，"当官这么多年，我从来不敢行差踏错，朝中的石家人与我来往都不多，生怕皇帝觉得我结党营私，威胁了他的皇权。可如今这多年的筹划都毁了，毁在你的手里！你的手里！"

石鸿唯愤怒地看向殷戈止，有些疯狂地道："你不让我活，那你最心爱的皇妹也一并跟我去死吧！"

最后几个字嘶吼得破了音，石鸿唯神色狰狞，手上青筋暴起。南平顿时被他掐得脸色发白，痛苦地挣扎。

殷戈止瞳孔微缩，暴怒地掐着殷沉玦问："你连太子的性命也不顾了？！"

"我的命都难保，还管别人？"低低地笑了一声，石鸿唯一用力就打算送南平上西天。

然而，就在此刻，一把长刀倏地带着寒气从背后而来，狠狠地砍在他的后颈上。

四周的空气好像突然凝固在了这一瞬，石鸿唯手上一松，有些傻眼，想转头往背后看看，却怕一转自己的脑袋就没了。

他没反应过来，呆呆地转着眼珠子想，怎么会呢？谁反应这么快，会在这个时候来杀他？殷戈止和封明都在对面站着啊……

后颈上的刀被人拔了，鲜血四溅，石鸿唯缓缓朝后倒去，眼睛睁得很大，很是想不明白。

视线翻转，他看见了庙宇那画了壁画的穹顶，再往后翻，便看见一张满是络腮胡须的脸。

这张脸他见过啊，当时抓关清越的时候，他在街上跟着廉恒盘查百姓，盘查得可认真了，是个护城军。

哎……这个护城军为什么将胡子都扯了呢？为什么又举起了刀，狠狠朝他的身上砍过来？

刀落下来的时候，那人还喊着什么，喊着什么呢？

"你这个杀人凶手！！"抹了胡须的风月跟疯了似的，举着刀就往石鸿唯身上砍，刀刀见血，声嘶力竭，"你竟然杀了澧文帝！你竟然敢杀了澧文帝！！"

南平跌倒在地上，咳嗽着刚缓过气，就又被这血腥的场景吓傻了。

观止和灵殊也没想到风月会突然醒过来，而且反应比谁都快，一听石鸿唯说是他下的毒，伸手就抢了旁边护卫手里的刀，朝着石鸿唯砍了过去。

不得不说，在这种情况之下，她这举动很快速有效地救了南平公主一命，换作任何一个士兵，都不一定有这么大的胆子敢直接砍杀当朝丞相。

风月敢，不仅敢砍，还想当场将他碎尸万段！

石鸿唯呆住了，连刀落在自己身上都不觉得疼，慢慢地打量着这穿着护卫衣裳的人，突然就认出了这张脸。

"关……关……"

"关你祖坟冒青烟！"双手捏着刀柄，风月眼睛血红，站在他旁边，狠狠举起了刀，想一刀插进他胸腔。

然而，背后有人飞身过来，伸手便握住了她的手腕。

"石丞相。"殷戈止的声音在旁边响起，平静地道，"打仗最忌操之过急，过早给自己定了胜负，便会军心溃散，自取灭亡。其实刚刚就算太子指证，本王也不会当场取你们性命。等回澧都再审，太子完全可以说是因为被本王挟持所以胡说的，你石家要获罪，也还有挣扎的余地。可惜你失了理智，挟持公主，对罪名供认不讳。有这么多皇室宗亲在场为证，你石家上下一个也逃不掉。”

一听这话，石鸿唯的眼珠子都要瞪出来了，咬牙切齿地看着殷戈止，恨意迸发如山洪，仿佛下一秒就要跳起来将他咬死。

然而，说完这话，殷戈止就收了手，犹自在用力的风月只觉得手腕一轻，握着的刀就狠狠插进了石鸿唯的心口。

一瞬间，风月觉得自己心里积郁难泄的洪水找到了豁口，终于倾泻了一点。

但，也只是一点而已！

她扭头，眼神有点恐怖地看向殷沉玦和皇后。

“风月。”瞧着场面要控制不住，殷戈止连忙低喊她一声，伸手抓住了她的手腕。

殷沉玦被石鸿唯的死震得没回过神，但皇后到底是见过大世面的人，很快就反应了过来，看着风月道：“你是什么人，竟如此大胆！”

余光瞧着这人即将骂出声，殷戈止一把就捂住了她的嘴，面色镇定地道：“此人为救公主，诛杀叛臣，回去是当赏的。只是她太过忠于陛下，听丞相认罪，有些无法自控……封将军，先将这人带出去。”

“是。”封明立马跳了过来，朝风月微微摇头，一只手捏住她两只手腕，捂着她的嘴就将她往外头带。

风月气疯了，张口就咬，伸脚就踹。你才忠于狗皇帝呢！你全家都忠于狗皇帝！

封明皱眉，任由她咬着踢着，愣是将她钳制住了，蹿出门，躲到旁边的屋檐下头。

“别闹。”喉咙有点紧，封明将她抵在墙上，认真地道，“殷戈止会让他们不得好死的，你如果冲动就会白白丢了性命。”

摇头甩开他的手，风月眼里的神色近乎绝望，声音也嘶哑得不像话：“我本来就没想活着！这么多年了，这么多年了！我就等着今日来取狗皇帝的性命，结果他却死在了别人手里！你要我怎么不冲动？我现在就想把里头姓殷的全砍了，让他们也尝尝什么叫满门抄斩！”说着，便开始挣扎，想挣脱他的双手。

“月儿。”封明垂眸，手上力道没松，语气却软了，“我知道你恨，可你进去也杀不了那么多的人。更何况，殷氏皇族其他的人并没有大罪过，你这样做与澧文帝有什么区别？”

冷笑一声，风月抬头看着他，咬牙切齿地道：“我跟他没区别怎么了？我就算跟他一样丧心病狂又怎么了？没人规定我必须是个好人啊！好人多惨啊，被人杀了全家还必须顾及仁义道德不能杀仇人全家，凭什么啊？都当坏人好了，坏人才痛快呢，活得还久！”

“清越！”封明急了，“他有今日这般下场，就是因为作恶太多，你也想像他一样不得好死？！”

“对！”认真地点头，风月道，“我就是想不得好死，怎么了！”

双目对上，一方歇斯底里，一方心疼不已。

“我舍不得。”垂了眸子，封明捏着她的手腕哑声道，“我舍不得你死。”

风月一僵，皱眉看着他。

两人之间突然就只剩了雨声，淅淅沥沥的。

半晌，大概是想起自己如今的身份了，封明苦笑，盯着地面继续道：“尹将军也舍不得你，罗副将也舍不得你，还有史冲、秋夫人、灵殊……那满院子的人都是陪你一起走到现在的，你死了，他们怎么办？还有殷戈止。”

抬头从雕花窗户的间隙里远远看过去，封明低笑：“别看他总是一副很厉害的样子，我总觉得，你要是死了，他会崩溃的。”

呆呆地跟着他扭头，风月看见了窗户上精致的鹤舞雕花，从仙鹤的翅膀下看过去，殷戈止立于人群之中，神色自若，目光凌厉，正朝着太子和皇后说着什么。旁边的宗亲们纷纷点头应和，廉恒一挥手，外头的护城军便涌了进去，将皇后和太子扣押住。同时，二楼上被监禁着的大臣们也得救了，纷纷下来看情况。

石鸿唯死了，在场皇亲皆可作证太子和石家谋害澧文帝欲提早登基，文武百官骇然，大殿里瞬间一片嘈杂之声。

那么吵闹的地方，殷戈止却一身白衣遗世独立，仿佛什么都惊扰不了他，只在人群汹涌的时候，护了一下观止和灵殊。

的确是不用她操心吧，太子和皇后肯定不会有好下场，但她的仇已经永远也报不了了。

喉咙一甜，风月微微弯腰，终于还是一口血吐了出来。艳红的颜色溅在地上，染了封明的衣角。

“月儿！”封明瞳孔紧缩，立马朝里头喊了一声，“太医！”

里头的人争论不休，嘈杂之中，没人听见外头的声音，看似在走神的殷戈止却神色一紧，转头便拉着太医出来了。

看着那朝这边大步走来的人，封明一愣，低头看了看怀里已经闭眼的风月，微微叹息了一声。

难得殷大殿下脸上露出那般神情，她却没能看见，多可惜啊。要是看见了，说不定她会心软一点点，放过殷沉璧，也放过她自己。

庙宇里的大臣挨个出门上车，在护城军的护送之下回了澧都。澧文帝的遗体被放进了龙车，南平表情复杂地坐上去守着，要启程之时，看了看外头的殷戈止，问：“皇兄，你不一起走吗？”

“我稍后就到，你们先回去。”背上背了个人，殷戈止却站得笔直，平静地摇了摇头。

南平皱眉，有些疑惑地瞧了两眼，却还是放下了车帘。封明上马，跟在车旁，拉着缰绳没再回头，一夹马腹，便领着车队缓缓上路。

“王爷。”灵殊提着裙子过来，仰头看着殷戈止道，“这姿势对主子不太好，您还是将她放在马车上吧——我们来的时候的那辆马车还在旁边停着。”

深深地看了这小丫头一眼，殷戈止微微皱眉，突然觉得她的模样有点眼熟——背脊挺直，面目严肃。

他迟疑地点头，跟着观止往马车的方向走，余光看着灵殊，忍不住开口问了一句：“你到底是什么人？”

灵殊一顿，扭头笑得天真无邪："王爷这话问得奇怪，奴婢是主子的贴身丫鬟，从三年前开始就是了。"

"你平时不是这个模样的。"微微皱眉，殷戈止道，"伪装了这么久，有何目的？"

灵殊歪了歪脑袋，摇头道："王爷想太多了，奴婢的命是主子救的，这一辈子没什么大志气，就是想以后给主子养老，让她有好日子过而已，别无他求。"

马车到了，殷戈止将风月放下来，小心翼翼地抱进去，然后冷眼看着灵殊道："跟我绕弯子没什么意思，不如提前说清楚，省得我用手段。"

见识过他手段的小丫头吓得缩了缩肩膀，跟着进了马车，撇嘴道："奴婢还是个小孩子呢，王爷也这么提防？"

"你今日的表现可半分不像一个孩子。"殷戈止眯眼，眼里隐隐有了戒备，甚至伸手将躺在自己腿上的风月护住了。

灵殊抿唇，耸肩道："平常主子做的事情，奴婢都知道，只是没放在心上，只顾着吃东西了，让您觉得奴婢呆傻。今日突然机灵起来，您不习惯。但奴婢不会做坏事，倒是想送王爷一个礼物。"

"礼物？"殷戈止皱眉，疑惑地看着灵殊。

灵殊眨眼，叹息着道："主子在梦回楼的时候是时常喝避子汤的，那是青楼姑娘惯常要喝的东西，奴婢也就一直帮她准备着，每每都端给她喝。"

心里沉了沉，殷戈止闭眼："她这是不想与我有瓜葛。"

"是啊。"毫不留情地点头，灵殊道，"奴婢虽然不知道您与主子之间发生过什么，但奴婢看得出来，主子对您很不一样，却也不像是全心全意喜欢您。"

这个问题灵殊一直没问主子，直到后来回到澧国，默默地听了不少秘密，东拼西凑起来，才总算知道这两人之间是怎么回事。

主子是关家遗孤，王爷却是间接害了关家满门的人。他们可能曾经相爱过，但现在立场不同，难相厮守。也就是说，大仇一报，主子连活下去的理由都没有了。

“奴婢只是不想让主子死。”灵殊撇撇嘴，揉了揉有些发酸的鼻子，语气低落了些，“她分明说要等着我以后赚钱孝顺她的，可瞧这些行径，压根没想等到我长大……她是个骗子，只管自己报仇。”

她呢？她以后要买绿豆糕给谁吃？

心尖微微一疼，殷戈止垂眸，眼神陡然黯淡下来。

可不就是个骗子吗？还说要留着命给关苍海刻碑，却是早就算好了要与澧文帝同归于尽。差点，当真是只差一点，他就要掉进那无边的地狱，永不超生了。

“所以，”灵殊停顿了片刻，挺了挺背脊，一脸小孩子赌气的模样，咬牙道，“从踏进澧国开始，主子要喝的避子汤统统被我换成了补身子的药！”

正沉浸在悲伤里的殷戈止一愣，像是没听懂，有点茫然地抬头看着面前的小丫头。

抬了抬下巴，灵殊道：“奴婢想让主子怀个孩子，算是给王爷的礼物，也能支撑着主子继续活下去。不管怎么样，奴婢希望王爷能加把劲，拿走这份礼物！”

外头驾车的观止一个没坐稳，差点从车辕上掉下去。马车震了震，殷戈止呆愣地将风月搂紧。

“奴婢问过大夫了，”灵殊半点没开玩笑的神色，很认真地道，“大夫说月信前半个月左右最易成胎，主子的月信在月底，也就是说，月中前后，无论王爷用什么手段，请务必将主子……”

“月中吗？”殷戈止打断她的话，眼里有光闪了闪，突然问，“方才那太医给她把脉，是怎么说的？”

灵殊一愣，低头想了想，道：“说这个小兵看起来是急火攻心，伤了肺腑，脉象紊乱，需要好生调养。”

“他当她是男儿，所以说脉象紊乱。”一向镇定的殷大皇子突然就乱了章法，抱着风月竟然想站起来。

结果可想而知，马车顶不够高，但够结实，有脑袋撞上去，那也是“咚”的一声响。

灵殊愕然，看着殷戈止慌乱的模样，突然反应了过来，也跟着慌乱，扯开车帘就喊："观止大人，快，找太医！"

观止道："太医跟着那边的仪仗从官道回宫了啊。"

"那你就快点驾车！"殷戈止低喝，"越快越好！"

灵殊立马补充："别太颠簸！"

观止：谁来教教他，怎么样驾车才会又快又不颠簸？这可是山路啊！

可能是被车厢里的两个人的情绪感染了，观止憋了一口气，选了最平的路，一路狂奔回了王府。

王府门口堵着不少大臣，都是听闻了消息赶过来想与殷戈止议事的。然而，好不容易看见了王府的马车，车上的人下来却压根没看他们一眼，抱起个穿着盔甲的士兵，直接冲了进去。

"王爷！王爷！"

外头惊呼声不断，殷戈止压根没理会，将人抱进主屋，关上门亲手给更了衣，然后才放了灵殊进来。

灵殊麻利地给风月打水擦脸，又理了理头发。在等观止请大夫来的空隙里，灵殊顺便去将自己身上的衣裳换了。

大夫来把脉，本来气定神闲的，结果被王爷和旁边的丫鬟盯得紧张不已，手都抖了。

"这……这位姑娘看起来是体虚，似乎有些滑脉，但不明显。"仔细把了半晌，大夫才敢开口道，"先吃点补身子的药，再过一段时间才好确诊。"

殷戈止皱眉，什么是滑脉？他对医术之事没有半点涉猎，完全听不明白。

灵殊听明白了，喜上眉梢，推了观止去跟着大夫抓药，然后关上门便道："滑脉是喜脉啊！脉来流利，如盘走珠！但大夫说不明显的话，就是月份小了，还不太能确定，再养上几日，方能下定论！"

殷戈止被她这一串连珠带炮的话轰得反应迟缓，眯眼："也就是说，不能确定她现在到底有没有身子，只是有可能？"

刚刚还笑着的脸瞬间被这句话打垮了，灵殊不高兴地道："您就不能说点好听的吗？”

“无妨。”殷戈止摇摇头，眼神坚定起来，伸手抚上风月的肚子，认真地道，“就算现在还没有，我也能让她怀上。”

“……”

这话说得可真够不要脸的！灵殊捂脸，想想他也是为自家主子好，暂时就不计较了。

风月犹自沉睡，看起来是当真累了。大杂院里的一群人都在外头守着，十几个脑袋凑在一起，听灵殊嘀嘀咕咕地说着话。

“澧文帝已经驾崩，关家也沉冤得雪，少主已经没别的事可以做了。”秋夫人叹息，“灵殊丫头说得有道理，咱们得劝着少主，看着她，不能让她想不开。”

“要想得开也难啊。”罗昊抿唇，“她什么都没了。”

“瞎说！”灵殊瞪他，“不是还有我们呢！”

“是啊。”尹衍忠点头，“少主已经背着血海深仇三年多了，也该让她放下来，好好过自己的日子。”

众人纷纷应和。

可是，他们是这样想，风月却好像不打算配合，这一觉睡下去，一直没醒不说，到了晚上还发起了高热，嘴里呓语不断，任凭旁边的人怎么喊也醒不过来。

“老爹……”

“风月。”

“澧文帝不能死……”

“关清越！”

殷戈止的脸色很难看，他坐在床边将她的脑袋放在自己怀里，一边换着她额上的帕子，一边不断地喊着她。

屋子里气氛沉重，旁边站了一溜老臣，个个胡须都花白了，颤巍巍地道：“王爷，宫里还乱着呢……”

殷戈止不耐烦地转头看着他们，冷声道：“与本王何干？皇后和太子不是交由宗正定罪了吗？”

“可……”老臣连忙上前道，“陛下新丧，太子获罪，您要是再不出来稳定朝政，这澧国天下怕是要大乱啊！”

“有什么好乱的？”殷戈止皱眉，“五皇子不是还在吗？送他登基就是。”

一听这话，几个老臣齐刷刷地跪了下去，哭喊着道：“王爷！五皇子才十五岁啊王爷！”

“十五岁怎么了？”殷戈止沉了脸道，“本王十五岁就上战场了！”

“王爷！”后头跪着的武泽沉声道，“所以这皇位只有您堪坐，您战功赫赫，又是皇上生前最宠爱的金印亲王，更是长子，于情于理，都只有您登基，才是人心所归！”

殷戈止收回目光，继续给风月换着帕子，冷声道：“她还没醒，本王没空。”

众人心里都是一凉，天知道一向冷静顾全大局的孝亲王，怎么就在这儿犟着不走了。床上这姑娘是谁啊？没人敢打听。那她要怎么才能醒啊？老臣们愁啊，愁得头发白得更多了。

知道殷戈止闭门不出，石氏一族便趁机为乱，抵死顽抗。然而，陈卫尉和廉统领带人毫不留情地将他们镇压了下去，该关的关，该斩的等着斩。石氏一族不少高官不服气，他们是多少年的名门望族了，怎么能因为几个人造反，就这么对他们呢？

不服气，要闹腾，哪怕被关在牢里，也要动用残留的势力，大声喊冤，争取活路。

风月的高热退了，人醒过来喝了碗粥，竟然又继续睡，一睡又接着发热。殷戈止担忧之下，脾气很不好，正好撞见廉恒来禀告，说牢里有人生事。

生事是吧？好说，殷戈止起身就去了宫里。

文武百官每日都依旧上朝，没有皇帝的朝政，都是他们自己在下头议论纷纷，惶恐不安。终于看见了孝亲王，众大臣这叫一个感激涕零啊，差点跪下来直接山呼万岁。

“有件事，想问问各位的看法。”看着这些人，殷戈止道，“石氏一族谋逆，主犯已经伏法，奈何族人死性不改，依旧有反骨。今儿日子不错，适合给石氏一族定罪行刑，各位以为呢？”

问他们的看法？几个老臣眼珠子一转，立马跪下来就喊：“遵旨！”

如今这形势岌岌可危，只有殷戈止能力挽狂澜啊，他们还不想做亡国之臣，不想看着澧国走向灭亡，既然如此，那就只能强行尊他为帝了。

说起不要脸，这都啥时候了，脸能当饭吃吗？不能！所以一个个老臣跪得那叫一个端正，后头的臣子一看，犹犹豫豫地也跟着都跪了下去。

“臣等遵旨！”

殷戈止眯眼，盯着为首的御史大夫乔堂杰，冷笑道：“大人觉得，这样一来，本王便会愿意继位？”

“王爷！”乔堂杰一把年纪了，可怜巴巴地抬头看着他，“这帝王之位，无上的尊荣，是多少人趋之若鹜的？您是名正言顺的皇子，为何反而不想要呢？”

“这位置有何好处？”面无表情地看着他，殷戈止道，“责任重大不说，行任何事都会束手束脚。不说别的，就说后宫。父皇在位之时，后宫之人皆由大人们选送，每年十名。若哪年父皇不想收人，各位不是还会上奏折哭闹吗？”

众人都是一愣，你看看我，我看看你。乔堂杰埋头就道：“这些都是小事，可以再议！”

“谁想与你们再议？”殷戈止淡淡地道，“王爷当得好好的，想娶谁不想娶谁都无人干涉，本王是多想不开，才去跳你们挖好的陷阱？”

说罢，他挥手便道：“此次进宫，本王只是想定石家之罪，以平澧都朝政之乱，该说的都说了，就此告辞。”

第十一章

尘埃终落定

“王爷！”后头挽留之声四起，殷戈止头也没回，甩了袍子便出了宫。

乔堂杰一看，这不是个事啊！眼瞧着澧国都要出兵跟烨国一起抗景了，再无人坐这皇位平定人心，澧国岂不是要散了架？要不是孝亲王，换个人去坐这皇位，那也坐不稳啊！可孝亲王怎么就……

哎，等等，王爷刚刚是不是说了什么话？

他脑子里灵光一闪，再回想一下在孝亲王府里看见的场景，很快便明白了其中关键，立马吼了一声：“老夫有法子请孝亲王登基！”

一听这话，其余大臣立马围了过来，甭管是太子一派的，还是原先就支持殷沉璧的，现在都急切地盼着孝亲王来收拾残局，稳定局面，要他们做啥都可以啊！

殷戈止回了王府，往主屋的床榻上看了一眼。风月还皱着眉闭着眼，与其说是昏迷，其实是压根就不想醒来。

招手让大夫再来把了次脉，殷戈止和灵殊都跟着大夫去了外室。

“如何？”

“是滑脉无疑！”大夫肯定地道，“吃了几服药，现在脉象清楚多了，很是顺滑，的确是怀了身孕。”

一片暗沉的眼里陡然有了亮光，殷戈止深吸一口气，握了握拳，表情尚能维持镇定，眼神却遏制不住地流出光芒开出花来。

灵殊为了主子有活下去的信念，自作主张地偷偷换了汤药，原本还有点愧疚心虚的，如今见风月果然怀上了身孕，这个孩子必定能够燃起主子活下去的希望，她不由得大大地松了一口气，开心地笑了起来。

灵殊正笑着呢，冷不防就对上了一双睁开的眼睛。

风月脸色苍白，只穿了寝衣，光着脚踩在地毯上，站在隔断旁边看着他们。

殷戈止察觉到不对，慢慢回头。

披头散发的风月看了看他，又看了看灵殊，最后看一眼那大夫，然后抬手，缓缓地捂住了自己的肚子，脸上的表情很是茫然。

“主……主子。”灵殊眨眨眼，蹦蹦跳跳地过去，一扫刚刚的僵硬，笑着道，“您怎么下床来了？奴婢还说等您醒了再告诉您这个好消息呢。”

好消息？冷笑一声，风月眯眼看着她：“我怀孕了，是好消息？”

“那可不！”背脊发凉，灵殊硬着头皮道，“新生命的来临，定然算好消息啊。”

对于这个好消息，风月有点消化不了，呵呵两声，转头便呆呆地往床铺走去。

殷戈止瞧着，略微思忖，便打发了大夫，跟着她过去。

在床上盘腿坐下，风月一脸莫名其妙，见殷戈止也跟着坐了下来，皱眉便道：“你在这儿做什么？”

“我？”睨她一眼，殷戈止气定神闲地道，“这是我的房间。”

风月眨眨眼，看了看四周，脸皱起来：“那把我放在这儿做什么？”

“我乐意。”

“我不乐意！”脑袋里有很多血腥的画面涌进来，风月黑了脸，“你和灵殊是不是找那个大夫合起伙来骗我的？我怎么可能怀孕？”

看她一眼，殷戈止问：“怎么，怀孕了不高兴？”

“你要我怎么高兴？！”风月激动道，“怀了你殷氏的孽种，我难道还要觉得荣幸吗？”

灵殊听得心里一慌，上前就想安抚她。面前这位好歹是个亲王啊，这么骂，岂不是把他也骂进去了？

然而，殷戈止压根没在意，眼皮一翻，很是镇定地道：“我以为你很聪明，能想明白这其中的关键，没想到怀孕的女人都是傻子，你也不例外。”

灵殊愣了，风月也愣了，不解地看着他：“你什么意思？”

殷戈止伸手捋了捋袖口，轻声问：“你恨我殷氏，是吗？”

“是。”

“可你杀不完殷氏之人。”殷戈止挑眉，“你本来已经没办法报仇了，棋下到这里，就已经死了。可是老天爷给了你一个恩赐，让你有机会翻身。你不感激就算了，还抱怨？”

翻身的机会？风月两眼茫然，抱着肚子问灵殊：“你听得懂他在说什么吗？”

水汪汪的眼睛一转，灵殊看了看殷戈止的眼色，当即恍然：“奴婢听懂了！”

“什么？”

“主子您想啊，”灵殊在床边坐下来，抱着风月的胳膊就一本正经地道，“殷氏的人哪里死得完？一个死了，也有另一个能登基，这皇位他们依旧会世世代代地传承下去，说不定还会出下一个澧文帝、下下个澧文帝。可现在，您怀了身子啊！只要王爷一登基，您肚子里的就是皇子。殷氏的皇子捏在您手里，岂不就是您翻身之机？”

风月皱眉：“你真当我傻？他登基，我的孩子也不可能是皇子！”

“只要功夫深，铁杵都能磨成针，这世上有什么不可能的呢？是吧王爷？”灵殊扭头，直冲殷戈止眨眼。

殷戈止道：“你狠心，本王可是有血有肉之人。这孩子是本王第一个子嗣，自然不会薄待。若有一朝本王登基，他必定为太子。”

这话说得就有点重了，灵殊都吓了一跳，风月更是摇头：“说什么梦话呢？”

“梦话？”深深地看她一眼，殷戈止转头问外边，“观止，有客人来吗？”

“回主子，有，御史大人已经在门口递帖子了。”

殷戈止起身，伸手将隔断处的帘子放下来，然后坐在外室道：“请他进来。”

“是。”

乔堂杰领着六个重臣进门来，一看见殷戈止便跪下去，双手呈上一个东西：“请王爷过目！”

扫一眼那折子模样的东西，殷戈止淡淡地问：“这是什么？”

“回王爷，这是百官契书。”乔堂杰抬头，很是严肃地道，“朝中百官恭请王爷登基，只要王爷肯救国于水火，百官承诺，不插手后宫任何事，包括皇后废立、妃嫔位分升降，以及每年进宫的家人子。一切后宫规矩，完全听从圣意。”

殷戈止挑眉，伸手接了那格外厚的折子，捏着两端一扯，中间折着的厚厚的纸便“哗啦”一声掉在了地上。上头密密麻麻的，全是大臣的名字。

乔堂杰不愧是朝中最懂人心之人啊，观止瞧着都暗暗点头，这一招，高！但殷戈止是那种得了便宜就不会卖乖的人吗？他不是！

满脸愁容地站起来，殷戈止叹息：“有劳各位大人如此费心了，可澧国如今内忧外患、国力衰退、臣心不稳，就算是沉璧，也不敢贸然登基。”

“王爷谦虚！”乔堂杰连忙道，“只要王爷肯继位，老臣们必定全力拥护，肃清朝纲，重振盛世！”

“可沉璧的许多想法与各位大人颇为冲突。”

“无妨无妨，都可以好生商量！”

“那沉璧要是一意孤行呢？”

“王爷并非不通事理之人，若有王爷坚持之事，必定有道理，臣等可以让步！”

这句话都说出来了，足以表达诚意。殷戈止终于满意了，轻轻叹了口气，表情松动了些。

乔堂杰见状大喜，立马道：“臣等这便回去准备！恭迎吾皇登基！”

说罢，他带着人一起行礼，而后便起身，捞着官袍跌跌撞撞地往外跑，一边跑一边喊：“快，大喜啊！澧国大喜！”

那声音从王府主院传出去，一路传进了皇宫。

殷戈止侧头，伸手掀开了隔断处的帘子。

里头的灵殊和风月都一脸呆滞地看着他。

“做个选择吧，关清越。”侧身靠在隔断处，殷戈止斜眼，淡淡地道，“第一条路，不要这孩子，反正仇也没报成，不如扔下这一群人，你一个人去死，落得轻松。第二条路，嫁我为后，生太子，让流着你关家血脉的人，掌我殷氏江山。”

这话说得太过诱人，以至于有那么一瞬间，风月觉得她怀了这孩子真是太幸运了。

风月摇摇头冷静下来，黑了脸看着他道：“王爷这一张嘴可真是厉害，黑的都能说成白的！”

“事实如此，怎么就成我说出来的了？”隔断处的人道，“就这两条路，你看着选吧。”

冷笑一声，风月抱着枕头睨着他：“我要是带着你的太子一起去死呢？岂不是更痛快？”

“痛快？”轻蔑地看她一眼，殷戈止摇头，“你还不了解我？你带着这孩子死了，那我会娶其他的女人，生更多的孩子，太子之位不会空缺。到时候你和你这未出世的孩儿在阴间凄凄惨惨，我却可以拥着我的美人，坐看这万里江山。”

一听就知道不划算！

风月有点迷茫，抱着枕头想了好一会儿，最后看向灵殊。

灵殊偷摸着掐一把自己的大腿，眼里瞬间涌出了眼泪：“主子，且不管这个孩子会是什么身份，他也是您的骨肉啊！是关家血脉的延续！您怎么忍心带着他去死呢？小孩子多可爱啊，您不是最喜欢抱着奴婢捏吗？可奴婢都十四岁了，是个大孩子了，还是奶娃娃捏着舒服，真的，不信您生下来试试！”

很有道理的样子哎，风月沉思，脑海里浮现出一个小小的影子，穿着虎头鞋，戴着虎头帽，跌跌撞撞地朝她跑过来，一边跑一边奶声奶气地喊："娘亲！"

心里骤然一软，她伸手摸了摸自己的肚子，脑子终于反应了过来。

她这半死不活的人，竟然能孕育新的生命？那生命鲜活地待在她的肚子里，会一天天长大，最后变成一个可爱的奶娃娃，虎头虎脑的，一咧嘴就笑露出没长全的小奶牙。睁着清澈茫然的大眼睛，扯着她的衣角一步步地跟着她往前走。遇见为难的事情，会憋红脸小声地问她："娘亲……"

神色骤然温柔，风月想明白了。她生的孩子，自然是关家的后人，关家的后人，能多活一个是一个，怎么能死呢！

眼睛亮了亮，她扭头便问："大夫还说了别的吗？"

一听这话，灵殊高兴得红了眼。主子肯这么问，那就一定还想活，还想生孩子！

"大夫说您身子不好，要好好养着才行。"哽咽了一下，灵殊连忙道，"奴婢已经准备好了许多补身子的药，这亲王府上还能做药膳，只要主子好生听话，这孩子一定健健康康、白白胖胖的！"

风月皱眉："还要住在这儿？"

"不然呢？"殷戈止问，"你想去哪儿？"

澧文帝已经死了，石氏一族即将伏法，她什么都不用做了，自然哪儿也不用去。

往床上一倒，风月闭眼："嗯，那我再睡会儿，饭做好了叫我。"

"好。"殷戈止淡然颔首，转身便和灵殊一起退了出去。

门关上，他才摊开手心。汗水被风一吹，凉成一片。

很多时候他都不如表面看起来那般镇定，比如刚刚，看着风月那游移不定的眼神，听她说那一句一起去死，他的心都快停止跳动了。

幸好，幸好她还想活。

"王爷？"旁边的灵殊担心地看着他。

回过神，殷戈止微微勾唇："去给你家主子准备些吃的吧，我随意走走。”

“是。”灵殊应了，提着裙子就往厨房的方向跑。

观止在旁边瞧着，微微有些心疼地上前扶着他：“主子，您坐会儿吧。”

殷戈止僵硬地跟着他走到庭院里的石桌边坐下，捏了捏拳头，眼神平静地道：“观止，我有孩子了。”

“属下知道，您保重身子，别太过激动了。”

“我没有激动。”伸手指了指自己毫无表情的脸，殷戈止一本正经地道，“你看，本王很镇定。”

观止伸手摸了摸鼻尖，摇头道：“主子，您这表情是挺镇定的，可声音抖得也太厉害了！”

他都听到了里头激动不已热血沸腾的感觉，要不是主子一向冷静，现在怕是想围着王府跑几圈，然后站在屋顶上咆哮。

“你不懂。”微微垂眸，睫毛轻颤，殷戈止道，“你不会知道我是什么感觉。”

废话，他又没孩子！观止撇嘴，心想这是调侃谁啊？要不是一直陪着主子生里来死里去的，他能到现在还是孤家寡人吗？

“帮我做点事情。”殷戈止侧头，眼里蕴含星河大海，明亮得让观止一愣。

“什……什么事情？”

秋风越过院墙，划过那颜色惊人的眉眼，带着殷戈止慢慢吐出来的话，吹进观止的耳朵里。

风月没睡着，她躺在床上很是茫然，不知道自己该做什么，也不知道自己的未来会是什么样子。

按照原来的计划，她现在应该死了，所以后头的路她一条也没铺。但现在，她没能死成，那这满目的泥泽，她要往哪里走才不至于掉进去？

脑筋缓慢地转着，转到最后，她有些不耐烦了，干脆一挥手，都去他的，走一步看一步吧！

秋高气爽，亲王府里很是繁忙，就算殷戈止总是在花厅接见客人，不让人惊扰主院，可风月还是能听见不少动静。

他要登基了吧？

眼下的澧国，让他登基是最好的选择。朝中的人不傻，若是盛世，还能为着私利折腾一番；如今这岌岌可危的情况，不推殷戈止上去顶着，那谁也顶不住。

可怜的孝亲王啊，被他父皇欺骗抛弃，最后还得留下来收拾这烂摊子。

看来大家的日子都不是很好过，风月也就放心了，抱着果脯罐子嚼着，胃口不错。精神头好一点的时候，她还跑去花厅外头的窗户下站着，听听墙角。

“王爷，关家有冤不假，可先帝已经给了不少封赏，您这些赏赐未免过了。”乔堂杰愁眉苦脸地道，“关家就剩关清越一个人了，赏这么多东西，实在没必要。”

“如何没必要？”殷戈止神色严肃地道，“好歹是聘礼，怎能寒酸。”

“就算是聘……等等，什么礼？！”脸上的褶子都给吓平了，乔堂杰瞪大眼，很是惊恐地看着面前这人。

拂了拂袍子上的暗纹，殷戈止气定神闲地加重了语气：“聘礼。”

乔堂杰一口气没缓上来，“嗷”的一声跪了下去，连连磕头：“请王爷三思啊！登基大典在即，您下什么聘礼啊？”

下给别家的姑娘也就算了，可为什么偏偏是关清越啊？！

“民间有个词，叫父债子偿。”深深地看了面前的老头一眼，殷戈止叹息，“父皇欠关家的东西实在太多了，作为儿臣的，自然要替他偿还，不然他在西天难安，便是本王不孝了。”

窗外听着的风月没忍住翻了个白眼，心想你真娶了我，澧文帝才难安呢，棺材板指不定都盖不住，要翻了！

乔堂杰的嘴唇抖啊抖，眼泪直流：“王爷……”

“您不必太过感动。”殷戈止颔首，一脸深明大义的表情，“这都是本王该做的。”

“……”

登基大典的同时要立后，这算什么？几朝几代，或者说放眼天下大国，就没有哪个皇帝有这样的先例啊！孝亲王要这么做，就等于将登基的殊荣共享于皇后，那这皇后岂不是要被他宠上了天？

自古红颜多祸水啊！这关家之后难免对殷氏心存敌意，当真让她掌握大局的话……不妥！很不妥！

嚼着梅干，风月在窗外笑了笑，然后施施然地回了主院，进门就喊："灵殊，准备茶水，等会儿就有客人来了。"

灵殊满脸茫然，心想谁会来主院做客啊？不过主子都这么说了，她还是乖巧地去泡了一大壶新茶，洗好杯子等着。

没一会儿，乔堂杰就带着几位重臣气势汹汹地过来了。

孝亲王不好对付，那从关清越下手就行了啊！他们特意留了个人拖住殷戈止，然后便打算来找这关家女将军谈谈心。

然而，一推开门，却见个丫鬟笑脸盈盈地道："果然来客人了，各位大人里头请。"

刚积攒好的气势，在看见那一盏盏备好的香茗之时，散了一半。

乔堂杰心里发虚，打量着主位上坐着的那个姑娘，试探着开口："敢问座上可是关氏？"

"御史大人。"风月起身，笑着颔首，"请坐。"

不愧是关家的儿女，举手投足之间都是慑人的气势，就算穿着简单的长裙，也硬生生将他们这一群老臣的气场压住了。

乔堂杰有点打退堂鼓了，在椅子上坐好，乖乖地双手捧着茶，闷声开口道："敢问关姑娘，知道王爷欲娶您之事吗？"

"听说了一点。"风月道，"王爷看人一向颇有眼光。"

这是夸殷戈止呢，还是夸她自己呢？乔堂杰愕然，摇摇头，心想姑娘家家的怎么可能跟孝亲王一样不要脸呢？不会的，不会的，一定是他的错觉。

轻咳一声，他重振精神，开口道："王爷登基在即，诸事繁多，老夫觉得，这时候立后不是最好的时机。"

关清越这个人吧，从小霸道惯了，有些东西虽然不在意，但你要从她手上抢，那无异于虎口拔牙。

于是，听着乔堂杰这话，她微微一笑，问：“那大人觉得，什么时候才是最好的时机呢？”

“起码要等王爷登基后一两年……”

“他等得了，我肚子里的孩子可等不了。”打断他的话，风月挺了挺腰，眉目温柔地摸着自己的肚子，“好歹流的是王爷的血脉，不给个名分，岂不是委屈了？”

乔堂杰瞪大眼，脸上的褶子又被吓平了，哆哆嗦嗦地指着她：“姑……姑娘怀了王爷的子嗣？”

“虽说是怀着，但这也不是最要紧的。”伸手拂了拂肩上不存在的灰，风月朝他笑得唇红齿白，“最要紧的是，大人，您还没看明白王爷为国为民的苦心。”

啥？为国为民？他就看见了孝亲王为博红颜一笑啊！

风月目光里带了些责备，皱眉叹息：“大人怎么不想想，登基大典繁文缛节筹备良多，甚为劳民伤财，立后大典亦然。王爷特地将这二者合为一次举行，费一次之力，成两处之好，省钱省事，岂不是为国为民，用心良苦？”

众人一听，嘿，好像还真是这么回事。国力本就不济，搞这些大典啊什么的一次又得花很多银子，孝亲王登基的同时立后，至少能为边关的将士们省下几天的口粮。

乔堂杰沉默，虽然觉得哪里不对劲，可也为孝亲王这样的用心感动，更顺便反省了一下自己，是不是跟着澧文帝太久了，遇见明主反而不习惯？

“可是……”想了想，他还是开口道，“恕老夫直言，关姑娘的身份……在这时候为后，恐怕要掀起轩然大波。”

“这又是为何？”风月挑眉，“我做皇后，各位大人不是该很放心，很高兴吗？”

旁边的大臣神色复杂，基本想法与乔御史一致，低声开口：“不妥！”

风月的脸上顿时挂上了“你们这样的人当真能辅佐帝王吗”的怀疑

神情，盯得乔堂杰坐立不安，忍不住道："也不是老夫心存偏见，可敢问关姑娘，您为皇后，我等如何放心？"

"这有什么不放心的？"一扬下巴，风月道，"我武功已废，对你们新帝毫无威胁。再者，我满门已没，为后不会有外戚作乱，也不会有裙带关系拉拉扯扯，大人们难道不该高兴吗？"

乔堂杰一愣，眼珠子缓慢地动了动，轻轻吸了口凉气。

还真是这么个道理嘿！

先前他们上书承诺不干预后宫之事，本还担忧万一这后位落在哪个世族大家的头上，那一族为乱，他们便只能眼睁睁看着，毕竟裙带关系一向是能改变很多事情的。可现在，要是关清越为后，这种事就不必担心了啊，她压根就没族了，九族全灭！

这人选还真不是胡乱选的，王爷睿智啊！

心里好一阵感叹，乔堂杰的神色缓和下来，捧着茶就朝风月笑着道："听姑娘一席话，倒让老夫惭愧了。最近事务繁多，这脑子啊不够用，很多地方没有想清楚，误会王爷了，也委屈姑娘了。"

"无妨。"轻轻垂了眼，风月的语气陡然变得沧桑，"这么多年在外漂泊，受委屈也已经习惯了。清越无依无靠，在哪儿都是任人拿捏的，大人不必在意。"

尾音带着点颤抖，似叹似怅地在屋子里响起，听得众人心里都是一紧。

一众重臣立马就觉得愧疚不已，尤其乔堂杰这种有孙女的老臣，更是慈心顿起，起身道："姑娘莫要伤心，有王爷在，以后定然不会有人敢欺负于你。"

"承大人吉言。"眉间愁云不散，风月苦笑，"只是自古红颜多薄命，清越又受不少误解，这往后的日子要怎么过，全看运气了。"

误解从哪儿来？不就是朝中之人会觉得她身份尴尬，不适合为后吗？乔堂杰一想，捋了捋胡须便道："姑娘放心，既然老夫等人拥护新帝登基，必然也会拥护新帝欲立的皇后，只有新帝后宫安稳，前朝之事才能更平顺。"

深深地看了他一眼，风月抬袖，感动地擦了擦不存在的眼泪：“那……就多谢各位大人了。”

“姑娘好生养着身子吧。”慈祥地看她一眼，乔堂杰心里的疙瘩没了，很是高兴地就带着众位大人离开了主院。

观止站在花厅里头，满脸愁容。

主院一向是不让人进去的，御史大夫那群人硬闯，他已经禀告了主子，本以为主子会大发雷霆跑去拦人呢，谁知道主子竟然不慌不忙地道：“随他们去吧。”然后就开始跟陈卫尉玩“五子连珠”。

随他们去？万一出事怎么办啊？风月姑娘一个弱女子……

观止正愁着呢，冷不防听见点动静，一抬头就见乔大人那一群人满脸轻松地回来了。

“王爷！”乔堂杰上前，拱手行礼，一揖差点到地，分外诚恳。

殷戈止挑眉，平静地问：“怎么了？如厕一趟回来，心情这么好？”

乔堂杰抬头，满脸愧疚地道：“老臣们不懂王爷忧国忧民之心，反以为王爷沉迷美色一意孤行，是臣等浅薄鄙陋，请王爷恕罪！”

观止听得很茫然，他家主子可不就是沉迷美色一意孤行吗？啥时候忧国忧民了？

然而，座上的殷戈止毕竟道行高深，看着面前这一个个埋下去请罪的脑袋，轻轻将茶盏往旁边一放，便长叹了一口气，语气沧桑地道：“各位大人能这么快明白，本王已经知足了。”

“王爷……”

“为人君者，以一人之意决断天下，难免有时被人误解。”微微抬头仰望房梁，他惆怅地道，“但，只要天下太平，国泰民安，一个人受点委屈，又有何妨？”

瞧瞧这胸襟，这情怀，他们白白多活了几十年，拍马也追不上啊！

乔堂杰等人感动不已。

于是，接下来朝中就掀起了一阵激烈的讨论，以乔堂杰为首的朝廷重臣那叫一个立场坚定气势磅礴，历时三日，就将反对新帝登基立后的声音统统压了下去。

“你很厉害。”躺在软榻上，殷戈止伸手将风月抱在怀里放着，摸着她脑袋夸奖了一句。、

风月龇牙：“王爷过奖，不过您做什么非得抱着我？”

殷戈止面无表情地睨着她，道：“我现在还能抱得动你，为什么不抱？等你肚子大了，抱不动了，我便不抱了。”

眯眼看了看他，风月冷笑道：“别企图忽悠我！不管抱得动抱不动，我都不想给你抱！”

“为什么？”微微皱眉，殷戈止道，“你即将嫁给我了。”

“那又怎样？”沉了沉脸，风月眼神冷漠。

心口一沉，殷戈止垂眸。他好像得意得太早了，这人大仇难报，心里怨气还未消，就算被他使着手段留住了，那也不是乖顺的小猫咪。

不过，他也不是束手无策，只要她还有在意的东西，那他就可以慢慢修路，一直修到她脚下。

心思百转，脸上却无波无澜，殷戈止松开风月，轻轻拢了拢她身上的披风，问：“喜欢什么样式的凤冠？”

“随便。”风月挣开他的怀抱，抱着茶杯坐到旁边去，虽然精神是有了，可整个人看起来还是有点阴沉。

殷戈止不在意，翻身坐起，道：“这两日都在搬东西进宫，府里一团混乱，与其留在这儿磕着碰着的，你不如跟我出去走走。”

“不去。”想也不想，风月就拒绝了。

“照影山风景不错。”慢悠悠地吐出这句话，殷戈止侧头看她，“当真不去？”

照影山？想起自己还没做完的某件事，风月抿唇，瞪眼看着这不要脸的人：“去！”

“那就跟我来。”朝她伸出手，殷戈止很是高傲地道，“如今这身份，本王可不是哪里都能去的，想不要大群人跟着，动作就利索点。”

一听这话，风月“啪”地就将自己的手放进他手心。

殷戈止微微勾唇，手上一用力，便看着那红色的披风在她身后扬起来，像很久之前梦回楼房梁上断了的红绸，迷花了他的眼。

马车绝尘而走，观止很是担忧地一边驾车一边朝后头道："王爷，待会儿乔大人他们找不到您，会乱套的。"

"一大把年纪的人了，什么事都要找我怎么行。"殷戈止抱着风月，沉声道，"他们要学会自己处理事情。"

观止心里腹诽道：要是别的事情，他们的确可以自己处理，可今天分明是要试穿龙袍啊王爷！

抹了把脸，他摇头不管了，主子都没着急呢，他急个什么劲。

秋风萧瑟，落叶纷纷。风月气喘吁吁地爬上山，便见关苍海的坟墓四周似乎在修什么建筑。那坟包上用大理石修了个拱形，前头的碑却还空着。

她正有些愣怔，还没问出口，就听得旁边的人道："先帝的旨意要给将军修陵墓，此处便起将军陵。墓碑我没让人动，还是等你来了之后再刻。"

风月稍顿，低头看了看自己的手。她手上已经没那么大的力道了，这碑文该刻什么，怎么刻才好？

眼里一片茫然之色，她下意识地抬头，看向面前这人。

清凌凌如小鹿的眼神，带着点无措和可怜，看得殷戈止心里一撞，平静如湖的眼里瞬间起了点涟漪，颇为狼狈地别开头。

"随我来。"

手被人一牵，风月眼里有了点焦距，顺手将另一只手也搭上去，接着就将浑身的重量都拖在他手上，很是无赖地弯腰在后头走着。

前头的人很是嫌弃地回头看了一眼，然后转头往修了一半的陵墓里走，眼波流转之间，一抹摄人心魄的笑意悄然而生。

有正在修筑的石匠不经意地抬头，对上这张脸就看失了神，手里的锤子没拿稳，"哐当"一声砸在了地上，惊得旁边的人低斥了一声："小心些！"

慌忙回神捡起石锤，再一抬头，却见那翩翩公子脸上平静无澜，方才的惊鸿绝色仿佛只是他的幻觉。

“有纸笔吗？”找着了监工，出示了信物，殷戈止有礼地问了一声。

监工颤巍巍地将石匠刻碑用的纸和笔递给他，惊恐不已：孝亲王……怎么会亲自来看将军陵？

殷戈止微微颔首，牵着风月便到旁边堆积着的方石边坐下，平铺上纸，低声道：“你写，我刻。”

嘴角抽了抽，风月横眼看他：“王爷当我傻吗？这碑岂是外人能刻的？”

“外人？”眉梢动了动，殷戈止道，“看来是聘礼给少了，你都不认本王是内人。”

一说起那多得恐怖的聘礼，风月青了脸，连忙摇头：“够了够了，您刻吧，您的手艺肯定比刻碑师傅还好。”

“过奖。”嘴里谦虚地吐出这两个字，脸上却是一副“我当然最厉害”的骄傲神情，殷戈止转头便去挑刻刀。

风月神色复杂地看他一眼，嫌弃地摇头，然后正经了神色，认真地看着半透的宣纸，提笔而书。

碑文要写逝者之名、籍贯、家世、经历，风月一笑，挺直了背脊。她的父亲是忠勇大将军关苍海，籍贯澧都，出身将门世家。

而经历……

抿了抿唇，看一眼四周正在修建的壮阔陵墓，她沉默良久，终于轻轻吐出一口气。

关苍海生而为将，忠君爱国，征战十年功绩无数。虽然最后冤死狱中，可害他之人，无一有好下场。多年冤案，昭然得雪，关家一门忠骨铮铮，终能安眠。后世评说，当为他叹息，满怀敬意！

这个结局，其实比她预想中的要好，她本无法做到的事情，有人替她做到了。

墨水在纸上微微洇开，风月咧嘴笑了笑，一笔一画地写下父亲曾经的丰功伟绩，写下他的冤屈和不平。一张宣纸不够，便又加了一张。

殷戈止捏了刻刀回来，扫一眼她那模样，没走近，转身去跟监工嘀咕了几句。

于是，等宣纸风干的时候，风月面前便摆上了三块墓碑，螭首龟趺，中间一块最长，旁边两块稍短，看样子打算并立为屏状。

眨眨眼，她问：“你怎么知道一块碑刻不下？”

扫她一眼，殷戈止淡淡地道：“因为你的话一向很多。”

风月本还想听他说点什么诸如“关将军一生，岂是一碑能盖之”或者“你文采甚好，方寸不能困也”的话，那样她也好感动一把啊，毕竟他都亲自来这儿了，诚意实在很足。

然而，这人说话还是这么不讨喜！

气愤地吹了一下额前的碎发，风月扭头就去旁边等着，看他刻碑。

今日殷戈止穿的是一身白色的秋锦，质地稍厚，暗纹为龙，镶玉的腰带一束，当真是公子如玉。哪怕是弯腰蹲在墓碑前头，那墨发顺着衣袍微微滑下来，眉目之间也是容色惊人。

风月一不小心看走了神，托着下巴想，这人最近怎么越来越好看了？以前也知道他英气逼人，可周身气场太强，仿若铁刀，带着杀气，让人压根不敢直视。如今瞧着，那股子杀气好像不见了，周身柔软下来，纯净柔软得像谁家唇红齿白的少年，不染一丝脏污。

殷戈止抬头，不经意扫见她这目光，微微掀了掀眼帘，一丝光亮稍纵即逝，然后低头，更加认真地刻起碑文来。

一个人喜欢上另一个人不一定非得因为这张脸，可若这张脸好看到了一定程度，那的确是可以用来勾引人的。三年前的他与风月并没有多少交集，要说这人为什么会爬上他的床，那肯定跟这张脸脱不开干系。

既然她喜欢，那就给她多看看。

三十年河东，三十年河西啊，以前视女人为玩物的殷沉璧，现在终于费尽心思勾引起女人来。

挂得老高的太阳渐渐偏西，碑文刻好，还未打磨，山上已经起风了，殷戈止皱眉便道：“回去了。”

有些依依不舍地看着四周，风月问：“这里要多久才能修好？”

伸手给她系好披风，殷戈止淡淡地道：“等你孩子生下来再来看，便修好了。”

脸上一红，风月咬牙："您不必如此，我手没断。"

"你手没空。"

"哪儿没空啦？"风月不服气地伸出左手在他面前晃了晃。

殷戈止垂眼看着她，突然勾唇，伸手便将她的手扣住，拢进自己宽大的袖子里，然后转头往前走："这样，就没空了。"

风月："……"

这是勾搭了多少良家妇女得出来的经验啊？盯着前头的路，风月想，怪不得那么多小姑娘排队想睡他呢，瞧这小嘴甜的，她都受不住。

打了个寒战，风月撇嘴，亦步亦趋地跟着殷戈止上车，车里铺了厚厚软软的毯子，他坐进去，直接伸手将她抱到他怀里放好。

外头的风有点冷，却吹不开这厚重的车帘，风月眯眼，突然觉得很是安心。

说不出来为什么安心，就觉得在这个地方，风吹不到她，雨打不到她，有个人会在她身后护着，免她颠沛流离，免她无枝可依。

然而，这种心情，她是不会跟殷戈止说的。

孝亲王府里的东西都搬进了宫，大杂院那群人正在商量着之后要去哪里。

秋夫人道："我不想再卖花灯了，去开个客栈怎么样？王爷让我去帮忙照看的那家客栈还不错，我照着样子开一家，生意肯定好。"

尹衍忠点头："客栈可以，我掌勺。"

"我跑堂！"罗昊举手。

"那我干什么？"史冲满脸愁容，"继续打铁？"

众人一阵哄笑，正变着法子打趣呢，冷不防就听得殷戈止的声音响起："史力士天赋过人，还是适合上阵杀敌。"

此话一出，满院的人都惊了，四处找殷戈止在哪儿，连坐着的矮凳都端起来看了看。

风月瞧得直摇头，痛心疾首地道："就你们这样子还想开客栈？太不让人放心了！"

秋夫人一愣，回头朝门口看去，就见殷戈止和少主施施然站着，身上都披着外出用的披风。

“嘿，这是什么招数？”史冲很是惊奇，“我分明听见殿下的声音是从地上传过来的！”

“我听见是在水缸那边！”

“得了吧！”风月抹了把脸，“人家用个腹语你们就找不着北了，说出去都是战功彪炳的人，丢不丢脸啊？”

殷戈止站在旁边，很有风度地道：“是本王一时兴起作了怪，各位切勿放在心上。”

一句话，风月就成了个唱黑脸的，殷戈止的白脸还继续唱：“不过看各位似乎在为什么事情烦恼，兴许在下能帮上忙。”

史冲神色一动，立马拍了拍大腿：“对啊，还有王爷在！”

或者说，澧国将来的皇帝跟他们关系这么好，还开什么客栈啊，这里的人一个个的都是从战场上下来的，最想做的事情，不就是重回能施展抱负的地方吗?

院子里的人沉默下来，相互递着眼神，满脸纠结。你推推我，我推推他，没一个敢先站出来开口的。

风月一看就知道他们在想什么，当即一脚踩在了殷戈止的鞋面上。

轻轻吸了口凉气，殷戈止低头，咬着牙问：“你做什么？”

“你别算计到我的人头上！”风月瞪眼，“想做什么直接说！”

“冤枉啊。”轻轻叹息一声，殷戈止低声道，“我本也没想诓他们。”

骗鬼呢？鬼都不信！风月满脸戒备，跟盯贼似的盯着他。

然而，这回好像当真是她错怪他了。旁边这人站直身子，直接同面前那一群人道：“如今军中缺人，不知各位可愿重新披上铠甲，振我澧国雄师之威？”

史冲力气大没心眼，一听就高兴地答应：“好啊！”

尹衍忠微微皱眉，略有顾虑地看殷戈止一眼，道：“许久没磨刀，也已经不会打仗了。王爷盛情，我等恐怕要辜负了。”

“尹将军谦虚。”殷戈止颔首，“本王也是在战场上长大的人，各位会不会打仗，本王心里很清楚。眼下抗景之兵集结在即，本王真诚相邀，希望登基之后，能得众位援手。”说罢，他很是诚恳地拱手，朝他们重重一拜。

尹衍忠吓了一跳，连忙伸手扶住殷戈止的手腕。院子里的其他人也是一惊，有些不敢置信地看着他。

高高在上的孝亲王，竟然……对他们这群什么也不是了的人行礼？就为了让他们回去继续为国效力？

一时间，这些人纷纷想起了面前这人是谁，他是大皇子殷沉璧啊，也是个战功赫赫、驰骋沙场的英雄。他继位，澧国定然会是不同的风气，还为何要担心将士跟以前澧文帝在位之时一样，不得信任器重，不得好下场呢？

“草民听命！”罗昊想通了，拱手便站出来行礼。史冲一看，也跟着拱手。院子里的人犹犹豫豫的，可站出来行礼的人接连不断。

罢了。尹衍忠闭眼，低笑了一声，想起沙场皓月、边关霜雪，喉结微动，站出来拱手道：“草民听命！”

“草民听命！”

“草民听命！”

方才零零散散的声音，在片刻之后，终于响成了一片——“吾等听候王爷差遣！”

殷戈止抬头，目光从一张张脸上扫过，语气分外真诚地道：“多谢。”

多谢你们，在经历了不善待将士的君主之后，还热血未凉，还愿上战场。

风月安静地看着，没出声打扰。这么多年了，这群人帮了她很多，如果他们有很想做的事情的话，她也愿全力帮他们达成。只要她还活着，不管用什么方法，绝不会让殷戈止走上澧文帝的老路！

院子里热闹起来，大家拿刀的拿刀，拿剑的拿剑，还有就地松动筋骨，大喝自己“宝刀未老”的，引得一片哄笑之声。

月亮升起又落下，明天，就是登基封后大典了。

第十二章

崭新的未来

搬进宫里，风月睡得不太踏实，跟烙饼似的翻来覆去。旁边的殷戈止疲倦地睁开眼，伸手将她捞进自己怀里，顺毛摸了摸。

“干吗！”风月口气很不好，伸出爪子就挠他。

捏住她的手，殷戈止摸了摸她的指甲，微微皱眉，翻身下床便点了灯。

爬起来坐着，风月睁着一双万分精神的眼睛道：“你终于也睡不着啦？”

殷戈止没理她，找了锉指甲的锉刀出来，盘腿坐上床，将她的爪子捏过来，一个个地磨：“太医不是说了让你别留指甲？”

“我留指甲怎么也碍着他了？”风月微怒，“这么点长都不行？”

“不行。”语气强硬得没有半点商量的余地，殷戈止满脸困倦之意，眼睛半垂着，却很仔细地把她指甲磨得平平的。

这算个啥？百炼钢化绕指柔？殷戈止这可是握偃月长刀的手啊，现在竟然拿着把小锉刀给她磨指甲？眨眨眼，风月盯着他长长的睫毛瞧，嘴里喃喃有声：“以后咱孩子要是长得像你就好了。”

睨她一眼，殷戈止点头：“也是，若是生个跟你一样的女儿，我会担心她嫁不出去。”

“你才嫁不出去呢！”风月皱眉，“当年追求我的人可多了，关家门槛都差点被踏破！”

“哦？”停了手上的动作，殷戈止声音平静地问，“有哪些啊？”

风月认真地想了想，道：“多得快记不清了，郎中令家的公子吧，还有什么太仆家的二少爷、新晋的年轻典客……”

“等会儿写份名单给我。”

“啥？”风月瞪眼，“你要这个名单做什么？”

“新皇登基，一般要找些人立威，我正愁找不到人，不如就他们了。”殷戈止面无表情地道。

“……”风月突然觉得背后有点发凉。

这人当质子的时候很恐怖，当王爷的时候更恐怖，真让他当了主宰人生死的皇帝，这天下会是什么样子啊？

月亮偷偷地下了柳梢头，天亮之后，整个澧都一片沸腾。

新皇登基了！

宫门大开，几排护卫骑着马跑向四面八方，手里拿着铜锣和皇旗，一边跑一边昭告天下。百姓们夹道围观，热情地议论着这位新皇帝。

红毯从宫门口一路延伸到朝堂前，殷戈止下了龙车，一袭紫金龙袍，龙冠高束，气宇轩昂。旁边的凤车停下，他侧头伸手，便有纤纤素手搭上来，修得平平整整的指甲，看着分外顺眼。

风月一宿没睡着，此刻倒是困倦了，顶着沉甸甸的凤冠，穿着紫金色的霞帔，强打起精神，端庄地跟在殷戈止旁边走。

看一眼她这神色，殷戈止低声道：“叫你睡你不睡，现在可好，想睡也不行了。”

轻蔑地笑了一声，风月道：“实在想睡，我就装昏迷，您能把我怎么着？”

“好主意。”殷戈止微微颔首，神色自若地道，“那你现在就昏倒吧，朕抱着你行接下来的礼。”

余光看了看四周的文武大臣，风月闭眼，她还是丢不起这个人的！

不过，场面是当真很壮观，八个号角由两人抬着分列台阶两侧，上百朝臣并着皇室宗亲于东西两方的空地上站得齐整。红绸招展，旌旗猎猎，走在众目睽睽之下，风月几乎要觉得登基的是她自己了。

这是皇帝才能享受的无上荣光，殷戈止将她带上，当真是很够义气！

一步步登上台阶，殷戈止突然低声开口："你报仇了。"

"嗯？"风月微微一愣，不解地瞥他一眼，"什么？"

"没能亲手杀了澧文帝，但你生擒了澧孝帝。"捏着她的手踏上最后一级台阶，殷戈止侧头，眉目严肃，一字一句地道，"他的百年基业、江山后代，全捏在你手里了。澧国的江山，也是你的天下。"

瞳孔微缩，风月有些愣怔地看着他，身子却被他一转，面前陡然呈现下头人山人海的场景。

"一叩首——"旁边的太监高唱一声。

瞬间，目光所及之处，众人皆跪叩首，声势浩大，震得风月心口一跳。

"再叩首——"众人整齐地起身，又整齐地跪下，衣裳摩擦之声本来甚小，可这千人汇聚起来的衣摆起落之声，便能听得清清楚楚。

风月起了鸡皮疙瘩，一听"三叩首"，自己都差点朝殷戈止跪了下去。

"就这点出息？"殷戈止眼角眉梢都是嘲讽之意，嫌弃地道，"你在同朕一起受这叩拜呢，能不能把腰杆挺直了？"

风月吸了吸鼻子，小声道："陛下，您当真不怕先帝半夜来找您谈心吗？"

这已经不是棺材板能不能盖住的问题了，澧文帝就算还活着，看见她站在这儿受殷氏宗亲和文武百官的大礼，那也得重新气死过去。

这种感觉有点爽啊！

"他若是来，朕很欢迎。"殷戈止面色不变，低低地道，"正好想问问他可有遇见关家的人，可忏悔过了？父皇下葬之时没有陪葬阴兵，想来也是能放下手里的权力，好生与人聊天的。"

风月咽了口唾沫，别开了头，她在想……她什么也不敢想了！

登基大典继续进行，她站得累了，便偷偷往旁边这人的手上借力，殷戈止全程站得笔直，就算她把整个身子压在他手上，这厮脸色也没变一下。

于是，在太监念那长长的什么文的时候，风月就大胆地靠着殷戈止打盹了。

风冠在他眼角边摇来晃去，殷戈止眉眼含笑，睨了这人一眼，轻轻伸手捞住她沉甸甸的脑袋，放在了自己的肩上。

礼炮声响，澧国换代。

观止和灵殊着急地在龙涎宫门口等着，灵殊一边蹦跳一边碎碎念："好激动啊！好激动啊！"

"你激动什么？"虽然自己也很激动，但是为了显示男儿的风度，观止强自镇定地道，"登基封后的是两位主子，又不是你。"

"不是我也激动啊！"灵殊双手捧心，眼睛亮亮地道，"一想到主子和陛下并肩而立，穿着龙袍凤裙缓缓走来的样子，我就手抖！"

观止脑海里浮现出灵殊说的画面，也忍不住咽了口唾沫。

谁能想到这两人会走到今天这一步呢？当初质子囚烨，多少人叹息殷沉璧再无缘于帝位？彼时关家抄斩，谁又能想到关清越能逃出生天？这两个人之间隔着的又岂止是千山万水，有上一代的恩怨、血海的深仇。

换两个稍微纠结执拗些的人，是怎么也不会有现在的花好月圆的，他们有一万个理由为难对方，为难自己，连带着让他们这些身边的人也卷进旋涡，不得安生。

幸好，幸好是他们。

"来了来了！"外头的小太监喊了一声，宫里的宫人便纷纷往外走。观止回神，拉了灵殊一把，跟着他们去外头跪着。

龙车缓缓而来，宫道两边的宫人俯首跪地，车在龙涎宫门口停下，内侍起了个头，众人便跟着喊："恭迎吾皇万岁、皇后娘娘千岁。"

"行了。"殷戈止的声音放得很轻，下车皱眉看着他们，"怎么寝宫这儿也有架势？都先散了。"

观止和灵殊一愣，心想听这语气，难不成两位主子吵架了，所以陛下心情不好？这怎么能行啊，刚刚才封后，怎么能吵架？

宫人退散，两人忙不迭地抬头，却见殷戈止小心翼翼地从龙车里捞出个人来，抱在怀里就往内殿走。

“主子？！”灵殊吓了一跳，礼节都顾不上了，起身就凑上去问，“主子这是怎么了？昏过去了？”

殷戈止摇了摇头，轻声道：“她昨晚太兴奋了，一宿没睡着，今儿困得连礼炮都打不醒，这会儿别折腾了，让她好生睡会儿。”

灵殊瞠目结舌，愣在了原地。

那一袭龙袍在走动间衣摆轻扬，凤冠上的珠子轻轻摇晃。服饰跟她想象中的一样，华丽流光。这两人不是并肩而立的，也没有缓缓走来，可她瞧着新帝的背影，怎么倒觉得更激动了？手抖啊抖的，压根冷静不下来。

伸手抓着旁边观止的衣袖，灵殊扭头看他，无数情绪在眼里打转，哽咽难成声。

叹息一声，观止伸手摸了摸她的脑袋：“我知道你的感觉。”

灵殊“嗷”的一声就哭了出来。

以前每回她在桌边睡着了，主子总是会把她抱上床去盖好被子，可她总是比主子睡得早，所以很多次主子睡在桌边了，她连被子都没机会给她盖。对此，灵殊一直觉得很愧疚。

如今终于有人能疼爱主子了，怕她冷着，怕她累着，温温柔柔地抱着她，给她盖好被子让她安心睡觉……眼泪汪汪地看着，灵殊双手合十，转身朝外头的老天爷行了个大礼。

善恶有报，因果循环，多谢上苍垂怜！

厚重的凤裙被人褪了，头上的凤冠也被人取了下来，风月迷迷糊糊的，只觉得浑身轻松，扭头就要往被窝里钻。

有人不悦地拦住她，伸手便往她脸上糊热腾腾的帕子，将她的浓妆擦了，一点点地从眼角擦到脸颊四周，一边擦一边沉声道：“太医说了这些对身子不好，就用这一次，以后莫用了。”

谁啊，这么啰唆？风月有点不耐烦，皱眉道：“我的身子又不是你的，管我呢！”

擦着她脸的手一顿，接着就听见一声冷哼，脸立马被人当搓衣板似的搓了起来。

“嗷！”风月伸手去挡，怒而睁眼，瞪着他道，“你做什么？！”

殷戈止居高临下地看着她，下颌紧绷，神色不悦：“我的手又不是你的，管我呢？”

这人怎么不讲道理呢？风月哭笑不得，又实在困倦，伸手将这人手臂一抱，可怜巴巴地道：“我想睡个觉嘛……”

软绵绵的声音，听着颇为委屈，殷戈止的神色瞬间缓和，将风月还绑着的束腰取了，让她舒舒服服地躺了进去，末了起身，很是嫌弃地睨着她道：“这种大日子都能睡过去的，也就你一个了。”说罢，转身就走了出去。

风月才不管呢，困了就睡，翻身裹着被子，睡得鼾声如雷。

大典已经结束，鉴于澧国危急的形势，百官没有打算给新帝休息的机会，直接在御书房召开了议会。

“陛下，石氏一族即将行刑，朝中大量官职空缺。”

“陛下，给烨国的国礼已经悉数押送出澧都，烨国使臣恭请陛下尽快敲定调兵之事。”

“陛下，太尉之位关系重大，先前石丞相提拔上来的人显然不堪用，还请陛下示下。”

叽叽喳喳的禀告声在御书房里接连不断地响起，换个皇帝来，怕是要被吵死。可殷戈止压根没着急，一边翻看着奏折，一边听他们说，等他们把话都说完了，他才合了折子，朝旁边一挥手。

大太监捧了二十卷圣旨，恭敬地放在了为首的乔堂杰手里。

“朝堂缺人，与其用新人，不如用旧人。朕已拟定恢复八位蒙冤流放或身陷大牢之人的官位，以弥补朝中文官空缺。至于武将，另十二道圣旨上写的名字，大家也都认识。”

二十道圣旨？圣旨又不是饺子，能这么下吗！乔堂杰的眼睛都瞪圆了，看着殷戈止，有话没敢说。朝臣们小声议论，脸上皆是惶恐之色。

“怎么？”殷戈止问，“有不妥之处？”

“陛下。”想了片刻，乔堂杰开口道，“要不还是分开下吧？一次给这么多圣旨，恐怕……”

“如今是用人之际。”殷戈止打断他的话，严肃地道，“二十道圣旨必定让澧国上下皆知：朕求贤若渴，但凡能效力者，只要品行端正，无论身处何地，朕皆愿恭请。”

众人心口都是一震，许久未觉的热血沸腾之感席卷全身。

“吾皇英明！”

乔堂杰颤巍巍地喊着，心想他果然还是不够了解陛下，要再下些工夫才行。

二十道圣旨，一道道地由快马带出皇宫，朝四面八方而去。

“奉天承运。”在各个不同的地方，圣旨展开，内侍们尖着嗓子念道，“皇帝诏曰……”

尹衍忠跪在地上听着，罗昊也俯首恭闻，澧孝帝求贤的消息如同长了翅膀，很快飞遍澧都，飞向澧国各地。

一时之间，朝堂之上一片繁荣。脸上还有伤疤的人穿上朝服，朝龙椅上的人三叩首。乔堂杰欣慰地瞧着，又听殿外盔甲铿锵之声整齐地响起。

澧孝帝神色温和，起身下座，带着一众朝臣站到朝堂门口去看。

昔日一夜之间消失的名将，如今铠甲齐备，手持头盔，一步步地朝他们的方向而来。

“尹……尹将军！那不是尹将军吗！”

“罗副将！当年关将军麾下最勇猛的罗昊！”

“秋夫人竟然也在……这么多年，他们去哪里了？”

众人震惊地看着，议论纷纷。乔堂杰瞧着，却像是突然明白了什么。

这些人……都是跟着关苍海打过无数胜仗的人，当年也正是因为他们突然不见了，澧国无人领兵，以致连连溃败。陛下执意要替关家翻案不是没有道理的，臣心不暖，何以重振朝纲、重振澧国？

看着澧孝帝亲自下去扶起行礼的人，乔堂杰悄悄抹了抹眼泪，看了一眼天——大澧……复兴有望啊！

风月穿着太监的衣裳，躲在殷戈止身边偷偷看着，眼眶也有些发红。一个将士最想要的便是有机会建功立业，能保得百姓安居乐业、国之疆土丝毫不丢。这一群宝刀未老的人还有机会，她却没有了。

她正想着呢，旁边的皇帝却突然扭过头来，淡淡地道："王公公，回龙涎宫替朕拿件披风来。"

风月连忙回神，低头捏着嗓子应道："遵旨。"

殷戈止是不准她乱跑的，来凑热闹都是威逼利诱了王公公好几天才得他允许，这会儿可不能露馅了。

她躬身就往龙涎宫走，边走边叹息，该看的也看了，回去好生待着吧，免得被他发现了，又是一顿训。

然而，一踏进龙涎宫，风月就傻了。

"主子。"灵殊正在给人倒茶，看见她便招手，"快来，有客人。"

主殿里坐着不少的人，这不是重点，重点是，灵殊怎么知道是她回来了？她这扮相很容易被认出来吗？

风月疑惑地走过去，刚跨进门槛，便觉得眼前一亮。

"民女给皇后娘娘请安！"花花绿绿的裙子跪下去一片。风月愕然，目光从她们身上扫过，最后落在金妈妈头顶："咋回事啊？"

"东家……啊不，娘娘！"金妈妈乐呵呵地起身，扶着她的手道，"今儿天气好，我带着她们进宫来谢恩。"

"谢恩？"风月很茫然，最近发生的大事太多了，她一直没顾得上梦回楼，她们来跟她谢什么恩啊？

瞧她这满脸迷茫的样子，灵殊连忙端了杯茶放在她手里，顺势低声道："娘娘忘记了？"

"不是忘记，是压根不知道怎么回事。"风月眨眼，拉了一把金妈妈，小声问，"恩从何来啊？"

嗔怪地看她一眼，金妈妈道："您不记得了？咱们梦回楼里除了断弦和何愁，还有很多人仇怨未解。"

这个她自然记得，还曾跟殷戈止说过，若他有空，请他费心呢。

嗯？等等！身子僵了僵，风月有点愣怔地扭头，看着金妈妈问："她们……仇都报了？"

"倒也不是报仇了，只是各家的冤案旧情全部拿到光天化日之下公正审理了。"金妈妈喜上眉梢，感叹地道，"她们当初会选择踏进梦回楼，也是因着申冤无门。没想到如今衙门大开，上至皇亲国戚，下至郡县衙差，只要被告，都会受审。如此一来，她们不必走那么艰险的路，堂堂正正告状即可。"

有些愕然，风月走了神。

这话听着简单，当真要做到，得顶着多大的压力、费多少工夫她是知道的。新帝刚刚登基，怎么会有闲心办这种事？而且看这进度，怎么着也该是澧文帝驾崩之前就开始着手了。

难不成她随意的一句话，他不但听进去了，还很认真地在做？

心口微微触动，风月深吸一口气，眼神复杂。

"娘娘，娘娘！"金妈妈大着嗓门将她喊回了神，甩着帕子道，"把大家伙晾在这里也不是个事啊。"

也对，眨眨眼，风月笑着回头，让宫人都下去，关上门一撩袖子便道："既然到我的地界来了，便随你们放肆个痛快！规矩什么的先省省，灵殊，上酒！"

"好嘞！"灵殊应了，蹦蹦跳跳地就去拿酒。一众姑娘本还担心自个儿不懂规矩犯错，一看皇后娘娘裙摆都扎腰带里了，当即便放松下来，嬉笑着纷纷落座。

跟个流氓似的跷着脚坐上主位，风月满眼感慨地看着她们问："现在的花魁是谁啊？"

"她！"众人抬手一指，便将微云推了出来。

先前在烨国，微云还颇有些看不上风月，没少帮着断弦针对她。如今再见，看着这人不染脂粉、英气又媚人的眉眼，她红着脸不敢抬头，颤巍巍地行礼："民女微云，见过皇后娘娘。"

"竟然是你！"风月挑眉，一把将微云拉起来让她坐在自己身边，眯着眼睛调戏人家，“当初你可不喜欢我了！”

小脸一白，微云连忙道：“民女不敢！”

“甭狡辩！”风月哼哼道，“先前梦回楼表演，你不是还买通了个秀才等着针对我吗？幸好还没等我上场，你们全被人针对了！”

提起旧事，众人笑得更欢，微云揉着帕子喃喃道：“那也怪不得民女啊，娘娘当时的做派可真是……”

“不讨人喜欢是吧？”笑了笑，风月眯眼，“我当时就没想跟你们好好相处，就想着怎么勾引男人了，不讨喜是肯定的！大家不要跟我学啊，会被排挤的！”

微云一愣，看着风月这耿直的表情，忍不住也笑出了声，心里的忐忑之意顿消——她不是个会跟她们斤斤计较的人。

“要是跟娘娘学，也能遇上陛下那般好的郎君，民女可愿意学了！”金珠笑嘻嘻地道，“咱们陛下一登基，梦回楼对面卖包子的大婶都自发地庆贺，包子统统便宜了一文钱！”

“可不是吗？那天街上都疯了，有官兵派粮，还有不少大户人家也开门放酒放肉，都知道迎来的是个明君。”

一听这话，风月拍了拍大腿：“我就知道他登基，肯定万民归心。”

“是呀，咱们尤其归心！”微云很是认真地道，“先前被人接去衙门问话，咱们还害怕呢，一个字也不敢说，有冤案都不敢上承。结果您猜那位审案的大人说什么？”

“嗯？”好奇地看着她，风月眼里亮晶晶的，“说什么了？”

“他说啊，有孝亲王撑腰，咱们有什么人告不了？”微云满眼感叹，笑得很开心，“关家的案子都被孝亲王翻过来了，还有什么他不敢翻的？而今王爷继位成了皇帝，给咱们撑腰的力道就更大了，咱们什么也不怕，有什么冤案，统统呈禀上去！”

说着说着，眼眶就红了，微云大着胆子拉着风月的手，哽咽道：“咱们都以为这一辈子翻不了身了，就算报了仇，定然也活不下去。没想到还能有这么一天，没想到能遇见您这样的好东家……”

风月低笑，捏了帕子往她眼睛上糊：“我也是运气好，本也是活不下来的。”

谁承想有人这么舍不得她，甚至为了留住她，不知道从多久之前就开始绸缪，一块块地铺着路，让她走得平稳而不自知。

“主子！”灵殊风风火火地回来了，手里拿着酒坛子，背后跟着拿了一摞酒碗的观止。

风月眼睛一亮，一扫惆怅的心情，挥手就道：“给大家满上，再拿点下酒菜！”

“下酒菜已经在做了。”灵殊笑着将酒碗放在她手边，拿了个小酒壶给她倒上一碗。

风月这叫一个感动啊，自从知道肚子里多了个东西，殷戈止就不让她喝酒，灵殊真是好孩子啊，知道心疼她肚子里的酒虫。

仰头一饮而尽，风月咂了下嘴，突然皱了皱眉：“灵殊，这是什么？”

旁边的小丫头笑眯眯地回答她：“主子，酒。”

风月嘴角抽了抽，眯眼将她拎过来：“你主子现在可是皇后，你这种拿水当酒的欺骗行为会被治罪的！”

整理了一下她穿着的太监袍子，灵殊乖巧地答：“主子，这是皇上御赐的‘酒’，吩咐让您在招待客人的时候喝。奴婢要是抗旨，也会被治罪的。”

无耻的殷戈止，竟然敢收买她身边的人！

风月气恼地抿了一口，可怜巴巴地看向微云：“好喝吗？”

微云放下酒碗，擦着嘴角笑：“回娘娘，这是金妈妈的美人酿，咱们带进宫来的，当然好喝。”

风月眼睛都绿了，舔舔嘴唇，咽了口唾沫：“给我尝尝你的呗？”

她眼瞧着自己的爪子都要碰着酒碗了，微云却飞快地伸手将碗高高举起：“皇后娘娘，咱们入宫之前陛下就来了口谕，说是谁让娘娘喝酒，谁就横着出宫。您行行好，可别难为咱们。”

还学会拿别人的性命来当威胁了？！风月瞪眼，扫一扫四周都美滋滋喝着酒的人，撇撇嘴，突然就委屈了。

“凭什么你们都可以喝，我不可以啊！”甩着胳膊扭着身子，风月跟个孩子似的嗷嗷叫唤，“我不管！我也要喝！”说罢，如猛虎下山，“嗷”的一声就扑向她们。

众人失笑，纷纷尖叫着护好自己的酒碗。被她追着的人四处跑着躲避，酒香都洒了满身。

灵殊心惊胆战地看着，生怕她摔着碰着，奈何拉也拉不住，看见美人酿的主子就跟发狂了的狮子似的，嗷嗷地追着人不放。

这可怎么是好？

殿门“吱呀”一声打开了，里头的人跑得欢，也没注意。风月气愤地边跑边喊：“酒都不让人喝，你们有没有人性啊！”

说着撸起袖子往前就是一扑，前头的金珠侧身一闪，她没刹住车，冷不防就扑进了一个人的怀里。

四周顿时安静下来。

风月眨眼，突然觉得有点不对劲，偷偷摸了摸这人衣裳的材质，心里一跳，保持着撞进来的姿势，立马转了语气道：“你们太坏了！都不如皇帝陛下对我好！”

“哦？”清冷的声音从头顶落下来，跟冰块似的砸在风月后脑勺上，“朕也不会让你喝酒，朕也没人性？”

“不不不！”抬头就冲他一笑，她道，“您是全天下最有人性的！”

殷戈止冷哼一声，伸手就拎起她的后衣襟，嫌弃地看了看她身上的太监服，然后朝殿中呆愣住的众人道：“内子失礼，各位稍候。”说罢，一把将人搂起来就往内殿走。

“怎么了？”风月惊慌的声音从殿门一路飘到内殿，“哎？我可以自己来！外头还有人呢！”

“喂！”

“……我错了，我错了还不成吗？下次绝对不横冲直撞了！”

“陛下……好陛下……”

众人目瞪口呆地听着，一群向来看淡红尘的姑娘都红了脸。没一会儿就见风月又被拎了出来，已经换上了皇后的常服，凤纹暗绣，看起来很舒适，只是一张脸上满是可怜，像受了委屈的小媳妇。

殷戈止坐上主位，便将这小媳妇放在自己身侧，然后问：“难得进宫一趟，各位若是还有什么难处，尽可直言。”

此话一出，众人顿时很直接地感受到了有皇帝撑腰的幸福感，纷纷跪下行礼：“皇恩浩荡，民女们别无他求。”

殷戈止微微颔首，看向金妈妈，金妈妈会意，开口道：“知道娘娘为后，老身已经将消息传去了烨国，何愁和断弦都在赶来的路上，盼着与娘娘见上一面。”

风月挑眉：“这么远的路，她们也要赶来吗？”

“她们受娘娘之恩甚重，是无论如何也该来的。”金妈妈颔首，“只是她们颇为担心娘娘，快马传书来，都说一定要让娘娘等她们。”

同样是报过仇了无遗憾的人，何愁和断弦自然最能明白风月想做什么。她们大仇已报企图寻死的时候，都有她在劝着，可当真轮到她的时候，谁来劝？

世人都是如此，劝得了别人，放不过自己。所以一得到殷戈止的传书，她们便急着赶来澧国，跟她封后没有关系，就是想来留一留她。

她旁边这个人估摸着也是这样想的，所以今日接了这群人进宫，还让金妈妈说这么一番话。

侧头扫了一眼殷戈止无波无澜的侧脸，风月心里软了软，垂眸应道：“好啊，我等她们来。”

无声地松了口气，殷戈止起身道：“朕还有事，不能久坐，便先去前头了。灵殊，看好娘娘。”

“是。”灵殊乖巧地应着，众人都垂首，恭送他出去。

等那袭龙袍消失得没了影，殿里的众人才重新活泛起来，七嘴八舌地道：“当初在梦回楼里瞧见，我就知道这位公子身份不凡，将来必定能成一番大事！”

“呸！就你马后炮厉害！你要是一早看出来了，怎么不下手啊？”

金珠委委屈屈地道：“谁没下手啊？不少人下手了，可他偏生不满意，表情吓人得很，哪个姐妹敢上前伺候啊？也就娘娘当时胆子大，敢在老虎嘴上拔毛！”

“过奖过奖！”风月掩唇，“不入虎穴，焉得虎子？”

金妈妈张口就骂：“你们这些小蹄子老实点，在宫里这么放肆，当心被推出去砍了！”

上头的皇后娘娘都这么放肆，底下的谁还守着规矩啊？一个个都跟在梦回楼似的自在，嘻嘻哈哈的，让这死寂的宫殿都像是活过来了似的。

宫里的日子其实挺无聊的，有这么一群人来，风月也高兴，跟着她们好一阵胡闹，吃饭喝水，谈天说地，一直闹到太阳下山。

姑娘们喝醉了，勾肩搭背东倒西歪。金妈妈稍微好点，还能睁眼看着殿内的情形。

晚霞的余光从门口照进来，有人的衣摆微微晃动，从躺在地上的金珠身上扫过，避开了前头流着口水的微云，慢慢地走到了主位的软榻边。

揉了揉眼睛，金妈妈迷迷糊糊地想看清那人的脸，却只能看见他身上的紫金色长袍，广袖起落之间，榻上的人就被他抱进怀里。

“困了也不知道搭件衣裳再睡？”

怀里的人嘟囔一声，抓着他胸前的衣裳蹭了蹭。

殷戈止满眼叹息，轻轻摇头，将人抱进内殿，放在床上：“再这么胡来，下次不让她们来陪你了。”

“别啊……”风月嘟囔两声，闭着眼睛满是倦意地道，“我都没喝酒，可听话了……”

“乖。”摸了摸她的脑袋，那清冷的声音带了点暖意，“睡吧。”

床上的人呼吸均匀，很是放心地睡了过去。殷戈止伸手摸摸，这人脸上和身上都长了点肉，终于瞧着没那么让人担心了。

掖好被子站直身子，殷戈止侧头，就看见灵殊瞪大眼睛看着他。

他微微挑眉，勾手示意这机灵的小丫头跟他出去。

“陛下。”灵殊很是不解，“您对主子是挑不出毛病的好，尤其是主子迷迷糊糊的时候，您总是很温柔。可她醒着的时候，您又变得凶巴巴的……何必呢？”

“你不要多嘴。”殷戈止道，“朕该如何对她，心里都有数。”

“可……”这样主子压根就不会念陛下的好啊！灵殊皱眉。

回头看她一眼，殷戈止淡淡地道：“你家主子脾气冲性子直，当真温温柔柔地对她，她会被宠得无法无天得寸进尺。”

现在就刚刚好，一切都恰到好处。

脑子里灵光一闪，灵殊突然就明白了帝王的意思，倒吸一口凉气。

这个人，这个人……

“知而不言，才是大智慧。”深深地看她一眼，殷戈止转身，龙袍微扬。

灵殊愣怔地看着地面，伸手捏住自己的嘴唇，原地向后转，乖乖地回去照顾主子。

澧国新帝登基的消息传到烨国的时候，已经是半个月之后了。

叶御卿抱着忘忧看着手里的信件，轻笑了一声，眼神深邃。

“这才过去多久，景国收到易将军身亡的消息都还没发兵，他倒是先登上了皇位。”

忘忧抿唇：“殿下这回该知道奴婢不是要跑，是当真想回澧国去看看了吧？”

“看谁呢？”扫一眼怀里的人，叶御卿抿唇，“新后吗？”

“是。”忘忧颔首，“她于我有恩，如今似乎有轻生之意，奴婢怎么也该去看看。”

眼里有些暗色，叶御卿松了信纸，伸手捏着这人的腰，温柔地道：“本宫总觉得，放了你，你便不会回来了。”

背脊一凉，忘忧勉强笑了笑：“怎么会呢？”

没理会她这话，叶御卿站起来，将她放在一边：“澧国新帝登基，国中正是大乱之时。”

这个时候联合抗景，他们到底能出多少力呢？要说先前澧文帝在位之时，与澧国联合，叶御卿觉得自己有把握将整个澧国都拿捏在手里。可现在，殷戈止为帝了，那他从前的打算可能要全部推翻。

叶御卿叹息着问旁边的冯闯：“你说这是命数还是什么？先前本宫还说殷戈止那样强劲的人，幸好永远回不去澧国了。可没多久，他就回去了。一个月前本宫还跟你说，幸好澧国是澧文帝当政，结果现在，他登基了。”

冯闯沉默，垂头。

听着他这语气，忘忧突然有点不安，走过去轻轻拉了拉他的袖子：“殿下……”

叶御卿轻轻挣开她，温和地道：“你还是好生留在这里吧，澧国不是很太平，本宫会担心你。”

心里一沉，忘忧睁大了眼：“可……”

“就这么定了。”温柔地将她的手放在自己手里握着，叶御卿笑道，“你乖乖听话，可好？”

“……是。”忘忧垂眸，心口紧成一团。

她回不去了，只有断弦还能回去，那至少得想个办法，让她带个信。

澧孝帝登基后的头一件大事便是筑兵西北，以挡景军。易国如薨逝的消息已经传遍列国，景国屯兵在烨国的边界，隐隐有欲动之势。烨澧两国联盟已立，殷戈止整合了一支十万大军，把兵符交到了尹衍忠的手里。

“屯兵之处有八，将军从这条路往西北去，路上可以会师六七，剩下的人会在边境与将军会合。粮草和兵甲，朕都会准备妥当，绝不会耽误战事。”

有个当过将军的皇帝就是好啊，知道怎么打仗，也知道打仗需要什么。尹衍忠拿着头盔行礼，郑重地接过了兵符。

“还以为陛下会御驾亲征。”罗昊在旁边笑道，“当皇帝的都喜欢搞那个，那可麻烦了，带着皇帝最不好打仗！”

“罗将军！”秋夫人瞪了他一眼。会不会说话啊？面前站着的这个就是皇帝！

察觉自己失言，罗昊连忙道：“当然，要是咱们陛下那肯定不一样，您会带着咱们打胜仗的！”

“这回朕就不去了。”殷戈止满脸严肃，“已经登基为帝，实在是有很多事情要忙，国不可一日无君。”

众人纷纷点头，是这个道理。

旁边的观止垂了眼睑，心想哪是什么“国不可一日无君”啊，分明是主子放心不下皇后，生怕她摔着碰着，要不然，他早飞出去打仗了，那偃月长刀和银龙甲都不知道擦了多少回了，还非得找这么冠冕堂皇的理由。

“陛下！”营帐外头有以前跟过他的内侍兵进来，一看见他便激动地磕头行礼，“卑职见过陛下！”

“牛子藏啊。”看见他，殷戈止还是很熟悉的，挥手便道，“免礼了，这回西北大军的内务也得靠你效力。”

“卑职遵旨！”笑嘻嘻地站起来，牛子藏感慨地看着面前这人的鞋面，战无不胜的大皇子回来了，可惜当了皇帝，不能再带他们一起打仗了。

“对了陛下，先前退役的很多士兵，听闻您登基，都纷纷回来了。”想起这事，牛子藏连忙道，“都是您当年亲自带的兵，一个都没少。只除了那个一顿吃三碗饭的小兵，估摸着是回家娶媳妇了。”

以前他的营帐里是有那么一个小兵，个子矮矮的，总是低着头，给他扛过旗，也给他洗过刀。他没怎么注意过，对那小兵唯一的印象就是吃得多，一顿能吃三碗。

轻笑一声，他道：“回来了就是好事，能回家去娶媳妇，也是好事。都归队吧，等整理好了，一并交接。”

“是！”牛子藏应了，扭头就让人去传令。

殷戈止低头继续看地图，看着看着，突然觉得有点不对劲。

“当初那个小兵，是怎么选进来的？”倏地，他问了一句。

伸着脑袋在营帐外说话的牛子藏缩回头来，眨眼道：“您忘记啦？关将军那边送来的人啊，说是谁家细皮嫩肉的小少爷，想跟着您见见世面。”

谁家的小少爷，既然与关家有关系，哪用得着千里迢迢送到他的军营里来见世面？

眯了眯眼，殷戈止敲了敲桌子：“叫什么名字？”

牛子藏也不知道陛下为什么会突然对一个小兵感兴趣，不过他安排的人，自然是知道底细的，当即便道："关家二少爷亲自指派的人，叫关清，跟了您几个月，没什么地方不妥的吧？"

关清？脸色一黑，殷戈止闭了闭眼。

哪儿是关清啊，分明是关清越！他就觉得奇怪，关清越与他可没什么交集，就算三年前有过一段时间欢好，也不该那般了解他的习惯和想法。敢情那人还在他身边潜伏过几个月，可他压根就没注意到。

好家伙，怪不得每次看她吃饭吃三碗都会有种奇怪的熟悉感，原来是她！

"陛下，关于西北边防之事……"

"你们先商量。"将手里的地图一放，殷戈止笑了笑，温和地颔首，"朕有事先回宫一趟。"

被这突如其来的笑容震得头皮发麻，营帐里的人都傻了眼，殷戈止大步流星地往外走，翻身上马便往皇宫的方向狂奔。

"陛下！"禁卫吓得魂不附体，"您慢些！"

哪有皇帝自己骑马狂奔的？万一有刺客咋办！

嗯？等等，刺客？

这么一想，禁卫们反而不紧张了，刺客在这位皇帝面前压根没用啊！

于是殷戈止就这么潇洒地一个人冲回了皇宫。

第十三章

交涉的人选

风月正踮着脚去拿放在柜子上头的装梅干的罐子，那柜子不高不矮的，搭个凳子吧，没必要；自己去拿吧，又总是有点费力。

勾了半天也没将罐子拿到手的皇后娘娘生气了，一跺脚一扭头，却刚好瞧见皇帝闯了进来。

“哎，您来得正好。”她指了指柜子上的罐子，两眼冒星星地看着他，“替臣妾拿一下呗？”

气息未平，殷戈止扫她一眼，伸手轻松地将罐子拿下来塞进她怀里：“朕有话问你。”

打开盖子，塞了梅子在嘴里，风月一边吧唧一边问：“怎么啦？”

“你是不是在我麾下当过兵？”

一颗梅子差点卡喉咙里，风月心虚地别开脸：“您说什么胡话呢？臣妾听不懂。”然后抱着罐子就想溜。

殷戈止眯眼，伸手将她的罐子抢过来，重新放回了柜子上头，然后抄起手往柜子旁一靠，有一种“你今儿不说就别想我把梅子给你拿下来”

的架势。

风月哭笑不得地问：“您贵庚啊？”

深深地看她一眼，殷戈止道：“我总觉得，你还有很多事情瞒着我。”

“陛下，您已经是帝王，请自称为朕。”风月打趣，“用平称可不妥当。”

“自称为‘朕’，是帝王为了显得与众不同、高高在上。”殷戈止伸手捏了她的手，往自己怀里一扯，淡淡地道，“但我与你没什么不同，也并不打算高高在上。”

风月微微一顿，耳朵贴在他心口，很清晰地听见了他的心跳声。

“我只是想知道，三年前的关清越为什么会来我的麾下，甘心当个小兵。”他闷声道，“那时候的你是怎么想的？”

风月沉默，抓着他的衣襟认真地回忆起来。

她当时是怎么想的呢？压根就什么也没想吧，扑在关清穆的背上，撒着泼打着滚：“我不嘛，我就要去大皇子麾下！”

“傻丫头，你可是将军，”关清穆摇头，脸上满是无奈，“去当个内侍兵，父亲不会同意的。”

“我们瞒着父亲就好啦！”双手合十，关清越可怜巴巴地道，“帮个忙呗？”

拗不过她，关清穆宠溺地摸了摸她的脑袋，趁着大军休整，将她送去了不远处的大皇子军中。

其实去的时候她压根没多想，就是听人说大皇子年纪轻轻就多厉害多厉害，有些不服气，又有些好奇，打算去仔细看看。可是当真到他身边的时候，关清越就傻眼了。

原来世上还有这么好看的人，银甲长刀，威风八面，战场上所向披靡，卸甲之后却又是翩翩儿郎，眉目之间都是出尘脱俗的清冽之气。

喜欢上一个人可能就是一瞬间的事情，那一瞬间，殷戈止一箭射穿了敌军将领的脑袋，澧军万人齐呼，声音震天。跟在他马侧的她，突然就觉得心口一跳。

少女的情窦初开，不在花前月下，倒是在黄沙漫天的战场上，在偃月刀滴下来的鲜血里，在那人没有情绪的眉眼间。

她不是会贸然糟蹋自己身子的人，当真是很喜欢很喜欢他，才会在即将成亲之时，夜奔之。不过她也不是一个擅长表达的人，不会一点点地说自己的感情，不管是大军归朝前的那个晚上，还是三年前最后的那一场缠绵，她都没来得及开口说什么。

“你还没回答我的问题。”殷戈止的声音插进来，打断了那一段满是铁锈味的回忆。

风月抬眼，看着这眉目如初、气息却亲近了不少的人，调皮一笑：“你问，我就要答？”

不悦地看她一眼，殷戈止道：“你可以不答，但你不答，我便当作是你害羞。”

“害羞怎么了？”风月挑眉，“我脸皮这么薄的人，当然会害羞了！”

郁闷之气顿消，殷戈止的神色柔和下来，睨着她，眼波流转。

被这无边的美色迷了眼，风月脸上微红，恼羞成怒：“你想什么呢！”

伸手将柜子上的罐子拿下来放进她怀里，殷戈止淡淡地道：“没什么，只是觉得这个答案很好。”

他的皇后虽然粗鲁狡诈又别扭，可一旦害羞起来，那眼里的水光滴溜溜乱转，当真是煞为好看。其实原因稍微一想也能想到，他不过是想听她亲口说。她要是不愿说，那也就罢了，这害羞的模样便足矣。

指尖一挑，从她下巴尖上划过，殷戈止直起身子，悠然地道：“随朕一起送尹将军出征吧。”

这话跳跃得也太远了！风月皱眉，嚼着梅子道：“陛下当了皇帝，就不想自己打仗了？”

目光从她的脸上一路扫下去，落在她尚还平坦的肚子上，殷戈止心情沉重地道：“你一向不让人省心，我得看着你胜了这一仗，才敢上真正的战场。”

“啥叫我不让人省心啊？”风月怒了，“我带的兵，压根就没有过败绩！”

“可是前天你吃饭打碎了碗，昨天睡觉差点从床上摔下去。”沉了脸色，殷戈止眯眼看着她，“今儿一大早还企图偷酒喝！”

刚积攒起来的怒气瞬间就没了，风月有点窝囊地缩了缩脖子："那都是意外……"

"别意外了，我说什么你便做什么吧。"殷戈止冷着脸道，"要是违背，军法处置。"

想了想，他又补上一句："处置不了你，灵殊替你顶着。"

脸一垮，风月捏着帕子捂着眼睛就开始哭："陛下，您以前不是这样的啊陛下！说好的宠着臣妾，尹将军他们还没出发呢，您就要卸磨杀驴了？"

"鸟飞弓藏，兔死狗烹。"佯装凶恶地瞪着她，殷戈止咬牙道，"你给朕老实点！"说罢，扭头就抱了折子去软榻上批改。

灵殊和观止站在外头，冷不防就听见皇后娘娘打开窗户唱："秋末树枯黄呀——凄凄凉凉！负心薄情郎呀——使我哀伤！当时说得好呀——情意绵长！可怜我肚子大呀——被抛下堂！"

一时间宫中震惊，听见声音的宫人都急急忙忙地过来围观，想看看发生了什么事。好歹是入主中宫的娘娘啊，这才多久，怎么就一副怨妇的模样了？

瞧着四周人越来越多，风月兴奋了，捂着脸假哭得更加卖力："我的个心呀——我的个肝！遇人不淑啊——悔青了肠！"

声音之凄惨，简直是闻者伤心听者落泪。外头的小宫女都忍不住低声道："这是怎么了呀？皇后好歹还怀着身子，皇上怎么能这般对她？"

"你知道个什么？"旁边年纪大的宫女哼声道，"都说咱们新帝为人风流，定然是不会只立一个皇后，令宫中空着的。这不，肯定是要纳妃了，皇后才会这么伤心。"

"纳妃也正常呀，至于这么哭吗？就咱们陛下那万中挑一的模样，想当皇妃的人定然会挤破头，到时候前朝大人们施压，宫里可不就会新添人吗？"

"我倒是觉得，皇上很宠爱皇后娘娘，应该不会这么快纳妃吧？"

一群人七嘴八舌的，最后竟然因为意见不同吵了起来，声音都盖过了风月的哭喊声，吓得她缩了缩肩膀。

屋子里捏着折子听了半晌热闹的人终于起身，走到窗台边，面无表情地问："想下来吗？"

"想！"风月乖巧地点头，伸手就搂住了他的脖子，笑嘻嘻地借着他的力道下了窗台。

清冷的目光扫一眼窗外，殷戈止低头，轻轻在怀里人的头顶上一吻："朕不会纳妃。你也成不了怨妇。"

这声音不大不小，却刚好能让外头的人都听个清楚。风月眨眼，扫了扫外头匆忙跪下的众人，歪了歪脑袋问他："陛下，您这是……在给臣妾解释？"

知道你还问？殷戈止没好气地道："不，朕这是在稳定人心。"

那可真是太稳定了！看一眼外头长跪不起的宫人，风月直咋舌，都稳在地上不敢起来了！

"你刚唱的是什么东西？"挟持一般地拖着人往内殿走，殷戈止面无表情地道，"就你这样子，要不还是在宫里待着，别去给尹将军他们送行了。"

"那怎么行？！"风月瞪眼，立马甩开他，"我这样子怎么了？"

还怎么了，这哪里是皇后娘娘啊，分明是个市井泼妇。真这么大大咧咧地在百官面前送行，估计第二天他桌上的奏折就全是参她的了。

"您放心，臣妾绝对不添乱！"风月拍着胸口保证道，"要是添乱了，您只管罚观止！"

躲在旁边都挨刀的观止哭笑不得："娘娘，为什么是罚属下？"

"陛下说的呀，我犯错，罚灵殊。"风月扭头看着他，"你说说，灵殊那小身板怎么扛得住军法？不还得你来吗？"

有道理，但怎么觉得哪里怪怪的？尤其是看皇后娘娘那一脸无所畏惧的表情，观止心里凉得慌。

殷戈止摇头，转身回去继续看折子，没再理会她，心里其实还是不放心。

可没想到，等到真正要出发的时候，风月还真能扛得住场面。

一袭金银缎绣鸾鸟拜凤朝服披身，六支鎏金攒凤钗压头，柳眉重扫，朱唇点绛，风月双手交叠在身前，挺直腰杆一步步地随殷戈止走到杨柳台上。下头的文武百官瞧着，皆微微颔首，眼带敬意。

殷戈止有点意外，睨着她这端庄大方的模样，忍不住低声问："谁家妖精附身到了朕的皇后身上？"

风月抬起袖子挡着点脸，瞪他："臣妾这是给您挣面子呢，调侃的话回去再说成不成？"

微微勾唇，殷戈止颔首："成。"

于是，尹将军等人就目瞪口呆地看着风月以极为标准的礼仪姿态在皇帝身边站了半个时辰，到皇帝授旗的时候，她还恭敬地接了旗子，迈着礼步，微微颔首递给了他们。

"此一去，便是男儿建功立业、保家卫国之时，还望将军们保重。"她抬眉，眼神坚毅，颇有英气，不似宫中女娇娥，倒让尹衍忠想起当年战场上的真绝色。

尹衍忠感慨万分，伸手接过战旗，跪下行礼："谢主隆恩。"末了，小声加上一句，"娘娘保重。"

风月笑着颔首，看着他们起身，齐齐往后退上五步，然后转头，整齐地往前走。

"你的人都走了。"殷戈止瞧着，突然说了一句，"以后朕若是欺负你，你也找不到地方告状了。"

风月惊恐地看他一眼，眼珠子乱转，顾着仪态，低声问："陛下，臣妾现在跟他们一起走，还来得及吗？"

"来不及了。"一脸惋惜地摇头，殷戈止伸手，捏了她的手腕便摆驾回宫。

风月一路上都战战兢兢的，时不时看一眼殷戈止的侧脸。都说帝王心思难测、喜怒不定，伴君如伴虎啊！她这阵子活得那般肆无忌惮的，会不会惹怒了他而不自知，然后现在他打算算总账了？

察觉到自己捏着的人在微微发抖，殷戈止眯眼，脸色突然就阴沉了下来："你在害怕？"

“陛下。”咽了口唾沫，风月侧头看他，“您都说那样的话了，臣妾也不能害怕一下？”

对上她认真的眼神，殷戈止沉默，垂了眸子，好生反思了一番：是不是他对她好得不够明显，总是藏着掖着的，所以她当真以为他会翻脸不认人？

太医说怀着身孕的人不能情绪起伏太大，不能担惊受怕，那他先前的策略是不是该变一点？

认真地想了许久，殷戈止缓了神色，等马车到了地方，便下去，伸手将车上的人抱下来，温和地问：“午膳想吃什么？”

风月眼里的惊恐比方才更甚，颤巍巍地从他怀里下来，退了两步：“陛下说吃什么，那便吃什么。”

“你躲什么？”往她的方向跨了一步，殷戈止想皱眉，又忍了，眼神温柔地看着她道，“朕又不会吃了你。”

这种表情，配着这句话，风月瞬间有一种看见大尾巴狼的感觉，扭头就喊：“灵殊！”

“主子？”灵殊过来，伸手扶着她，满脸茫然。

“咱们回宫去！”低声说了一句，风月抬头，冲殷戈止假笑，“陛下您自己用午膳吧，臣妾……臣妾还想回中宫去看看。”

殷戈止眯眼，心里沉了沉，很想一把将人拎进龙涎宫，可看着她那害怕的模样，他又有些恼怒地挥了挥袖子。

风月如获大赦，端庄地捏住袖口，迈着莲花碎步就带着灵殊一路狂奔。

“主子？”灵殊没看明白，一边跟着走一边问，“发生什么事了？”

“你没看见陛下不太对劲吗！”风月心有余悸，“他平时怎么可能那么温柔地说话啊？摆明了是有问题！”

灵殊一愣，想了想，叹了口气。她说什么来着？让陛下好生对主子吧，他不听，非得调教主子，主子这个性是能调教的吗？搞不好还会搬起石头砸自己的脚。

感情是最经不起算计的。

“主子。”想了想，灵殊问，“您觉得陛下对您如何？”

风月微顿，想了想，道：“说实话，我不太敢下定论，要说他对我不好吧，那不可能，我又不是傻子，当然能感觉到他对我好。可要说他对我死心塌地吧，那也没有，他还是跟以前一样让我看不透，不知道他心里在盘算什么。”

灵殊眨眼，一脸天真地道：“当局者迷旁观者清，依奴婢看，陛下不会在您身上盘算什么，他至多会想，要怎么才能让您放下全部的心防。您觉得他看不透，他可能同样也觉得您看不透。”

到底是从生死边缘拉回来的人，殷戈止担心失去她，自然会费尽心思将她留住。那件大事过去的时间还不够长，两人之间的隔阂也没有完全消失，要说风月忐忑，其实最忐忑的是殷戈止。

好几回灵殊守夜，半夜都能听见帝王起身的动静，大概是被噩梦惊醒的，殷戈止总是在黑暗里轻轻喘息，然后低头看着身边睡得熟透了的人儿，一看就是许久。那双月光流转的眼里深不见底，不知道在想些什么。

看似强大无所畏惧的帝王，心里早就有了柔软的地方，那地方还插着一把没拔掉的刀子，瞧着都让人唏嘘。

停了步子，风月扭头看着灵殊：“你最近为什么越来越爱帮他说话了？”

灵殊无辜地眨眨眼，道：“主子，奴婢说的都是实话，陛下实在挺辛苦的，您也多少心疼他一下。”

殷戈止需要心疼吗？风月不解，他看起来像座永远不会融化的冰山，不知道累，不知道饿，脸上什么表情都没有，也从来不需要谁的帮助。在他身边，她觉得自己挺多余的，反正他什么事都能一个人做好，连跟她说一声都没必要。

不过……想想那张最近瘦了点的脸，风月眯眼，摸着下巴想了一会儿，道：“午膳还是炖一只鸡，放点补脑子的药材吧。”说罢，转了身，往御膳房的方向走去。

殷戈止沉默地看着折子，武泽不知什么时候来的，站在他面前神情严肃地道："兵力匮乏，民间征来的兵也无法马上送去边关，烨国的意思是想同咱们借粮，三司使的折子在这里。"

接过他递过来的折子扫了一眼，殷戈止嗤笑："真不愧是叶太子，半点不肯吃亏，澧国出十万士兵不够，他还想要粮食。"

武泽叹息："昭国一方暂时停战观望，微臣觉得，不管抗景之战能不能赢，澧国都已经岌岌可危了。"

输赢都会元气大伤，昭国坐收渔利，直接从北面攻下澧国十几座城池，那澧国也算是完了。

"想坐山观虎斗，也要问问烨国答不答应。"抽了一支笔，殷戈止一边写信一边道，"这封信让人送给烨国太子，另外，把这份昭国秋收屯仓的汇报奏折一并送去。"

武泽吓了一跳，接过东西来看："昭国的秋收屯仓汇报？"

"昭国的产粮数量一向可观，今年尤甚，朝廷屯粮数量是我澧国的三倍。再加上这条很是方便的运粮路线，叶太子会好生考虑的。"殷戈止道，"另外，你放今年歉收之地的灾民进澧都吧，好生管制，适当放些米粥。"

"是！"愣愣地应了，武泽拿着东西出门，踏出龙涎宫，才回过神来——皇上怎么会有昭国的秋收屯仓汇报？

殷戈止有些疲惫，靠在椅子上，轻轻揉了揉眉心。上位者，得掌控全局，方能运筹帷幄，眼下烨、昭、景等与澧国多有关联的国家，他都有内应，可景国的内应派不上什么用场，到时候还是有一场硬仗。莫说昭国虎视眈眈，烨国也不是全然好心一片，这等群狼围羊的局面，不是那么简单就能破的。

正头疼呢，冷不防闻到了一股鸡汤的香味，殷戈止缓缓睁眼，却见龙涎宫的殿门开了一条缝，有笑得灿烂的脑袋伸进来，将殿里的阴霾一扫而空。

"陛下，吃鸡吗？"

有那么一瞬间，殷戈止以为是自己的错觉，怎么可能有人一笑，满殿的阴沉之气就都散了呢？

然而，他定睛看了看，那影子没消失，反而端着一盅子东西，轻手轻脚地进来了。

“瞧您有点费脑子。”风月眉眼含笑，伸手将炖好的鸡汤放在他面前，“来歇会儿呗？天麻炖鸡，臣妾亲自盯着他们做的！”

殷戈止盯着她，神情有些恍惚。

他突然就想起了以前的使臣府，这人也是很奇怪，私自将他冷清的府邸改得灯光盈盈、花香四溢。她就站在那台阶上，朝着刚回来的他微微屈膝。

即便过了这么久，每每想起那画面，他都仿佛能闻见那院子里的花香。

风月是个很古怪的人，常人看他神色严肃，都会怕他、远他，她偏不，像是看不懂人脸色一样，大着胆子靠近他、挑逗他。常人知他喜欢安静，都会小心翼翼生怕吵着他。她也不，偏生拉着他往热闹里头钻，完全不怕他生气。

就像现在，观止都能察觉他的暴躁，轻轻退了出去，她却端着鸡汤进来，让他歇会儿。

殷戈止轻轻一笑，摇头颇为无奈地拿起勺子，低声道：“你做的分明都是最容易让我生气的事，可我怎么就是气不起来呢？”

“啥？”风月满脸无辜，委屈地蹲在旁边睨着他，“臣妾让您用午膳，您还要生气？”果然是伴君如伴虎！

斜她一眼，殷戈止尝了一口鸡汤，板着脸问：“你不是要回中宫吗？”

“是打算回去来着，”挠挠头，风月耸肩，“可是走到半路灵殊说您最近挺辛苦，臣妾想想觉得也该心疼心疼您，所以去御膳房给您炖了鸡汤。”

殷戈止微微挑眉，喝着鸡汤看着她，心想一定要找个时间好好奖赏灵殊一番了，小丫头实在很机灵。

“过来。”一只手捏着勺子，一只手朝她勾了勾，殷戈止大方地指了指自己身侧的位置，“别蹲着了。”

“好嘞！”风月起身跳到他旁边坐下，飞快地扫了一眼他面前摊开的各种折子，抿抿唇没敢多问，张口接着他递过来的一勺鸡汤，乖乖地喝着。

殷戈止没避讳她，甚至觉得她看这些折子也无妨。可瞧着这人的小眼神，好像不怎么感兴趣啊？

“这个，看得懂吗？”随手指了一份折子，殷戈止一边往她嘴里塞鸡汤一边问。

顺着他指的方向看了一眼，风月点头：“看得懂啊。”

“那你就没什么想说的？”

想说的？风月耸肩：“您这么厉害的人，这些事情肯定都能处理好，还要臣妾说什么？”

殷戈止眯了眯眼，很快就找到了症结所在。

他一直觉得她好像不是很关心自己，每次他在御书房里煎熬的时候，这厮都在宫里抓宫女玩。如今一听这话，皇帝陛下反应过来了——丫不是不想帮他，是觉得他太厉害了，什么都能搞定，不需要她帮忙，也不需要她照顾。

这怎么能行呢！就算他的确不需要帮忙，可也不能让她这么置身事外、事不关己啊！

眼珠子微微一动，殷戈止长长地叹了口气，眼睫垂下来，落在眼睑上，柔弱地颤动了几下：“朕又不是无所不能的神仙，自然也有处理不好的事情……这些事情搅在一起，已经让朕几天没睡好觉了。”说着，强行轻咳了两声，捂了捂心口。

风月眨眼，很是好奇地把那折子拿过来仔细看了看，说：“这不就是烨澧联合的相关事宜吗？”

“是。”惆怅地叹了口气，殷戈止扶额，“先前叶太子想与澧国联合，的确是诚心的，因为澧文帝不懂打仗之事，只要能维护皇权，他会答应烨国很多条件。但现在，朕继位了，叶太子知道朕不好糊弄，能从朕手上占的便宜也不多，所以难免会有别的打算。”

风月微微一凛，坐直了身子：“您想得很周全，叶太子是什么事都干得出来的人。”

看着她陡然正经的神色，殷戈止微笑，一边舀着汤往她嘴里喂，一边道：“所以，朕一直在想，要如何在烨、昭两国之间寻得平衡之法，保住澧国。”

一拍大腿，风月道：“这种仗我打过！”

三方对峙，如何保住最弱的那一方？她先前带着一支一千人的后援队的时候，遇见过这个难题。本是去西山剿匪，却遇见了烨国的前锋营。山匪有地势，烨军有兵力，她很尴尬地被夹在中间。眼瞧着要全军覆没了，她灵机一动，先派人上山与那群山匪谈判，反正他们这支援军一没，烨军也会踏平这座山头。与其一起被烨国人宰了，好歹都是澧国人，先一致对外。

她答应山匪们的条件就是，放他们一马，并留给他们百件兵器。

山匪答应了，让他们共享地势，借高打低，关清越很漂亮地打了一场以少胜多的战役。那群山匪很聪明，打完之后，知道就算她不清剿他们，也会有别的军队来，所以干脆投到了她麾下，从良为兵。

“如今烨、昭、澧三国之中，论整体国力，那定然是烨国为最，昭国次之，澧国为末。”风月一边喝鸡汤一边比画，“但昭人不善战，先前不是还被封明带的兵打败过吗？他们国力强是强在粮草充足，就好比那一窝山贼，强在地势。陛下真要求个平衡，不如派人与昭国好生拉近关系，再想法子让烨国对昭国产生威胁，接着便可以联盟了。”

两边都联盟，那一旦有一边要动手，另一边都不会坐视不理，最后三国混战，谁也收不了渔利。其他两国的国主又不傻，这种情况下想攻澧都得仔细掂量个一两年。

这一两年，澧国怎么也会恢复几成国力。

赞赏地将最后一口汤喂进她嘴里，殷戈止颔首：“朕的皇后当真是很适合打仗。”

“那当然！”风月骄傲地一扬下巴，想伸手比个大力士的姿势，然而一看自己的手，还是恹恹作罢，哼声道，“就算不会打了，可说还是会说的。陛下要是觉得此事可行，臣妾想跟陛下举荐一个人。”

“什么人？”

“金妈妈。”很是认真地看着他，风月道，“您要是想找人与昭国交涉，她再合适不过。”

嗯？殷戈止有点意外，挑眉道：“金妈妈是昭国人朕知道，可若要去交涉……她以何身份？”

“以昭国皇妃的身份啊。”意味深长地笑了笑，风月眨眼，“您也没少搜集昭国的情报吧？难道没听闻，五年前昭国皇帝很宠爱的妃嫔暴毙，引得昭国皇室内乱，差点起内讧的事情吗？”

身子一僵，殷戈止眯眼。

五年前是有这么一件事，当时他收到消息，还惊叹于女人的影响竟然能这么大。不过……金妈妈？

想起那略微富态、嗓门极大的老鸨，殷戈止摇头：“你一定是在同朕逗趣。”

“您还看不起金妈妈不成？”一瞪眼，风月道，“她把脸洗了可好看了，第一次遇见她的时候，我还当是遇见仙女了呢！就是嗓门大了点而已。当时她差点被人掳走卖了，我让秋夫人把她救下来，养了好一阵子才把精神养回来。”

那时候的金妈妈眼里没什么光，瞧着就知道是觉得活着没意思了的人。她笑眯眯地看着金妈妈道：“我就需要您这样不想活了的人，不想活的人才能不要命，不要命的人才适合替我做事。”

于是接下来，金妈妈就看见了各种各样怀着仇怨的姑娘，她呆呆地坐在她们中间听故事，悲惨的事情听得多了，反而觉得自己的遭遇就不算什么了。

某一天晚上，金妈妈去了风月的屋子里，哭着将自己的故事说了一遍。

她是以歌女的身份入昭宫为妃的，也是因着爱慕昭国皇帝，相信有他护着自己，自己能在那深宫里活下去。然而没有想到，昭国皇帝畏惧太后，压根保不住她，她在宫里挣扎了几年才生了个孩子。本以为日子会好过了，谁知道因着她身份卑微，她的孩子必须要抱去给别的娘娘养。

金氏崩溃了，皇帝也没能帮她什么，就只能看着她日渐消瘦。宫里有好心的娘娘说送她出宫去找家人，金氏也觉得在宫里没什么意思，儿子没了，心爱的男人也总是不来看她，于是她就出了宫。听闻家人已经逃到烨国，她便跟随而来，谁知道一切都是个骗局，她的家人早就死了，那好心的娘娘也不过是为了除去她，所以将她骗出宫。

把这些事说出来，金妈妈反而觉得轻松了，脸上有了笑意，学着院子里的姑娘抛了个媚眼："故事讲完了，东家，我可以替您做事了。"

所以后来，梦回楼里就有个嗓门极大、妆容极厚的老鸨，插着腰吼着一众姑娘，声音响彻四方。

殷戈止呆愣地听着，微微揉了揉额角，终于还是忍不住道："你这梦回楼还真是什么人都敢藏！"

"过奖过奖。"风月很不要脸地笑道，"都是机缘巧合，也不是刻意招这么一堆神佛的。"

殷戈止沉默，眼里光芒闪烁。

让金妈妈随使臣团一起去昭国，时机恰当的话，的确是能给澧国带来好处。但这丫头这样提议，多半也是想给金妈妈出口恶气吧。

一举两得的事情，他一向很乐意做。

稍微一思量，心里便有了主意，殷戈止松了口气道："有你帮忙，当真是能让朕轻松不少。"

真的吗？风月眼里唰地就亮了，高兴地拍了拍他的肩膀："不客气，大家都是一条船上的人！臣妾再去给您盛碗汤？"

将空碗放进她手里，殷戈止颔首："盛两碗吧，你似乎没吃饱。"

看了看完全被自己吃空的碗，风月老脸一红，"嘿嘿"笑着就拿着碗出去了。

"主子。"看着她这神情，灵殊忍不住问，"您怎么这么高兴啊？"

"也没啥，"风月眯着眼睛笑道，"就是突然觉得他像个人了。"

两个人在一起过日子，要是一方事无巨细一手包揽，半点也不需要另一方，那另一方的感觉是很糟糕的，再被宠也有一种不被需要的感觉。风月就一直有这样的感觉，甚至偶尔会想，这人是不是因为想赎罪，所以才对她这么好的啊？

但是今儿这一碗鸡汤下去，她突然发现，殷戈止还是需要她的嘛，帮忙想法子也好，盛汤也好，她好歹也能做事，心里自然就舒坦多了。

灵殊眨眼，别有深意地点头。

于是接下来，澧孝帝就更有人情味了，竟然还生起病来。

风月赶到的时候，就见他已经双眼迷离，却还捏着折子坐在软榻上。

“命重要还是折子重要啊？”风月皱眉，一把将人压下去躺着，让观止把折子统统收起来，一脸严肃地摸了摸殷戈止的额头，吼道，“我的天，灵殊，赶紧拿个鸡蛋来在陛下额头上煮了！”

都烫成这样了还看折子呢？这人到底有没有脑子？懂不懂什么叫“留得青山在，不怕没柴烧”？她这么年轻，肚子里还有个孩子呢，可不想莫名其妙就守寡了！

抬眼看着她气急败坏的模样，殷戈止心窝里暖得厉害，抿着嘴唇轻轻伸手，拉着她的手摇了摇。

风月一愣，低头就看见这人眉眼间一片柔软的撒娇之意：“朕没大碍。”

“这还叫没大碍？”一听这话风月就怒了，“折子非看不可？！”

“是啊。”声音沙哑地回答她，殷戈止垂眸，“都是紧急的折子。”

“那我帮你看！”一撩袖子，风月起身就道，“你怎么想的我都知道，就按你的法子去改，完事了再说。你先给我躺着！”

说罢，她拿了折子过来，一屁股坐在他旁边，像他时常盯着她休息那样，一边写朱批，一边拿眼角余光看着他。

烧糊涂了的殷陛下轻笑，捂着心口道：“原来你每天的心情是这般的满足。”

“什么？”从折子里抬头，风月一脸莫名其妙地看着他。

殷戈止笑而不语。

他看着她这紧张的样子就觉得心里踏实，有股子暖流围着心脏来回萦绕。她每天被他这样盯着，是不是也是这样的感觉？

本来还有些急，毕竟事务繁多，他病了就会来不及处理。可眼下实在是太舒坦了，以至于殷戈止突然想偷懒，想再多病两天就好了。

他想得没错，面前这个人当真是很喜欢他，从多年前开始就喜欢着他，偷偷跟着他，看着他的一举一动，大胆放肆地跟他一夜欢好，又在多年之后再度遇上他，与他纠缠。

当时掉进他怀里的人，是媚眼如丝、风情万种的，半点没叫他瞧出不对劲。可现在一想，当时的关清越怕是一颗心都要跳出喉咙了，又怕又喜，又惊又怒，跟她那谄媚妖娆的表象完全不同，就像他心里骤然起了波澜，完全不如面上那般平静一样。

自始至终，这一场相思都不只是一个人的。

真好。

“您还在寻思什么呢？”面前的人凶巴巴地吼了起来，“还不闭眼休息？！”

勾了勾唇，殷戈止躺回枕头上，安心地闭上眼。

路修完了，接下来得带着她，大步往前走才行。

年尾的时候，澧国在西北边境上与景国有了第一次正面交锋，澧国只三万人，景国十万，这一场仗打得惊天动地，尹衍忠巧借地势，硬生生挫了景军三万余人，带残余九千多人死守围城，等来援兵，前后夹击，打了一场漂亮的胜仗。

消息传回去，澧国上下一片沸腾。澧都正值春祭，风月挺着大肚子，笑得热泪盈眶：“尹将军真厉害！我就知道，他一定能给咱们起个好头！”

封明一脸惊恐地看着她的大肚子，直摇头：“娘娘，您坐下来说话！”

殷戈止伸手拿了帕子在她脸上一抹，又将人按回软榻上，优雅地朝他颔首：“见笑。”

这一脸“我老婆我骄傲她爱怎么笑怎么笑”的表情，看得封明黑了半边脸。都半年过去了，这人怎么还防着他？一见面就得怼他两下，不然不舒服似的。

撇了撇嘴，封明扭头看着风月问：“娘娘最近身子还好吗？听人说怀着身孕到五六个月的时候最是难熬。”

“还行。”捏了捏自己，风月笑道，“我身子骨还算结实的，带个球不算什么。况且陛下很是照顾，没事就给我补身子，陪着我四处转悠呢，不会有什么大问题。”

点点头，封明垂眸，瞧着有几分感慨的模样。

盯着他看了看，风月突然眯眼道：“对了，封将军今儿进宫来，是有什么事吗？”

“没……”有些躲闪地转开视线，封明道，“就是来看看娘娘过得怎么样。”

“是吗？”回头看了一眼殷戈止，风月笑得坏坏的，“那看我过得不错，将军可以放心回府了。”

挠挠头，封明皱眉：“我再坐会儿。”

“有什么好坐的？”殷戈止淡淡地道，“这儿可没有人给将军做点心，也没人给将军补衣裳。”

脸色微沉，封明捏紧了拳头。

南平进宫已经两天了，本以为她昨天会回去的，结果左等右等等不到人，他才反应过来，自己可能惹她生气了。

成亲半年，南平一直对他很好，他对她有愧，自然也不会薄待她，两人一直相安无事。但前几日，他想着风月肚子已经大了，于是请了个产婆回来问问，想知道生产会有什么危险。南平本来还挺高兴的，可一听他的目的，便黯淡了眼神，二话没说就回房去了。他当时没在意，直到她说想回宫住住，他才觉得有点不对劲。

虽然察觉到不对劲了，但他也不知道怎么开口啊，所以只能看着她走，心想她顶多也就是住一晚上就回来了。

结果直到现在，他也没见着南平的影子。

封明说话一向很直，南平在成亲当晚问他是不是心里还有人，他就答了是。本以为她会生气，结果她说没关系，她很好，会让他慢慢把人放下的。

的确是很好啊，堂堂公主，却不矫情不娇气，什么都做，哄得镇国侯和老夫人都开开心心的，下人也服她。到换季的时候，她还给他做了两套衣裳，穿出去别人都夸手艺好，问他在哪儿买的。他晚上容易饿，她也就养成了准备好点心半夜给他吃的习惯，半点也不嫌麻烦。

这么好的媳妇，上哪儿找去？

结果现在，他把人气得回娘家了，没影子了。封明低头反思，他该怎么做才能把人哄回去啊？

瞧着他的表情，风月连连朝殷戈止使眼色，后者会意，眼神深邃："时候不早了，将军还是先回去吧。"

"……陛下。"封明回神，皱眉道，"南平公主不一起回去吗？"

殷戈止皱眉："她什么时候回去，朕做不得主。说起来，朕还没问过，她为什么突然回宫了？还关在招舞宫里不吃不喝的。"

什么？！封明吓了一跳，皱眉看向他："不吃不喝？"

"是啊。"风月严肃着脸点头，"问她怎么了，也不肯说，只说想一个人待着。"

封明心口一沉，立马起身拱手："陛下，臣想去见公主一面。"

"你们已经成亲，想见面朕自然拦不着。"殷戈止沉声道，"但莫怪朕没提醒你，封明，南平是个善良的姑娘，有什么事情都会闷在心里，你压根不会看出她不高兴，她甚至会说自己什么事都没有。可偏生是这种人，最易伤心。"

想起她有点可怜的模样，封明叹息："臣会好生认错。"

"去吧。"风月摆手，"希望你想得清楚，这两个人的日子，到底该靠着什么过，是感激，还是感情。"

微微一愣，封明深深地看了她一眼。

他是个固执的人，要他放下从前的感情，没那么容易。他对南平只是愧疚，但就算只是愧疚，他也得把人先接回去才行。

转头出了龙涎宫，封明直奔招舞宫而去，心想南平那样冷静聪慧的姑娘，怎么也会闹不吃不喝呢？这都几天了，也该饿坏了。不喜欢归不喜欢，人心总是肉长的，她对他那般好，他总不能看着她饿死。

"驸马爷？"一到招舞宫门口，便听见南平的贴身丫鬟秋水欣喜地喊了一声，"您怎么来了？"

来不及理会她，封明摆摆手便往宫殿里头走，结果还没走进去呢，就见南平迎了出来，脸上带着点意外地看着他。

她看起来精神还好，眼里也没有委屈的神色。

封明刚想松口气，可转念一想皇帝说的话，他的眉头就又皱了起来：“你为什么不回去？”

南平一愣，揉了揉手里的帕子：“我想回来陪陪皇兄和皇嫂，皇嫂肚子不是大了吗，我就想着多陪她几日。”

“你皇兄能把她照顾得无微不至，哪里还用得着你来陪？”没好气地说了一句，封明拉着她的手就往外走，“先同我回去吧。”

“将……将军。”被他拽得踉跄两步，南平有些愕然，“您今儿是怎么了？”

以往看他总像一潭死水，眼下却不知道是谁往死水里投了石头，让他整个人都笼在一股子焦躁的气息之中。

脚步一顿，封明回头看她，眼里满满都是愧疚：“你不高兴可以同我说的，不要闷在心里。”

啥？南平愣怔，满脸不解地道：“我没有不高兴啊？”

果然跟皇上说的一样，这傻丫头难过也会说自己没事，看着跟真的没事一样。

眼里愧疚更浓，封明低头道：“公主下嫁，本就受了不少委屈，我这个人又粗枝大叶，不太懂小女儿家的心思。公主要是觉得我伤了你的心，或者是做得不恰当，可以直接告诉我，不要再回宫躲着了。”

南平一脸迷惑，呆呆地顺着他的话点头：“我会直接跟将军说……可是将军，我当真不是因为生气躲回宫的。”

“那是为何？”

“您不是担心皇嫂吗？”南平认真地道，“最近府里没什么事，所以我来宫里替您看着，您不方便经常进宫，我住两日，能把皇嫂平日里的情况都摸清楚，回去跟您说了，您也好放心些。”

封明愣了，目瞪口呆地看了她好一会儿，接着就感动得不能自已。

多好的姑娘啊！竟然这般为他着想！回来照顾他的心上人，就为了让他放心？

封明爱关清越爱了很久，将所有扑上来的姑娘拒之门外，所以他没尝过被人爱的感觉。骤然在南平身上看见自己的影子，他眼眶有点发红，张开双臂，上前就抱住了南平。

“将军不用这么感谢我。”拍了拍他的背，南平笑道，“小事而已。”

小事吗？换作他，为了关清越放心，要去照顾殷沉璧……他真怕自己会一拳打死他。南平心里一定很难受，可她懂事，不会告诉他，就这么一个人憋着，在夜里辗转反侧。

一想到她这张脸上会出现伤心欲绝的表情，封明心里一紧，沙哑了声音道：“抱歉。”

好端端的又道什么歉啊？南平失笑：“将军今日怎么跟中了邪似的？”

松开她，封明用满是怜爱的目光看着她道：“咱们回家吧。”

这话南平听着很窝心，点点头便道：“好啊。”

第十四章

绵延的战火

于是，殷戈止带着风月来偷看的时候，就看见封明满脸悲伤地在前头走着，南平高高兴兴地在后头跟着。

“嘿，怎么这么奇怪啊？”风月挑眉，“听南平说的那些话，他俩在一起，不是应该南平更悲伤吗？这瞧着怎么反过来了？”

殷戈止别有深意地道：“封明是个单纯的人。”

太好骗了！

风月眼珠子一转，想起他方才跟封明说的那些话，那都是一个个的套啊！风月“啧啧”两声，叹了口气：“当你的妹妹，还真是受不了什么委屈。”

南平可不是会不吃不喝的人，她大方懂事，虽然爱跟殷戈止撒娇，可这回回来，压根没说封明半句不是，全靠殷戈止套话。知道封明心扉未开，这厮便翻着嘴皮子替自己妹妹讨好处了。眼下恐怕就算南平使劲说自己不委屈不难过，封明也不会信了。

阴险啊阴险！

“看够了就回去。”殷戈止道，“外头风大。”

风月转身，微微挑眉，伸手就朝他道：“累了，走不动了。”

斜睨着她，殷戈止冷笑：“你以为朕会抱你回去？”

风月小脸一垮，刚要哭委屈呢，身子却是一轻。面无表情的澧孝帝陛下将她抱了个稳当，继续冷笑道：“朕会。”

风月一个没忍住笑出了声，抓着他的衣襟，吧唧一口就亲在他的脸颊上。

后头的灵殊和观止看着，连连摇头，心想这两人可真是越来越没脸没皮了，光天化日哎，四周都是人哎，能不能注意一点仪态？

“陛下！”干将穿着铠甲从某处冒了出来，皱眉跪地，“今早巡逻，有人在宫门外发现一个奄奄一息的姑娘，属下刚刚去看过，是断弦，曾在梦回楼里的那个断弦。”

刚刚还笑着的脸瞬间沉了下去，风月抱着肚子跳下地，皱眉看着他：“什么叫奄奄一息？”

“受了重伤，不过知道是娘娘的旧人，属下在来禀告的时候，已经让医女过去救治了，人在北宣门附近的巡逻岗屋子里。”

“做得好。”夸了他一句，风月拉着殷戈止便往北宣门跑。

“你这样子，还想跑多快？”嫌弃地看一眼她的动作，殷戈止转头吩咐，“将人用架子抬去中宫，那边最近，朕与娘娘稍后就到。”

“是！”干将应声而去。

风月眉头紧皱，等着观止去引龙车，忐忑不安地碎碎念：“我就觉得哪里不对劲，几个月前金妈妈就跟我说断弦和何愁要来看我，结果过了这么久，一个影子也没瞧见。现在怎么会突然受重伤了……”

“你冷静点。”殷戈止抿唇，“何愁在叶太子身边，想走必定会惊动太子，她们可能是出了点意外，耽误了。”

更有可能的是，叶御卿压根没想让人过来。断弦拼死跑出来，命就丢了半条。

风月的心跳得厉害，等龙车来了便直奔中宫，干将等人刚好将断弦送过来。许久不见的老朋友，现在脸色苍白、浑身是血地躺在床上，风月瞧着，紧张地坐在旁边等医女诊断的结果。

“腰腹上有伤，幸好不深，没伤着内脏，不过失血过多，需要养上一阵子。”诊断之后，医女擦着汗道，“请皇上、娘娘回避，奴婢给这位姑娘换药。”

“好。”起身站到外殿去，风月有些走神，盯着地面不知道在想什么。殷戈止表情凝重，眼里的暗光无声流转。

换了药，断弦直接被疼醒了，睁开眼茫然地看了床帐顶好一会儿，然后有气无力地喊了一声：“东家？”

风月立马跑过去，看着她问：“你怎么样？”

“趁着……趁着还有力气说话，我得把事情告诉您……”喘着气，断弦艰难地道，“五个月前我与何愁就打算出发过来的，可何愁说她走不掉了，让我来告诉您，叶太子对澧国歹心已起，让你们多加小心，莫要笃信盟约。”

风月神色一紧，回头看了殷戈止一眼，后者给了她一个放心的眼神。

就算她们不说，他也不会笃信盟约。盟约是可以撕毁的东西，利益才是大的风向。

心定了定，风月转头继续看着断弦：“那谁把你伤成这样的？”

苦笑一声，断弦道：“何愁来见我……我俩没能藏好行踪，被叶太子发现了，都被关了起来。何愁为了让我走，使了些手段去对付叶御卿，现在也不知道怎么样了。我逃出来的时候被守卫追着刺伤了……幸好有护城军相救，只是养伤耽误了些时候，在路上伤口又裂开了，所以现在才到。”

说完这段话，她两眼翻白，看起来意识在挣扎，然而抵不住失血过多，终究还是昏了过去。

风月听得心惊肉跳，倒吸一口凉气。

何愁没能走掉？她虽然是叶御卿的人，可放走了断弦，又让断弦带消息来澧国给他们，叶御卿要是知道，岂会留她命在？

“陛下！”

“你别紧张。”知道她要说什么，殷戈止道，“澧国与烨国之间有一个多月的车程，你急也来不及的，叶御卿要对何愁动手，你拦不住。”

那就这么坐着吗？风月皱眉，眼珠子直转。

“西北边境的战役已经打响，算算时候，现在烨澧大军应该已经汇合，各自配合，准备将侵入烨澧边境的景军打回去了。”殷戈止道，“前线捷报频传，有昭国之粮草，烨国之兵力，澧国之将领战术，抵抗景国不是难事。现在既然有何愁传来的话，那咱们的确该好生准备之后的事情了。”

国家存亡之际，个人的生死的确是小事。风月垂眸，良久之后轻叹一声，希望何愁能逢凶化吉吧。

战火汹涌，烨国皇帝病重，所有担子都落在了叶御卿一个人身上。

叶太子很暴躁，已经连续半个月没能睡好觉了，一向温柔如水的眸子变得通红，看着有些恐怖。

盯着刚刚送上来的战报，叶御卿沉声道：“三国已经联合，昭国若是出兵少，那粮草供应便得足。第一营已至昭国边境，征粮多少，就看他们的本事了。”

“臣明白。”孟太尉拱手应下。

一个臣子走了，还有无数臣子涌上来，七嘴八舌地说着各种杂事。叶御卿沉着冷静，一一指示，等终于歇下来的时候，外头的天已经黑了。

胃疼得难受的时候，他才恍然想起，自己好像一天没有用膳了。

下意识地侧头看看左手边，往常站着个人的位置现在空着，风吹过来，都能听见回响。

微微皱眉，叶御卿嗤笑一声，起身出去吩咐：“准备晚膳。”

“殿下。”外头等着的丁侧妃急忙迎上来，奉上手里的托盘，“妾身一直在等殿下忙完，这儿备着人参鸡汤呢。”

饿的时候，谁想喝汤？他想吃饭，吃些家常的菜色，好下饭的那种，忘忧会做。

“你回去吧。”越过她身边，叶御卿径直往自己的寝宫走，“本宫现在想休息。”

丁侧妃一愣，眼里满是失望，一看他那大步流星的样子，眉头却又皱了起来。

是急着去休息，还是急着去看人？

忘忧被关在太子寝宫已经很久了，从她色诱叶御卿，给他下药偷走钥匙放了断弦开始，她就一直在这里，一步也没踏出去过。

本来她觉得自己是一定会死的，毕竟叶御卿最讨厌的就是背叛。可不知道为什么，大概是这个人温柔习惯了，抓到她也没有对她下手，就将她关在这里，每天甚至都会同她一起睡。

“殿下。”听见开门的声音，忘忧立马起身道，“您又忙到了现在？”

叶御卿应了一声，走到桌边点了灯，灯光照得他脸色柔和，那一双眼里却是深不见底的黑渊：“我累了。”

“那您躺着，奴婢给您按按。”

身为囚犯，忘忧半点没有囚犯的自觉，只要叶御卿来，她永远都是这副关切的模样。

有时候叶御卿会想，她是不是比自己更会伪装？以至于他半点看不出她的破绽，当真觉得她心里是有自己的。

可是，心里有自己的人，怎么可能会背叛他呢？

叶御卿无声地冷笑，趴在了软榻上。

忘忧过去，力道适中地给他按着手臂和脊背，一边按一边絮絮叨叨：“您得按时用膳才行，忙起来也得吃点干粮垫肚子，不然身体会垮的。”

听听，这一声声的关心多情真意切啊！叶御卿摇头，伸手捏住了她的手，侧头看她：“你的心里到底在想什么？”

问完顿了顿，眼波流转，他自己回答：“想重新取得本宫的信任，方便下一回再背叛吗？”

手微微一缩，忘忧抿唇：“奴婢的命是殿下的，不会再背叛殿下。”

“哦？”叶御卿嗤笑，“你没听过一句话，叫‘一次不忠，百次不用’？”

脸色白了白，忘忧垂眸：“奴婢听过，但您不是依旧将奴婢留在身边吗？”

她伺候他已经这么久了，多多少少是有些感情的吧，太子待人温柔，她在他身边尤其能感觉到这种温柔，或许是起风时的一件衣裳，或许是她伤着的时候他皱起的眉头。殿下心里应该是把她当亲近之人的，所以出了事，也没有马上杀了她。

“你以为本宫是为什么将你留在身边？”冷笑一声，叶御卿目光温柔地看着她，语气如寒风刮人骨，“不是因为相信你，而是因为你与澧国的皇后那般好，她肯定舍不得你。本宫将你养着，到时候还能与她换些东西。”

忘忧心里猛地一疼，轻轻吸了口气，眼泪瞬间就冒了上来：“殿下……”

“你曾说，本宫是天底下最温柔的人。”睨着她这表情，叶御卿笑得残忍，“现在还这么觉得吗？”

身子微微有些发抖，忘忧跪了下来，缓了好半天才从那股子疼劲里回过神，轻轻喘着气道：“殿下给过奴婢温柔，是奴婢自己没能好好珍惜，怪不得殿下。”

竟然还不怪他？叶御卿挑眉，微微摇头。女人就是傻啊，稍微给点甜头，就这么死心塌地生死不弃，比狗还好训。

“你能这样想，本宫很高兴。”翻了个身，叶御卿道，“上来侍寝吧。”

抹了把脸，忘忧哽咽着道：“奴婢的身子，最近有些不方便。”

“那本宫留你何用？”嫌弃地看她一眼，叶御卿朝外头喊了一声，“冯闯，把丁侧妃请过来。”

“是。”

忘忧脸色雪白，狼狈地退到角落里跪着，低着头不停地掉眼泪。

叶御卿眼角余光睨着她，心里不觉得痛快，反而觉得更不舒坦，堵得慌，干脆烦躁地起身，一把将她拉起来，推出门去：“把这个人押在院子里，别出现在本宫面前，也别让她跑了！”

“是。”外头的禁卫听令，当真将她押在地上跪着。

盯着青色方石铺的地面，忘忧有些走神，晃眼间看见丁侧妃的绣鞋在自己面前停了一瞬，又好像听见谁的轻笑声。

这些都无所谓，她不在意的。其实还能活着，就已经要感天谢地了吧。

屋子里缠绵之声顿起，像是故意似的，动静很大。忘忧听着，心如刀绞，却笑出了声。

她只是个宫女而已，什么名分也没有，随时可能会被当成货物拿去与人交换东西，又哪来的资格难过呢？

叶御卿有些烦躁，看着身上咬着嘴唇很是矫情做作的女人，忍不住低喝："你能不能别端着架子？"

丁侧妃很委屈，她好歹出身书香门第，哪里做过这么没羞没臊的事情，会害羞是自然的啊，谁还没个自尊心了？

可是，殿下都这样说了，她也只能一声声地叫唤，脸色绯红。

侧头扫了一眼窗外，叶御卿不耐烦地将身上的人压在了下头。

"啊——"

这销魂蚀骨的声音，听得外头的人骨头都是一酥。忘忧双眼无神，终于闭上眼，什么也不想了。

月亮渐落，太阳初升，叶御卿起床更衣，打开门就见忘忧还被押着跪在地上，脸色惨白。

眉间几不可察地皱了皱，他冷声道："让你们押着人，你们当真是押着。"

尽职尽责的禁卫拱手道："殿下的吩咐，卑职们不敢怠慢！"

余光扫了那垂着脑袋的人两眼，叶御卿走过去，问："还活着吗？"

迷迷糊糊地抬头看了他一眼，忘忧勾唇笑了笑，笑得干涸了的眼里又涌出眼泪："殿下……奴婢……好疼啊……"

心里一凛，叶御卿抿唇："松开她，扶去里头让她躺着。"

"是。"禁卫应了，将人架起来，走到屋子里头却愣了愣，看着那满是锦缎的床，再看看手里这脏兮兮的宫女，一时有点犹豫。

"愣着做什么？把人放上去啊！"叶御卿低喝。

禁卫们吓了一跳，连忙将人放上床，躬身就退了出去。

腿已经没了知觉，忘忧闷哼一声，伸手捂着心口，眉头紧皱。

"知道疼了？"叶御卿站在床边眼含嘲讽地看着她，"被人背叛的时候，本宫跟你一样疼。"

身子蜷缩起来，忘忧的脸色当真是很难看，嘴唇惨白。

看着看着，叶御卿就觉得不对劲了，立马喊了一声："请太医过来一趟。”

外头人应声而去。他皱眉，伸手摸了摸忘忧的额头。

没发热，却是一片冰凉，满是虚汗。

病了？叶御卿皱眉，女人就是麻烦，动不动就生病，柔弱得不堪一击……早知道昨天就应该让人先把她关进侧殿的。

太医来得很快，一把脉却吓了一跳，有些惊恐地看了他一眼。

“怎么？”叶御卿皱眉，“不妨直言。”

“殿下……此女子怀着身孕，且已经有滑胎征兆。”太医眼神复杂，“要保已经来不及了，殿下还是直接给她服打胎药，让个医女来收拾吧。”

晴天霹雳！叶御卿不敢置信地看着他：“你说什么？”

“这……这女子要滑胎……”

“她什么时候怀上的？！”瞳孔猛地缩紧，叶御卿心里一抽，“已经保不住了？”

“是。”

倒吸一口凉气，他伸手就将半昏迷的忘忧抓了起来，很不温柔地朝她吼：“你故意的是不是？知道有身孕还出去跪一晚上，就是想滑胎，让本宫愧疚，是不是？！”

被他吼得回了点神，忘忧茫然地道：“奴婢什么时候怀了身子了？分明是这两日要来月信了，肚子有些疼……”

暴喝卡在喉咙里，像一块石头，硬生生被他咽了下去。叶御卿闭眼，狠狠地将她扔回了床上，转身就往外走。

没什么大不了的，一个宫女的孩子，就算生下来也不会得到器重，没了就没了吧。

四国之战打得如火如荼，春天到来的时候，风月看着殷戈止案上送来的战报，终于有些坐不住了：“尹将军受伤了？”

“伤在左手，问题不大。”殷戈止皱眉看着她那硕大的肚子，“你小心些。”

“您不是说，等玉山关拿下来，就启程准备去接他们回来吗？”怀着身孕的人容易焦躁，风月已经焦得要烧起来了，“怎么还不动身？”

殷戈止垂眸，心想你肚子都这么大了，谁敢在这时候动身走啊？

他是一早就该带着人去接应的，不然万一路上耽误，时间就会来不及。可……

“哎呀，都这个时候了，还有什么好想的？”风月推了他一把，跺脚道，“昭国那边都谈妥了，您的计划一向靠谱，可不能被您自己坏了事啊。”

“你就这么不想让我陪着？”斜她一眼，皇帝陛下不太高兴，“旁人都说女人生孩子最想要丈夫在身边，你怎么反而把我往外赶？”

“国家国家，国大于家啊！”风月皱眉，“别以为我吃宫里的饭吃多了，就没有一个将士该有的风骨了！”

皱眉看了她一会儿，殷戈止道：“你半夜会失眠，没我在，谁给你肚子下头垫小枕头？谁给你倒水？”

“有灵殊哇！”

“那你散步的时候走不动了，灵殊抱得动你？”

“有轿辇啊！”

眯了眯眼，皇帝陛下当真是生气了，敢情有他没他都可以啊？

冷哼一声，殷戈止拂袖就踏出了中宫，头一次与风月赌了气。眼下这形势，谁不着急啊？他也着急，可现在不是两难吗？她不宽慰他就算了，还一个劲让他走，好像他这么在意她都是自作多情似的。

四周的宫人瞧着，都是一脸震惊。

皇帝和皇后吵架了！皇帝拂袖出了中宫！

这消息很快传遍皇宫，飞到了澧都各处。于是，很多想把女儿送进宫的大臣就乐了。虽然他们签了字说是不插手帝王后宫，可帝王要是突然想纳个妃什么的呢？他们也是乐见其成的啊。

于是，百花齐放的御花园里，突然就多了各式各样的姑娘，牵手堵在帝王必经的道路上，挨个问安。

“娘娘！”灵殊提着裙子慌忙冲进了中宫，抓着风月就吼，“出大事了啊！”

风月茫然地看着她：“怎么？”

“今日乔大人带了好多姑娘进宫，现在全在御花园里呢，看样子是想让皇上立妃！”灵殊气得跺脚，“这个乔大人上次惹恼陛下，还是娘娘您去拦着没让陛下罚他的，现在怎么还恩将仇报啊？”

挑了挑眉，风月道：“乔大人家的女儿已经嫁出去了，孙女才六岁呢，不至于送进宫来。他带头，多半是被人逼的，你不用怪他。”

“可是……”看了看她大大的肚子，灵殊道，“您还怀着身子呢，陛下也是许久没碰别人了，又才与您闹了别扭，这个时候送人来，简直是不要脸！”

掐了掐她气得圆鼓鼓的脸蛋，风月笑道：“咱们陛下本就不是专情的人，憋了他这么久，也够过分的。现在他要是想纳妃……我也不拦着。”

说是这么说，她心里还是不舒坦得很。自从她怀孕封后，殷戈止愣是没有碰过她一下。都说男人在妻子怀孕的时候最易有别的心思，殷戈止能坚持这么多个月，她已经觉得他很了不起了。当真要强求什么，也强求不来。

不强求，真的，就算他哪天变心了，打算宠着别人了，她也……

她也会给他下毒，让自己儿子直接继位！

上一瞬还苦情的脸，下一瞬立马变得凶恶，吓得灵殊往旁边小跳了一步：“主……主子？”

“他们在哪儿呢？”站起身子捏了捏拳头，风月皮笑肉不笑地道，“咱们去看看热闹啊！”

灵殊背脊发凉，小心地扶着她：“就在御花园。”

“走！”

皇后娘娘带了三个宫女八个太监，气势汹汹地直奔御花园。可到了地方进去一瞧，嘿，怎么人都跪着呢？

姹紫嫣红的衣裳跪了一地，风月扫了一眼，都是水灵灵的小姑娘，年岁正好，身段也不错。再往前一扫，面无表情的澧孝帝坐在椅子上，神色很是严肃。

“这是……怎么回事啊？”风月有点茫然，乖乖将袖子放了下来，小心翼翼地跨过这群姑娘，走到殷戈止身边，“她们犯错了？”

“她们没错，”殷戈止淡淡开口，“错的是送她们进来的人。”

风月眨眼，那人家没错，你让人家一群姑娘都跪着干啥啊？

“朕很痛心。”抬头深深地看她一眼，殷戈止冷着声音道，“皇后，她们不知道朕为何发怒，你可知道？”

啥？风月茫然，很想摇头，但还没摇呢，脑袋就被这人定住了，然后就见他站起来，感叹地看着她道：“还是你懂朕心。”

不好意思，她真的不是很懂。

“当初登基，众位爱卿与朕有约，说只要朕继位，他们绝不插手后宫之事。”殷戈止语气沉痛，脸上的表情很是受伤，“可现在，朕信赖的爱卿们食言了。”

“陛下。”有胆子大的姑娘皱眉开口，“各家小姐今日都是自发入宫，并非家里长辈指使，还望陛下明察。”

“自发入宫？”

“是。”前头那穿着翠绿色裙子的姑娘挺直了背，“臣女等人仰慕陛下天姿圣风，便求了家人让臣女等人进来见陛下一面，不求什么位份，但求能得陛下垂怜！”说着，一个头就磕了下去。

风月瞧着，觉得这姑娘还挺会说话，等她抬头的时候看看，嘿，长得也不错。这样的人，殷戈止说不定当真会有兴……

最后一个字还没想出来，殷戈止清冷的声音就打断了她的想法：“求朕垂怜？”

带了些嘲讽的四个字砸下去，一众姑娘都低了头，为首的那人更是吓得一哆嗦。

转身走到那姑娘面前，殷戈止半蹲下来，道：“抬头。”

绿衣姑娘心里一喜，觉得自己有希望了，连忙抬头看向他，露出一个甜美的笑容。

“长得太难看了。”殷戈止摇头，眼里半点波澜也不起，站起来伸手指着旁边的风月，淡淡地道，“想得朕垂怜，除非你们姿色在皇后之上，否则别想了。”

这话说得半点情面也不留，听得一众姑娘都是一噎。

风月失笑，突然就想起很久以前的烨国练兵场，当时也有人面无表情地指着她，淡淡地道："此女相貌平平，下头各位若是在容貌上能胜过她，在下也当收为徒。"

彼时下头站着的不是莺莺燕燕，都是穿着盔甲想拜他为师的烨国姑娘。时光荏苒啊，同样的场景，同样的她和他，殷戈止却已经把当时的利用算计化成了这般温柔的相护。

命运真是个有趣的东西。

殷戈止不经意地侧头，就瞧见风月脸上甚为动人的笑意。他微微颔首："还是你这张脸看起来最顺眼。"说罢，拉过她就往龙涎宫走。

"哎？"回过神，风月挑眉，"那么多人呢，放着不管了？"

"不管了。"殷戈止道，"等会儿回去发个火，明日满朝文武都得给朕跪下认错。"

他这种借题发挥小题大做的本事，有精湛的演技做支撑，朝中那群老骨头哪里是他的对手？

笑着摇头，风月跟着他的步子走，戏谑地问："不生我的气了？"

"本来还生着，"面无表情地看着前头的路，殷戈止道，"现在不了。"

他生她的气，那是夫妻内部问题，一旦有人想乘虚而入，那他还是心疼自己的皇后的。她还怀着孩子呢，人生在世，最重要的岂不就是夫人和孩子？

不气了，该上战场上战场，大不了把观止留下来守着她好了。

想通了的皇帝陛下神色柔和不少，拎着人回龙涎宫，把了平安脉就给她喂吃的。

"此次朕御驾亲征，是机密。"晚上的御书房，殷戈止招来了所有的心腹，严肃地吩咐，"消息封锁住，一定不能传出去。宫里就当朕一直在陪皇后，皇后也会配合演戏，帮朕处理一些公务。但她已经经不起劳累了，所以主要的折子还是交给三公商量处理，明白吗？"

"明白！"众人纷纷应了。澧孝帝便又嘱咐了一些杂事，等众人要退下去的时候，才看着观止道，“朕身边的人，不用武功太高的，多留些在宫里。”

观止埋着头，低低地应了一声。

旌旗猎猎，转眼就到皇帝要出发的时候。名义上是某将军支援边境，但这某将军其实就是澧孝帝，穿着银甲，举着偃月长刀，威风凛凛地站在队伍最前头。

不放心地看了一眼皇宫的方向，殷戈止道：“观止，你一定要好生照顾皇后，出了半点差错，朕拿你问罪！”

观止抖了抖，咽了口唾沫：“……是。”

想起早上风月给自己更衣时脸上那不舍的表情，殷戈止心里就有些难受，他掉转马头，干脆走快些，早些离开澧都。

一路行军，殷戈止兵分十六营，马不停蹄，不出半个月便赶赴了西北边境。刚过关口呢，他就接到了叶御卿的邀请。

“澧国国主亲启：舟车劳顿，一路辛苦，御卿携忘忧已在冲南山下来风客栈里略备薄酒，为国主洗尘。酉时左右，恭候国主大驾。”

忘忧？目光在这两个字上转了一圈，殷戈止轻笑，心想这叶御卿故意加上这个名字，是想胁迫他去还是怎么的？区区女子，与他又没什么干系，至多能惹风月在意，能当什么筹码？

顺手将这信揉了往火盆里一扔，殷戈止朝外喊了一声：“牛子藏。”

“卑职在。”外头有人闻声进来，大冬天的也满头大汗，颤巍巍地看着他。

本来是想让他去回话的，结果一看他这模样，殷戈止眯了眯眼：“出事了？”

“没……没出事。”牛子藏连连摇头，咽了口唾沫，“卑职刚刚已经把您……您麾下的人，都清点完了。”

“嗯？”殷戈止瞧着不太对劲，伸手抓了他的衣襟，略微凶狠地盯着他道，“说实话，到底怎么了？！”

腿一软，牛子藏“啪”的一声跪了下去，哆嗦着道：“卑职……卑职只是太意外了，关清竟然也回您身边来了。”

关清？有点不解地看着他，殷戈止一时间没反应过来。关清不是关清越吗？关清越不就是风月吗？风月好好地在澧都养胎呢，什么叫也回他身边来了？

眼珠子僵硬地动了动，殷戈止问：“你看见她了？”

“看……看见了。”牛子藏低头，“就是不知怎么的肚子大着，瞧着好吓人……”

话没落音，面前的帝王“唰”地一下就没了影子。营帐的帘子高高扬起，外头的寒风吹进来，冻得他打了个哆嗦。

不用亲自去找人，殷戈止一出营帐，就看见观止跪在他面前，一看见他就扑过来抱着他的腿，哭得声嘶力竭：“主子！属下是逼不得已啊主子！娘娘以性命相威胁，属下实在是没有办法才敢瞒着主子的啊！主子您听我解释，您先别激动！”

一脚将他踹开，殷戈止眯眼看着面前穿着盔甲站着的人，牙齿咬得咯吱作响：“关风月！”

“嘿嘿嘿。”朝他露出一个谄媚的笑，风月抱着肚子看着他，眨着眼问，“臣妾穿这一身好看吗？最轻最牢实的软甲！”

红色的底衣衬着白色的盔甲，饶是她大着肚子，都显得英气十足。高高束起的男儿发髻之下是一张脂粉不施的脸，瞧着就让他心里一跳。

这不是风月，是关清越。

定了定神，殷戈止依旧暴怒：“你以为你打扮好看，朕就不会生气了？！”

先别说这里是环境恶劣的边关，光是这半个月的赶路，风餐露宿的，她怎么敢？！

“消气消气，陛下，臣妾没您想的那么柔弱。”跑过来替他顺着气，风月眨着眼睛道，“出来之前臣妾就问过太医了，太医说这孩子要夏天才出生呢，现在还早。他还说啊，臣妾身子养得好，胎像很稳，就算赶路也不妨事的。再说了，这一路上观止紧盯着臣妾，路经小镇，都找了大夫把脉的，没什么问题，不信您摸摸！”说着，她抓着他的手就往自己肚子上放。

风月是这么想的，她这肚子能防身啊，殷戈止就算气急了要罚她，那也得摸摸肚子再认真想想，对不对？

然而，手一放上来，她还没来得及让他感受一下孩子的动静，就先被他手上的颤抖吓了一跳。

殷戈止垂眸，眼神深深地看着她的肚子，手抖得厉害。

四周安静了一瞬，风月心里一软，伸手费力地抱住了他，拍着他的背轻声安慰："没事了没事了啊，我好好的呢，孩子也好好的。"

观止安静地蹲在一边抹汗，心想主子也当真是不容易，活了二十几年，恐怕从来没被吓得这么惨过。

牛子藏掀开帘子出来的时候，就看见关清踮着脚抱着皇帝，高大的帝王微微弯着腰，将头埋在"他"的颈窝里，关清轻轻拍着他，嘴里念念有词："乖，不怕了啊！"

如凭空一道雷落在他头上似的，牛子藏看傻了眼："这……陛下？"

回过神，殷戈止嫌弃地拎开风月，冷着表情回头看他："怎么？"

"……没怎么。"看一眼他这明显很不高兴的表情，牛子藏缩着脖子问，"还有什么事要属下做的吗？"

他其实很想问，关清为什么就变成女人了？还怀了身子？为什么这个怀着身子的女人可以这样抱着皇帝？为什么皇帝刚刚表情还挺柔和，一转脸又这么凶？

然而，这些话在帝王森冷的眼神下统统被咽回了他的肚子。

"你派人去冲南山回烨国太子的话，就说朕还要继续赶路去前头与尹将军汇合，就不停留了。"殷戈止沉声吩咐，一把将他抓过来，低声补上一句，"让前六营天黑拔营，继续往关外走，剩下的人驻守原地。"

微微一愣，牛子藏问："您动身吗？"

"你替我动身。"伸手将兵符放在他手里，殷戈止道，"立马去办。"

多年的跟随还是培养出了一些默契的，牛子藏没多问，转身就去做。

风月皱眉："您是秘密出行，叶御卿竟然也知道您来了吗？"

殷戈止伸手将她拉进帷帐，让她在火盆旁边暖着，道："世上无不漏风之墙。"

这么大的动静，他就没想过能瞒住叶御卿，接到他的请帖并不奇怪。不过接下来，才是当真要斗智斗勇的时候了。这胆大包天的关风月在他身边，他心里竟然比之前还要踏实，脑子也灵活了不少，转头就叫了个士兵进来："去附近城镇上找大夫抓安胎药，等会儿拔营的时候药罐子带着一起走。"

"是。"

风月挑眉，微微一想，摇了摇头："真阴险！"

"对自己的丈夫，不能用贬义词。"眼皮掀了掀，殷戈止淡淡地睨着她，"重新说。"

脸上立马挂了笑意，风月赞叹地道："陛下真是太睿智了！"

骄傲地颔首，殷戈止很是满意，递了热茶给她，伸手暖了暖她冻红的脸。

冲南山下。

忘忧看着窗外无人的小道，垂了眼眸道："酉时已过，没有人来。"

叶御卿悠闲地看着手里的书，一边翻页一边道："你真没什么用。"

说是这么说，他也不觉得殷戈止会傻到在这时候来同他一起用膳。请帖只是想吓唬吓唬殷戈止，告诉他，他努力瞒着的消息，他统统都知道。那么聪明的人，知道自己计划出了纰漏，脸上的表情一定很有趣。

至于为什么加上忘忧的名字，那是他一时兴起，想逗弄她一二。

从滑胎之后，忘忧就没之前那般活泼了，总是沉默，也不知道在想什么。他后来也没少宠幸她，甚至说宽恕她了，不计较她放走断弦的过错，也没能换得她展颜一笑。

叶御卿是有点生气的，他都不计较了，她还生什么气？所以这回带她出来，他一路上都在吓唬她，说要拿她去同澧国交换东西。

其实，区区宫女，能换个什么呢？

"太子！"探子来回禀了，"澧国那边传话，说澧国国主急着赶路，不赴宴了。另外，军营里似乎发现了澧国皇后的踪迹。"

风月？微微一愣，叶御卿合了书，坐直了身子："她不是怀了身孕吗？怎么可能在军营里？"

“属下不知，但澧军已经派人去附近的小镇上请大夫了。”

忘忧眼里总算有了点波澜，皱眉低语：“她肚子都该大了，怎么会在军营里待着呢？动了胎气可怎么办……”

“忘忧很担心吗？”微微一笑，叶御卿温柔地道，“你若是求本宫，本宫兴许能放你过去见见她。”

身子一僵，忘忧想了想，朝他跪了下去：“求殿下让奴婢见澧国皇后一面。”她的孩子没了，看看别人的也好啊。虽然还没生下来，能让她摸摸也好。

斜睨着她，叶御卿掩唇失笑：“这么想去，那就去吧，本宫会让冯闯带着你去。”

“多谢殿下！”感激地看他一眼，忘忧立马跟着旁边的冯闯往外走。

大夫来把过脉，确定当真母子平安之后，风月在殷戈止的软榻上打了个滚：“这下您该放心了吧？”

一巴掌将她按在床上，殷戈止道：“老实点，别乱滚。”

朝他抛了个媚眼，风月感叹道：“您当初百般瞧不起臣妾的时候，一定没有想到有今天。”

这话说得殷戈止脸色难看，却又拿她没办法。可不是没想到有今天吗？要是想得到，他一定不造孽。

“主子。”观止在外头道，“外头的守卫说，烨军送了个姑娘过来，名忘忧，求见皇后娘娘。”

何愁还活着？风月眼睛一亮，立马坐了起来：“放她进来啊。”

殷戈止“嗯”了一声，观止便躬身去带人。

帘子掀开，殷戈止装作不经意地将旁边的人护在身后，抬眼看向来人。

也不知道经历了些什么，曾经的花魁何愁，如今瞧着却像是老了十岁，抬眼之间满是沧桑，半点不见从前的光彩。

“民女拜见澧国国主、娘娘。”

风月皱眉，看着她道：“你起来，让我看看。”

忘忧依言起身抬头，满目感叹地看着她，眼里泫然有泪：“民女姿容未修，娘娘见笑。”

这哪里是姿容未修的缘故，压根就是身子出了问题，所以面黄苍老。

“你过得不好吗？”风月问。

忘忧摇头：“很好，没什么不好的，上次放走了断弦，太子殿下也没责罚，对民女依旧很是温柔。”只是那温柔之中总带着点狠劲，像绵里藏了针，让她不再敢轻易依偎。

“他对你温柔？”风月摇头，“叶御卿的性子，对谁都很温柔，女儿家容易犯傻，你可要看清楚。既然来了我这儿，你便可以不回去的。”

不回去？忘忧一愣，下意识地看了外头一眼。

“不用担心。”深深地看着她，风月道，“甭管外头有什么，你想留，便可以留。”

留下来吗？忘忧皱眉，轻轻摇头，小声道：“民女命薄，本就是无根的浮萍，幸得太子垂怜，收在身边。无缘无故的，奴婢也不能就这样离他而去。”

“无缘无故？”风月皱眉，“何愁啊，你知道叶御卿今日为何要你来我这儿吗？”

风月没再喊她“忘忧”，何愁有点愣怔，不解地抬头看着她。

“陛下放了消息出去，军中有叶御卿的探子，一定会告诉他澧国的皇后好像也在军营里。为了确定这一消息，他让你来，因为你与我是旧人。我若当真来了，你便能见到，再回去禀告他。我若是没来，你也能察觉，他便知道了陛下的盘算。你以为他当真是好心放你来跟我叙旧的吗？”

身子一僵，何愁有点不敢置信地摇头：“不……”

“不什么不啊！”风月咬牙，“你真当叶御卿是个好人？他那人，面上温柔体贴，眼角眉梢却时常有阴狠之气，先前也没少算计我们。他是烨国当权的太子，身负他的家国安危，在他眼里，什么东西都比不上烨国的利益和他手里的权力！你先前跟着他只做宫女，我是放心的，他定然能护你周全。可你一旦卷入烨澧两国之间的事情里来，那就危险了！”

“他……”何愁皱眉，“他当真没对我动手。”

“真要等到他动手，那岂不是晚了？”上下扫了她一眼，风月道，“再说了，他要是当真对你很好，你也不可能是这副模样。”

何愁哑然失语，有些忐忑地看着四周。风月起身，一手抱着肚子，一手拉着她往外走。殷戈止一句话没说，只跟在她身侧。

帘子掀开，便能看见观止和冯闯在不远处站着。风月朝着他们的方向大喊了一声：“观止，送冯将军走，何愁我留下了！”

冯闯一愣，当即变了脸色，走过来道：“在下奉烨国太子之命，定然是要把人带回去的。”

“区区宫女而已。”风月微笑，“为了烨澧两国之间的友好，送个宫女给本宫不算什么吧？本宫还怀着身子呢，正好需要人照顾。”

看清了风月的脸，冯闯心里有了数，却还是拱手道：“请娘娘莫要为难，此人是太子的贴身宫女……”

“此人一开始就是皇后的人，”一直沉默的殷戈止开口了，往前走了两步，目光平静地看着冯闯道，“现在算是人归原处，将军要是有为难之处，那也好办，来过两招。要是你能在十招之内伤着朕，人你带走。”

一听这话，冯闯脸都青了，心说这跟直接抢人有什么区别啊？

“朕是为将军考虑。”殷戈止一脸真诚，“要是将军这样不好交差，那带点伤回去，也能少些责罚。”

冯闯不知道自己该说什么，多谢澧国主体贴？这摆明是要揍他啊！他挨还是不挨？挨了有点傻，不挨回去的确不好交代。

心情复杂地看着面前站着的殷戈止，良久之后，冯闯闭了眼：“有劳澧国主了！”

他出来的时候，太子只吩咐过一句一定要把人带回去，没怎么强调，脸上的表情看起来也不是很在意。再说了，她的确只是个宫女，就算太子时常宠幸，可也不是很宠爱吧，毕竟当真宠爱的话，早该给个名分了。

在心里安慰着自己，冯闯挨了一顿打，鼻青脸肿地回去交差了。

沾着墨水的毛笔“啪”的一声落在洁白的宣纸上，叶御卿抬头，眯了眯眼：“你说什么？”

冯闯低头：“澧国皇后娘娘的确在军营之中。”

“不是这句，后面那句。”

头皮紧了紧，冯闯跪了下去："他们把忘忧姑娘留下了，说是要伺候澧国皇后。"

"她没说什么？"

"忘忧姑娘站在澧国皇后身边，低着头没吭声。"

也就是说，人是清醒的，看起来也没人胁迫她，她自己也不愿意回来？轻笑一声，叶御卿抬了袖子掩唇，眼神阴鸷："女人可真是薄情啊，本宫待她那般好，她背叛了一次，竟然还敢背弃本宫第二次。"

"殿下。"冯闯有些哆嗦，"要派点兵力去接人吗？"

"你傻了？"叶御卿冷笑，"派兵过去就是要直接与澧国起冲突，为一个宫女，本宫还不至于！"

……那您的表情看起来也太恐怖了啊！冯闯埋头，不敢再看他。

轻轻将桌上的毛笔拿起来，看着宣纸上染了的墨水，叶御卿低声道："很快，本宫就会让她知道背叛本宫的下场到底是什么。"

玉山关前头，可就是万古峡了，那儿有澧国的主力，正卖力地抵抗着景军，对背后毫无防备。

这一场大战，三国都会有很大的损失，当真等战后再来算账，烨国到时候也会后继乏力，就会再放澧国安生十几年。这十几年，殷戈止在位，会发生什么谁都不知道。对于潜藏的危险，叶御卿一向都是提前铲除的。

风月也来战场上了，很好，以传闻里殷戈止宠爱她的程度，她在哪里，殷戈止就必定在哪里，行踪完全隐藏不住。

的确是隐藏不住，怀着身孕的人一般都娇气，药啊大夫啊都离不开身，这不，尽管澧军拔营，有人说主帅未动，但叶御卿一打听药罐子和大夫都一起走了，便立马派人去继续刺探。

探子回禀："前往万古峡方向的十营之中，的确有澧孝帝踪迹。"

微微一笑，叶御卿道："那咱们就跟上去吧，慢慢走，不着急。"

"是！"

接连受挫的景军已经有些疲软，被尹将军带着人赶出了万古峡。这半年来景国一场仗都没有赢过，军心已经溃散，只是勉强支撑。尹衍忠已经盘算好了，万古峡往北，只要能将景军一举击退二十里，景国必定会撤兵。与三国同时为敌，这压力毕竟还是大了些。

然而，就在他趁着夜色准备进攻的时候，突然有探子着急地来报：“将军，后方发现烨国大量兵力，与援军发生了摩擦。”

烨国与他们发生摩擦？尹衍忠皱眉：“战况如何？”

“烨国攻了一个时辰才撤退，我方援军伤亡惨重。”

尹衍忠心里一紧，背后发凉：“打探清楚交战原因了吗？”

“烨国那边派了人来，说是天黑没看清楚，误伤。”

误伤会打上一个时辰？尹衍忠不信，收到消息的景国将领也不信。这个关头自己人打起来，是个什么意思呢？

略微一思量，压力极大的景军就派了人，趁着夜色去往烨国的军营，嘀嘀咕咕了好一阵子，才带着消息回了景国军营。

于是第二天，尹衍忠按照计划出兵的时候，烨国后方的支援迟迟不到，而景军莫名地士气高涨，这一仗打得血流成河，死伤无数。

“他竟然真的敢这么做！”听着前线将士的伤亡情况，风月眼睛都红了，站起来就吼，“老子的刀呢？老子要去砍了这群混蛋！”

分明是盟国啊，却在这最后一战的节骨眼上想坐收渔利！

先前还不信他们的话的何愁在旁边也傻了眼，眼神复杂，拧着手里的帕子没说话。

“你冷静点。”殷戈止淡淡地道，“一早就料到的事情。”

料到归料到，可当真听见死了那么多人的时候，风月还是觉得生气：“在战场上拿人命耍这种心思，他压根不配掌兵权！”

前头也有烨国的人啊，压根不知道自己国家的太子在背后等着给他们收尸。援军就在玉山关和万古峡之间，却不及时赶过去支援。别人的命就不是命吗？一心为烨国拼杀的无辜将士，就活该被当成祭品？！

“各自有各自的打算而已。”殷戈止起身，将披风系在她身上，淡淡地道，“他怕这一仗三国胜了，烨国没后力对付澧国。他会这么盘算，也在情理之中。”

只是，这一回，叶御卿依旧不会赢他。

第十五章

兵败如山倒

澧国十个营的援军到了，联合昭国和烨国的残兵共同抗敌。这一战打了三天，最终景国还是不敌，退败二十里，关城门收兵。

就在景国鸣金的一瞬间，叶御卿带着烨国的援军赶到，笑盈盈地看着尹衍忠道："将军辛苦了。"

尹衍忠脸上的血迹未擦，深深地看了他一眼，道："关将军曾经说过，在战场上流血的人，都值得人尊敬。"

后半句话他没说出来，可大家都能听出来——没在战场上流血，最后跑来收功的人，不值得人尊敬。

不值得人尊敬的叶太子轻笑，满不在乎地道："景国退兵了，大家都辛苦了，先回去写战报吧。本宫也先带着人去扎营了。晚上有空，还请澧国国主出来喝个酒。"

"殿下留步。"当着昭国元帅的面，尹衍忠上前拦住他，目光凌厉地道，"有件事殿下还未解释——先前为何主动进攻我澧国援军，又为何要与景国私通书信？"

步子一顿，叶御卿抬眼看他："将军何出此言？据本宫所知，上次混战是天黑没看清楚，误将澧军当敌军了的缘故。但说本宫与景国私通书信，从何说起？"

要说书信，尹衍忠的腰杆挺得直了些，伸手便拿出几封信，放在了昭国霍元帅的手里。

霍楠是昭国名将，也是颇有权势之人，往常没少与叶御卿书信来往。所以一打开信看见上头的印鉴，他沉了脸，皱眉看了叶御卿一眼。

叶御卿伸手便要夺信："不可能，这一定是伪造的。"

"如何伪造？"霍楠收手，"殿下的印鉴，在下还是认得的。"

叶御卿抿唇："可本宫没有写过这样的信。"

就算写了，也绝对不可能落在澧国的手里。

然而，这样的辩白在白字黑字红印鉴面前就显得很苍白了。霍楠但笑不语，尹衍忠面带薄怒地道："烨国强盛，靠兵力说话，我等自然争不得什么。但殿下，此番抗景，是烨国主动来请两国联合，我澧国和昭国都出力不少。过河拆桥的事情，殿下还是少做为好。"

叶御卿沉默，看着面前这两人离开，捏着缰绳眼神深邃。

要他不拆桥？那怎么可能呢，人都准备好了。只消将殷戈止杀了，便可以高枕无忧。眼下殷戈止就在军营之中，三国扎营地又相去不远，趁乱得手，再说是误伤，以澧国现在的兵力，绝对不会主动攻烨，只能咽下这哑巴亏。

这等好事，他要是都不把握机会，那便不叫叶御卿了。

回到军营，叶御卿先写信安抚霍楠一番，又抬笔给殷戈止写了请帖。

请帖发出去没一会儿，就有人拿回来殷戈止的亲笔信："战死将士尸骨未寒，酒便不饮了，望殿下好自为之。"

字里行间都能看出他的怒意，叶御卿笑了，指尖点着信纸，感叹道："昔日本宫也曾这样三番五次发请帖给他，都被他拒之门外。如今没想到，又遇见了这样的情况。也罢也罢，这一仗，说什么都是要打的了。"

澧国的军营里一片寂静，士兵们煮了饭吃了之后便都没了影子，好像是早早睡下，养精蓄锐了。主将的营帐还让大夫送了一碗安胎药进去，看样子澧国皇帝一心都在皇后身上。

于是，子时一到，烨国的羽箭包着油布点着火，如下雨一般射进了澧国军营。

这场仗没有击鼓，也没有喊杀声，只有铁甲铿锵刀剑碰撞。烨国的士兵们冲进营帐，举起刀剑，打算将澧国之人灭于睡梦之中。

此番烨国加上援军一共十五万人，战后已经有十万陆续撤退。澧国战后加上援军也勉强还有十二万，听消息说只有三万留在原地扎营。夜而袭之，加上后续的支援，叶御卿很有信心能打赢这一场。昭国那边他已经安抚好，烨澧相争，昭国也定然不愿意搅进来。

一切都在计划之中，如果他面对的不是殷戈止和关清越，这一战说不定当真能得手。

然而，很遗憾，当烨国士兵掀开一个个营帐，发现里头一个人都没有的时候，军营四周突然响起了震天的喊杀声。

“景军又攻回来啦！大家杀啊！”罗昊大喝一声，昭澧假意撤退，藏在四周山上的援军如洪水一般倾泻下来。

叶御卿在后方，收到消息的时候，前头已经打成了一团。

“怎么回事？”叶御卿一向温和的脸上陡然显出些暴戾，看着面前跪着的冯闯，沉声问，“扛不住吗？”

“殿下，昭澧双方的人都在，喊着要杀景军，将咱们前锋营杀了个干净，现在正朝这边来。”冯闯脸上满是汗水，焦急地道，“您先走吧！”

笑话，景国士兵穿的是黄色的战服，他们烨国是黑色的，这都会认错？叶御卿咬牙，狠狠一巴掌拍在旁边的案几上：“拔营！”

这是殷戈止的报复，报复他“误伤”澧国之兵，竟然不知什么时候联合了昭国，一起来对付他。

他怎么知道今晚他会有动作呢？他的消息应该没走漏才对，更何况昭国霍楠岂是这么好撺掇的？怎么会突然就帮着澧国了呢？

这些问题他统统想不明白，然而来不及想了，带着四个营，叶御卿急忙往烨国的方向退。

偷鸡不成蚀把米，这回烨国可有些难交代了。不过也无妨，眼下昭澧都不敢主动挑起战事，就算他攻澧之心暴露，澧国也不敢如何。

夜晚的宁静被打破，杀戮之声响至黎明。黎明破晓的时候，叶御卿到了玉山关附近。

“殿下。”冯闯担心地看着他，“咱们歇会儿吧，您看起来很累。”

望了望那高高的玉山，叶御卿闭眼，很是不甘心：“本宫是不是不适合打仗？”

冯闯一愣，低头沉默。太子是从文的，领兵之事自然不太擅长，考虑得不是很全面，也不了解实际情况。但现在这一步踏错，局势已经无法挽回，他再责备殿下也无用。

于是，冯闯道：“殿下已经做得很好了，是对手太过狡猾。”

殷戈止那叫狡猾吗？已经是非人了！叶御卿抿唇，躺在草地上抬起袖子遮了脸：“本宫错了，本宫不该选在战场上同他过招。”

“殿下。”有探子神色古怪地过来，递了一封请帖给他，“澧国那边的人送来的。”

叶御卿微微一凛，坐了起来，伸手打开一看。

“烨国太子殿下亲启：玉山右侧山腰上已备薄酒，还望殿下赏光同饮。”

叶御卿脸色一沉，合了帖子，低笑出声：“冯闯，你看这个人实在是小气，什么都得原封不动地给本宫还回来！”

他送他一个“夜黑误伤”，他还他一个“夜黑误伤”。他给他一张请帖，他还他一张请帖。

笑着笑着，心里的怒火便冒了起来，叶太子起身，看着探子问：“他们怎么会走到我们前头上了玉山？”

探子低头：“属下不知，但帖子是从山上传下来的。”

眯了眯眼，叶御卿想起了那滞留在后头的澧国的六个营，勃然大怒：“他又骗本宫！”

什么带着十个营去支援尹衍忠，还偷偷去？！瞒着踪迹？！他压根就没去前头，一直在后头等着他呢！

澧国西北边境临烨，可他们现在所在的地方有江，江水宽阔，大军渡河太过麻烦，所以烨军要回烨国，一定会从玉山过。玉山关在玉山左侧，是澧国的地界，所以他只能走右侧。可这天杀的殷戈止，竟然带着六个营在玉山右侧等他？！

什么大夫，什么安胎药，他压根就是知道自己身边有奸细，故意将计就计给他演了场戏！让他放心拔营去前线，自个儿却堵着他的后路！

“其余营的人走到哪里了？”抱着一丝希望，叶御卿问了一声。

冯闯拱手道：“扎营地离玉山实在太近，您昨日下令部分人撤退，他们已经连夜过了山。若是要等后头的人……”

后头是有人，好几万呢，可是昭澧的人更多！被人堵在玉山这儿打，他才是真的要丢了性命。

殷戈止压根没给他留活路！

深吸一口气，叶御卿缓了好一会儿，理智回笼，拂了拂衣摆，道：“罢了。”

已经走到这一步，他别无选择，只能选伤亡最小的方法回国。

“往玉山关走。”他道，“去找澧国的人聊聊天。”

殷戈止是赢了，可他也不想让他赢得那么舒坦，那么算无遗策。他在右侧等着是吧？行啊，他直接去右侧，跟澧军正面谈判，谁敢动他不成？联盟还没破裂，澧国也没胆子对烨国如何，与其送去殷戈止的嘴里，叶御卿觉得，还是去找澧国正常的人谈判比较好。

于是，烨军扭头，义无反顾地扑向了玉山关的怀抱。

一路上看着四周的山山水水，叶御卿其实已经冷静下来。他的确不适合在战场上跟人要心机，所以输了也心服口服，没什么大不了的，回到国都之后，再慢慢来嘛。

但是，当站在玉门关关口下头，看着城楼上长身玉立的殷戈止的时候，叶御卿有些崩溃了。

“你是会飞还是怎么的？！”叶御卿怒喝出声，双眼通红，“不是在玉山右侧吗？！”

“殿下为何如此气愤？”殷戈止淡淡地道，“朕听闻殿下来了，特意出来迎接。”

“你又骗本宫……”一口腥甜卡在喉咙里，叶御卿怒不可遏。

“说来不巧，”殷戈止皱眉道，“本来的确是打算去玉山右侧恭迎殿下的，可内子腹疼，朕别无他法，只能先行回关。”

旁边躲着看热闹的风月立马捂着肚子，装出一副真的很疼的样子，眼睛眉毛都皱成了一团。

战术上的攻击不算什么，可这心理上的攻击，还带家眷一起攻击，是个人都受不住。

叶御卿侧身张口，一口血吐了出来。

“殿下别太激动了。”殷戈止关切地道，“先进来吧，咱们坐下聊聊天。我澧国是礼仪之国，各位的兵器也可以收起来，不用紧张。”

礼仪之国？礼仪之国能有这么无耻的国主？抹了把唇边的血，叶御卿唇艳得慑人，眯着眼睛道：“有你在，本宫焉敢进这玉山关？”

“不进此处，殿下打算去哪儿啊？”风月伸出脑袋，笑眯眯地道，“何愁还在等着您呢。”

何愁？乍一听这名字，叶御卿还有些反应不过来，等反应过来之后，他便沉了脸：“贵国是打算用区区宫女威胁本宫？”

“哪儿能啊。”风月摇头，“能威胁到您的，只有烨国的利益，女人算什么呢？您都让何愁喝堕子汤了，我傻了才会觉得她能威胁您。”

堕子汤？叶御卿皱眉，何愁当初的孩子本就保不住，怎么听着倒像是他不要她的孩子一样？

难不成，何愁其实也是这么以为的？

心里沉了沉，叶御卿摇头，甩开那些个儿女情长的事，皱眉道：“既然无法威胁，那娘娘也没必要提她。”

说是这么说，语气却是软了。何愁还在这里，他要是直接走了，那可能她一辈子都不会回来了。只有他亲自去要人，才能从这对不要脸的帝后手里把人抢回来。

“殿下应该还有事要与朕商议。”远远看着他的表情，殷戈止给了个台阶，“与其僵持，不如还是先进来谈谈。”

沉默片刻，叶御卿冷哼一声，总算是点了头，挥手让身后的士兵先进城。

外头的战火依旧未歇，客栈的房间里，殷戈止和叶御卿相对而坐。

风月和何愁坐在他们的旁边，何愁显得很不安，伸手倒了茶水之后，下意识地往风月的方向靠了靠。

就这一个小动作，看得叶御卿心头火起，面上却没显露出来，依旧是一片温润之色。

“希望澧国能先将本宫的贴身宫女还回来，表示一番诚意，不然接下来的事情也无法谈。”

殷戈止淡淡地道：“人不是我们囚着的，是她自愿留下来的。殿下若是想要人，自己能带回去便带，带不回去，那就不能怪旁人。”

轻笑一声，叶御卿道：“澧国国主跟以前真是不一样了，有兵权在手，说话都硬气了。”

“过奖。”像是没听出来他话里的嘲讽，殷戈止颔首，“叶太子还是同以前一样，擅长权谋之事。”

就是不擅长打仗。

捏了捏拳头，叶御卿道：“国主就不担心两国打起来吗？”

“担心。”殷戈止颔首，“贵国援军之中，还有朕亲手教出来的两个徒儿呢，怎能不担心？”

安世冲和徐怀祖如今也能独当一面了，此次出征，听闻会与澧国联合抗景，他俩跑得飞快，很早就到了玉山关外。叶御卿就是顾忌他们的关系，所以让他们先撤退。

现在听殷戈止这语气，叶御卿垂眸，态度突然就缓和下来：“此番三国大胜，合作算是愉快，景国想必短时间内都不会再犯。澧国出力良多，烨国也会给予厚赠。”

“哦？”殷戈止眼皮都不抬，“太子觉得，那厚赠会是什么？”

“今年澧国不是歉收吗？灾民想必不少，国库的粮食应该也不够了吧？”叶御卿道，“正好，昭国今年产粮多，征来作军粮的米面都没有吃完，不如就凑个整数，十万石大米、十万石面粉，统统送来澧国赈灾，如何？”

数目听着挺诱人，然而，殷戈止还是没抬眼：“殿下客气了，昭国功劳也不小，烨国不厚赠他们，倒是拿他们的米粮赈我澧国的灾，就不怕昭国国主不高兴吗？”

昭国当然会不高兴，叶御卿打的就是这个算盘。只要殷戈止答应，他就拿着昭国的粮食做人情。昭国受了气会怎么办呢？打烨国，还有澧国啊。如此一来，昭国还会与澧国这么同仇敌忾亲密无间吗？不会，甚至有可能倒戈相向。

利益才是国家之间最重要的纽带。

“我烨国也没别的东西能拿出手。”叶御卿满脸真诚地道，“只要您觉得这个馈赠尚算可纳，那其余的事情本宫便会处理，您完全不用担心。”

半合着的眼里波光流转，殷戈止轻轻敲着桌子，想了半晌，颔首：“可以。”

心里一松，叶御卿笑了：“如此便好。”

“馈赠的事情说完了，现在来说说贵国误伤澧国援军的事情吧。”伸手拿了张单子出来，殷戈止面沉如水，“我军被贵国误伤三千人，其中五百多人死亡，七百多人重伤。”

提起这事，叶御卿别开了头：“都说了是误伤。”

殷戈止满脸震惊，不敢置信地看着他：“误伤没有补偿？这么多死伤的将士，殿下轻飘飘的两个字就打算抵了？”

叶御卿皱眉：“不然陛下想如何？昨晚一战，我方死伤怕是更多。”

“昨晚一战？”殷戈止茫然地看向旁边的风月，后者咽下果脯，义愤填膺地道：“昨晚的确有一战，却是因为景军偷袭我方驻地，所以尹将军联合昭军一起反抗！将士们斗智斗勇，战胜了敌军！前方已经送来捷报。”

“朕还觉得奇怪，好端端的怎么会又打起来。”转头继续看着叶御卿，殷戈止道，“与景军交战的伤亡，殿下也要算在我澧国头上？”

叶御卿：“……”

真是不要脸！他们分明就知道打的不是景军，在这儿装模作样给谁看呢！

更可气的是，他还不能自己说他们打的是烨国的军队，不然这老奸巨猾的殷戈止一定会问烨国攻击澧国军营的原因，到时候他更理亏。

深吸一口气，叶御卿生生将这亏咽了下去，咬牙切齿地问："国主想要什么赔偿？"

"每一位士兵都是为我澧国鞠躬尽瘁的勇士，他们在这场战役后本来是可以回去加官晋爵、阖家团圆的，现在居然莫名其妙地死在了友军的刀下！"殷戈止语气陡然沉痛，道，"朕不是卖士兵性命的君主，可他们的家人都要抚恤，按照澧国的规矩，每家要给十两银子。"

十两？叶御卿很想一口唾沫呸他脸上。多少人穷极一生都挣不到十两银子，哪有战死之人都给十两抚恤的？

"这个我可以作证。"举了举手，风月道，"以前我带兵的时候，亲自去发过抚恤银子。"

关家带的兵，但凡有战死者，关苍海都会发抚恤。当时的澧文帝是不会发的，这规矩其实也只有关家军有。不过眼下拿来当赔偿的标准，那是很不错的。

叶御卿深吸一口气，看了风月一眼，颇为后悔地道："本宫当初不该相信你。"

她分明一颗心都是偏向殷戈止的，却假作要帮他控制殷戈止、对付易国如之势。要不是他大意了，这个女人也活不到现在，也不会成为澧国的皇后。

看见殷戈止现在这圆满的模样，叶御卿就好不甘心。

"殿下，我有什么错呢？"无辜地眨眨眼，风月道，"当初要不是我，您有很多事情是做不成的。"

殷戈止起身，挡在她面前，表情微微有些不悦。

收回目光，叶御卿微笑："国主别紧张，本宫只不过有些感慨罢了。珠儿在不阴城还时常念叨着您呢，听闻您立了皇后，气得几天没吃下饭。"

易掌珠？殷戈止道："她不是成亲了吗？"

消息这么灵通？叶御卿低笑："的确是成亲了，可心心念念的还是您，这回听闻本宫也许会遇见您，死活都要让本宫带封信来。"

“信呢？”

“路上颠簸，没留住。”仔细瞧着殷戈止的表情，叶御卿笑道，“不过本宫看过了，依稀还记得一些句子。零零碎碎的小事不必提，就这一句，国主一定要记住啊——君遗明珠双泪垂，明珠亦是盼君归。”

你失去了我一定很伤心，我也在等着你回来。

多深情，多凄凉啊，听得风月忍不住拿帕子擦了擦眼角：“都嫁人了还这么惦记，也是不容易。”

一直装死的何愁忍不住低声开口：“易小姐嫁了个状元郎，那状元对她也挺好的，可她就是整天郁郁寡欢，时不时都要闹上一出。这些话娘娘不必在意，只是她一厢情愿罢了。”

“我当然不会在意了。”风月声音大了些，笑吟吟地道，“要是陛下主动给她写这样的句子，那本宫兴许还会生气。可是她写出这样的句子来，本宫不觉得生气，反而觉得高兴。”

叶御卿眯了眯眼。

高兴？有什么好高兴的？高兴自己的丈夫被别人惦记了不成？都说女儿家小心眼，遇见这种小把戏都会闹腾的，他也就是想搞些事情，让殷戈止不那么舒坦。结果这人怎么不按常理来啊？

“殿下一看就是没有认真爱过一个人。”殷戈止居高临下地看着叶御卿，道，“朕对皇后如何，她自己心里有数，心里有数了，便不会怀疑朕任何。朕给她感情，她回朕信任，不是殿下两三句话就能离间的。”

感情就是个冷暖自知的东西，对方喜不喜欢自己，有多喜欢自己，都能感觉得到。当真被人死心塌地爱着的人，是不会起怀疑之心的。就算捉奸在床，风月都肯定会先想想是不是有人陷害他，而不是觉得他有了异心。

这是他这半年来的成果。

叶御卿轻笑一声，站了起来，拂袖道：“本宫只是替人传话，听与不听在您。”

他抬脚欲往何愁的方向走，前面却挡了个人。看着这人黑色绣银龙的靴子，叶御卿叹息：“抚恤金会送到澧国的。”

听见这话，殷戈止才算满意，侧身让了路。

何愁皱眉，看着那人一步步走过来，下意识地往风月背后站。

“你还想往哪里躲？”声音骤然冷下来，叶御卿道，“跟本宫回去。”

何愁沉默片刻，小声问：“奴婢能不回去吗？”

叶御卿一听就笑了：“你是烨国人，不是澧国人，除了跟本宫回去，还能去哪里？”

风月气定神闲地咬着果脯笑：“还能来我这里啊。”

叶御卿低头看她一眼，道：“娘娘最好不要多管闲事。”

“何愁本就是我的人，这哪里能算是闲事？”风月眯眼，看了他一会儿，道，“这样吧殿下，何愁呢，我是不打算还给您了，作为交换，送殿下一百斤澧国特产的苏山寒铁，那东西稀少难得，换一个宫女绰绰有余了吧？”

苏山寒铁就是铸造不悔剑和长恨刀的原料，的确很珍贵。要是换个普通的宫女，叶御卿肯定二话不说直接就答应了。可对面是何愁，看着她那张脸，他摇头：“不换。”

何愁有些意外，睁大眼看向他。

不换吗？先前不是他说的，打算用她换些东西吗？她觉得拿自己换这么多寒铁已经很赚了，他难不成还想换个城池？想想都不可能啊。

“那殿下想要什么？”风月问。

“本宫不缺东西，缺人。”叶御卿道，“让她跟本宫回去即可。”

“到底也是我的朋友，她若是不愿意，我是不会放人的。”摸了摸肚子，风月道，“时候也不早了，折腾了一宿，天都亮了，殿下还是早些歇息吧。”

叶御卿沉了脸，伸手就想去抓人，然而后头的殷戈止动作比他快多了，直接擒住他的肩膀，平静地道：“殿下可能找不到路，朕送殿下去房间。”说罢，带着人就往外走。

叶御卿恼怒：“殷戈止，你别太过分！”

“谁更过分？”殷戈止道，“之前殿下救了何愁是好事，可即便您是她的救命恩人，也不能这么折腾人。”

“你哪只眼睛看见本宫折腾人了？”叶御卿皱眉。

殷戈止摇头：“殿下难道丝毫没察觉？何愁与风月是同龄，可她二人站在一起，何愁却苍老得多。”

苍老吗？叶御卿不解，他只觉得风月养得不错，显得年轻，倒是不觉得何愁苍老。

不过，看这帝后二人的态度，他想从正面把人带走是不可能了。那还是想别的办法吧。

接到命令的冯闯很是不解：“殿下，咱们非得将忘忧带回去不可吗？”

“嗯。”叶御卿点头，“明日拔营之前，本宫要看见她。”

“……是。”

烨国的精锐部队经过一整天的部署，最后就为了捞一个宫女出来。

烨军穿过玉山关往烨国边境继续前行的时候，何愁很是茫然地看着四周的车壁，唤道：“殿下？”

叶御卿的脸色很难看，压根没搭理她，但她稍微一动，这人便会回头，轻飘飘地看她一眼。

何愁不知道自己是怎么出来的，但她知道自己这次肯定完蛋了，记仇的叶太子不会让她好过的。

玉山关内。

风月瞪着面前的殷戈止：“人被抢走了！”

“嗯。”殷戈止一把将她按下去，“你为她操心好几天了，现在好生睡一觉。”

“可是……”

“没有可是。”殷戈止道，“每个人都有她要走的路，我一早就告诉你，多余的慈悲没有用。从叶御卿派出的人来看，他对何愁未必半点情意都没有。你强留她在身边，她也定然是个孤独终老的下场。”

“谁说的？”风月挑眉，“就不能给她许个好人家了？”

嫌弃地看她一眼，殷戈止道：“你是越来越傻了，看不懂何愁的眼神？她那眼里一点生气都没有，还指望她能跟谁好好过日子？你还是放过好人家吧。”

风月气得鼓嘴，抱着肚子就碎碎念：“孩子你快出来吧，你父皇欺负人，都没人能帮母后！”

殷戈止轻笑，正想说你这肚子才八个月呢，还早，结果就见床上人的脸色突然一变。

“陛下。”深吸一口气，风月皱眉，“我现在要是突然告诉您我要生了，您会怎么样啊？”

殷戈止一愣，看着她脸上的表情，摇头：“别想吓唬朕。”

“可是，好像是真的。”额头上出了点细汗，风月干笑两声，“您别坐着了，快去找个产婆来，我还能坚持一会儿。”

殷戈止脸色骤变，吓得魂都没了，立马起身往外走，一个不注意，将旁边的水盆撞翻了，“哐当”一声响，惊得外头的观止连忙跑了进来：“主子？”

“去请个产婆。”深吸一口气，殷戈止道，“准备热水和帕子，娘娘要生了。”

观止惊住，半点没敢耽误，立马往外冲。

于是，不到一炷香的工夫，整个玉山关的将领都被惊动了，连带着撤退到关口的尹衍忠等人，都齐刷刷地穿着铠甲守在了房间外头。

产婆过来的时候，被这阵仗吓得腿都软了，还是被观止扶进去的。

“您别紧张。”床上大汗淋漓的妇人轻声安慰道，“外头那些人就是来给我镇场子的，毕竟是早产，他们都很担心。”

产婆哆嗦地点头，看了一眼她身下，羊水已经破了。

“您……您顺着我的力道来。”

“好嘞。”床上的人笑了笑，“我感觉这一胎很正，早点生也好，个头小……你手别抖啊，我数一二三，你来用力吧。”

产婆很想哭，她哪能不手抖啊？一般人家生孩子都是女人在里头哭天抢地的，男人在外头镇定地等着。结果这一家贵人，怎么生孩子的这么镇定，旁边坐着的这个好看得很的相公神色却恐怖至极。

殷戈止专门找医女问过生产的相关事情，知道孩子该怎么接生，要不是旁边的人使劲拦着，他是打算上去亲自动手的。这个产婆一看就不是很靠谱，还抖呢。

“不疼吗？”他哑着嗓子问了一声。

风月咬牙：“疼是有点……但还能忍得住，咱们毕竟是刀口上滚的人，哪能那么娇气！”

“疼了就叫出来。”殷戈止皱眉，“别忍着。”

眼波流转，风月失笑：“我不叫您都紧张成了这样，我要是叫唤，您岂不是要疯了？行了，别担心，会顺产的。”

这语气笃定得，活像她是产婆似的。

然而，真正的产婆盯着她的肚子，却是忐忑万分。接生的人都知道，“七活八不活”，八个月的时候早产，胎儿定然是出了什么问题。眼下这位夫人看起来身份贵重，孩子万一要是活不下来……那她该怎么交差？

“怎么样了？”旁边的男人问了一声。

浑身一抖，产婆道：“胎位是正的，等开了三指就好了。”

风月点头，憋着力气不再说话。殷戈止捏着她的手，表情凝重。整个房间里一片安静，什么声响都没了。

这可急坏了外头守着的人，秋夫人等人不断张望着，想打听情况又怕惊扰了里头，只能齐齐地在外头绕圈。有的人盔甲上头还带着未擦的血迹，行动之间铿锵作响，声音凌乱。

听着这动静，风月倒是更加安心，感受着肚子里的小家伙即将出来的喜悦，铆足了劲等着那一刻的到来。

“哇——”

半个时辰之后，婴儿的啼哭声划破这一处死寂，众人都是一愣，压根没反应过来。

“发生什么了？”尹衍忠很茫然地看着秋夫人，“里头一点声音都没有，怎么突然就多了个孩子的哭声？”

秋夫人哪里还来得及回答他，想冲进去看，结果低头看看自己身上的衣裳，一拍大腿又连忙去换衣服。

少主厉害啊，真不愧是女中豪杰，生孩子都能一声不吭。

风月的确很厉害，一声没吭。但是一听见孩子的哭声，丫整个人直接就昏了过去，脸色苍白难看，惊得旁边的殷戈止都没来得及看一眼那孩子是男是女，就吼了一声："大夫呢！"

在外头等着的大夫急忙进来，顶着骇人的目光，慌张地把脉。

"怎么样了？！"

老大夫眉毛胡子皱成一团，看了床上的人一眼，又看了看旁边哭了几声就不再哭的婴儿，沉声道："公子，这位夫人没什么大碍，就是生产之后太过虚弱，加上疼痛难忍，所以昏过去了。您更该担心的是这孩子！"

听见风月没事，殷戈止才松了一大口气，然后转头去看产婆手里的奶团子。

刚生下来的孩子皱皱的丑丑的，还没洗澡，殷戈止很是嫌弃，转头就想继续去看风月。

"主子！"观止哭笑不得，"您好歹抱一抱啊，这是您第一个皇子呢！"

皇子？殷戈止点头，那她也算得偿所愿，应该会挺高兴。

"是个小皇子吗？"更完衣的秋夫人等人一窝蜂地进了房间，殷戈止皱眉，一把将产婆和观止推到外室，然后将隔断的帘子放下来，拎了个大夫在外头守着，"不要让他们进来。"

大夫：他是看病的，不是守门的啊！

外头的人吵吵闹闹地看着，有人察觉到小皇子不对劲，立马喊了一声："大夫快来看看！"

于是守门的大夫又被拎到了产婆面前。

"此子早产，身体会比正常的孩子虚弱些，"大夫道，"需要好生照顾，不然有早夭的可能。"

早夭？！屋子里的人瞬间都沉默下来。

风月觉得很累，本来还听得见一些嘈杂的声音，后来就什么也听不见了，陷入了一片黑暗。

黑暗里有光，她仿佛看见了关家威武的门楣，那一家子大大小小的人都站在门口朝她笑，她一喜，怀里抱着孩子就想跑过去，他们却飞快地退回了门里。

关苍海拉着大门，满脸的络腮胡子，笑起来格外慈祥："好孩子，自己好好过日子吧。"

瞳孔微缩，她摇头，飞快地就想上去将门抵住。然而关苍海的动作更快，朝她一笑，便合上了门。

沉重的朱门"哐"的一声响，任凭她扑上去踢啊踹啊，都没能再打开。

"老爹！二哥！"风月哽咽，拉着门环道，"你们别留我一个人啊！"

"哪里是一个人了？"灵殊的声音在旁边的墙头上响起。

微微一愣，风月侧头，就见她从关家的墙头上翻了出来，蹦蹦跳跳地走到自己面前，手指着她身后："您瞧。"

顺着她指的方向回头，风月愕然。

身后站着好多人啊，秋夫人满脸温和，尹衍忠背脊挺直，罗昊笑得灿烂。整个大杂院的人都在，穿着各式各样的盔甲。

"该回家带孩子了。"耳边又响起殷戈止的声音，风月一惊，连忙侧头，就看见一张面无表情的脸，眼里带着雨后清冽的水气，睨着她道，"走吧。"

手被他握住，身子便被拉着往前走。风月满脸茫然，却听得四周都是欢笑声。

"少主，您生了个小皇子。"

"少主，咱们打了胜仗！"

"风月。"一片亮光之中，仿佛有花瓣飘落，和着一个人淡然又认真的声音，"你关家的血脉，可以掌我殷氏江山了。"

风月心口回暖，笑出了声，终于自己迈开步子，跟着这群人一起朝前头大步走去。

安静的房间里，殷戈止面无表情地抱着孩子，半合着眼睨着他。

小皇子的眼睛都没睁开，但像是能感觉到自家父皇的嫌弃，不舒服地扭着身子。

“她生你已经够麻烦了。”殷戈止沉声开口，“你要是再敢生病，给她添麻烦，朕不会让你好过的。”

观止在旁边听傻了，自家主子可真是厉害，威胁天威胁地，现在连自己的儿子都不放过？

“主子，皇子还小，听不懂话的。”

看了一眼那瞬间老实了的小团子，殷戈止轻哼：“他听得懂。”

听得懂个鬼啦！观止摇头，继续写单子让人准备药材。小皇子早产，定然是很容易生病的，得提前做好准备。

然而，不知道是不是当真听懂了殷戈止的话，没睁眼的小皇子安静地睡着，再没哭闹。

风月醒过来的时候，一摸肚子，差点吓死了：“我的孩子呢？”

“这儿。”伸手把团子给她，殷戈止满脸骄傲，“是个很懂事的孩子，不哭不闹……”

话没落音，小团子到了风月怀里，突然就爆发出惊天的哭喊声：“哇——”

风月吓得一抖，下意识地抱着哄着，觉得不太对劲，抬头便瞪着殷戈止：“你欺负他了？”

殷戈止板着脸摇头：“没有，他是喜欢我，不太喜欢你。”

啥？

“不信你拿来。”殷戈止脸上露出一种“慈父”的表情，朝她伸手。

风月皱眉看着他，半信半疑地将哇哇哭着的小团子递过去，却见那襁褓一到他手里，孩子当真渐渐止住了哭声。

“不会吧……”脸垮了下来，风月很伤心，“好歹是我生下来的，凭什么这么不待见我啊？”

观止站在一边，看着自家主子那一转头就开始吓唬人的脸色，心想真是活见鬼了，这么小的孩子，当真能被他吓住啊。

“别担心。”殷戈止回过头又是一脸慈祥，安慰她，“孩子小不懂事，等长大了就会孝顺你了。”

风月撇撇嘴，眼里涌上了泪，抽抽搭搭地道："我生他这么疼，他不同我亲近，我怎么能不担心？"

瞧着她当真伤心了，殷戈止心里一沉，立马瞪了怀里的团子一眼。团子刚刚哭醒，缓缓睁开眼睛，眼里满是茫然，倏地被自家父皇一瞪，撇撇嘴，"哇"的一声又哭了起来。

"你看，他哭也是瞎哭。"一脸认真地看向风月，殷戈止道，"说不准什么时候哭什么时候不哭的。"

风月心疼地把孩子抱回来，轻轻拍着他："这是早产的孩子，据说我娘生我也是早产，奶娘说原来为了让我长得结实点，可费劲了，奶水啊吃食啊都下了很大的工夫。这个小家伙运气不好，咱们还在边关呢，什么东西也没有。"

"娘娘放心，"闻言，观止立马站了出来，"需要的东西已经都让人去准备了，绝对不会委屈了小皇子。边境上已经停战，不日就将班师回朝。"

"月子。"殷戈止的表情凝重了些，"已经准备了一辆特殊的马车，他们带着皇子先行，朕与你慢慢走。"

竟然连这个也考虑到了？风月挑眉，嫣然一笑，突然伸手拉了他的衣襟，勾着舌头给了他一个深深的吻。

殷戈止身子一僵，有些意外。

她已经很久没这样主动吻过他了，垂眼看看，那双狐狸眼里一直凝着的东西好像也散去了。清凌凌的水流淌着，从她的眼里顺溜地流进了他的心里。

像是明白了什么，殷戈止的表情骤然柔和，伸手轻轻揽着她的腰，反客为主，加深了这个吻。

观止捂着眼睛从他俩中间把孩子抱出来，脸上红成一片，扭头就去找奶娘。阿弥陀佛，小皇子还小呢！非礼勿视，非礼勿视！

不过不管怎么说吧，皇后娘娘顺利生下小皇子，小皇子目前没出现什么问题，那就是母子平安，普天同庆。

第十六章

风月不相关

澧国打了胜仗，皇帝携皇后和皇子一同凯旋，澧国上下一片欢腾。风月坐在马车里，每到一个城池，都能听见外头的鞭炮声。

“真好啊。”她感叹，“百姓们以后也能过上好日子了。”

旁边的澧孝帝闻言，合了手里的书，微微颔首：“多谢夸奖。”

有明君才有百姓的好日子，他的皇后夸他是明君，真是很让人愉悦。

轻轻打他一下，风月眯眼：“以后皇儿可不能让你教，教得同你一样不要脸可怎么好？”

殷戈止挑眉：“不要我教，那便你来。”

她来？风月沉默，认真地思考了好一会儿，咬牙道：“那还是你来吧，顺便给他起个名字啊，眼瞧着都要到澧都了，还没个好名字。”

“我不会起。”继续低头看书，殷戈止道，“这种事还是夫人比较擅长。”

她擅长个啥？脸上有点红，风月撇嘴：“我自己的名字都没个正经，你还让我给皇儿起？”

“哪里没个正经了？”

“风月啊。”她有点不好意思地道，“当初就是觉得要入青楼了，所以起的这个风尘名。”

目光在她脸上绕了一圈，殷戈止摇头：“不风尘。”

人间自是有情痴，此恨不关风与月。

很有意思的名字。

风月一脸茫然地看着他嘴角的笑意，不高兴地扯了扯他的袖子：“你又让我看不懂了。”

“别看了，回去好生养身子吧。”放下书，伸手将人抱到怀里来，殷戈止低笑，“你这人，前半生已经够操劳了，绞尽脑汁费尽心力的，以后的日子就好生休息。凡事都有朕顶着。”

这么好？风月展颜一笑：“我就靠您罩着了？”

“对。”

“可朝中总是有大臣来打扰我，让我去替他们向您求情啊什么的，我也不好推辞，怎么办？”

“好说。”殷戈止神色温柔，伸手摸了摸她的脑袋，低声道，“回去送你一副对联，挂在中宫门口即可。”

什么对联能有这么大的效用？风月很疑惑。

马车骨碌碌地行在路上，载着悠然自得的帝后二人，慢慢往澧都而去。

歌舞升平，澧都更加繁华，庆功宴上百官大醉，归来的将士们更是一一得了厚赏。出了月子的皇后娘娘喝得酩酊大醉痛快至极，等到散场的时候，都是被皇帝抱回宫的。

“你为什么没醉啊？”风月大着舌头问。

殷戈止面无表情地道：“没喝，倒地上了。”

“真阴险！”风月笑着伸手戳了戳他的脸，摇头晃脑地看着前头，“这是哪儿啊？”

“你的中宫。”一步步走着，殷戈止看着那灯火辉煌的宫门口，眼里有了点温度，“答应你的东西，他们已经挂好了。”

什么东西？扶了一把头上的凤冠，风月从他怀里跳下来，拉着他的手往前走：“对联吗？”

“嗯，你还看得清是什么字吗？”

眯着眼睛盯着宫门两侧挂着的金漆木，风月有点茫然。

殷戈止靠上来，贴着她的背，低头在她耳畔轻声道：“左书：春秋两不沾。右刻：风月不相关。”

春秋两不沾，风月不相关。

他的皇后只与他有关系，其他所有的春秋大事、风月红尘，都挡在这门槛外头即可。

春风吹过澧都的时候，将军陵便落成了。

风月舒展着筋骨，将殷戈止关在了宫里带小皇子，然后单独和灵殊一起去爬山。

灵殊一早就察觉出主子今日有话要对自己说，所以她揣好了点心，带够了水，乖乖巧巧地等着她开口。

山路崎岖，四周也没什么人，风月眯着眼看着四周郁郁葱葱的树，叹了口气：“有件事，我早该告诉你的。”

耳朵竖了起来，灵殊眨巴着眼看着她。

“你的母亲，叫鸢容，”风月微笑，“是个很温柔很善良的人。”

“奴婢知道。”灵殊点头，“您每年都跟我说她，奴婢不傻，自然知道是跟自己有关系的，也想过多半是娘亲。”

她是在兴和村被张爷爷带大的，小时候也曾问过爹娘去了哪里。张爷爷跟她说，她娘出去做事了，她爹没回来过，不知道在哪儿。小灵殊当时很伤心，觉得自己是爹娘不要的孩子。可后来长大一点，她也就想通了，娘亲不回来看她，一定是有什么苦衷。

虽然到现在，她也不知道那苦衷是什么。

“主子再给你讲个故事吧。”风月声音里满是叹息，垂眸道，“这回，你可要听仔细些。”

"好。"

树林里风吹得树叶哗哗地响，风月抬头看着斑驳的天，眯着眼睛慢慢回忆起来。

鸾容是一直伺候着关清越的丫鬟，常常在主院里走动，却没什么想上位的心思。别的丫鬟都想尽办法吸引关清穆的注意，独她守着礼，半分不曾逾越。

关清穆十五岁便有了将门风骨，很得女儿家喜欢，不少想嫁进关家做二少夫人的小姐都一个劲讨好关清越，想套着近乎当她嫂子。于是关清越那段日子过得很是滋润，点心啊衣裳啊要什么有什么。

不过打扰的人多了，关清越就烦了，某天抱着鸾容的胳膊就道："干脆你给我当嫂子吧，也免得她们烦我。"

鸾容慌张地松开她的手，脸上红成一片，连脖子都透着粉，吞吞吐吐地道："奴婢身份不合适。"

到底是被她带着长大的，当时的关清越又还小，古灵精怪，一看她这表情，当即就来了一句："原来你也喜欢我二哥！"

一听这话，鸾容的脸更红，本就是个脸皮薄的，生怕关清越将这事告诉了二少爷，所以便求着她别嚷嚷。

"要我不嚷嚷也好说，"彼时只有十一岁的关清越拍着胸口道，"那你听我的，我帮你讨我二哥欢心！"

鸾容急得跺脚，半分也不愿意。关清越哪里肯依，威胁着她要去告诉二哥，然后就坏笑着看鸾容听她的话去炖汤、做点心、绣帕子。

于是有一段时间，关清穆早上起身打开门，总能在门口看见很多东西。有时候是一方绣着竹叶的帕子，有时候是一碟热气腾腾的点心。

府里已经下过禁令，不许丫鬟来打扰他了。那还有谁能往他门口放东西呢？想都不用想，关清穆直接拎了关清越来问。

关清越嬉皮笑脸地道："二哥最近练功很是辛苦，妹妹心疼你，所以送给你一些东西。"

她送的？关清穆摇头，拎了那绣工上乘的竹叶帕出来："你现在重新给我绣来看看，要求不高，绣一片一模一样的叶子出来就成。"

关清越："……"

鸢容羞得无处可躲，站在旁边埋着头一声也没敢吭，眼珠子正乱转呢，就见二少爷站了起来，衣袍微微摆动，轻飘飘地说了一句："今早的鸽子汤很好喝。"

鸢容微微一愣，接着就感觉一股子喜悦从心底冒上来开了花。她小心翼翼地抬头，就见关清穆看着她，轻轻一笑。

那时的关清越不明白为什么二哥一个表情就让鸢容高兴成了那样，现在回想起来，当时的鸢容定然是觉得心里满满当当，幸福得要飞起来。

自己默默喜欢着的人喜欢自己炖的鸽子汤，有什么能比这个更让一个只会做鸽子汤的傻女人高兴的？

没有！所以从那之后，鸢容不用关清越怂恿，自己就时常给关清穆送东西了。可以说那一年，鸢容差点就成了关清穆的丫鬟。

高门人家的男儿在十六岁还未成亲的话，都会有个通房丫鬟教导人事。鸢容跪在关清越面前，很是诚恳地求了她三天。

"姐姐。"小小的关清越别的不懂，家里的规矩却是很明白的，她很不赞成鸢容的决定，"通房丫鬟地位太低，就算生了孩子，你也入不得关家族谱，何不再等等？"

"等不了了。"鸢容苦笑，"奴婢从来就是没机会的，如今有这样的机会，已经是极好了。若主子能帮忙，鸢容死而无憾。"

关清越沉默，三天之后，终于没能敌得过鸢容的执着，去求了老爹，让鸢容去当二哥的教导丫鬟。

可是，那天晚上，二哥将她关在了门外。

"我已心有所属，"他道，"就不耽误你嫁人了。"

衣衫单薄的鸢容跪在门外，身子轻轻发着抖。关清越不忍心，拿着披风裹着她，将她扶了回去。

她是亲眼看着的，看着鸢容是如何高兴地打扮，准备去伺候二哥，也看着她如何狼狈地回到屋子里，几天都没有出来。

二哥那段时间心情很不好，时常喝醉。关清越忙着练功，也就没再注意这二人，只当他们是有缘无分。后来鸢容说要回家成亲了，府上便放了她走，她舍不得她，所以怀了身子都还在照顾她，生产之后，更是直接回到府里，一直陪着她。

关清越一直觉得，鸢容心里可能是有遗憾的，毕竟终究没能与那么喜欢的人厮守。二哥到最后也娶了菱儿嫂子，两人感情甚笃。

然而，就在鸢容替她去死之后，她从昏迷中醒来，手里捏了一封信。

“兴和村灵殊，乃关家血脉，请主子善待。”

一句话，让关清越想了许久也没想明白。

当年发生过多少她不知道的事情？鸢容生的关家血脉，还能是谁的血脉？

她的回忆里有鸢容温柔的侧脸，有自家二哥和菱儿嫂子至死不渝的深情，可就是不曾有鸢容和二哥在一起的画面。

或者说，从二哥成亲，说出那句“不必纳妾”开始，鸢容就再也没有靠近过二哥半步。哪怕是在院子里遇见了，也是头也不抬地行礼，然后便退下了。

菱儿嫂子是个很好的姑娘，性子坚韧忠贞，与关清穆虽然是父母之命，可举案齐眉，恩爱得羡煞旁人。自打看见二哥看嫂子的眼神之后，关清越便没再跟鸢容提起过二哥半个字。

终究是有缘无分吧。

她当时年纪小，没怎么在意过鸢容的情绪，只当她是伤心了，所以在二哥成亲之后没多久就急急忙忙嫁了人，也没仔细看过她嫁的那人长什么样子，更不知道她生的女儿在哪里。鸢容回来之后，变得沉默寡言，经常盯着某个地方发呆，关清越问她怎么了，她也只是笑笑，不说话。

后来回想起来，风月觉得，灵殊只会是二哥的骨肉，先不说眉目的相似，只凭鸢容那外柔内刚的性子，爱上了二哥，就绝不会与其他人定下终身。况且有一段时间二哥一直消沉，酩酊大醉的次数不少，鸢容过去伺候的次数也不少，两人到底发生过什么，谁也不知道。

既然鸢容给她留了那么一句话，那灵殊一定就是二哥的孩子，可二哥到死似乎都不知道这件事。

灵殊更是无辜，从出生开始就什么也不知道，甚至还被人买去当了丫鬟。她去赎她出来的时候，那小丫头一抬眼，风月的眼眶就红了。

“你叫灵殊吗？”看着那依稀有些熟悉的眉眼，她问。

小丫头眼里满是戒备，姿态却乖顺，恭恭敬敬地给她叩头：“奴婢灵殊，求主子可怜。”

于是，远去烨国的风月姑娘身边就多了个灵殊丫头，风月时常将灵殊抱在怀里，也宠着她给她买点心吃。灵殊丫头学会了梳头，会搬着凳子站在她背后给她整理发髻，觉得自家主子辛苦了，还会认真地说：“奴婢的命是您救的，也是您一手带了三年，等您不愿意干这行的时候，那奴婢肯定是要养您的。”

跟在风月身边三年，灵殊的眼里没了先前的戒备，变得天真可爱，懵懂如普通的孩童。风月看她的目光向来充满慈祥，只想让这孩子好过点，以后能远离仇怨。

关家的仇和她没关系，她是无辜的，她该好好活着。所以当初殷戈止问起灵殊，风月只说她是鸢容的孩子，却没说她是关家最后的血脉。

殷戈止欠她的东西，她本是打算让他偿还在灵殊身上，护她一世安稳的。没想到，前头的死路走啊走的，竟然走活了。

山上的风更大了些，灵殊安静地听风月说着，伸手将她飞起的披风压了下来。

“所以，主子其实是姑姑吗？”她问。

伸手摸了摸她的脑袋，风月笑道：“抱歉，本来是打算瞒着你一辈子的，可是我觉得，你既然想知道，那现在告诉你也无妨。”

微微垂眼，灵殊不好意思地笑了笑：“被主子发现了？”

她从大局安定之后就一直在找人打听关家的事情，甚至辗转买到了一幅关家大宅里流出来的画。从那一天起，她就没能睡好过。

她知道鸢容是她的母亲，可不知道谁是她的父亲。她想问主子，又怕惹她伤心，于是就一直闷在心里。

哪知，都被主子看在了眼里。

“你这小丫头，藏东西向来都是藏在床底下。”风月叹息，“每次你神色古怪，我都会去你的床下翻翻。以前是藏着给我的礼物，抑或是偷偷藏了我不许你吃的甜食。没想到现在，却藏了关家的画。”

伸手将藏在背后披风下头的卷轴拿出来，风月拉着灵殊继续往上走，走到将军陵了，才找了块干净的地方，将那卷轴打开。

长长的画卷铺开三尺，上头画了三排人，第一排人跪坐着，中间几个坐在椅子上，后头围着站了长长的一排。老老少少，男男女女，穿的都是正经的礼服，表情严肃。只几个没正形的小孩子，跪在前头龇牙咧嘴的。

这是关家族像，在关清越五岁的那年画的，彼时关家大少爷还没有战死沙场，关家最小的小少爷还没有出生，孩子那一辈跪着的就只有三个人，从左到右，从大到小，中间跪的就是关清穆。

“你父亲长大后可不是这个样子。”伸手摩挲着那泛黄的画纸，风月失笑，“他长大之后可好看了，丰神俊朗，似天人之姿，澧都多少女儿家都想嫁给他啊，一点也不输给当时的大皇子。”

灵殊愣怔，低头看着那跪坐着穿着对襟礼服的小男孩，眼里满是茫然：“我爹和我娘……没有成亲吧？”

笑意微顿，风月眼波流转，回头便道：“成了啊，之后的故事主子还没来得及讲。鸢容是成了亲的……”

“主子。”看着风月那努力想编故事的表情，灵殊失笑，“您不用遮掩的，奴婢哪能想不明白？他们要是成了亲，奴婢怎么可能流落在外呢？”

“……你这丫头。”风月叹息，“这么聪明做什么？傻乎乎的才有福气，知道吗？”

“可是……”

“没有可是了。”伸手抱了她在怀里，风月眯眼，温柔地摸着她的脑袋，“过去的都已经过去了，以后凡事都有我呢。”

“主子……”

“叫姑姑。”

灵殊一愣，继而失笑，眼里亮晶晶的，伸手就揽住她的腰，甜甜地喊了一声：“姑姑。”

风月心里舒坦了，抬头看了一眼将军陵旁飘着的旌旗，低声道："走吧，咱们去上香。"

关家人的骸骨能找回的都已经找回，好生入殓一起葬在将军陵四周了。灵殊找到关清穆和鸢容各自的石碑，认真读了他们的生平，给他们上了香，规规矩矩地磕了三个头。

虽然不知道上一辈人到底有什么过往和纠葛，不过她终于找到了自己的父母，那至少，清明寒食，她都不会让他们短了香火。

这是她唯一能做的事情了。

从将军陵回去之后，风月不小心感染了风寒，不是什么大病，可吓坏了一向镇定的皇帝陛下。

殷戈止的脸色很难看，盯得灵殊直往风月背后钻，委屈万分地道："奴婢已经很小心了！"

"是我自个儿没注意。"风月讨好地朝他笑，"吃点药就好了。"

"吃点药？"殷戈止冷笑，伸手就将灵殊拎起来，扔出去交给观止，然后回头，满脸不悦地道，"你觉得生病就一句吃药便可？"

不然呢？风月缩了缩肩膀："那臣妾还得如何？"

大步走回她面前，殷戈止道："多说无益，来试试吧。"

试什么？风月满脸茫然，还没反应过来呢，面前这人的唇就猛地压了下来。

"陛……陛下！"风月吓了一跳，连忙推开他，"臣妾生着病呢！"

"朕知道。"殷戈止一脸怒色，"就是知道，才叫你感同身受，尝尝心上人生病是什么滋味！"说罢，双手擒住她，一把就将她推到了床榻上。

有那么一瞬，风月没反应过来，因为这人实在是太理直气壮并且找的理由很有说服力的样子，所以衣襟被他咬开，她都没挣扎。

可是，等反应过来哪里不对劲的时候，她眨眨眼，张口就咬着身上这人的脖子，伸着舌尖娇媚地道："陛下想宠幸臣妾，也不必找这些个借口啊。"

风月恢复得极快的腰身跟蛇一般地缠着他，殷戈止轻吸一口气，眼里神色陡然深了，下意识地就低斥：“你这狐狸精！”

风月咯咯地笑开了，眼里亮晶晶的，反客为主，翻身就将人压在自个儿身下，挣开手便去解他的衣带：“陛下不顾龙体也要与臣妾一同生病，臣妾甚为感动，不得不成全陛下。”

柔软的手划着衣襟，一路往下划开，殷戈止躺着，睨着这人眼角眉梢的媚意，突然想起了在梦回楼的时候。

惊鸿一瞥，意外坠他怀。这人其实从一开始就在他心里留下了不一样的痕迹，所以后来她找死，他也想着法子不让她死。她勾他引他，他也随她任她。虽然并没有想过能与她有什么未来，可那时候的自己分明是被她迷惑了。

表面正经的他，心里就是不喜欢那种正儿八经的姑娘，偏喜欢她这种风尘妖媚的。

这局棋，从一开始，她就赢了一半。

摩挲之间刺激入骨，禁欲已久的皇帝陛下压根受不住这种刺激，翻身就要将这狐狸就地正法了。

然而，外头很不合时宜地响起了婴儿的啼哭声，灵殊急匆匆跑了过来，敲着门道：“主子主子，小皇子哭醒了，奶娘怎么哄都不管用！”

风月一惊，下意识便要合拢衣裳起身。然而，身上的人哪里肯放过她，欺身上来便沉着脸道：“你要这时候走，我也哭，谁哄都不管用。”

风月哭笑不得，轻轻打他一下：“跟小孩子争宠？您可是堂堂帝王！”

“帝王才是最需要宠爱的人。”捏着她的腰往下一拉，殷戈止勾唇，俯身在她耳边轻声道，“高处不胜寒，他还在襁褓里，暖和着呢，你应该多照顾我。”

这是什么道理？听着还挺有说服力的？！风月笑了，摇摇头道：“那您事后记得补偿皇儿，别的都不用，给他换个名字可好？”

朝中老臣们给起的什么殷文靖，实在是难听死了。

“好。”身子沉下来，紧紧贴着她，殷戈止应了，转头就对外头还在敲门的灵殊道，“你去数着。”

外头的灵殊一愣，很是茫然："数什么？"

"数小皇子这一次哭了多少声。"他一本正经地道，"停歇超过一炷香算一次，今晚看他哭几次，每次哭几声，好生记下来。"

风月眯眼："陛下？"

"我殷家的男儿都该学会自己取名字。"回过头深深地看着她，殷戈止道，"正好书库前些日子已经编写好了一本字谱，一共五千个汉字，按笔画排序，让他自己给自己定吧。"

风月哭笑不得，还想抗议，这人却不打算再听，帘子一拉，直接卷着她滚进床榻里头。

小皇子的哭声响彻整个宫廷，观止和灵殊整宿没睡，都蹲在小皇子的旁边有一搭没一搭地数着："三十八，三十九……"

于是第二天，小皇子崭新的名字诞生了——殷旸罫齐。

风月嘴角抽得厉害，脑袋直摇："臣妾突然觉得原来的名字挺好的！"

"来不及了。"殷戈止面无表情地道，"想另外起名，那就再生一个，让他重新哭。"

风月：她怎么就给自己的儿子找了这样的爹呢？真是造孽啊！

殷旸罫齐长到快一岁的时候，因为早产的缘故，生了一场大病。殷戈止没和风月留在宫里，倒是带着她出门了。

"不是说要去给齐儿祈福吗？"风月很是焦躁，"您这是要去哪儿？"

"的确是给他祈福，朕已经安排好了。"殷戈止道，"你跟着去看就是。"

"骗鬼呢！这压根不是去龙台山的方向！"

伸手轻轻握着她，殷戈止叹息："你这个人，总是沉不住气。"

马车驶向热闹的雪月街，曾经红灯笼遍挂的地方，如今瞧着好像不一样了。

"这是……梦回楼？"看着外头那地方，风月瞪大了眼。

"是梦回书院。"殷戈止掀开帘子同她一起看向外头那白墙青瓦的地方，道，"你在烨国的梦回楼，我一早便买了下来，算着日子，和这边的书院一同完工。你的那些个姑娘都过正经的日子去了，这地方用来教书育人倒是极好。”

天知道他想这么做的时候受到多少阻力，毕竟民间一致以书院为最清高之地，以青楼为最下贱之地，他偏生要在青楼的地界上盖书院，可不是要急得老夫子们跳脚？

然而，他还是做到了，背后的事情不必同她多说，她看结果就成了。

“这些用来给齐儿祈福，再好不过。”

风月愣怔地看着，神色怪异地看了他一眼。

“不用这么感动。”对上她的眼神，殷戈止挑眉，“朕一时兴起罢了。”

一时兴起吗？风月失笑，靠着马车壁低声道：“陛下果然是痴心地找过我三年。”

嗯？没听懂她为何突然说这句话，殷戈止满眼疑惑。风月却笑得开心，捏了他的衣襟，将人扯过来就是一吻。

很久之前，她曾腹诽过，说三年前殷戈止睡过的女人都能组第二个梦回楼了，还指望他会痴心地找谁三年？不如指望梦回楼有一日能变成学堂。

梦回楼这样的地方，要变成学堂是不可能的事情。可这人竟然当真做了这样的事，恰好敲在她心口，清脆的一声响。

当事人茫然不知自己做了什么了不得的事情，她却拉着他往马车里一滚，舔着嘴唇媚人入骨地笑：“陛下，玩吗？十两银子一夜，看您长得好看，给您打个八折吧。”

（正文完）

番外一

师父的教诲

天下七分，群雄并起。在烨、澧、昭三国联手击败景国之后，形势大变，景国接连败于舜、奏。景收兵反守国土，却被涟国乘虚而入，两国掀起一场大战，其余国家纷纷作壁上观。

澧国就在这个时候发展起来，新帝登基不过一年，朝中风气清正，百姓安居乐业。

然而澧孝帝并没有满足，自己国家是安定着呢，旁边烨、昭二国不是还虎视眈眈吗？

于是，他一转手，将叶御卿给他送来的米粮统统还给了昭国，还附赠亲笔书信，洋洋洒洒一大篇，总结下来也就一个意思：烨国心怀叵测啊，这个时候敲诈你昭国的粮食，拿来做我澧国的人情，澧国不打算买账！澧国同昭国才是同仇敌忾的好兄弟，粮食我替你们拿回来了，你们收好，莫要再上烨国的当了！

昭国国主收到粮食和信，本来心口堵着的对澧国的一口气瞬间没了，愧疚之下，大手一挥：前头运来的、已经到了昭国国都的几千石粮食我们收下了，后头的就不必送来了！澧国的诚意咱们都看见了，对烨国，咱们心照不宣！

所以，澧孝帝就用这几千石粮食消了与昭国之间的嫌隙，还告了烨国一个恶状。

叶御卿对此事茫然不知。烨国老皇帝病逝之后，他登基，很是顺手地继续指点江山，想增进与昭国的友好关系。然而，昭国反应冷淡，倒是与澧国的贸易来往更加频繁。

“凭什么？”他问何愁，“昭国人是不是傻？不跟大烨合作，去跟那羸弱不堪的澧国同盟？”

何愁淡笑着沉默不言。

一看她压根没有光亮的眼睛，叶御卿更是烦躁，挥手就让冯闯出去打听消息。

结果，别的消息没打听到，倒是听见一个更气人的——澧国皇后又有身孕了！

怎么生个没完？叶御卿快气死了，召集烨国将领开了个紧急会议，会议主题就是：现在还不灭澧国，澧国小皇子小公主都该满街跑了！殷戈止的孩子多了，这国就更难灭了！

说吧，你们谁挂帅？

安世冲和徐怀祖都还在兴致勃勃地选贺礼呢，冷不防听见这么一个消息，脸都绿了。

叶御卿眼角一扫，看着他俩道：“你二人如今在我烨国军中也是能独当一面的了，安统领稳重，徐都尉有胆识，你二人挂帅，朕最为放心。”

让他们挂帅去打自己师父的国家吗？徐怀祖当即变了脸色，安世冲倒还算镇定，一把按住旁边想说话的人，起身拱手：“臣等遵旨。”

叶御卿此人向来是表面看着好说话，心思却甚为复杂的。自从错信了殷戈止之后，他处置了不少对他有异心的人，烨国之中人心惶惶，谁都怕自己成为下一个被怀疑和被清除的对象。而今这样安排，恐怕是怀疑到他们头上来了。

行了礼，安世冲拉着徐怀祖就退了出去，走到没人的地方，徐怀祖皱眉就问："你拦着我做什么？这仗我不想打！"

安世冲看了看四周，才开口道："你要是当场反对，将军府和我安国侯府都不会有好下场。新帝是什么样的人，还要我告诉你吗？"

心里一紧，徐怀祖皱眉："可……一边是家国，一边是师父，背叛家国是不忠，当真倒戈对付自己的师父是不孝。不忠和不孝，你能怎么选？"

安世冲也很为难，真要在战场上遇见师父，他们哪里下得去手？可要是不去……那陛下就该对他们下手了。

如今烨国内的形势，武将方面就他二人最为出挑，陛下不得不倚重。可倚重之前，陛下想看看他们是不是值得信任。要是不值得，那陛下便不会再将大权放在他们手里，也不会任由两家的势力继续扩张。

怎么办？

思绪混乱之间，安世冲的眼睛倏地一亮："怀祖，你记得师父给的秘籍吗？"

秘籍？徐怀祖点头："临走的时候给的那一本吧？我都练会了。"

"最后那一页，是不是还看不明白？"

最后一页上是师父当初写给他们的话……徐怀祖仔细回想着，突然倒吸一口凉气，恍然地看着安世冲："将者，为国而战，国乃道义，其余皆可抛！"

安世冲抿唇，眼神复杂，叹息道："师父早知道会有这么一天，所以一早就告诉了咱们该怎么办。"

国家不同，难免会有冲突之时。那到底是师徒之情重要，还是家国大义重要？

殷戈止说：其余皆可抛。

他不要他们顾虑重重，也不用他们手下留情。各自为国而战，才是堂堂正正的将军。

深吸一口气，徐怀祖捏紧了拳头，望了望西南面的天。

他们的师父可真是什么都想了个周到。那本秘籍也果真能解决他们的难题。

世上没有比殷戈止更好的师父了。——在烨澧之战打响之前，徐怀祖和安世冲都是这么觉得的。

然而，两国当真打起来的时候，他们当真在战场上看见自家师父的时候，徐怀祖忍不住大吼："他哪里需要我们手下留情顾虑重重了？哪里像是怕我们顾念师徒之情所以来劝导我们了？这厮分明是知道会有在战场上揍我们的这一天，提前打个招呼！"

溃败的烨军被追得狼狈，安世冲一边策马狂奔一边笑："真不愧是大魔王，败给他咱们不算丢人。"

"呸，气死我了！"徐怀祖恼羞成怒地道，"我再也不要跟他打了！这澧国谁爱攻谁攻，老子不干了！"

安世冲点头，他也不干了。有殷戈止在的时候，还企图跟澧国闹不痛快，实在不是一个明智的举动。

于是，攻澧的十万大军，就在师徒嬉戏似的追逐里，被赶回了烨国。

得胜归来的殷戈止心情很好，给风月拧了帕子擦了脸，就优雅地拿起厚厚的字谱开始翻。

"陛下？"第二回大着肚子的风月看着他的表情，很是不解，"您做什么呢？"

"找个好名字。"勾着嘴角，澧孝帝陛下很是愉悦地道，"朕昨日梦见你这一胎是个女儿，女儿家的名字可不能马虎，得起个好的。"

番外二

男女差别待遇

风月：啥意思啊？敢情闺女就是亲生的，儿子是捡来的？齐儿多惨啊！自己给自己翻了个“阴阳怪气”的名字，他老爹还不让改了。结果一梦见是个闺女，就认真起名了？

伸手抓过旁边的观止，风月颤抖着问：“你家陛下更喜欢女儿啊？”

观止沉默，很认真地思考了一会儿，然后回答：“陛下大概只是更喜欢您。”

风月脸上一红，恼羞成怒，一脚踹过去：“哪儿学的胡话！”

“你老实点。”低着头翻书的人皱了眉，“真不把肚子当回事？”

瞪了观止一眼，风月优雅地收回腿，然后趴在他背上笑嘻嘻地问：“有什么好名字吗？”

殷戈止轻轻摇头，叹了口气：“金不足显其雅，玉不能表其贵，朕慢慢找，不着急。”

想了想，他伸手往后摸了摸风月的肚子，严肃了神色道：“不过其他该准备的东西就不能再迟了。观止，奶娘、产婆备好了吗？”

“回陛下，都备好了。”观止笑道，“连带着小公主未来的摇床、襁褓、衣裳，都已经按照您的吩咐让下头的人准备了。”

想起齐儿出生时候的待遇，再看看现在这人脸上温柔的神色，风月差点就要怀疑他是不是殷戈止的亲骨肉了，偏心也不带这么偏的啊！正常的皇室不都应该以皇子为尊吗？这位陛下是怎么回事？就喜欢女儿？

殷戈止翻着书，认认真真地给他未来的宝贝闺女想着名字，完全没理会旁边诡异的目光。

于是，这本字谱就成了皇帝手里的常见之物，朝中大臣们与他商议要事，说起战况的时候，殷戈止都不紧不慢地翻着书，随口应付着他们。

要不是他应付的话很有道理，能当作战方案，一群老臣早就怒了。字谱有啥好看的？啊？堂堂帝王，哪有这么吊儿郎当的？

不过，烨国的战火很快停歇了，又派了使臣来求和，乔堂杰等人一边生气一边想，有什么办法呢？澧孝帝上无可尽孝之太后，下无可钳制之臣，唯一能让他听话的皇后娘娘的中宫门口又挂了禁止外臣打扰的联子。这皇帝瞧着心不在焉吧，又没荒废国事，澧国反而日益强盛。说他太过专宠皇后吧，人家皇后也无外戚干权，更是一心要皇帝走正道。

半点错都抓不着啊！可瞧着就是让人不爽！凭什么别人当皇帝都日理万机累死累活，后宫乱成一团，朝里纷争不断的，他殷戈止在位就这么轻松？看起来什么也没做，事情都分到臣子手里了，后宫就皇后一个，朝政里的大臣还个个乖顺省心。

殷氏一族几百年的福祚，是不是全在他一个人身上了？

更可气的是，比他早成亲的封大将军和公主都还没个孩子呢，人家的第二个孩子都要出生了。

第二胎是足月的，风月很是放心地在房间里待产，外头的殷戈止虽然紧张，可一想到能有个机灵可爱的小公主，那嘴角还是扬着的。

“名字朕想好了，叫珞儿，算过八字，是大吉的好命，一生富贵安康、无忧无虑。”

旁边的南平好奇地问：“那齐儿的八字怎么样啊？”

殷戈止沉默，旁边的观止无语望天。

灵殊又好气又好笑地拉着南平道：“长公主，陛下压根就没给小皇子算八字，钦天监还是拿以前的名字算的，说原来的名字八字好，陛下也不肯换。”

还有这样的？南平愕然：“皇兄不喜欢小孩吗？可这回怎么准备了这么多东西？”

瞧瞧外头放着的，柔滑无比的小衣裳、绣工精湛的虎头鞋、花色富贵的襁褓，多齐全啊。

灵殊撇嘴，低声凑在南平耳边道：“那是因为陛下觉得娘娘这一胎是个女儿。”

女儿吗？想了想，南平的神色也柔和不少：“女儿好啊，女儿贴心。”

一听这话，殷戈止眼含赞赏地看了南平一眼，眼里的意思很清楚——不愧是亲兄妹！

南平失笑，正要再说呢，就听见屋子里“哇”的一声，有孩子哭了。

“哎？谁在哭啊？”南平吓了一跳，瞪眼，“皇嫂还没生呢，哪能让旁的孩子在这儿哭？”

殷戈止没解释，抬脚就往里头走。

南平一脸茫然，还是封明在她旁边低声道：“上回生小皇子你没听他们说吗？皇后娘娘可厉害了，生孩子都不叫唤一声的。”

啥？就生了？南平惊了，立马提着裙子往里走。

风月这回有经验了，身子也养得更好，生完孩子脸色惨白，但人还醒着，见殷戈止进来，忍不住咧嘴笑。要不是下头还疼着，她肯定是要在床上打着滚乐的。

“皇嫂怎么了？”看她这表情，南平惊讶地问，“什么事情这么好笑啊？”

伸手指着抱着孩子的殷戈止，风月笑得眼泪直流。

众人转头一看，就见皇帝陛下一张脸变得阴沉沉的，手里抱着个嗷嗷哭的小团子，咬牙切齿的。

“恭喜陛下。”产婆高兴地跪地，“是个小皇子！”

“噗——”灵殊没忍住，转头抱着观止就哈哈大笑。

南平也乐了，看着自家皇兄那吃瘪的模样，摇着头道："孩子是看缘分的，哪能想什么来什么呀？皇子好，您的皇位后继有人才行，您别沉着脸呀，叫皇嫂看见多不好受？"

"不不不。"风月一边笑一边倒吸凉气，捂着肚子道，"我没有不好受，想想外头准备的那么多东西，我很欣慰，这个皇儿不会被陛下刻薄了。"

"外头的东西是给小公主准备的！"殷戈止黑着脸道，"至于这个，谁去找块破布来，随便裹裹得了！"

"哈哈哈——"众人哄笑。

嫌弃归嫌弃，殷戈止还是温柔地把团子抱着，也没当真拿破布，倒是拿襁褓把他包好放在风月旁边，然后眼神沉痛地看着她道："朕想要个小公主，就这么难吗？"

风月咧嘴，伸手摸摸他的脑袋："乖啊，等我缓缓，以后再给您生个公主。"

番外三

过去再见

旁边的南平听着，眼里满含羡慕，却没多说，伸手抱了抱二皇子，又看了看已经能摇摇晃晃走路的齐儿。看时候差不多了，她便眼神询问封明：你还要再看会儿吗？

封明有点不高兴，伸手塞了红包在二皇子的襁褓里，拉着她就行礼告退。

“今日进宫，是你提的。”走在宫道上，封明闷声道，“看我的脸色做什么？你想什么时候走，就什么时候走。”

南平微笑：“出嫁从夫，自然是我听你的。”

那也不用总是这样看他脸色吧？封明有些焦躁。这都快两年了，南平还是敬他畏他，什么事都替他处置得妥帖，反而让他心里的愧疚更浓。

他……还没跟她圆房呢。

本来先前就跟殷戈止说好的，留着南平的完璧之身，让她以后好嫁人。可现在……都两年了，澧国谁不知道南平公主的驸马是他封明？就算她还是完璧之身又如何？还能嫁出去吗？

既然嫁不出去了，那他……是不是该跟她圆房了？

眼角余光偷偷打量着旁边的人，封明犹豫半晌，站住脚直接开口：“你想不想要个孩子？”

脚步一顿，南平不解地回头看着他：“什么？”

封明的表情有点尴尬，挠着后脑勺看向别处：“我是说，看你抱孩子的样子，好像挺喜欢的。你嫁给我也这么久了，也不是真正的夫妻，挺耽误事的。你要是喜欢孩子……”

他话没说完，就见南平的脸色陡然变得苍白，吓得他心里跟着一紧：“怎么了？”

垂了眼眸，南平捏着帕子轻笑：“其实我一直知道将军在想什么，从一嫁进来就知道，所以我没强求，就想对您体贴点，也能让您对我多留恋些，不会那么快赶我走。”

话说到后头便带了些哽咽，帕子也捏得更紧，南平舔了舔嘴唇，苦笑着道：“没想到也就只拖了两年。”

什么东西？封明听得一头雾水，还没反应过来呢，就见面前的人退后半步，很是潇洒地道：“将军不想跟本宫在一起了，那便和离吧，本宫去跟皇兄提。”说罢，转身就朝来时的路走去。

封明莫名其妙地伸手拉住她，皱眉道：“谁说我不想跟你在一起了？”

南平一愣，没回头，语气分外平静：“将军方才那话的意思，南平听得明白，将军不想耽误南平，南平也明白。”

“你明白什么了，我话都没说完！”封明急了，吼了一声，“头转过来！”

南平心里一跳，僵了脖子。

见她不转，封明点头，自个儿走到她面前去，伸手将她的脸捧起来就吼：“我是想说，你要是喜欢孩子，咱们也生一个！谁要赶你走啊？！”

眼里包着的泪珠唰地就滚落了下去，南平呆愣地看着面前这人，任由他将自己的脸揉成了包子也没个反应。

他说什么？咱们也生一个？

“你看殷沉璧那不要脸的，一年一个，你就不眼馋啊？”脸上有点可疑的红晕，封明一边抹着南平的眼睛一边吼，“老子也想要，一年生俩，赶上他们！”

南平破涕为笑，摇头道：“哪有人能一年生两个的？”

“有啊，龙凤胎！”说罢，封明伸手就将她捂在怀里。

温热的气息激得南平打了个寒战，手抖了抖，试着捏了捏他的衣裳，最后还是缓缓伸手，坚定地环住了他的腰，然后就听得封明闷声闷气地道：“我本来以为，我一辈子都不会放下关清越了。”

封明真的是这样以为的，甚至已经打算好在南平有了好归宿之后，上山出家去。可人心都是肉长的，南平这样的姑娘无怨无悔地陪在他身边，什么也不要，就要他好便可。饿了给他做饭，冷了给他做衣裳，无聊了陪他去看风景，在他想知道皇后如何了的时候，还会带他进宫去看。

若说这些事坚持了一年，那是情深不悔。但若坚持了两年，并且还有要一直坚持下去的意思，封明就觉得，这人是个傻子。

不仅傻，而且蠢，什么也不问他要，也不懂学学手段，用他的愧疚将他捆住，就始终那么温柔地笑着，一个劲地盼着他好。

他哪里就值得她这样了？

“先前皇兄还跟我说，要是还没同将军圆房，就让我去见见昭国的皇子。”靠着他的胸膛，南平低笑，“现在看来，我是不是不用去了？”

嗯？昭国的皇子？封明心口一阵紧缩，很是不爽地眯了眯眼：“他什么意思？”

“嗯……大概是两国联姻，更利于合作互惠。”

身子被松开，南平心里一空，有些紧张地抬头看他：“将军？”

“没事。”封明解下自己的披风披在她肩上，捏了捏拳头，“我去找陛下聊两句，你在宫门口等我。”说罢，怒气冲冲地朝龙涎宫而去。

南平捏着封明的披风，愣怔地看着他的背影，直到看见那人一脚踹开龙涎宫的大门，才倏地笑出了声。

耿直的封将军啊，他现在也打不过皇兄，这气势汹汹地过去，吓到了小皇子，怕是反而要被皇兄揍一顿。

她还是回去准备药酒吧。

踩着青石砖往宫外走，南平觉得心里的大石终于落地，整个人都轻松起来。

她知道封明不是绝情寡义的人，所以她坚持要赌，赌她能不能焐热他那一颗心。两年了，这结果来得晚，但到底，她没有输。

其实要是换一个人，她可能就不赌了，毕竟何必贴着一个不爱自己的人这么久呢？她可以有更好的选择。可是，恰好是封明，恰好这个人最让她心动，恰好她知道，他需要人拯救。

说白了其实就是她喜欢他，觉得他会是一个好丈夫，以后也必定会是一个好父亲。这赌，输了也就输了，自己好歹陪了他两年。可要是赢了，那她就是赚了。

赚了的南平公主心情很好，愉快地在宫门口等着，等着崭新日子的来临。

“我走了。”一场架打完，封明青着嘴角说了一句。

以往走，他都说“告退”，今日却说了这三个字，殷戈止微微挑眉，接着便眯了眯眼：“好生走，莫再回头。”

抱着孩子的风月也从床帐里伸出手来，潇洒地朝他挥了挥：“再见。”

再见。

没再看他们，封明伸手抹了抹嘴角，大步跨出了宫门。

番外四

玩笑开大了

七国的历史时期发生了很多精彩的故事，比如曾在烨国为质的澧国大皇子殷沉璧，竟然在登基后五年率兵攻打烨国，一雪前耻。再比如从太子时期就大权在握的叶御卿，登基之后不敌澧国，郁郁寡欢，竟然开始纵情声色，不问朝政。

坊间谈起此二人，难免对比一番，好生唏嘘。

然而，事情原本到底是什么模样的，还是只有当事人最清楚。比如风月，她就知道殷戈止攻打烨国的原因，一雪前耻倒是其次，主要是她第三胎怎么都没怀上，钦天监夜观星象，说烨国不阴城的位置挡了澧都的紫气。

对于这种神神道道的事情，风月是不太信的，看殷戈止那没反应的表情，她以为他也不信。

结果没过两年，澧国攻烨了。打了三年，烨国投降了。

殷戈止带着她去不阴城，不要脸地在人家的皇宫里做不要脸的事情。对于他这种行为，风月是想表达严厉的谴责的，然而没过两个月，她当真怀上了。

“不是吧？”看着御医，风月简直哭笑不得，“还有这样的？”

不过这种事也只有当事人知道，要是传出去，这天下怕是要炸开了锅。

但也有当事人都不明白情况的，比如何愁。

烨国败了，交皇权于澧，统一货币，规整文字。叶御卿坐在龙椅上，看着旁边站着的妃嫔，竟然低低地笑了一声。

他对她说：“幸好你不用。”

这么多年过去了，何愁一直是他身边的宫女，他固执地叫她“忘忧”，她也就面无表情地听着。两人缠绵过，却不曾恩爱过。叶御卿心里有他的大业江山，有无数的妃嫔，就是不曾看重过她——至少何愁觉得是这样的。

然而，宫门大开的这一天，他突然就说了这么一句莫名其妙的话。

不用？不用什么呢？何愁没听明白，终于转头看他，却见他的嘴角流出乌黑的血来。

何愁瞳孔微缩，茫然地伸手扶住他将倾的身子。叶御卿低笑，松了好大一口气，将头靠在她腰间，低低地说了几个字。

然后那袭龙袍就带着血，从龙椅上跌落了下去。

手伸在半空，有些僵硬。何愁缓缓地低头看下去，就见大殿里所有人慌成一团，妃嫔们哭喊着，大臣们也都发着抖。

叶御卿的眉眼温柔如旧，手里的折扇仍旧还捏着，仿佛下一瞬就会展开，挡着他半边脸，在他那如春风般的笑眼之下轻轻摇晃。

“在下叶御卿，这厢有礼。”

光芒耀眼的画面被风一吹就散了，何愁回神，看向下头躺着的人，眼眶一红，终于还是哭了出来。

幸好你不用……她是宫女，不是妃嫔，所以不用被送上山出家……他死之前，竟然是在庆幸这个吗？

风月找到她的时候，何愁已经哭得双目无神了，愣怔地抬眼看着她，撇撇嘴哽咽道：“他说他舍不得我。”

“嗯？”风月蹲下来轻轻抱着她，拍着她的背，“他什么时候说的？”

“死的时候。”何愁泣不成声，哭得像个孩子，“不知道什么时候服的毒，要死了竟然才说一句他舍不得我。”

我舍不得你。

这是叶御卿最后的遗言，可既然舍不得，怎么会就这么死了呢？烨国投降，他依旧可以做他的国主，怎么也不至于死……

“乖。”已为人母的风月变得很是温柔，轻轻拍着她道，“就算他在最后说了人话，也别原谅他。”

要是原谅了，该怎么活呢？

叶御卿本就不是一个好人，满肚子算计，从未让何愁好过，临死还给人添堵，那他也就不值得同情。

“师娘不必把他想得那么坏。”

安世冲和徐怀祖神色复杂地来看她的时候，坐在屋子里捧着茶道：“在我们看来，陛下对何愁姑娘实在不能算不好。”

瞪眼看着他们，风月道：“你们真当我不知道啊？”

叶御卿这个疯子，的确没有亏待过何愁，只是也没有好生对待过她。这么多年了，跟何愁一起进宫的宫女不少升了娘娘，偏生她永远是个宫女，不得人尊敬，也不得他正眼看待。风月每隔一段时间都会让人打听何愁的状况，可来回禀的人每年都说，何愁姑娘是陛下身边的宫女。

宫女宫女宫女，当真喜欢她，怎么会这样对她？可要是不喜欢，怎么又费那么大的心思，非把人留在身边呢？

她不喜欢叶御卿这种性格，倒是更欣赏殷戈止这样的，喜欢就好生对待。两人之间要是有坎坷，那就铲平了！要是有断绝了的路，那就重新修了！既然把人记挂在了心上，那就用尽全力不留遗憾。不然搞得牵牵扯扯痛苦不堪的，有什么意思啊？不如早点放手！

然而，说是这么说，想起这两人的故事，她还是长长地叹了口气。

“对了师娘，师父呢？”徐怀祖振作了精神问，“我还想跟他聊聊。”

“聊什么？”风月挑眉，“先跟我聊。”

面前这两人竟然同时沉默了片刻，然后安世冲道："没什么，他瞎说的，咱们没事了，就是等师父回来，请个安就走。"

嗯？怎么瞧着怪怪的？风月眯眼，盯着他们看了好一会儿，突然想起一个问题："你们俩还没成亲吗？"

安世冲和徐怀祖吓了一大跳，慌忙站起来摆手，异口同声地道："谁会同他成亲啊！"

风月目光诡异地在这两人之间扫了扫，沉痛地道："你们在想什么？我是问你们各自不是都应该成亲了吗？"

气氛突然就尴尬起来，安世冲抿唇垂眸，徐怀祖望天干笑。

于是，殷戈止处理完事情回来的时候，就看见自家皇后飞一般地朝他扑了过来："陛下！惊天大事啊！徐怀祖想让您给他和安世冲赐婚啊！"

什么？殷戈止伸手温柔地接住她，往怀里一搂，抬头就看向后面跟着的两个徒儿。

安世冲和徐怀祖都快疯了，红着脸跑过来站在他面前摇头："师父，师娘误会了……"

"我不是那个意思。"

"我也没那个意思！"

眯眼看了看这两个人，殷戈止护好了自个儿的小狐狸精，云淡风轻地道："你们现在要遵守澧国的规矩了。"

烨国国土都已经归澧，这句话没什么不对，两人纷纷点头。

殷戈止一顿，目光落在他们腰间的刀剑上头，调侃道："澧国的规矩是，皇后娘娘说的话都是对的，她说你们想要赐婚，那你们肯定就是想要赐婚。"

安世冲脸都绿了，狠狠踩了徐怀祖一脚。徐怀祖吃痛，委屈地道："我就是开个玩笑，哪有给两个男儿家赐婚的……"

"有啊。"努嘴指了指不悔剑和长恨刀，殷戈止微笑，"这本来就是情人用的刀剑，双生同出，等同赐婚。你们回去选个良辰吉日吧。"

风月大笑，看着两人惊恐的表情，搂着殷戈止的脖子就亲了他一口。

目光从两个徒儿身上转回来落在她脸上，殷戈止眼里的神色瞬间缱绻，再不管旁边的鬼哭狼嚎，低下头去就回她一吻。

“朕的皇后今日更美了几分，愿意陪朕去买块绿豆糕吃吗？”他轻声问。

“荣幸之至啊，陛下。”挽着他的手，风月笑靥如花，眼波流转间，风姿半分不减，跷着兰花指便道，“还是要响玉街尾的那一家。”

“给你。”拿了银子放在她手心，殷戈止带着人就往前走。

一锭碎银，瞧着大，分量却不对劲。

风月挑眉，伸手一捏就将那银子捏开，取出里头的字条来，仔细一看，竟然是个签文。一大片看不懂的词汇之后，有人用毛笔添了一行字，就表达了澧孝帝陛下深深的执念——

“求女得女，再不得女，下一子作女养！”

她哭笑不得地念出来，伸手便捶他：“当心你儿子以后不孝！”

接住她的手，摊开在掌心一吻，殷戈止摇摇头没说话，扣着她的手便往前走。

安世冲和徐怀祖站在原地，目瞪口呆地看着这完全当他们不存在的两个人，觉得这玩笑开得太大了。

夕阳西下，那两个影子靠得很近，拉得老长，看起来幸福极了。

白鹭成双

BAILU CHENGSHUANG

良辰未迟

试读卷

公言听计从，要啥给啥！”

叶将白觉得好笑，这七殿下也太看得起自个了些，他能选来扶持的人实在太多，甚至把远放的四皇子再调回京城也并无不可，怎么可能选她这个笨蛋？那得操多少心啊。

不过看她这么兴奋的模样，他也不好意思拆台，便拱手道“殿下多努力吧。”

“好！”像是得了什么鼓舞一般，长念笑得开心极了，都忘记了屁股上的疼，一路都喜气洋洋的。

叶将白无奈地摇头，将手揣回袖子继续往前走，心里开始盘算典狱史一案。

典狱史严格说来算是四皇子的人，但四皇子外放之后，他与三皇子来往更多些。如今一死，少不得有人要争他的位子。下头有能力争的，一个是太子的人，一个是五皇子的人，太子为此事给他送了厚礼，五皇子那边倒还没什么动静。

刚打了太子一巴掌，要不，就给个甜头？可五皇子那边没动静，他心里也不定。想着想着，眉头就皱了起来。

“国公身子不舒服吗？”旁边傻里傻气的声音又飘了过来，“总看您皱眉，是跟我母妃一样有头痛之疾？”

跨进锁梧宫的门槛，叶将白回神应和：“是，老毛病了。”

想太多的人就容易犯头痛，他痛得尤其厉害，还不肯吃那些个麻木脑子的药，就得多遭罪。

“您来。”长念示意宫人把自己抬到内殿放下，然后朝叶将白招手。

叶将白眯眼，对这个逗狗一样的手势十分不满，可念在这是个傻子的份上，还是忍了，依言过去床边坐下。

长念费劲地半跪起来，疼得龇牙咧嘴的，叶将白皱眉，正想按住她，这人就把手放在了他的太阳穴上。冰冰凉凉的小手，柔软得不像话，一按上来，他脑子里就有根筋跳了跳，又酸又舒服。叶将白微微一颤，倒是没有阻止。

“母妃头疼的时候，我经常翻墙去她宫里给她按。”长念拿捏着力道，笑着道，“她常夸我呢，说我别的不行，按头的手艺是一等一的厉害。”

是挺厉害的，但是堂堂皇子给大臣按头，是不是显得太狗腿了些？也不合规矩。叶将白阴险归阴险，还是很守礼数的，觉得这很不好。

左右看了看，他道：“你们去给殿下准备些点心来。”

“是。”红提神色复杂地带着一众宫人退下。

白鹭成双 著
BAILU
CHENGSHUANG

良辰未迟

试读卷

目 录

CONTENTS

第五章

没出息的皇子

皇帝收回目光，开始翻看手里的供词折子。太子侧头看了叶将白好几眼，发现他不愿意与自己对视之后，心下便也明白了。

这回辅国公不打算拉他一把，反而有踩一脚的意思。

心里有气，太子也不再看他，只低声道："父皇，七皇弟向来与儿臣亲近，若真遇见什么事，怎会不来告知儿臣？这其中怕是有误会。眼下七皇弟还在养伤，不如就让儿臣去看看他，问个仔细。"

刚把人打了个重伤，还向来亲近？怕不是想提前去堵了七皇子的嘴吧？皇帝心生不悦，可光凭这口供折子也无法清楚案情，他今日事务甚多，没空再去长念宫里，始终是得让人去问的。

正有点为难，就见大太监从外头小步进来，俯身在他身侧道："陛下，七殿下已经在门口候着了。"

"哦？"皇帝有点意外，"他那么重的伤，怎么还过来了，快让他进来！"

太子眉心微微一抽。扛着重伤都亲自过来，他这个七皇弟到底想干什么？

赵长念在外头等了半晌，终于等到传话了，连忙借着两个太监的力下地，一瘸一拐地往里头挪。这挪动之间少不得牵扯到伤口，等挪到御前的时候，她已经小脸煞白，满头大汗了。

"儿臣给父皇请安。"

到底是亲生的儿子，看这惨状，皇帝的表情也柔和了些，朝旁边的人吩咐："拿个垫子来，让七皇子去茶榻上趴着说话。"

"是。"大太监应声而去。

太子还跪在地上没起来，这儿倒是来了个趴着的待遇，就算赵长念身上有伤，太子心里也不舒坦，抬头凉凉地看她一眼。

长念什么也不知道，就是进来见自个父皇的，被莫名其妙地一瞪，小脑袋缩了缩，满脸惊恐。

“念儿，你真如这折子上所说，太后寿宴当日，目睹了典狱史被害？”皇帝问。

长念点头：“儿臣去出恭，在茅厕附近见着了典狱史。当时他跟一个黑影一起站着，儿臣还以为他们是在叙旧。谁知道下一瞬典狱史就惨叫一声倒了下去，那黑影也消失了。”

“你没看清那人模样？”

“没怎么看清，就依稀记得穿的是深蓝色的缎面袍子。”长念努力回想了一番，道，“那袍子，有点像宫人穿的。”

宫人穿的深蓝缎面袍子，那就是寿宴的宫装款式，也就是说，凶手要么是当时正当差的宫人，要么就是别人冒充了当时当差的宫人。

而寿宴当日的宫人调度，全是太子在负责。

太子脸色一沉，拱手道：“父皇，当时在场的只有七皇弟一个人，那他说的是真是假，也就无从证实。”

长念一惊，慌忙摇头：“儿臣骗谁也不敢骗父皇，当时那黑影动了手就跑了，儿臣没来得及追上，但要是没记错，刺客逃跑之时旁边池塘里有物什落水之声，兴许是凶器，若是派人去寻，定还能寻到。”

凶器是破案的关键，皇帝一听就扭头吩咐：“派人去找。”

大太监领命，出门去召禁军统领。皇帝回过头来，神色更加严肃。

“国公说得对，这凶案发生在朕眼皮子底下，决不能姑息。此案太子要避嫌，便交给国公彻查。念儿若是还有证据，就转呈国公，等待审查。”顿了顿，他看了一眼太子，又补道，“查案期间，念儿就少在各宫走动吧。”

长念乖巧地点头，余光不小心瞥到太子难看的脸色，连忙把脑袋埋得更低。

“臣领旨。”叶将白倒是一脸坦荡，拱手行礼之后，还问皇帝，“七殿下行动也不便，若有疑惑，微臣可否出入锁梧宫？”

“自然。”皇帝颔首，“朕信任爱卿，爱卿出入前宫，不必同朕另禀。”

“多谢陛下。”

跪了半个时辰的太子，在离开养心殿的时候脸色极其阴沉，抬着长念的太监没走两步就被强迫转了弯，拐进一条僻静的宫道里。

“七皇弟想干什么？”太子俯视她，十分不友善地道，“难不成连你也不想安生过日子，要来与皇兄作对？”

长念摇头如拨浪鼓，惶恐地道：“愚弟只是来禀告所见所闻罢了，何至于说是作对呢？”

“你明知道寿宴是本宫在负责，寿宴上出的事，不同本宫先说，竟直接告诉辅国公，还来父皇面前博同情。”太子冷笑，狭长的凤眼眯成一条线，“你什么心思，真当本宫看不明白？”

长念讷讷两声，身子微微发抖。

“你自己是个什么出身自己也该清楚，三弟五弟尚可在我面前抖抖羽毛，而你，”上下扫她一圈，太子轻嗤，“宫女生的贱种，能锦衣玉食已经是福分，若还得寸进尺，本宫不介意给你长长教训。”

一字一句吐出来，跟冰碴子似的，又凉又刺骨，就算是个受气包，也该被刺得生气，反驳两句。

然而，叶将白拢着袖子在拐角处等着，一直没等到赵长念开口。

这个比受气包还受气包的七皇子，现在一定是抱着脑袋缩在担架上，默默盼着太子快走吧？真是没出息，太子再得势，也终究只是个皇子，没有生杀大权，她怕个什么？叶将白嗤之以鼻。

太子骂完了，似是还不解气，一个眼神示意，身后的宫人一脚就将前头抬着担架的人给踹得跪了下去。

“啊！”前后承重不一，担架侧翻，长念毫无防备地滚落下来，狠狠地摔在地上。

本是打算再看看热闹的，一听这动静，叶将白站不住了，拂了袖子便走过去。

“太子，七殿下。”

见着他来，太子收敛了表情，扭身就装作什么也没发生，道：“国公出来了？本宫昨日得了上好的女儿红，正想找机会与卿共饮呢。”

叶将白瞥了一眼地上狼狈的长念，抿唇道：“案子刚接下来，在下还得去一趟刑部，饮酒便改日吧。”

“也好。”完全看不出来生气，太子笑着朝他拱手，“那本宫就先行一步了。”

“殿下慢走。”

长念疼得耳边一阵嗡鸣，半晌才渐渐听见声音。她睁眼，就见身边停了一双绣着银纹的云靴，靴子的主人俯身下来，温和地对她道：“殿下再这么软弱下去，可是会拖累在下的。”

“拖……拖累国公？”长念龇牙咧嘴地捂着屁股，弱弱地抬眼，“念只是个没出息的皇子，如何能拖累到您？”

叶将白伸手，将她从地上扶起来，本以为要花点力气，谁知道一提拎就拎回了担架上，轻巧得跟捏只鸡崽子似的。

他微哂，替她拍了拍衣袍上的灰：“殿下看不出来太子生您的气了？”

“自然是看出来了。”

“今日入这养心殿，是在下与殿下一同来的，太子稍微打听就能知道消息，焉有不迁怒之理？”

好像也是哦！长念皱了眉，恍然明白过来：“皇兄会不会觉得我们是串通好的来告他状的？”

叶将白暗舒一口气，不仅没有手段被拆穿的担忧，反而莫名地觉得欣慰。这傻了吧唧的笨蛋可算是知道事了！

不过欣慰归欣慰，戏还是要演的，叶将白站直身子，带着两个抬担架的太监一边走一边道：“殿下与在下皆是无愧于心，但太子殿下生性多疑，今日之事，少不得要被他猜忌。殿下往后的日子，怕是不好过。”

长念垮了脸，哀叹：“我以为今日来禀了案情，见见父皇就罢了，怎的还生出事端来！”

要的就是让你生出事端来啊，叶将白微笑，十几年来不牵扯皇位争斗的七殿下，也该下场热热身了，不然他这一台戏还真唱不好。

“树欲静而风不止，殿下身在皇家，早该有准备。”他平和地安抚道，“不过既然是在下连累殿下在先，往后也必定会护着殿下。”

一听这话，长念的眼睛咻地就亮了起来，在担架上撑起半个身子，兴奋地问：“辅国公是打算扶持我了吗？”

“扶持”这二字严重得很，叶将白听得脚下微微踉跄半步，神色复杂地看向她：“殿下何出此言？”

“我经常听红提说，皇子是要与大臣相辅相成的。”左右看了看，长念压低声音，抖机灵地道，“国公是觉得我很有潜质，所以打算帮我一把？”说罢，不等叶将白表态，就拍着胸脯道，“国公放心，他日我若能有出息，必定对国公言听计从，要啥给啥！”

叶将白觉得好笑，这七殿下也太看得起自个了些，他能选来扶持的人实在太多，甚至把远放的四皇子再调回京城也并无不可，怎么可能选她这个笨蛋？那得操多少心啊。

不过看她这么兴奋的模样，他也不好意思拆台，便拱手道：“殿下多努力吧。”

“好！”像是得了什么鼓舞一般，长念笑得开心极了，都忘记了屁股上的疼，一路都喜气洋洋的。

叶将白无奈地摇头，将手揣回袖子继续往前走，心里开始盘算典狱史一案。

典狱史严格说来算是四皇子的人，但四皇子外放之后，他与三皇子来往更多些。如今一死，少不得有人要争他的位子。下头有能力争的，一个是太子的人，一个是五皇子的人，太子为此事给他送了厚礼，五皇子那边倒还没什么动静。

刚打了太子一巴掌，要不，就给个甜头？可五皇子那边没动静，他心里也不定。想着想着，眉头就皱了起来。

“国公身子不舒服吗？”旁边傻里傻气的声音又飘了过来，“总看您皱眉，是跟我母妃一样有头痛之疾？”

跨进锁梧宫的门槛，叶将白回神应和：“是，老毛病了。”

想太多的人就容易犯头痛，他痛得尤其厉害，还不肯吃那些个麻木脑子的药，就得多遭罪。

“您来。”长念示意宫人把自己抬到内殿放下，然后朝叶将白招手。

叶将白眯眼，对这个逗狗一样的手势十分不满，可念在这是个傻子的份上，还是忍了，依言过去床边坐下。

长念费劲地半跪起来，疼得龇牙咧嘴的，叶将白皱眉，正想按住她，这人就把手放在了他的太阳穴上。冰冰凉凉的小手，柔软得不像话，一按上来，他脑子里就有根筋跳了跳，又酸又舒服。叶将白微微一颤，倒是没有阻止。

“母妃头疼的时候，我经常翻墙去她宫里给她按。”长念拿捏着力道，笑着道，“她常夸我呢，说我别的不行，按头的手艺是一等一的厉害。”

是挺厉害的，但是堂堂皇子给大臣按头，是不是显得太狗腿了些？也不合规矩。叶将白阴险归阴险，还是很守礼数的，觉得这很不好。

左右看了看，他道：“你们去给殿下准备些点心来。”

“是。”红提神色复杂地带着一众宫人退下。

第六章

国公真是好人

没人了，礼数可以不守了，叶大灰狼很是心安理得地眯起了眼。

若是对旁人，他诸多防备，定是不会这般亲近，可背后这个人他心里有数，就算他在这儿睡着了，这人肯定也只敢眼巴巴地看着，做不出什么事来。

于是，叶将白难得地放松下来，感受着她手指的按压，慢慢地平复头疼。这一平复，竟当真觉得困了。太后寿宴三日，他便睁眼了三日未歇，筹谋布置，挖坑埋土，真的很累。府中幺蛾子甚多，还不如这冷清的锁梧宫来得自如。脑子里还在嘀咕，眼睛却是闭上了，呼吸也慢慢平和。

长念小心翼翼地给他按着，忍着自个屁股上的万分疼痛，心里忍不住感慨，辅国公的皮相是真好啊，原以为这么严厉的一个人，摸起来肯定硬邦邦的，谁知道肌肤也是柔软温热的，侧眼看过去，睫毛竟然比她还长，鼻梁线条还挺拔极了。

能摸一摸吗？咽了口唾沫，她伸手，悄悄地在他鼻梁上捏了一下。

没反应，叶将白靠在她床边，像是睡着了。

暗笑两声，长念继续给他按揉，嘴里还轻轻哼起了好听的小曲。

一点也不好听！叶将白半睡半醒间很想张口让她闭嘴，可实在提不起力气，索性就忍了。

于是他就梦见有人吹着一个破唢呐追着他，调子极其难听，那人还偏生吹个不歇气。

叶将白生气地想，等他醒了，一定要把这人宰了！

可是，真的等到叶将白睡醒的时候，外头夕阳的光越过木窗照进来，整个内殿都是一片温软。他动了动脑袋，发现头一点也不疼了，鼻息间还有一股子若有若无的清香。

皇子大多爱用调子重些的香料，比如龙涎、沉香之类的，可这七殿下用的香料竟然是这种冷冷淡淡的清香，一点也不稳重。

撑着身子坐起来，叶将白回头，就见赵长念被他挤在了床榻最里头，委委屈屈地睡着。察觉到动静，她睁开眼，半梦半醒地嘟囔："国公可算醒了。"

"在下失仪。"下床行礼后，叶将白清了清有些沙哑的嗓子，"让殿下看笑话了。"

"哪里是笑话，国公是太累了。"长念很是担忧地看着他道，"连红提都知道，如今这朝野就靠国公一人顶天，国公若是不好好保重身子，一旦病了，该如何是好？"

头不疼的时候，叶将白心情非常好，又听得这关切之语，看向她的眉目便都温和了下来："多谢殿下关心。"

床榻空出来，长念一边瞥着他一边挪回自己的枕头上趴好，然后小声道："国公下次头疼的时候尽管让人来喊我，别的忙我帮不上，这点事还是能做的。"

按常理来说，叶将白是该拒绝的，毕竟他从来只受人金钱恩惠，少受人情，但这位七皇子的人情，肯定没别人的那般可怕，加上他的确对头疼之疾束手无策，想想也就点了头："那就有劳殿下了。"

长念一笑，然后困倦地打了个呵欠，嘴巴张得大大的，露出两颗小虎牙。

叶将白知她是累了，便拱手道："多有叨扰，在下这便告退了。"

长念颔首，趴在枕头上侧着脑袋看他："国公慢走。"

转身，叶将白拂了拂衣袖，嘴角带笑地跨出了内殿。

红提站在大殿门口，屏着呼吸跪送国公离开，等他走得远了，才忙不迭提了裙子进内殿，慌声问："殿下，国公最近怎么总来咱们这儿？"

长念耷拉着脑袋，半昏半睡地嘀咕："说是要扶持于我。"

红提大惊，连连摇头："殿下，这话可信不得！"

长念本还困倦，被她这一嗓子直接给吼清醒了，睁眼皱眉："为何信不得？"

"国公是什么地位，满朝文武都知道。太子想得他青睐都得送去厚礼，他又怎么会平白来扶持您呢？”

长念想了想：“兴许……是觉得我是个好苗子？”

红提噎了噎，沉默地看着她。

“……好吧。”长念撇嘴，挠挠头，“不管怎么说，国公也帮了咱们良多了，总不好恩将仇报呀。若实在困惑，明日我再问问他便是。”

问他，怎么可能问得到实话？红提愁得皱了脸，她家殿下与外头的人接触少，委实太纯良了些，真被人诓了去，该如何是好？

看殿下这模样，显然是已经对国公信任万分，她劝也没用了。红提垂眸，心里开始盘算有没有什么办法能探一探国公的心思。

典狱史被刺一案公之于众，朝上一片热议，有八个言官向皇帝上了折子，要求追责宫中禁军以及其余负责寿宴之人。太子当堂认罪，并求皇帝重罚。又有数位重臣出列相劝，释太子之过。

叶将白就站在左下首看热闹，该说的话他在御书房都同皇帝说过了，这回太子的责罚不会轻，任他舌灿莲花也无用。

“陛下。”太史公出列，没再提典狱史之事，而是拱手道，“朝中三品之下官员调度的折子臣已经拟好，但还有一事，有些为难。”

“爱卿直言。”

“是。”太史公低头道，“鞍山一带官员作风不佳，导致流匪极多，百姓不安。此状况已经有三年之久，半月前议过选一四品京官前往正风气，但如今看来，京官也不足以镇压。微臣与吏部几位大人商议之后，认为选派皇子前往，更加合适。”

听见这话，叶将白挑了挑眉。

选派皇子去鞍山，说白了就是封王外放，这路数大家都熟悉得很了。

皇帝显然也不意外，只问：“爱卿觉得哪位皇子合适？”

尚在京中的皇子，除太子之外，三皇子内敛沉稳，立功不少；五皇子家世显赫，权力不小。这两人随意哪一位，都是上好的人选。

然而，太史公说：“微臣以为，七殿下合适。”

叶将白站在旁边，毫不犹豫地轻笑出声。

他的举动一向被人关注，此番突然有反应，连龙位上的人都忍不住侧头问：“国公？”

抬袖掩了掩唇，叶将白出列行礼："微臣失礼，没料到太史公会说七殿下，实在是猝不及防。"

太史公幽幽地看他一眼："国公最近与七殿下来往也不少，下官还以为国公也对七殿下甚为看重。"

"太史公多虑了。"叶将白一眼也没看他，拱手就对皇帝道，"要行镇压之事，非手段强硬身份尊贵之人不可，七殿下久居深宫，政绩无建树，性子也不若其他皇子强硬。让他去鞍山，实在是药不对症。臣不知太史公是何居心。"

还能是什么居心啊，太史公跟太子关系甚好，太子看不惯七皇子了，人家可不得想个法子给放出去吗？大家都是老狐狸，心里都门清。

然而，在这朝堂之上，场面话还是要说的。

太史公感叹道："微臣倒是觉得七殿下胆识过人，颇为合适。"

叶将白微笑："太史公有所不知，典狱史一案，七皇子是重要人证。太史公这个时候要把七皇子送出京城，未免不妥。"

"臣惶恐。"太史公连忙朝皇帝道，"臣不知此事。"

皇帝摸着龙头扶手，等他们吵够了，才道："换个人去鞍山。"

"是。"太史公讪讪地退下。

于是，赵长念趴在床榻上吃点心的时候，就听得宫人声情并茂地道："说时迟那时快，辅国公一撩朝服就站了出来，舌战群雄，力求将殿下留在京城。百官横眉，太史公冷目，却谁都拿他没有办法！"

"多么有魄力的男人啊！"宫女双手捧心，面带桃花，"这简直就是本子里写的英雄救美！"

红提嫌弃地看着这一屋子的人，白眼直翻。这摆明了是瞎编乱造的东西，傻子才信呢。

扭头看向软榻，正想问主子午膳想吃什么，却见自家主子望着那些手舞足蹈的宫人，傻兮兮地笑着，眼里那高兴的神采啊，显然是一字不落地全信了。

红提："……"

"国公真是个好人！"长念满怀欢喜，"幸好有他在，不然咱们可就要被扔出去十万八千里了。"

"殿下。"红提试图劝她，"知人知面不知心。"

长念才不管她在叨咕什么呢，一双大眼睛左看右看，突发奇想地道："趁着国公还没出宫，你把这点心给他送去。”

点心？红提低头看了看，脸都绿了。

一盘绿豆糕被殿下吃得只剩一块，这乱七八糟的卖相，也好意思拿给国公？

长念嘟囔道：“他们朝议这么久，肚子定然饿了，这点心好吃，该给他尝尝，也算我谢他的。”

红提的心情很复杂，人家送的谢礼都价值连城，她家殿下送一块不值钱的点心就算了，还是吃剩下的。她家殿下到底什么时候才能明白，那是个金银财宝都看不上眼的大人物，更不可能喜欢这一枚点心啊？

朝议结束，叶将白同风停云走在宫道上的时候，就听见人小声唤：“国公，国公！”

做贼似的声音，十分没有体统，要是在以前，叶将白定是当作没听见，继续往前走。然而想想最近侍着的那位没规矩的殿下，他顿了顿，还是扭头看过去。

红提揣着手躲在拐角的地方，焦急地看了看四周的人，为难地朝他作揖，示意他过去。

“这……”风停云挑眉，看看那宫女，再看看叶将白，戏谑道，“勾搭小姑娘都勾搭到宫里来了？”

“闭嘴。”一袖子甩他脸上，叶将白抬步朝红提走过去，问她，“何事？”

红提看了看跟着过来的风停云，更不好意思了，嗫嚅半晌才放开袖子，端出那块绿豆糕，硬着头皮道：“殿下体恤国公辛苦，送这个来……来给国公垫垫肚子。”

叶将白低头看了一眼，眼皮跳了跳。

这是什么？绿豆糕？指望七殿下送那种天馐阁的极品绿豆糕是不可能的，所以她真的是给他送了一块普普通通的绿豆糕。

原以为那挂件已经是他收到过的最便宜的东西了，没想到七殿下永远这么出人意料。

风停云惊奇地听着小宫女的话，正想说哪个殿下胆子这么大，敢到宫道上拦着辅国公送礼，结果瞥一眼盘子里的东西，他一个没忍住，直接笑出了声。

“七殿下送的吧？”

红提脸上通红，讷讷地点头，风停云笑得更欢，手肘捅了捅叶将白，道：“这位殿下有趣得很，我能去看看吗？”

"你不是还有事要忙？"

"那点小事，算得了什么？"风停云搓着手就朝红提努嘴，"带路带路。"

分明方才还苦着脸说最近太过劳累，回去还有要事，忙得抽不开身，现在倒好，又成小事了？叶将白白眼直翻，不过倒也没拦着，毕竟风停云也参与了典狱史的案子，就当过去叙事了。

然而，进了锁梧宫，他就后悔了。

第七章

殿下太见外了

“微臣给七殿下请安。”风停云上前行礼，一双眼不老实地往床榻上瞥。

长念正一边哼着小曲一边吃东西呢，没想到突然有外臣造访，吓得差点掉下软榻，扯着痛处，脸扭成了一团：“大……大人请起！”

这位大人也真是不客气，说请起，一撩袍子就在她床边坐下了，凤眼扫过来，很是温柔地问：“殿下的伤如何了？”

他突然凑这么近，长念毛孔都吓得张开了，她咽了口唾沫，弱弱地答：“上了药，好……好多了。”

“殿下这也是平白的受罪，委屈了。微臣府里有上好的药材，改日就给您送来。”风停云勾唇，很是自然地伸手替她掖了掖被角。

长念在宫里这么多年，见过的男人少，有这般手段的人就更少，一时间不知如何是好，无措地看向旁边的叶将白。

叶将白半阖了眼，道：“风大人，注意仪态。”

风停云左右看了看，道：“此处又不是什么敞亮的地方，七殿下也不是个会刁难人的，国公还这般严肃做什么？”

叶将白冷笑：“慎独二字，想来不必在下来教大人，七殿下有伤在身，烦劳大人收敛些。”

见他不高兴了，长念连忙道：“不妨事不妨事的。”

人家两人关系那么好，在她跟前吵起来，那多难看啊，和事佬该当还是要当。

然而，她这一开口，风停云当真就觉得不妨事了，贴得她更近，手也伸上了她的手腕，轻轻一挠：“微臣家里出过两代御医，懂些把脉门道，殿下看样子还很气虚，要不要微臣替您把把脉？”

长念浑身起了鸡皮疙瘩，连连摇头：“这就不必了吧？御医早上来请过脉了。”

“多把一次也没什么坏处。”风停云笑弯了眼，伸手就将她的手腕从被子里拿出来，握在了手里。

细嫩非常的腕子，手感非常好，风停云略微挑眉，伸指就要按上她的脉搏。

长念脸色更红，挣扎了两下，把手收了回来，又觉得失了礼，小声道歉：“得罪了。”

谁得罪谁啊？这摆明了是风停云的不对，她还没底气呢？叶将白冷笑，怪不得这么多年在宫里被人欺负，柿子这么软，可不得谁都上来捏一下？

“殿下太见外了。”风停云没有生气，倒是很伤心地叹了口气。

废话，才第一次见面，不见外，难不成见内吗？叶将白看得不耐，上前就将风停云给扯开，沉声道：“你若没别的事，就先走吧。”

“哎哎，别啊，我有事！”风停云抓住叶将白的手，朝着长念眨眨眼，“殿下可知，今日朝上有人要殿下出京？”

“方才听宫人们说过了。”长念欣喜地看向叶将白，“多谢国公！”

风停云失笑：“国公力保殿下，可花了不小的力气，殿下总不能拿一块绿豆糕敷衍国公。”

长念慌张起来，看向叶将白：“国公喜欢什么？我……我想想法子。”

风停云道：“国公还能喜欢什么？整个京城都知道他嗜玉，上好的和田，番邦进贡的冰种，什么贵你寻什么，保准他喜欢。”

叶将白侧头看过去，就见赵长念脸上冷汗都出来了，嘴唇嗫嚅了两下，眉头和鼻梁皱在一起。下意识地，他握住了腰上挂着的把件。

七殿下那千八百两的家底都在他这儿了，还能送他什么啊？瞧给人愁得，不知道的还以为他们在欺负人。

“贤真，闭嘴。”

被人叫了表字，风停云就知道这人是真不高兴了，连忙伸了食指按在自己唇上，朝长念挤眼。

长念笑不出来，愁苦地想，她的小金库已经没了，还能从哪儿弄银子给国公呢？

叶将白扫她一眼，抓着风停云就往外拖："时候不早了，大人先出宫吧。劳烦红提姑姑送送，他不认识路。"

"哎？"风停云看了看窗外，"哪里不早了，天还大亮呢。"

叶将白笑了笑，很是体贴地"送"了他一程，并让人狠狠合上了锁梧宫的大门。

门外传来风停云不满的低咒声，他没理，转身回到内殿，朝着那掰着指头在算的小傻子道"谢礼殿下已经给过，不必再给，倒是那风大人，以后少接触些。"

听着不用谢礼，长念松了口气，可一想又觉得奇怪："朝中多有人说，风大人办事牢靠，人品上乘，为什么不能与他多接触？"

"他好男色。"叶将白眯眼。

"呃……"长念挠挠头，其实当下盛世，民风开放，少不得有大人家养了小倌，这也没什么。但朝中有的人厌恶断袖之癖，并且定下律规，男宠不得入后宫，官家不得给名分。

很不巧，定此律规的人正好姓叶，名将白。

赵长念偷摸看了看他的脸色，知道他是不高兴了，也就没敢顶嘴。不过就她个人而言，对断袖是不歧视的，人的感情自然而然，哪里是律法能约束的。

"这一个月，殿下且好生养伤。"垂眸思忖片刻，叶将白平和了表情，开口道，"等伤好了，还可以办点差事。"

一个月后朝廷就该采买军粮了，这肥差本是太子的，但太子如今犯错，又有辅国公在旁煽风点火，皇帝定是要换个人来用，以灭太子骄纵之气。其实接任的人选，三皇子和五皇子都比她合适，但是听辅国公这话，这差事是要落在她头上？

长念一颤，连忙道："国公，我很笨的，这么多年了什么事都没做过，要是有差事给我，我定会搞砸。"

"殿下何必妄自菲薄。"叶将白坐下来，一双眼深邃不见底，"在下信任殿下，殿下自然就不会搞砸。"说直白点，就是我罩着你了，我说你行你就行，就算你搞砸了，也有我给你收拾。

长念这叫一个感动啊，鼻涕都快流出来了，眼里亮晶晶的，崇拜地朝他拱手：“多谢国公。”

叶将白勾了勾嘴角：“殿下不用客气。”

给她伤口换了药，叶将白从容地退出了锁梧宫。

“你想干什么啊？”风停云还等在宫道上，见他过来，微微皱眉，“二皇子也好，四皇子也罢，都是罪有应得，该出去就出去了。可这位七皇子没有任何过失，你作何要将他也拖下水？”

四处无人，叶将白卸了脸上虚浮的笑意，慵懒地白他一眼：“生在帝王家，能有安生命？”

“可你明明可以选三皇子。”风停云皱眉，“三皇子底子好，经得起折腾，哪怕被太子惦记，也能自个保命。你看看七皇子是个什么样子？那手腕细得……”他把拇指和食指捏了个圈，比给叶将白看，“就这么细，我一折就能折断！那小身板，就该锦衣玉食好生养着的。”

步子微顿，叶将白侧头：“贤真，你是不是色胆包天？”

大家穿一条裤子长大的，谁还不知道谁是什么心思？打从见着七皇子起，这人的眼神就不对劲，还什么把脉，摆明了是找借口跟人亲近。

“冤枉啊，我怎么就色了？”风停云唏嘘，“人皆有爱美之心，七殿下生得清秀可人，你还不许我欣赏一二？”

“若是别人，随你。他，不行。”叶将白拧眉，“早晚要散场的。”

七皇子是他选的跳板，为了真正想扶持的人而放的烟幕弹，一旦有一天真相暴露，定是要舍掉的，到时候风停云若是与人有什么感情牵扯，那可麻烦死了。

风停云有点不高兴：“没得商量了吗？我真的觉得那七殿下有趣，还给你送绿豆糕呢，肌肤也白白嫩嫩的，像个瓷娃娃，那么可爱……”

“闭嘴。”

“你定是也觉得他可爱，才护着他。”风停云撇嘴，“若不是，你完全可以在朝上就舍了他，再拉别人下水也不碍事。”

“……不是。”别开头，叶将白抬步往前走，“护着他是因为……收好处了。”

他这个人，一向收人好处就会办事的。

风停云跟上他的步子，啧啧摇头：“你不承认也罢，我不掰扯。但你也别拦着我，我知道分寸的，就是逗逗他，也不会来真的。”

“他是皇子，不是寻常人家的公子哥。”叶将白黑了半边脸，“风贤真，你上回惹了宋家小公子，还没给宋家一个说法。”

别人都是祸害姑娘，风流一场，逢场作戏，惹人芳心暗动又不给结果，被人哭着骂薄幸轻狂。这位倒是好，尽惹那些个清秀的公子哥，人家家里追责也不好，不追又气愤难当，少不得来他这儿告状。

“你给我省点心吧。”

风停云失笑，袖子一甩：“我晓得的，我看人一向准，什么人能惹，什么人不能惹，清楚得很。”

叶将白咬牙，还想再劝，前头就遇见了同僚，风停云一扭头就上去跟人说话了，留他一个人在后头瞪眼。

真是个祸害。

第八章

国公快救命啊

于是，赵长念在养伤的时候，就经常看见风停云在她宫里进出，今日说来看看她，明日说国公有事，让他来传话，再隔几日，还给她带了宫外的小玩意，让她把玩。

“殿下的伤如何了？”风停云坐在床边，温柔地问。

长念笑眯眯地看着他，乖巧地道：“休养了半个月，已经可以躺了，就是走路还有些不利索。”

“真可惜，外头的花开了呢。”风停云勾唇，深深地看着她道，“不若微臣抱殿下出去看看罢？”

粉红的颜色慢慢爬上耳根，长念低头：“不……不用了。”

“殿下是不信任微臣？”眉梢一耷拉，风停云满脸委屈，“都这么久了，微臣还以为殿下已经能把微臣当半个知己，结果殿下还防备着微臣。”

“不是这个意思。”长念为难地道，“是有些不合规矩。”

“这宫里又没有外人。”风停云朝她伸手，“微臣也不会告诉别人的。”

长念僵硬地道：“风大人，国公说您要记得‘慎独’。”

“管他呢。”风停云撇嘴，伸手就拿了旁边屏风上挂着的斗篷，将床上的人一裹，轻轻松松就抱了起来。

“啊！”长念是真的惊到了，她没想到这位大人胆子这么大，行为这么放荡不羁，小脸都吓得一白。

被她的反应逗得笑出了声，风停云甚是高兴，掂量两下她轻巧的身板，就大步跨出了殿门。

秋高气爽，哪怕是殿前的花坛里，也开了一丛丛的秋花，迎风摇曳，色泽动人。置身其前，鼻息间便盈了淡香，和着微凉的风和昨夜雨水润过的泥土味，叫人心里舒服。

然而长念是没有心思欣赏的，被一个男人抱在怀里，她身体僵硬，一动也不敢动。

风停云便笑："殿下在屋子里待久了，总也要出来看看。"

"多谢大人，但……"长念抓着他的衣襟，颇为别扭地道，"你我皆男子，这般是否不太妥？"

"有何不妥？"风停云一脸正气地道，"微臣与殿下都坦坦荡荡。"说着，将她搂得更紧了点。

于是，心情甚好的叶将白跟着红提过来，刚跨过门槛就看见院子里站着的那对狗男子，正亲密地欣赏着花坛里的一朵硕大的金菊。

叶将白浑身都起了鸡皮疙瘩，握拳放在唇边，轻咳了一声。

一听这声音，长念连忙喊："国公！"

救命啊！这断袖真把我当男人了！

大步走过去，叶将白盯着风停云："宫闱之中，规矩也不要了？"

风停云轻笑："你这个人，朝上说规矩律法，朝下还说这些，腻不腻啊？内殿里有新泡的秋茶，来尝尝。"

这话听着，活像他是这锁梧宫的主人一般。叶将白微微阖眼，将目光转向了他怀里的人："殿下伤好了？"

"没……"长念可怜巴巴地看着他，"还有些疼。"

"那折腾什么？下来。"

"是。"挣扎两下，长念捂着不太灵活的屁股站到了地上，飞快地推开风停云，咧嘴笑道，"二位大人都请坐下喝杯茶。"

"一杯就够了。"叶将白道，"风大人还有事，立马要走。"

风停云一脸不解。

叶将白扭头看他，云淡风轻地道："户部在城郊修筑的新院需要人去看看，刘尚书让在下来知会大人一声。"

城郊那个？风停云垮了脸：“那也太偏远了，我现在过去，晚上许是都回不来。”

“回不来就歇在那边吧，房间已经收拾好了。”叶将白温和地道，“刘大人的意思，似乎是让你多看两日。最近正值官员调度，你还差点功绩才能继续留在京城，可不能怠慢了。”说着，自个走去内殿坐下，捧了红提恭敬递上来的茶，优雅地抿了一口。

长念眼观鼻口观心，老老实实地在软榻上趴着，心想这风大人也不知是哪儿得罪辅国公了，按理说就算他功绩不够，以风家的祖荫来说，留在京城也是妥妥的。

虽然外人都说风停云此人颇为荒唐，可就这几天的相处来看，长念觉得他是个挺有想法的人。

并且，不像断袖。

想着想着，殿里就慢慢安静了下来。长念恍然回神的时候，就见座椅上只剩了叶将白。

“殿下很喜欢与贤真来往？”他捏着茶盏，慢条斯理地撇着茶沫，语气平淡，带着丝秋风般的凉意。

长念皮子一紧，霎时想起来这人说过少与风停云打交道，立马结结巴巴地道：“不……不喜欢！”

“那为何他总来？”

废话啊！腿长在他身上，锁梧宫又不是什么守卫森严的地方，且又靠近他们下朝的宫道，可不是想来就来吗！

心里这么想，长念却不敢顶嘴，只小声道：“风大人心善，念我这地方冷清，我又有伤，所以常来走动。”

风停云心善？

茶杯一扣，叶将白冷笑出声：“殿下还是要会识人才好。一旦涉水，少不得有人在您面前献媚进谄，若是谁说点好的您就信，那可不妙。”

“啊？”长念没听明白。

叶将白忍不住瞪她一眼：“殿下独居久了，人情世故都不清楚，就不要轻信于人！”

“可是……”长念指指桌上堆着的几个礼盒，“风大人是您的挚友，又待我极好，挺照顾我的，我连他也不能信吗？”

顺着她指的方向扫了一眼，叶将白一顿，眉心几不可察地跳了跳。

他起身，走过去拿起最上头那个礼盒，打开一看。

红彤彤的枫叶，贴成了一张信笺，上头的字写得很是潇洒——

山有木兮木有枝，心悦君兮君不知。

啪的一声合上盖子，叶将白头疼地按了按太阳穴，转手把东西递给红提："拿去扔了。"

"是。"红提吓得两腿打战，抱着盒子就跑。

"国……国公？"长念小声喃喃。

深吸一口气，叶将白转过身来，咬牙切齿地道："这红枫题诗，他风停云每年秋天能送出去八百张，没一份是真心，就会骗旁人的真心。若是送去别处还好说，送来殿下这里，怕是不想活了！"

"国公息怒啊！"长念抱着脑袋满脸惊慌，"我没怪他的意思！"

"你这还不怪他？"叶将白更气了，"你是皇子，身份尊贵无比，就是性子太软弱，才会招来这些个任意妄为的人！你看他敢往三皇子宫里送这些吗？"

长念低头，认真地想了许久，然后低声道："我比三哥长得好看吧？"

叶将白噎了噎。三皇子是个面容不太齐整的人，而这七皇子，是七个皇子里长得最清秀可人的一个。这是客观事实，辩无可辩。

不过噎过之后，他更气了："是这个原因？"

这人生得好看，动怒起来却骇人，外头站着的宫人都吓得面无血色了，长念也心惊胆跳的，左右乱看一圈，想了想，撑着身子下了榻。

叶将白眉目凌厉，看着她动作，连扶都懒得扶。

然而，七殿下就捂着屁股一瘸一拐地走到了他跟前，一双眼眨巴眨巴地盯着他看了看，然后轻轻地拿起他腰上挂着的东西，塞进他的手心。

冰冰凉凉的把件，瞬间压了他掌心的热气，连带着情绪也稳了稳。叶将白低头，撇了撇嘴："殿下是早知会气着在下，所以才送这把件的？"

"不是呀，我怎么会想着气国公？"乖巧地站到他身后，长念伸手按上他的脑袋，小声道，"母妃以前常说气多了身子不好，我是希望国公安康常健，所以才送的。等发月钱了，再给您换个吊穗，冰蚕丝的那种，更搭些。"

十分明显的谄媚讨好，配着她那无辜可怜的小眼神，任是冒了三丈的火也得消下去二丈五。

叶将白伸手按了按自个的眉心，又气又笑：“殿下，遇事应虑怎么解决，不是说好话就可以糊弄过去的。”

这就是在解决啊！长念偷摸看了看他和缓下来的表情，觉得自己解决得挺好的。不过既然他还不满意，那她还是低眉顺眼地道：“国公只管训诫，我都听着。”

叶将白想了想，道：“殿下今年也该满二十了，宫里还没有女眷伺候？”

一听这个，长念汗毛都竖起来了，按在他脑袋上的手也抖了抖。

“嗯？”察觉到她的不对劲，叶将白微微侧头，“殿下？”

“我……那个不着急的。”长念眼神乱飘，心虚地道，“锁梧宫里冷清，让人来伺候我也是委屈了。”

正常男人，十五六岁就该知人事了，朝中七位皇子，六位在十五岁就已经立了三个侧妃，这位倒好，身边除了个小宫女，再没别人了。就算不受宠，也不至于这般。想起方才她与风停云那亲亲热热的模样，叶将白打了个寒战，扭头神色复杂地看着她。

“国公？”长念慌了，脸上的心虚藏也藏不住，完全不敢与他对视。

心里一沉，叶将白皱了眉：“殿下也喜男色？”

废话，她是个姑娘，肯定爱男色啊！长念脸上绯红，也不敢在他面前撒谎，只能哼哼唧唧两声，算是默认了。

叶将白刷地就站起来了，一连退后两步，下颌紧绷，看着她的眼神变得锐利又复杂。

长念的手僵在半空，有点哭笑不得：“国公，不是您想的那样。”

喜欢男色，还能不是他想的那样？叶将白浑身鸡皮疙瘩都起来了。他厌恶断袖之癖，风停云要不是他的挚友，且没什么男宠，他早就翻脸了，平日容忍已经是辛苦，结果七殿下这儿还来一个？

打了个寒战，叶将白很想扭头就走。然而，套已经下在这儿了，他走了也早晚得回来。

该面对的还是要面对。

叶将白脸色铁青，沉默许久，才道：“殿下是何喜好，为人臣子也不该过多干涉。只是……风大人并非良人，还望殿下慎重。”

她也没把风停云当良人啊，怎么就要慎重了啊！长念默默腹诽，然后抬脸，满眼真诚地道：“我记住了。”

《风月不相关》

相性一百问（下）

——本栏目采访自本书大结局之后

主持人：尊敬的各位来宾小仙女，欢迎再次来到《风月不相关》主角访谈演播室，请以热烈的掌声欢迎主角夫妇殷戈止和关风月的到来！上期的访谈引起了网络上轰动的热议，本期话题更加精彩！走过路过千万不要错过！

殷戈止＆关风月：……

主持人：嘿嘿，说一个被对方感动到的瞬间。

殷戈止：发现她是多年以前那个人的时候。

关风月：他问我愿不愿意让关家血脉掌殷氏江山的时候。

主持人：不瞒两位，我看《风月不相关》的时候，最感动的地方也正是风月姑娘说的这个瞬间，妈呀，鸡皮疙瘩掉了一地哟，当时我就想，我要是能碰到这么好的男人立马嫁了！

殷戈止（嫌弃）：醒醒啊，你先照照镜子。

主持人：陛下不是说好的更注重内在吗？你这人身攻击打脸啪啪啊！

殷戈止：嗯？

主持人：您听错了，我啥也没说！最想跟对方一起做的一件事情是？

殷戈止：睡觉。

关风月：打仗。

主持人：陛下，再次提醒您，注意影响啊！想一起做这件事的原因呢？

殷戈止：觉得踏实。

关风月：一直没机会一起打仗，想试试做他麾下将领的感觉。

主持人：不得不说，风月姑娘非常人也！私底下对对方的称呼跟在人前是一样的吗？

殷戈止：床上不一样。

关风月：……

主持人：算了算了，陛下看来是彻底放飞自我了。迄今为止遇到的最大困难是？

殷戈止：她恨我，不想与我好。

关风月：他冤死我爹

主持人：最后是怎么克服的？

殷戈止：慢慢磨呗。

关风月：他解释了，赎罪了。

主持人：说到这儿，不得不佩服两位。能把这天大的仇怨瓦解掉还修成正果的，真不多。你觉得对对方的感情能维持多久？

殷戈止：不太确定，似乎得看我的表现。

关风月：很久吧，看起来。

主持人：原因呢？

殷戈止：她没什么安全感。

关风月：不知道，就觉得他看我的眼神，像是能看去下辈子似的。

主持人：那个，有工作人员现在比较方便的吗？请帮我换一个大号的狗粮盆来，我现在这个已经装不下了。抹把眼泪继续，万一对方变心，你会？

殷戈止（咬牙切齿）：杀了那个让她变心的人。

关风月（一脸平静）：带孩子走。

主持人：咦，陛下你太血腥了！风月姑娘倒是出人意料，我以为你会是动刀的那个……

殷戈止：……

关风月：哪能呢，真有这么个万一，我也不会为狗男女脏了自己的手。

殷戈止：好了，这题目的假设不成立，下一个。

主持人：如果对方做了对你而言非常过分的事情，你的处理方式是？

殷戈止：让她哄我。

关风月：惩罚他。

主持人：……就这么简单？

殷戈止＆关风月：那不然呢？

主持人：哦……最喜欢哪一个时期的对方？

殷戈止：最开始最爱我的时候。

关风月：最开始我爹还活着的时候。

主持人：差评，这个时候不应该说每一个时期的对方都喜欢吗？！

关风月：都是千年老狐狸，这点小心思就不必要了吧。

殷戈止：有道理。

主持人：我竟无言以对……那么上一题这么回答的原因是？

殷戈止：那时候她爱我爱得纯粹动人。

关风月：比较轻松，可以没有压力地欣赏他。

主持人：看来后头的事情让两位都感到了巨大的压力啊！问一个肤浅的问题，对方的五官最喜欢哪个部位？

殷戈止：眼睛。

关风月：眼睛。

主持人：啧啧，难得这般一致。上一个问题，赞同对方的看法吗？

殷戈止：赞同。

关风月：赞同。

主持人：真羡慕眼睛长得好看的人 QAQ！

关风月：何必羡慕，反正我俩也不止眼睛长得好看，你这要一点一点羡慕的话，羡慕不来吧。

主持人（吐血）：虽然我知道这是事实，但也不要这么直白地说出来吧……什么时候下定决心要跟对方在一起？

殷戈止：发现自己吃醋了的时候。

关风月：发现他是真的想跟我在一起的时候。

主持人：小声哔哔，人封明也一直真的很想跟你在一起……

殷戈止&关风月：你说什么？

主持人（拼命摇头）：没什么没什么！我只是很好奇两位为什么会这么坚定地认定对方？

殷戈止：我想要的，从来会拼尽全力去拿。

关风月：感觉出什么事情都会有他顶着了。

主持人：在我的印象里，风月姑娘其实完全是栋梁型人才啊，也会想要有一个“天塌下来他顶着”的人在身边？

关风月：其实每个人都想要的吧，毕竟有人一起分担的感觉真的很好。

主持人：也对。那两位对现在的状况满意吗？

殷戈止：满意。

关风月：满意。

主持人：我到底在问些什么废话啊摔！再见时对方做过的让你印象最深刻的一件事是？

殷戈止：从天上掉下来砸我怀里。

关风月：点我牌子。

殷戈止：感谢我自己一时的脑抽。

主持人：嗯？陛下疯起来连自己都骂的？

关风月：你错了，他这其实是暗搓搓地炫耀。

主持人：……我真的不懂你们，真的。因为某种原因，两位也算是从床伴发展到恋人的关系，会介意之前的那一层关系吗？

殷戈止：不介意。

关风月：不介意。

主持人：为什么？

殷戈止：反正都是她。

关风月：最开始是自愿的，后来……反正都是他。

主持人：再度怒吞狗粮！对方什么表情你觉得最性感？

殷戈止：朝我咬唇笑。

关风月：床上低头看我。

主持人：我的幻肢蠢蠢欲动……

殷戈止＆关风月：你敢！

主持人：我不敢！有主动诱惑过对方吗？

殷戈止：有。

关风月：有。

主持人：对方是否给予过回应？

殷戈止：给过。

关风月：嗯。

主持人：我有点撑……算了，跳过这种类型的问题。两位都是非常出色的人，身边也不乏优秀的追求者，在众多的选择里，对方是你的第一选项吗？

殷戈止：是。

关风月：是。

主持人：那么对方身边的追求者里，最讨厌的是？

殷戈止：所有人都讨厌。

关风月：易掌珠。

主持人：身为女人，我倒是很理解风月姑娘的感受。那么，请对这位讨厌的人下一句话战书。

殷戈止：尽管折腾，她能跟你们走，我殷字倒过来写！

关风月：易小姐只是行径讨厌，委实不够格让我下战书。

主持人：啧啧啧，看看，高下立判！风月姑娘也太潇洒了吧！

殷戈止：我承认。

主持人：哎哟，我的下巴都要掉了！对方跟其他异性独处，放心吗？

殷戈止：不放心别人。

关风月：还算放心。

主持人：这谁出的问题？拖出去打死啊！不都问的废话吗？下一个，如果自己不在对方身边的话，要挑一个人去照顾对方，你会选谁？（虽然我觉得你俩都会说对方自己能照顾好自己……）

殷戈止：灵殊丫头。

关风月：观止吧，有经验。

主持人：逃不过的终究逃不过啊！两位也算是千帆过尽，特别感激对方的时刻是？

殷戈止：她愿意原谅我。

关风月：他肯替我家昭雪。

主持人：理由呢？

殷戈止：换位思考，我知道她的恨意有多深，她肯原谅我，那至少，她也曾深爱过我。

关风月：这件事太难了，我都没抱希望，他做到了。

主持人：此处应有激烈的掌声！

观众：啪啪啪啪啪啪啪啪！

主持人：对对方说过的最伤人的一句话是？

殷戈止：说她一个妓子，不配演将军。

关风月：咒他该死。

主持人：这确实挺伤人的。为此而后悔吗？

殷戈止：嗯，很后悔。

关风月：后悔。

主持人：那有道歉过吗？没有的话，现场来一遍？

殷戈止：道歉什么的，我怎么可能……回去再道。

关风月：对不起呀。

殷戈止（脸红）：么么！

主持人：我的妈呀，陛下你别这样，有点惊悚！呃……不是，我是说有什么甜言蜜语等录完节目您二位慢慢说，我们这会儿赶时间呢！咳咳……自从家里有了小宝贝，谁带孩子的时间更多？

殷戈止：我。

关风月：他，他说我带不好。

主持人：哎哟，没想到陛下这奶爸还挺称职。两个小皇子是更像自己多一点还是像对方多一点？

殷戈止：像我多一些。

关风月：成天跟着他爬，能不像他吗？

主持人：陛下似乎有非常严重的重女轻男情结，对此两位有什么要说的吗？

殷戈止：女儿好！女儿贴心！女儿是爸爸的小棉袄！

关风月：……儿子们，跟娘走。

小皇子们：好哒娘亲！

殷戈止：回来！

主持人（擦冷汗）：差点见证了一个家庭的分崩离析。抛开对方的影响因素，对于生男孩女孩的态度还是一样吗？

殷戈止：差不多吧。

关风月：我一直觉得差不多。

主持人：理由呢？

殷戈止：女儿像她才可爱，不像她，那就当儿子养。

关风月：……我可怜的儿子。

小皇子们：哭唧唧 QAQ！

主持人：哎呀，摸摸小宝贝们！台下那个大胡子叔叔有冰淇淋，我让他带你们去拿，不哭不哭啦！对，就那个不干活的导演，还不赶紧的？！

主持人：听说封明与南平也在积极备孕，有没有想过给孩子指腹为婚呢？

殷戈止：不会。

关风月：不干涉。

主持人：为什么呢？

殷戈止：近亲结婚不好吧。

关风月：包办婚姻未必有幸福，看他们自己。

主持人：如果封南夫妇坚持搞这种不科学的事情，你会？

殷戈止：把封明打一顿。

关风月：把封明打一顿。

主持人：封明真是造了什么孽哟……下面我们聊一点很大人的话题。对方是你唯一有过亲密关系的人吗？

殷戈止：不是。

关风月：是。

主持人：咳……那么会因为这个事情跟对方闹矛盾吗？

殷戈止：不被找麻烦都是好的……

关风月：还行，我不太作。

主持人：现在的话，可以接受对方与其他异性有亲密的肢体接触吗？

殷戈止：呵呵，不存在的。

关风月：不接受。

主持人：为什么？

殷戈止：你说为什么？

关风月：洁癖。

主持人：好吧，其实我也不接受。觉得跟对方身体的契合度高吗？

殷戈止：很高

关风月：……嗯。

主持人：床笫之间喜欢叫对方什么？

殷戈止（面不改色）：卿卿，月月。

关风月：……我拒绝回答这个问题。

主持人（斜眼笑）：嘿嘿嘿……

殷戈止：你别笑了，很猥琐。

主持人（正色）：OK。两位更喜欢粗暴的还是温柔的对待？

殷戈止：都可以。

关风月：都可以，温柔一点还是好的。

主持人：一看就是会玩的。如果对方粗暴过头，会叫停吗？

殷戈止：没有这种时候。

关风月：会。

主持人：会做什么取悦对方？

殷戈止：亲她，夸她。

关风月：咬他耳朵。

主持人：对此你的反应是？

殷戈止：嗯……把持不住。

关风月：……

主持人：我是不是问了不该问的问题……

殷戈止：哼，知道就好！

主持人：嗯哼……冷静地转移话题。陛下有两个爱徒安世冲和徐怀祖，两位对他们的看法是？

殷戈止：还行吧，挺上进。

关风月：有点可爱。

主持人：嗯，都是大实话。觉得哪一个更让人省心？

殷戈止：安世冲吧。

关风月：我倒是觉得徐怀祖。

殷戈止：是时候回去考校一下了。

主持人：关于这两位徒弟外边风传有断袖之癖，如果是真的，你们对此的态度是？

殷戈止：无所谓。

关风月：也挺好。

主持人：两位的思想还挺开放的哈。作为敌对，在灭了徒弟国家之后，跟他们的感情有发生什么变化吗？

殷戈止：有些微，不过不知道为什么他们当没发生过这回事一样。

关风月：没太大变化。

主持人：可能这两个小徒弟的心比较大吧。两位会不会因为让他们亡国感到抱歉？

殷戈止：会有一些。

关风月：有的。

主持人：那要对他们更好一点哟！

殷戈止＆关风月：这还用你说？

主持人：用一个词来形容现在的生活状态。

殷戈止：温暖。

关风月：知足。

主持人：理由呢？

殷戈止：有她在，即便是寒冬都觉得暖和。

关风月：能有现在这般平顺的日子，我很知足。

主持人：这大概就是所谓的知足常乐吧！说一句目前最想对对方说的话。

殷戈止：我想与你春秋不离，风月都关。

关风月：好。

主持人：这题点得特别好，真的。非常感谢两位今天抽空接受这次访谈，我们也知道了许多没什么用（并不）的信息，希望两位日后的生活也甜甜蜜蜜、和和美美，有时间欢迎经常带着小宝贝们来我这儿串门哟！

殷戈止＆关风月：你就是想找我家小宝贝玩吧，不来。

主持人：QAQ 我冤枉啊！虽然小皇子们很可爱，但是我也想多窥探一下两位的私隐啊！阿呸，我是说，我还想吃更多的狗粮！

殷戈止：哼！

关风月：笑而不语。

主持人：不开玩笑了。虽然很舍不得，但还是不得不跟观众老爷们说拜拜了，喜欢“殷风”夫妇的朋友们，请务必准时收看我们的栏目，说不准我什么时候就软磨硬泡让他们再来上一回访谈呢！我们下期《良辰未迟》专访再见！

《风月不相关》作者后记

——白鹭成双

有一段时间我特别喜欢妓子和将军的故事，总觉得烈烈的红裙缠在铮铮铁甲上，凄美得不像话，所以琢磨来琢磨去，《风月不相关》出世了，写的过程也很愉快，一口气六十万字，基本没有卡过文。

但是写过之后很久，有人来跟我说特别喜欢《风月不相关》的时候，我一时想不起来自己写过什么，脑子里唯一闪过的镜头是一个红衣猎猎的女子，扯着缰绳立马而起，脸上的笑意如朝阳初升。

时常会想，当我写完一本书，关上文档，这些书里的人会不会在文档里偷偷松了一口气，然后活动着手脚离开最后的定格，笑嘻嘻地一起拼桌吃火锅，一边吃一边吐槽我狠心，然后好的坏人都在一起开篝火晚会，直到我下一次打开文档，他们才又拉开架势，摆出我写的剧情来。

脑洞似乎有点大。

不过在书里创造人真的是一件很有趣的事，敲键盘的时候会想这次出来的又会是一个怎样的人，充满了造物主的愉悦感。风月是我很喜欢的一个人物，她身上有我没有的韧劲和英气，人生不如意之事十之八九，希望自个儿以后遇见挫折，也能像她一样，会倒下去，但是也一定能爬得起来。

今天天气甚好，关上文档出门，那种不欠稿子更新的愉悦感简直充斥了天灵盖，走路都要飘起来了。

不过轻松之后，又觉得欠了点什么。

我想起风月的不甘，想起她的恨，想起似乎从来没好好让男主悲惨一回，还是有点遗憾。

下次再见吧，下次再见，又会是不一样的另一个故事，另一些被创造出来的人物，另一个鲜活的世界，下一次，我会对女主好点，争取当大家所说的女主亲妈，让男主付出绝对的代价再抱美人归！

我尽力 _(:з」∠)_。

魅丽文化 赠品

上架建议：言情／畅销

ISBN 978-7-5500-2828-9

9 787550 028289 >

定价：38.00 元